TRAUTE

dtv

In einem langen Brief an den Vater ihres Sohnes, der sie vor vielen Jahren im Stich ließ, umgarnt die moderne Penelope ihren Geliebten mit Liebesschwüren und intellektueller Schlagfertigkeit. Und beschreibt ganz nebenbei den Zeitgeist im Spiegelbild ihrer nächsten Umgebung. Denn das Haus, das sie von dem alten Nazi geerbt und zum »Hotel Hölle« umgebaut hat, wird zum Treffpunkt für unterschiedlichste Charaktere. Unter ihnen Rebecca Almeida Fuentes, geborene Andernacher, die aus Brasilien gekommen ist, um den Tod ihres Vaters aufzuklären. Von der Hotelbar aus beobachtet sie das Treiben der Neonazis, die sich hier regelmäßig zum Stammtisch versammeln. Einer von ihnen ist ein alter SS-Mann ...

Eva Demski wurde am 12. Mai 1944 in Regensburg geboren. Studium der Germanistik, Kunstgeschichte und Philosophie in Mainz und Freiburg. Seit 1977 arbeitet sie als freie Journalistin und Schriftstellerin und erhielt bereits zahlreiche Auszeichnungen für ihr Werk.

Eva Demski

Hotel Hölle, guten Tag …

Roman

Deutscher Taschenbuch Verlag

Von Eva Demski
sind im Deutschen Taschenbuch Verlag erschienen:
Scheintod (11675)
Karneval (11762)

Ungekürzte Ausgabe
Dezember 1997
Deutscher Taschenbuch Verlag GmbH & Co. KG,
München

ISBN 3-446-14992-9
Umschlagkonzept: Balk & Brumshagen
Umschlagbild: ›Stillstand der Zukunft‹ (1992)
von Dieter Hacker
Gesamtherstellung: C. H. Beck'sche Buchdruckerei,
Nördlingen
Gedruckt auf säurefreiem, chlorfrei gebleichtem Papier
Printed in Germany · ISBN 3-423-12474-1

Seit einigen Wochen weiß ich, daß Sie zurückkommen. Natürlich habe ich keinerlei Nachricht, die darauf schließen ließe. Aber etwas ist in Bewegung geraten, der dünne, gespannte Faden zwischen Ihnen und mir hat zu zittern begonnen. Da ich mich in all den Jahren, was Sie betrifft, nicht bewegt habe, muß es an Ihnen liegen. Seit einigen Wochen, wie gesagt.

Ich bin nachts davon aufgewacht wie von einem Gewitter. Verzeihen Sie, wenn ich noch etwas genauer versuche, dieser Empfindungen habhaft zu werden. In den Jahren Ihrer Abwesenheit habe ich mit diesen Empfindungen gelebt wie mit Menschen, wie mit geliebten, gierigen oder lästigen Verwandten, die einen nicht fragen, ob sie im Augenblick ihrer Ankunft erwünscht sind oder nicht. Und in all der Zeit hat sich der Faden zwischen uns nicht bewegt. Das hat nichts damit zu tun, daß Sie häufig den Ort, die Länder gewechselt haben. So ein Faden hat nichts mit Geografie zu tun, leider. Um mir Ihre Umgebung vorzustellen, war ich auf die acht Postkarten angewiesen, die Sie mir geschickt haben. Acht Karten in zehn Jahren! Warum nicht fünf? Warum nicht zehn? Sie kennen doch meinen inneren Zwang, alles in Zahlen zu fassen, sieben, zwölf, zweiundfünfzig. Am besten, wenn etwas in diese Zahlen paßt – dann hat das Quallige, Fleischige ein Skelett, eine verläßliche Form. Sie haben immer darüber gelacht. Zwölf Küsse oder zweiundfünfzig? An mir soll es nicht liegen, sagten Sie. Wahrscheinlich haben Sie mir mit Absicht diese acht Karten geschickt – damit ich Sie nicht in meinen Zahlen einsperren kann, damit der Faden gespannt bleibt.

Aber dann, diese Nacht! Die Luft war plötzlich laut in meinem Zimmer, geriet in Bewegung, ein Brüllen, wie wenn ein Flugzeug näherkommt. Dabei war es ganz ruhig, ich konnte durch das Brüllen und Rauschen hindurch den Regen hören. Es war plötzlich, als gäbe es zwei ganz verschiedene Welten mit eigenen Tönen, und als sei ich in beiden zugleich. Da habe ich gemerkt, daß Sie sich auf den Weg gemacht haben, auf den Weg zurück.

Sie wissen nichts von mir. Auf Postkarten sind selten Adressen vermerkt, meist kommen sie auch erst an, wenn der Absender längst wieder an einem anderen, fremden Ort ist. Ich hätte Ihnen auch nicht geschrieben, wenn Sie irgendwo auf der Welt eine Kontaktstelle eingerichtet hätten, ein staubiges American Express Office in der Wüste oder im Urwald. Was hätte ich Ihnen schreiben sollen, das Sie nicht ohnehin gespürt haben, am anderen Ende des Fadens? Daß sich meine Wohnsituation vollkommen geändert hat, obwohl ich noch immer im selben Haus lebe? Sie würden es eines Tages sehen, das wußte ich. Über das Kind? Als Mutter kann man über kleine Kinder nur törichte Briefe schreiben, ängstliches Gezwitscher in eine weite Fremde. Diese Blätter werde ich Ihnen schicken, wenn Sie nähergekommen sind, in die vorletzte Stadt vielleicht, denn ich habe Angst, daß Sie in die Nähe kommen, aber nicht ganz hierher.

Ich liebe Sie. In den vergangenen zehn Jahren habe ich mich sehr oft fotografieren lassen, von Amateuren und Künstlern – weiblichen und männlichen. Die Bilder liegen vor mir. Ich werde sie Ihnen nie zeigen, obwohl ich sie doch um Ihretwillen habe machen lassen, und ich weiß nicht, was mir unerträglicher ist, die veränderten oder die gleichgebliebenen Züge. Sie sollen nicht erschrecken, wenn Sie zurückkommen, sondern sich nach den zehn Bilderjahren sehnen, Sie sollen sich nach den Papiergesichtern sehnen, deren Wirklichkeit Ihnen nie unter die Augen kommen wird. Nur ich, all diese Gesichter übereinander, werde Ihnen begegnen, wenn wir es aushalten.

Das Kind sieht mir nicht ähnlich. Ich habe es Robert genannt. Er sollte einen Allerweltsnamen haben, weil ich wußte, daß es kein Allerweltskind sein würde. Wahrscheinlich gibt es überhaupt keine Allerweltskinder, aber Sie erinnern sich an die vielen revolutionären oder exotischen Vornamen damals. Die wollte ich nicht. Mein Vater nennt ihn Rosmarin, weil er als Baby so gerochen habe, sagt er. Mein Vater kümmert sich jetzt sehr um ihn. Er geht mit ihm viel vernünftiger um als damals mit mir.

Robert ist ein sehr langsames Kind. Früher hat mich das oft ungeduldig gemacht, aber mit der Zeit sah ich ein, daß er recht hat. Seine Langsamkeit hat ihn vor vielem bewahrt. Schon bald nach seiner Geburt schien er entschlossen zu sein, auf die Eile der anderen nicht zu achten. Beim Trinken schlief er oft ein. Sprechen lernte er erst, als er ohne Worte nicht mehr auskommen mochte. Er sammelte sich gemächlich die Wörter, die er brauchte. Es sind bis heute nicht sehr viele.

Jetzt erzähle ich doch von ihm, dabei wollte ich keine Geschichten zu Ihnen senden, sondern nur meine Gedanken aus einem von Geschichten freien Hirn. Ereignisse gehen Sie nichts an, denn es ist gleichgültig, was mein Einst zu meinem Jetzt gemacht hat. Oder ist es das, was Sie wissen wollen? Was Ihnen vielleicht sogar gehört? Ich habe zehn Jahre lang geantwortet, ohne daß Sie fragten. Wie weit sind Sie ich geworden?

Mein Vater malt, Robert sieht ihm dabei zu. Es gefällt ihm, die Farbtuben zu ordnen und die Pinsel auszuwaschen. Dabei kann er langsam und still sein, ohne sich vor den Überrumpelungen anderer fürchten zu müssen. Aber denken Sie nicht, daß er ein ängstliches Kind sei! Mein Vater malt jetzt Tag für Tag. Er hat das Büro aufgegeben, die Reisen, die Kundenessen, die Termine und Ausschreibungen. Er hat alles aufgegeben, sagen die Leute. Das ist natürlich Unsinn. Seit jenem Tag hat er einen Anzug nicht einmal mehr angeschaut. Der malende Großvater und der pinselauswaschende Enkel sind ein stilles, zufriedenes Paar. Gelegentlich macht er Ausstellungen, und seine Bilder verkaufen sich sogar, wenn ich auch immer den Verdacht habe, daß diese Ankäufe eine subtile Rache seiner ehemaligen Welt sind. Da hängen sie dann in irgendwelchen Sitzungszimmern oder über Kaminen, und die Besitzer weisen mit einem nachsichtigen Lächeln auf sie und sagen: Ja, das ist ein echter Fuhrknecht. Gar nicht schlecht, wie? Es soll ihm ganz gut gehen. Wenn wir alle das so machen wollten, was? Ich war nie bei diesen Gesprächen anwesend, aber so gehen sie sicher.

Meinen Vater ficht das nicht an. Er freut sich über das Geld – und er macht seine Bilder teuer! Über die Käufer lacht er und sagt nichts weiter über sie. Er ist ganz weiß geworden und etwas schwer. Schweigt viel wie sein Enkel, setzt Spinnen auf Papierbögen, um sie aus dem Fenster zu befördern, und sieht ihnen zu, wie sie langsam an ihren Fäden nach unten schweben, klaubt Fliegen von den Scheiben, bevor sie sich am Glas zuschanden gestoßen haben, brüllt mich an, wenn ich einen Fisch im Kühlschrank liegen habe, was ich denn mit der Leiche wolle – aber Gulasch ißt er. Möglichst mit Knödeln. Über das, was er früher gemacht hat, spricht er überhaupt nicht mehr. Seit er sich von meiner Mutter getrennt hat, wohnt er hier bei mir im Hotel.

Ich führe jetzt ein Hotel. Aber das erzähle ich Ihnen später. Ich kann diesen Brief an Sie immer nur nachts schreiben, denn tagsüber finde ich weder einen ruhigen Platz noch eine ruhige Minute in diesem Haus, das alle seiner Ruhe wegen loben. Kein Mensch kann sich vorstellen, wieviel Unruhe man ertragen muß, um anderen Menschen den Eindruck einer verläßlichen Ruhe zu schenken! Erinnern Sie sich noch an das Haus? Sie sind damals nicht sehr gern hierhergekommen, weil Sie meine möblierte Existenz verlegen gemacht hat.

Gehn wir in ein schönes Hotel, Katze! Fahren wir ein bißchen raus! Und sahen nicht den schönen Stuhl für fünf Mark, die bunte Decke über dem Bett, die ganze tapfere, gräßliche Ästhetik der Mittellosen. Oder sahen gerade das. Was davon werden Sie heute zugeben wollen?

Aber das Haus hatte Ihnen gefallen, und Sie waren der einzige, der nicht davon sprach, was man daraus machen könnte, sondern darüber, was es war. Andere Leute, auch meine Eltern, bekamen, wenn sie an der Fassade entlangschauten, diesen Renovierungsblick, diese Instandsetzungsgier, spürten nicht, wie schön die Landkartenmuster der Feuchtigkeit auf dem gelben Putz aussahen, die grünen Farbspuren auf den Fensterläden, die trockenen Saugnäpfe des wilden Weins. Ich habe das Haus immer so geliebt, wie es war. Ich habe außen auch nur das Notwendigste machen lassen.

Das war erst nach Reicherts Tod. Er ist in dem Jahr nach Ihrer Flucht, nach Roberts Geburt gestorben. Es traf sich nicht schlecht. Ihnen kann ich das ja sagen. Ich weiß zwar nicht, ob Sie das hier je lesen werden, aber ich weiß genau, daß Sie es verstehen, wenn ich sage: Es traf sich nicht schlecht. Wir haben ja zum Schluß ganz allein in dem alten Kasten gewohnt, Reichert im ersten Stock und ich nach wie vor in meiner Mansarde. Manchmal machte ich seine Wohnung ein bißchen sauber, dafür aß er mit mir Spaghetti.

Mailand läßt mich nicht los! jammerte er durch die rotweißen Nudeln hindurch. Er trug einen Schnurrbart, eine dicke, schwarze Bürste zu seinen weißen Haaren. Er ging knickbeinig, mit vorsichtig auseinandergebogenen Knien. Alter Tabiker! hatte meine Mutter leise hinter ihm hergesagt. Ich wußte damals gar nicht, was das ist. Erinnern Sie sich an ihn?

Manchmal vergaß ich, was er getan hatte. Dann mochte ich ihn. Man hatte ihn wegen des großen Prozesses in Italien gesucht, auch in Brasilien und Argentinien, aber dann war er ganz einfach gekommen, um eine Erbschaft anzutreten, die er für richtig hielt – die des Hauses. Kein Zeuge konnte sich genau genug an Reichert erinnern. Ich glaube auch nicht, daß er Angst hatte. Der alte Mann war der einzige, der seine eigene Gefährlichkeit noch als Erinnerung in sich trug. Er verriet sie niemandem, auch mir nicht. Die Zeugen aber erinnerten sich an einen anderen. Manchmal, wenn wir Spaghetti aßen, erzählte er mir von Mailand, einem großen, steinernen Paradies. In seinen Geschichten war diese Stadt immer dämmrig und kühl, eine luxuriöse Dunkelheit hinter geschlossenen Jalousien, leichter Wind in hohen Räumen.

Nach dem Haus habe er sich nie gesehnt, sagte er. Aber nun gehörte es ihm, und er verfuhr damit, als hätte er Erfahrung in diesen Dingen. Erst einmal kündigte er allen, die darin wohnten. Ich kannte kaum jemanden, weil ich die Mansardentreppe mit niemandem teilte. Es waren ein paar huschende, alte Damen, die sich nicht zur Wehr setzten. Sie verschwanden irgendwohin und ihre Möbel wurden von Enkeln abgeholt, die ich vorher nie gesehen hatte.

Raus mit denen, raus mit denen! sagte Reichert. Sie können noch bleiben! Mit der Mansarde hatte er nichts vor und ich zahlte damals eine ganz schöne Miete.

Alles andere muß renoviert werden! sagte er. Umgebaut! Es gibt ja hier gar keinen Komfort. Aber ich lebte wie in einem Turmzimmer, trug meinen dicken Bauch morgens in die Seminare und nachmittags in das Café, in dem ich damals arbeitete. Ich sah nicht, wie Reichert die Eingeweide des Hauses veränderte.

Manchmal standen ein paar Zementsäcke oder ein Paket Kacheln an der Hauswand. Sie können sich gar nicht vorstellen, wie wenig man von außen sehen konnte von dem, was er innen im Haus anrichtete. Dabei ist es ungerecht, wenn ich »anrichten« sage. Mir hat sein Spleen ja genützt, wenn auch später erst und nach einigem Entsetzen. Nicht einmal Baukrach warnte mich in meinem Turmzimmer. Diese alten Kästen verraten nichts, es sind diskrete Häuser. Das ist auch einer der Gründe, warum ich jetzt im Hotel fast nur noch Stammgäste habe, manche Firmen wollen immer wieder für ihr Spitzenmanagement ständige Zimmer buchen, was ich allerdings nicht mag.

Sie haben damals die Wohnungen nicht gekannt, nicht einmal das Vestibül und die große Halle im Erdgeschoß. Es war für mich wie ein Blick in ein Märchenbuch, als ich zum erstenmal auf der Schwelle stand und mich gleich wieder umdrehte, weil ich keine Lust hatte, neidisch zu werden. Ich wollte den Räumen damals keine Gelegenheit geben, sich in mir festzusetzen. Weißer Marmor mit schmalen schwarzen Mäandern auf dem Boden, eine goldene Ampel als Lampe, die aussah, als wollte ihr im nächsten Moment ein Geist entsteigen, Kupferstiche von Pferden mit sehr kleinen Köpfen! Ich ließ irgendein Postpaket fallen und drehte mich um. Ein kleines Stück in meinem Inneren war zu Salz geworden.

Hören Sie mir zu? Oder langweilt es Sie, weil ich nicht von Ihnen spreche? Aber von mir spreche ich auch nicht, sondern von etwas anderem, vielleicht etwas Mineralischem. Dieses Salz, da lag die Entscheidung! Sie hatten damals schon die Weite gesucht. Mir blieb nichts anderes übrig, als in der Nähe zu bleiben, einen Ort zu finden, der klein genug war, um sich sicher fühlen zu können, aber eben auch groß genug, um nie mehr den Wunsch zu haben, ihn zu verlassen. Für die meisten Leute ist dieser Ort ein Haus, das sie mit einem Kind besetzen. Das war bei mir nicht anders. Es mußte dieses Haus sein, ein anderes kam nicht in Frage, seit ich einen Blick ins Vestibül geworfen hatte.

Es dauerte aber noch lang, bis mir das zu Bewußtsein kam. Ich war viel zu sehr mit den gesunden kleinen Überlebensfragen beschäftigt, nahm kaum wahr, wie Reichert das Haus menschenleer machte, geheimnisvoll entkernte und im Inneren veränderte, während er im Prozeß, der gegen ihn und andere mutmaßliche Kriegsverbrecher begonnen hatte, sein eigenes Inneres sorgsam verschlossen hielt. Die Richter mögen es auch nur halbherzig ausgeforscht haben.

Ich war ganz zufrieden in meiner Mansarde mit meiner Hintertreppe, und ob ich über Ihre Abreise, deren genauen Zeitpunkt ich ja gar nicht kannte, traurig war – ich kann mich nicht erinnern. Es war ein langsamer Entzug.

Man trägt doch Stoffe in seinem Körper, deren Vorhandensein sich weder durch Schmerz noch durch Wohlbefinden bemerkbar macht, und deren allmähliches Fehlen ebenso unspürbar ist. Und doch kann man an ihrem Entzug sterben. Man spürt es erst sehr spät, wenn die Schwäche schon in einen sichtbaren Verfall übergegangen ist. So, glaube ich, ging es mir mit Ihnen. Aber so weit war es noch lange nicht. Zuerst bekam ich das Kind und ein Jahr danach das Haus und war sehr beschäftigt mit all dem. Auf Roberts Geburt war ich gut vorbereitet, so daß ich keine Angst hatte. Er war nicht die größte Tat, die ich vorhatte. Das wußte ich sogar in der Überschwänglichkeit der letzten Schwangerschaftswochen.

Ich war vierundzwanzig, das ideale Alter zum Kinderkriegen. Meine Mutter kam von einer ihrer vielen ziellosen Reisen ins Krankenhaus und sorgte dafür, daß die paar Stunden bis zu Roberts Geburt genauso verliefen, wie ich es mir gewünscht hatte. Meine Mutter war nicht hektisch wie sonst, es war außer dem Gynäkologen auch kein Mann in der Nähe, den sie mit ihren Mir-zu-Füßen!-Blicken hätte weichmachen können. Sie konnte sich ganz auf mich, ihre Tochter, konzentrieren. Und diesmal war ich im Vorteil, was sie ruhig und ohne Theater anerkannte. Schrei nur, sagte sie freundlich und schaute mich an. Sie ließ mich in ihren runden Arm beißen. Sie!, die als ich ein Kind war, nicht einmal Küsse von mir haben wollte!

Ich habe Sie, mein Freund, damals nicht vermißt. Noch war in diesem Spiel für Sie kein Platz, und ich hätte Ihnen nie verziehen, wenn ich in Ihren Augen und Schritten die Väterangst hätte sehen müssen, die Euer Erbteil ist und doch niemandem nützt.

Das ganze dauerte einen Dreivierteltag, und als es vorbei war, wußte ich: Nie wieder.

Leicht hat sie es gehabt! sagte indessen die Hebamme zu meiner schweigenden Mutter. Und ich hatte hinter den geschlossenen Lidern die Augen offen und wußte: Nie wieder.

Einmal reicht auch! sagte in diesem Moment meine Mutter zu mir, ihrem Einzelkind. Ich habe ihr nicht geantwortet.

Nach Ihnen hat sie übrigens kein einzigesmal gefragt, sie schien über Ihre Flucht erleichtert, fürchtete sich aber, mir das zu zeigen, so, als wollte sie alles vermeiden, was mich Ihnen wieder entgegen, Ihnen hinterhertreiben könnte. Für meine Mutter sind Sie eine Art Chimäre, ein Koordinatensystem, in das ich alle meine Träume eingetragen habe. Sie wolle Dich auch nie kennenlernen! sagte sie zum Abschied – verschwand und ließ mich getröstet und etwas beleidigt zurück. Robert war wirklich ein schönes Kind und sah am Anfang niemandem ähnlich.

Da war nun der Nagel in mein Leben eingeschlagen, der mich am Ort hielt. Wegdenken konnte ich mich noch, aber nicht mehr so ohne weiteres weggehen, und alle Arrangements mit Robert fügten sich so leicht und folgerichtig, als wollten sie mich daran hindern, es Ihnen nachzutun. Reichert liebte das Baby und prahlte im ganzen Viertel, bei ihm wohne eine Studentin mit einem unehelichen Kind. Der alte Mann bettelte geradezu darum, auf Robert achtgeben zu dürfen, und ich gab ihn sauber verpackt in der unteren Wohnung, im schönen, leeren Vorderflügel ab, bevor ich ins Seminar ging. In das Café, in dem ich arbeitete, nahm ich ihn mit. Robert war von Anfang an ein leicht zu ertragendes Kind. Wir haben uns das Leben so nicht ausgesucht, schien er zu denken. Da soll man sich's wenigstens so einfach wie möglich machen.

Nein, ich habe ihn nicht von Anfang an geliebt. Nur, weil er aus Ihnen war, habe ich nie daran denken können, die Schwangerschaft zu unterbrechen. Ich hatte Ihnen das oft gesagt, aber Sie haben damals über mich gelacht wie so oft, und ich habe mit Ihnen über mich gelacht, weil ich Ihnen ohne Grund solche fremden Dinge erzählte. Mittlerweile wäre es schwer, ohne Robert zu leben. Auch er selbst ist sich seiner Person jetzt bewußt.

Es wär' doch schade, hat er neulich gesagt, wenn ich nicht da wäre. Überhaupt nicht da!

Ja, das wäre schade! habe ich ihm geantwortet.

Aber ich will jetzt nicht mehr über das Kind schreiben. Was geht Sie das Kind an! Das kleine Pfand, die Geisel Ihnen zeigen? Wie käme ich dazu! Den Nagel, an dem mein Leben nun festgebunden war! Das Seil war das Haus. Als ich einzog, war für alles noch eine Hausverwaltungsfirma verantwortlich. Es muß da irgendeinen komplizierten Erbvertrag gegeben haben, eine düstere, lange Geschichte, die sich bis in die Zeit des Krieges zurückverfolgen ließ, bis in die Zeit von Reicherts geheimnisvoller Schuld.

Im Souterrain sind ein paar schalldichte Räume, fensterlos, zum Garten hin. Dort habe ich die Hotelbar eingerichtet, da können sich die Gäste bis zum Morgen austoben, ohne jemanden zu stören. Es ist das Reich von Pasodoble. Aber von ihr erzähle ich Ihnen später. Ich wollte damals nicht darüber nachdenken, was in diesem Haus Jahre vor meiner Geburt geschehen ist. Sie waren während dieser Zeit ein Kind, Sie haben sehen können und hören, aber ich war noch nicht da – überhaupt nicht, wie mein Sohn sagen würde. So konnte ich aus schalldichten Räumen eine Bar machen, warum denn nicht?

Das war der Anfang. Später aber sind die Gedanken gekommen und haben sich nicht abweisen lassen. Wie vergiftet habe ich Filme angeschaut und Fotos, ich habe Bücher gelesen und Menschen zugehört. Nur Reichert hat nie etwas gesagt und als ich ihn einmal fragte, sagte er nur: Nach dem Krieg waren die Franzosen drin! Als sei damit alles erledigt und getilgt und als ginge mich die vorfranzösische, die deutsche Zeit nichts an.

Daß ich eine Bar hineingebaut habe, hätte Reichert gefallen. Seine Umbauten dienten ausschließlich hygienischen Zwecken. Immer wenn ich das Baby zu ihm brachte, sah ich das Baumaterial auf den Treppenabsätzen, hörte auch Hämmern aus irgendwelchen entfernten Räumen. Meine wenig interessierten Fragen beantwortete er nicht. Es muß doch was an dem alten Kasten gemacht werden! sagte er mit einer großen, gleichzeitig wegwischenden und zusammenholenden Gebärde. Kein Komfort hier! Und stieß seinen Schlachtruf »Mailand« aus. Für ihn war Italien die Wiege von Komfort und Reinlichkeit, und die Abwesenheit von Bidets in deutschen Hotelzimmern ließ ihn schaudern. Das baute er damals: Bäder. Jede freie Ecke, jede Nische, jedes kleinere Zimmer, eine aus architektonischer Nachlässigkeit entstandene Schräge war ihm genauso recht wie eine Speise- oder Kofferkammer.

Können Sie sich das vorstellen? In diesem leeren Haus das einzige zum Leben einladende: Bäder. Italienisch gekachelt, in verschiedenen Farben, mit Wannen und Becken, Bidets und den silbernen Hälsen der Wasserhähne. Es muß ihn ein Vermögen gekostet haben.

Der Mensch soll nicht weit laufen müssen, um sich zu waschen! Er zeigte mir das Ganze stolz, aber auch etwas verlegen. So kann mans dann doch leichter vermieten? Ich hatte nicht das Herz, ihn zu fragen, was man denn mit einer Wohnung voller Bäder anstellen solle. Jede Abstellkammer, sogar die Küchen, die Umkleideräume, all die vielen Möglichkeiten, die es in diesen alten Häusern gab, um Dinge anzuhäufen und aufzubewahren: Alles war zu Bädern geworden, weil Reichert nicht wollte, daß der Mensch weit zum Waschen laufen müsse. O Mailand! Es hat ihn Geld und Kraft gekostet.

Bald darauf wurde er krank. Und Sie? Wo waren Sie damals? Ich weiß nicht mehr genau, wann der Schmerz kam. Es war ja auch so viel zu leben gewesen, Robert, die Arbeit, hinter jedem Tag lauerte ein neuer, fremder, in den ich mir erst einen Weg bahnen mußte. Es gibt nichts Gesünderes als Geldsorgen. Die haben bei mir lang für eine Art Rüstung gesorgt, sie waren wie eine Mauer gegen die Gedanken. Sie erinnern sich vielleicht, daß ich von zu Hause kein Geld nehmen wollte. Damals haben Sie darüber gelacht, kann ich mich erinnern, als sei ein Mädchen niedlich, wenn es Selbständigkeit spielt. Sie haben nie begriffen, warum ich es nicht wollte, wahrscheinlich haben Sie auch gar nicht darüber nachgedacht. Der einzige, der es immer verstanden hat, war merkwürdigerweise mein Vater.

Du würdest dich langweilen, nicht wahr? sagte er, und daß er genauso gewesen sei. Geld ist unsinnig, aber nötig! Und ich mußte ihm versprechen, es nicht zum letzten kommen zu lassen (was war das letzte? Ich weiß es bis heute nicht!) bevor ich ihm Hilfe erlaubte. Aber Sie! Und dabei war mir damals schon völlig gleich, was Sie dachten.

Ich sah wie betrunken in Ihr Gesicht, ohne seinen Ausdruck verstehen zu wollen – das Aufundabspiel Ihrer Augenbrauen war nur es selbst und bedeutete nichts und ich hätte es tagelang anschauen können. Aber Sie haben mich deshalb nicht verachtet. Sie haben mich ertragen und wären mit weniger nicht zufrieden gewesen. Deshalb hat meine Liebe all die Jahre gedauert, ohne einzutrocknen.

Als Sie noch bei mir waren, habe ich über Geld gar nicht nachgedacht. Mir gefiel es, wenn Sie bezahlten, in den Restaurants, im Kino, in der Sauna, in den Hotels. Ich habe nicht gewußt, was die Welt kostet – Sie konnten Sie mir ja kaufen. Nachdem Sie gegangen waren, stand plötzlich jeder Tag wie ein Gläubiger vor mir. Aber dann war ich schwanger und alles ließ sich so regeln, daß ich noch immer glauben konnte, Sie seien nur eben in der nächsten Stadt, in einer Nähe, die ich jederzeit hätte erreichen können, wenn ich gewollt hätte. Reichert half mir, auch mein Vater aus der Ferne mit seltsamen Paketen, und manchmal schenkte mir meine flüchtige Mutter ein paar lang vorhaltende Stunden.

Sie aber? Ich spürte damals noch gar nichts, Sie waren ja da und nur für Augenblicke verhindert wie durch einen Schlaf. Ich wollte Ihnen immer in den Schlaf folgen, erinnern Sie sich noch? Und ich habe es gelernt, in der gleichen Sekunde wie Sie einzuschlafen, als seien wir in einem einzigen Boot und legten ab. Gekentert bin ich ein paar Monate nach Roberts Geburt. Als alles geordnet war und seinen Weg gefunden hatte, und ich dachte, daß Sie doch jetzt wiederkommen müßten: Da kippte ich um. Ich vergaß Luft zu holen. Das Essen fiel durch mich hindurch. Chagrin d'amour dure toute la vie, heißt das Lied. Aber das kann keiner aushalten. Ich konnte mir nicht einmal vorstellen, dies sei ein einmaliges, nur von mir geborenes Leid. Ich wußte, daß es jeden Tag geschieht. Ich genoß es nicht. Es sollte nur aufhören.

In dieser Zeit – als mir klargeworden war, daß Sie wegwaren, unwiderruflich verschwunden, in einem andern Land, aufgelöst, spurlos, vielleicht in anderen Frauen, nein, ganz sicher in anderen Frauen – da ging ich auf der Straße mit so tief gesenktem Kopf, daß ich nur noch die Hunde begrüßte. Immer dieselben unerlösten Blicke aus ernsten Pelzgesichtern, immer drehten sie sich im Vorbeigehen nach mir um, wollten mich nicht so verlassen, spürten, daß ich Trost brauchte. Ihre Herren und Herrinnen mit den erhobenen Köpfen sah ich gar nicht.

Ihnen wird noch die Milch giftig werden, sagte Reichert. Das war mir egal, alles konnte meinetwegen giftig werden, die ganze Welt hätte zergehen können in einem grünen Schleim und ich hätte es nur für angemessen gehalten.

Robert? Wie hätte er mich trösten können mit seinem Knopfgesicht und den verdächtigen Augen? Ich wollte nicht jung sein, ich wollte nicht alt sein. Da ging einmal ein Mädchen vor mir her, erst schaute ich ihr nur auf die Schuhe, aber dann an ihrem geblümten Rock hinaufbis aufeine blanke grüne Bluse, die saß auf ihr wie Lack und ihre Hüften tickten so fröhlich nach rechts und links, tickten und wußten, daß bald einer kommen würde, wenn nicht heute, dann morgen. Das ist nun schon lang her und ich weiß heute noch, was ich fühlte, als ich hinter ihr herging, ein leeres Gefäß, mein Kleid raschelte an mir wie eine tote Hülle.

Aber die Alten in der Straße waren auch kein Trost. Sie hackten so selbstgewiß ihre Absätze ins Pflaster und ließen ihre Blicke auf Jagd gehen, ob es ihnen wohl heute gelingen würde, einen anderen Blick einzufangen und festzuhalten, vielleicht sogar noch etwas reden, sich beklagen. Sie trugen riesige Taschen – wofür? Und alle möglichen Sicherheitsmaßnahmen schützten ihre dünnen Portemonnaies, so daß sie sie, wenns am Kiosk ans Zahlen ging, nie finden konnten. Es gab fast nur alte Frauen. Entweder waren die Männer alle tot, oder sie hatten vernünftigerweise einen eigenen Stadtteil für sich. In dieser Zeit des Entsetzens schauten mich die alten Frauen besonders dringlich an, sie rochen das Leid und hätten gern ein wenig dran geleckt.

Sie sollten sich mal aussprechen, Kind, hat mir eine am Bankschalter von hinten über die Schulter geflüstert. Ich wollte nicht mit diesen Frauen sprechen. Vielleicht kannten sie meine ganze Geschichte, ihre ganze Geschichte, schon und konnten mir sagen, wie sie ausging. Und das wollte ich nicht wissen. Freunde? Natürlich hatte ich Freunde, das wissen Sie doch. Sie hatten damals meinen Hofstaat nicht gern, dabei waren es nur ein paar Stammgäste, mit denen ich auch am Institut zu tun hatte, und ein paar Augenstreicheleien. Das hatten Sie mir mit Ihrer Flucht auch weggenommen.

War Ihnen eigentlich klar, daß Sie alles mitgenommen hatten in Ihre Fremde, auch alles, was mir gehörte? Die Freude und das Wetter, das Atmen beim Treppensteigen, den Geschmack von Himbeerjoghurt am Morgen oder das Zusammenzucken im Magen, wenn man ein Geschenk bekommt, mit dem man nicht gerechnet hat? Das alles hatten Sie mitgenommen, und wie man nach einem Einbruch erst allmählich merkt, was fehlt, wurde mir meine furchtbare Armut erst nach und nach klar. Aber ich habe trotz allem kein einzigesmal gewagt, Sie zu verfluchen. Ich wußte genau, daß jeder böse Wunsch sofort in Erfüllung gehen würde, ich brauchte nicht einmal Ihr Bild zu durchstechen, das bloße, leise Wort, vielleicht der bloße Gedanke hätte genügt. Sie müssen das auch gewußt haben. Erst später ist mir aufgefallen, wie mutig Sie waren, als Sie sich retteten.

Und die andere Sehnsucht? Ich hätte alles tun wollen, was für die Körper jemals erfunden worden ist, aber nur mit Ihnen. Nur mit Ihnen waren alle Ideen, alle bizarren Bilder als Wirklichkeit denkbar, und ich wünschte sie mir bis zur Unerträglichkeit. Mich anderswo zu trösten wäre mir damals nicht in den Sinn gekommen.

Seien Sie sicher – das hat sich im Lauf der Jahre geändert. Haben Sie es jedesmal gespürt?

Auf dem Papier kann ich Ihnen alles antun: Ich kann Sie kahl und dick werden lassen oder grau und mager, ich kann Ihnen Krankheiten und Enttäuschungen, Pleiten und Impotenz anhängen. Jetzt bin ich Ihr Gott, weil Sie nichts davon wissen. Aber ich kann es nicht, weil Sie der meine sind.

Sie werden kaum verändert sein, wenn Sie zurückkommen, reicher vielleicht, und in den Augen mehr Bilder als früher. Sie werden ohne Gewissen sein wie immer, und deshalb wird es weitergehen können mit uns. Natürlich werden Sie entzückt sein über Ihren Sohn (einer Ihrer wenigen weißen Söhne, nicht wahr?), Sie werden ihn ansehen wie ein zufälliges, höchst willkommenes Geschenk. Vielleicht werde ich Sie, wenn ich Sie mir zu Ende ausgedacht habe, niemals wiedersehen wollen!

Damals also: Das Haus – ein leeres Labyrinth voller Bäder, ich ging herum und sah immer wieder in die Räume, entdeckte immer neue Wasserstellen, und Reichert ging neben mir her, das Baby auf seinen dürren, knackenden Armen.

Warum haben Sie das gemacht? fragte ich ihn. Sauberkeit, murmelte er, Sauberkeit. Das muß man doch nicht erklären. Jemandem, der ein Kind hat, muß man das doch nicht erklären.

Vielleicht dämmerte es mir da, warum er die Strecke scheute, die in normalen Wohnungen zurückgelegt werden muß, wenn man sich waschen will. Er wollte es in jedem Raum können, er wollte auch andere, die er nie gesehen hatte, dazu zwingen. Wahrscheinlich konnte er sich nur Schuldige vorstellen, die in den Räumen leben würden und sich jede halbe Stunde erleichtert die sauberen Hände noch einmal säubern würden, wieder und wieder. Die Dutzende von Bidets, die er hatte installieren lassen, hingen wohl mit Mailand und seiner alten Syphilis zusammen. Ihr verdankte er seinen armen, knieknickenden Gang.

In seiner Wohnung häuften sich die Aktendeckel. Manchmal sah ich ihn tagelang nicht und mußte die Seminare schwänzen. Das waren die Prozeßtage, zu denen Reichert ging wie zu einer gleichgültigen Arbeit. Es hat lang gedauert, bis ich in den Akten zu schnüffeln begann. Gelesen, wirklich gelesen habe ich sie erst lang nach seinem Tod. Ich kann mir vorstellen, daß er sich irgendwann gespalten hat – nicht so vage, wie es die Psychiater einen glauben machen wollen, sondern unwiderruflich zwei Reicherts wurde, der junge Täter und das alte Opfer. Wenn ich ihn fragte, drehte er seinen Kopf hin und her, als suche er jemanden, der hinter mir stand. Es war ihm gelungen, sich selbst nicht mehr zu kennen. Anscheinend war ihm das endgültig so gelungen, daß auch andere ihn nicht mehr erkannten. »Die Zeugen schwiegen verzweifelt auf entscheidende Fragen«, stand in einem kleinen Zeitungsbericht, den ich ausgeschnitten und mit einem roten Klebezettel markiert auf seinem Tisch gesehen hatte.

Warum ich mich nicht vor ihm geekelt habe, warum ich nicht schreiend vor Angst und läppischem Zorn weggelaufen bin, weiß ich nicht. Reichert hatte mich wohl überzeugt. Er war nur noch ein Greis von tückischer, weißhaariger Harmlosigkeit.

Meine Mansarde war so weit von ihm entfernt, daß ich mich auch nicht als Abhängige fühlte. Er braucht mich mehr als ich ihn, dachte ich damals. Und Robert, das arglose, gutriechende Bündel, Robert, ohne den ich die Zeit der Trennungserkenntnis nicht überstanden hätte (oder eben nur überstanden hätte), sorgte dafür, daß ich nicht zuviel nachdachte über den alten Mann und das Haus, in dem wir alle drei lebten.

Es war im Sommer nach Ihrem Verschwinden. Erinnern Sie sich noch an die Sommer in dieser Stadt? Es sind ältliche Sommer, sehr auf Ruhe bedacht, still und staubig, und je mehr die große Nachbarstadt in den Ruf der Unruhe und der Ruppigkeit gerät, desto stärker pflegt man hier die luxuriöse Langeweile. Aber damals tat mir die Langeweile gut. Ich verschloß die

Mansarde und roch an meinem Kind, das, seit ich abgestillt hatte, seinen Geruch veränderte, ich ließ Tag und Nacht die Fenster offen und saß in der Hitze, als könnte ich mich dörren, bis zur Gefühllosigkeit austrocknen.

Als hätte Reichert meine ärmlichen Versuche, dem Schmerz mit der Natur beizukommen, geahnt, verglich er mich eines Abends herzlos mit einer Backzwetschge.

Er war in letzter Zeit leiser geworden, schnappte seine Sätze nicht mehr so laut und knapp in die Gegend wie sonst, ging noch weichbeiniger und ließ sich sogar manchmal ohne Krawatte und in grauen Strickjacken sehen, was früher, ach, noch vor einem Jahr, gar nicht auszudenken gewesen wäre. Oh Mailand! Aber sonst fiel mir nichts an ihm auf. Er war mir so gleichgültig, wie alle Menschen mir gleichgültig waren, außer Ihnen und Ihrem Sohn.

Ich konnte mit niemandem über meine Liebe sprechen. Die Mädchen, die ich kannte und mit denen ich im Seminar arbeitete oder im Café – was hätte ich denen sagen sollen? Wie Sie mir in die Nähe gekommen sind? Wie Ihre Nähe aussah? Daß Sie mich in all der Zeit so wenig fragten, wie ein Durstiger ein Glas Wasser fragt, ob es getrunken sein will? Die hätten mich ausgestoßen, hätten nichts verstanden, geschweige denn, meine Krankheit geteilt. Am meisten ahnte wohl noch Reichert. Aber ich kam nicht über die Vermutung hinweg, daß er in einem Alter, in dem man sich sonst in Liebesschmerzen windet, damit beschäftigt gewesen sein muß, Menschen umzubringen, und ich konnte nicht mit ihm reden.

Von meiner Mutter bekam ich von Zeit zu Zeit eine Karte, anscheinend hielt es sie längere Zeit in Ägypten. Sie waren ihr unheimlich gewesen, vielleicht spürte sie etwas von Ihrer Festigkeit und wollte Sie deshalb nicht wahrhaben. Natürlich hat sie immer den Altersunterschied vorgeschoben. Mein Vater? Was er damals tat, weiß ich nicht mehr. Jedenfalls schickte er aus irgendwelchen Delikatessenläden in München oder Hamburg Pakete, so daß ich manchmal (ich aß damals sowieso nicht viel) eine eigenartige Diät aus Tütensuppen und getrüffelter Gänseleberpastete, gekochten Spaghetti und Hummerschwänzen hatte. Es war mir egal, und die Mädchen im Café freuten sich, wenn ich etwas mitbrachte.

Sie sehen also, ich war ganz allein. Allerdings hatte ich das schon gewußt, als ich noch mit Ihnen zusammen war. Mein eigenes Geschlecht bot mir keine Rückzugsräume mehr, keine Erholung, ich saß auf einem Berg ungeteilter Geheimnisse und hielt sie für einen Schatz. Erst viel später wurde mir klar, was ich aufgegeben hatte.

So redete ich viel mit Robert und das schien ihm zu bekommen. Ich erzählte ihm alles und schämte mich auch nicht, wenn ich manchmal weinte, und er mir ins nasse Gesicht griff. Vielleicht hat ihm das etwas von seiner jetzigen Ruhe und Nachdenklichkeit gegeben. Er schlief und wachte als Baby immer im Gemurmel der Stimme seiner Mutter, denn wenn ich schon Ihr entsetzliches Schweigen aushalten mußte, wollte ich wenigstens meine eigene Stimme nicht vergessen.

Dieser Sommer 76 war lang, trocken, weiß vor Hitze, endlos. Stundenweise wurden die Wasserleitungen abgedreht und ich hängte in meiner Mansarde feuchte Tücher auf, damit Robert keinen Hitzschlag bekam. Ich hatte eine Arbeit zu schreiben über Hartmann von Aue und saß nackt an meinem Tisch, während der Füller mir in der Hand klebte und das Papier sich warf.

Aber die Hitze störte mich nicht, ich nahm sie nur wahr, ohne sie zu empfinden, denn wie hätte es ohne

Sie kalt sein können oder heiß? Vor allem heiß? Das Haus knackte, als stünde es in Flammen und mein Kind machte keine unnötige Bewegung, rollte nur sacht auf seiner Decke hin und her. Es fiel mir nichts ein, was auch nur entfernt mit Hartmann von Aue zu tun hatte. Ich weiß noch, diese Mittagsstunde war wichtig, ich spürte es, bevor noch irgend etwas geschehen war, bevor die Ereignisse den Weg zu mir gefunden hatten. Sie werden das viel häufiger erlebt haben als ich. Wenn man in fremden Ländern ist, denke ich, geschieht das öfter, dieser Stich, wie wenn man etwas an die Wand spießt, um es nicht zu vergessen: Das bin also ich. Plötzlich weiß man das ganz genau, man spürt, wie sich das Blut in einem bewegt und dieses Pumpen und Zirkulieren, dieses Mahlwerk aus Ernähren und Ausscheiden hat plötzlich einen Sinn. Man bildet es sich jedenfalls ein.

An diesem Mittag war es so, ich saß da, eine Liebesschmerzmaschine, eine Schweißproduzentin. Was gehörte mir? Eine halbe Arbeit über Hartmann von Aue und ein Säugling, ein Zerrspiegelchen, in dem ich undeutlich das Gesicht eines verschwundenen Mannes sehen konnte. Die Zeit trug uns immer weiter auseinander.

An diesem Nachmittag fing Reichert an zu sterben. Deshalb wurde es vorn im Haus ganz ungewohnt lebendig, ich hörte Autos ankommen, ein Hin und Her im Gartenkies und die Tür, ganz von fern, aber unverkennbar, ihr sattes, öliges Schnappgeräusch.

Das hat sie übrigens immer noch! Vor kurzem hat ein Hotelgast zu mir gesagt, es sei die einzige Tür auf der Welt, die ihn an eine Familie erinnere. Und er ließ sie ein paarmal schnappen. Hören Sie? sagte er ganz verzückt zu mir. Natürlich wußte ich es, aber das ist einer von meinen Tricks, ich lasse die Leute alles selber entdecken. Schnapp, sagt diese Tür, ein feuchtes Geräusch. Wahrscheinlich fühlen sich die Gäste von ihr eingesaugt, verschlungen. Das scheint ihnen angenehm zu sein.

Ich hatte mir gerade irgendeinen Kittel angezogen, um hinüberzugehen, als jemand mich holen kam. Ich kannte ihn vom Sehen, es war der Tabakhändler, bei dem Reichert seine Zigarren kaufte. Was machen denn Sie hier? habe ich ihn gefragt, aber ich wußte es eigentlich schon, bevor er antwortete. Reichert hatte ihn angerufen, weil er der erste Name in seinem Adreßbuch war.

So ein Glück, sagte der Tabakhändler Albus immer wieder, so ein Glück! Ich verstand nicht genau, was er meinte, und er wiederholte es seufzend, als wir, Treppe runter, Treppe wieder rauf, zu Reichert rannten.

Um den wird es ewig schade sein! sagte Herr Albus in Reicherts Diele, solche wie ihn gibts nicht mehr. Wenns die noch gäb, säh alles anders aus! Damit hatte er recht, deswegen habe ich auch nicht angefangen, mit ihm zu streiten.

Ich hatte Angst an diesem Nachmittag, vor allem davor, daß ich keine Zeit mehr haben würde, meine eigenen Gefühle Reichert gegenüber zu klären. Ich war ja auch noch ziemlich jung, und so dachte ich, daß er wohl jetzt sein Gewissen entlasten wollte. In ihm waren doch diese Bilder aufbewahrt, die man schon im Kino nicht aushalten kann. Er mußte sie in sich ertragen! und ich schaute ihn an, der Arzt schaute ihn an, ein fremder Mann schaute ihn an, aber er hatte den Kopf abgewendet, damit man seinen vom Schlag schiefgezogenen Mund nicht sah.

Ich schwöre Ihnen, ich habe damals noch keine Ahnung von der Erbschaft gehabt, und daß der fremde Mann ein Notar war, erfuhr ich erst später. Einstweilen wunderte ich mich nur über seine zudringliche Art, mich anzuschauen, so, als teilten wir beide ein obszönes Geheimnis. Später habe ich darüber gelacht, weil dieser erdbeernasige, bebrillte Mensch am Bett des Sterbenden als einziger wußte, daß ich in wenigen Stunden eine richtig gute Partie sein würde.

Reichert hatte Mühe, Luft zu bekommen. Um irgend etwas zu tun, nahm ich ihm das Federbett weg und gab ihm ein Leintuch, holte ein nasses Handtuch und legte es ihm auf den Kopf, wobei ich darauf achtgab, ihn nicht zu berühren. Bei so einer Hitze stirbt man doch nicht! dachte ich.

Das kann dauern! sagte der Arzt. Reichert mußte es gehört haben, aber er bewegte sich nicht und die Hälfte seines Gesichts, die ich sehen konnte, schien einen verächtlichen Ausdruck zu haben. Ich wollte nicht bei ihm bleiben, weil ich mich fürchtete und weil ich fand, Reichert habe kein Recht darauf, von mir bis zum Ende begleitet zu werden.

Ich bin nur die Untermieterin, sagte ich. Außerdem muß ich mich um mein Kind kümmern, es ist sowieso schon zu lang allein da oben! Mir schien, als ändere sich der Ausdruck auf Reicherts Gesicht.

Sprechen kann er wahrscheinlich nicht, sagte der Arzt. Aber er brauchte gar nicht zu sprechen, ich ahnte, was der alte Mann wollte.

Ich kann doch das Kind nicht mit hierherbringen, sagte ich. Reichert versuchte, ein Auge zu öffnen.

Damals habe ich ganz kurz und viel zu schwach gespürt, wie herzlos einen die Liebe macht. Bei mir war nichts mehr für andere übrig. Ich hatte buchstäblich für niemanden mehr etwas übrig, auch kein Mitleid für diesen sterbenden alten Nazi. Ich wußte genau, daß er nur eines wollte – das Kind noch einmal sehen. Es gab keinen Grund, ihm das zu verweigern, denn ich hatte es ihm ja oft genug anvertraut, als ich seine Hilfe brauchte. Jetzt brauchte er die Hilfe des

Kindes und ich fand nichts dabei, sie ihm vorzuenthalten. Liebe macht uns zu Henkern. Ganz unschuldig begeht man jede Gemeinheit. Denkt nicht einmal nach. Sie werden sehen, daß man dafür bestraft wird.

Ich habe Robert übrigens dann doch noch heruntergeholt, ich hatte ihm nur ein Windeltuch umgebunden. Aber ich weiß nicht, ob er den Kleinen noch wahrgenommen hat, und ich weiß auch nicht, wann genau Reichert gestorben ist. Bei dem Wetter muß man ihn umgehend abholen lassen, sagte der Arzt irgendwann. Da war es noch nicht Nacht. Ich fühlte mich nicht verantwortlich, nahm mein schlafendes Kind mitsamt seiner feuchten Windel und stieg langsam meine Treppe hinauf in die Mansarde, machte die Leintücher von neuem naß und wartete darauf, daß ein Nachtwind käme.

Robert hat an dem Abend ein bißchen genörgelt, das weiß ich noch. Und ich entschloß mich, Ihr Foto herauszuholen, es aus seinem Versteck zu befreien. Jetzt brauche ich das, habe ich gesagt, wie man sich einen Schnaps nimmt vor Schwäche oder Aufregung. Aber Schnaps bekam mir nicht – ich vertrage immer noch nichts! – und Ihr Foto vertrug ich auch nur selten und mußte mich lang darauf vorbereiten es zu sehen, und lang brauchte ich, um mich davon zu erholen.

Es geht mir immer noch so, aber mittlerweile habe ich es auf einen Meter vergrößern lassen und an eine Wand geklebt, eine Wand in einer entlegenen Dachkammer. Ich gehe sehr selten dorthin, wie zu einer gefährlichen Orgie, ich fahre auf der Vergrößerung mit den Fingern umher, langsam, als suchte ich auf einer Landkarte eine fremde Stadt. Mein Jetzt betrügt Sie mit Ihrem Einst, ich betrüge Sie mit Ihnen, mit diesem fast noch jungen Mann, der Sie vor zehn Jahren gewesen sind. Damals aber, am Tag von Reicherts Tod, mußte ich allerlei Schlüssel suchen zu irgendwelchen Kästchen. Ich hatte ein Wunderknäuel und Überraschungspaket aus Ihrem Foto gemacht, eine Kassette und noch einmal eine Schachtel und ein roter Umschlag und dann Goldpapier und drin ein Paßfoto. Sie. Ich habe gewartet, während der Tiefschlag abebbte und mir das Blut von der Magengrube langsam wieder in den Kopf stieg.

Manchmal gelingt es mir, zu denken, daß Sie gar nicht schön sind. Das hilft mir aber nichts, weil ich weiß, daß in mir eine Fremde sitzt, die mir solchen Unfug einredet und mir weismacht, das sei ein Trost. In der Sommernacht des Jahres 76 war diese Fremde noch nicht geboren. Ich hielt das Paßfoto, Ihr Gesicht, an meinen schweißfeuchten Hals. Robert hörte nicht auf zu nörgeln, und ich hätte ihn auf den Schoß nehmen sollen, aber ich tat es nicht, nicht an diesem Abend. Irgendwann schlief er ein. Aber ich dachte nicht an seine Enttäuschung und seinen Verlust (denn er hatte diese alten Hände und die einzige vertraute Männerstimme verloren).

Ich hielt das Paßfoto ans Gesicht gepreßt und schaukelte auf meinem Stuhl vor und zurück, vor und zurück. Ich dachte nicht an den Toten, sondern nur an Sie. Sie können nicht wissen, wie sehr man sich dieses Zustands schämt. Sie werden ihn nicht kennen. Jetzt stelle ich mir vor, daß Sie mir widersprechen, gottseidank sind Sie zu weit weg, um mich, was ich befürchte, zu bestätigen.

Ich habe das Haus geerbt, dazu noch ziemlich viel geheimnisvoll verstecktes und verteiltes Geld. Noch nach Monaten hat der Notar Mitteilungen von irgendwelchen Schweizer oder Liechtensteiner Gesellschaften und Banken angeschleppt, aus denen wieder ein neues Geldbrünnlein zu fließen begann. Es hat ziemlich lang gedauert, bis ich meine veränderten

Verhältnisse begriff und begann das Haus zu bewohnen, meine Bewegungskreise auszudehnen. Reichert hatte ein ziemlich kompliziertes Testament gemacht, denn natürlich kam es ihm auf Robert an und nicht auf mich. Der Säugling konnte noch nichts Böses über ihn wissen, das muß Reichert wie eine Absolution erschienen sein. Robert wird aber erst mit dreißig in den Genuß von dem kommen, was ich aus dem Vermögen gemacht habe. Denn ich habe Befugnis, zu investieren, mit dem Geld etwas anzufangen. Ich bin nicht gezwungen nur zuzuschauen, wie es auf der Bank Junge kriegt. Damit ich nichts allzu Kühnes damit anstelle, hat mir Reichert den Erdbeernasigen als Aufpasser zur Seite gestellt.

Der ist ein Kapitel für sich. Wenn Sie nur hier wären! Sie würden diesen trockenen Schnüffler vielleicht vertreiben können. Immer hängt er bis über die Ellenbogen in irgend jemandes Leben, meist in meinem. Robert nennt ihn den Zackenbarsch. (Er hat sich einen solchen Fisch gekauft, der schnobert unermüdlich und rundäugig an der Aquariumwand entlang, kein Fleckchen Glas bleibt unbeschnüffelt.) Dieser Zackenbarsch heißt Siegmar Selbig und ist eine Plage. Aber ich bin froh, daß es ihn gibt, weil ich durch ihn zum Geld ein eher unfrohes Verhältnis bekommen habe. Wenn Selbig nicht in mein Leben geschlichen wäre, hätte mich der Goldregen vielleicht erschlagen. Oder ich wäre mit Kind und Scheckbuch auf und davon und hätte Sie gesucht. Ich hätte Sie auch gefunden, aber das hätte ein Ende geben können. Die Gefahr war viel zu groß. So aber lag ich an der Leine von Siegmar Selbig.

Manchmal will er mich heiraten. Fräulein Fuhrknecht! sagt er dann – denn er muß mich schon ein bißchen daran erinnern, daß ich eine ledige Mutter bin, nicht wahr, und daß seine Neigung zu mir einen

Charakter hat, einen guten und anständigen nämlich, er, Siegmar Selbig, könnte ja schließlich eine Unbescholtene heimführen. Das alles ist in seiner Stimme wenn er: Fräulein Fuhrknecht! sagt.

Fräulein Fuhrknecht! Ihr Geld ist mir eine Bürde! Es versperrt uns beiden den Weg!

Ich habe ihn gefragt, welchen Weg er meint, und sagte ihm, daß es mir leid täte, wenn ihn eine Bürde bedrücke. Aber schließlich werde er aus dem Nachlaß nicht schlecht für seine Beratertätigkeit bezahlt.

Zahlen! Zahlen! ruft er dann traurig und seine Erdbeernase zuckt wie ein Schnäuzchen. Das ist es eben. Es ist ein Fluch!

Ich lasse ihn in dem Glauben, daß er ein Held ist, weil er meines Geldes wegen den Weg zu mir nicht findet.

Seit zehn Jahren ist der Zackenbarsch mir nun treu, dafür schnüffelt er und heimst Brocken von fremdem Leben ein, damit er nicht vor Langeweile zugrundegeht. Seit einigen Jahren darf er nur noch am Nachmittag kommen. Oft war er nämlich das erste Gesicht am Tag für mich gewesen, und das habe ich nicht ausgehalten. Robert schien ihn zu mögen, aber es war wohl nur die Nase, die ihn immer wieder entzückte.

Bunt! Bunt! hat er immer geschrien, als er noch klein war. Selbigs Nase läßt auf eine Neigung zu übermäßigem Lebensgenuß schließen. Aber leider hat er sie nur einfach so, als physiognomischen Jux, sozusagen. Er leidet sehr unter ihr und nennt sie unpassend. Das sagt er natürlich nie zu mir – wir tun beide, als ob es die Nase gar nicht gäbe! – sondern erzählt es Pasodoble, zu der er ein uferloses Vertrauen hat. Ihr gegenüber ist sein Mitteilungsbedürfnis nicht einzudämmen, er kann die Wörter und die Gedanken nicht mehr halten, er redet und redet, gibt sich preis, schwitzt, weint, und geht dann, erleichtert und erschöpft wie nach einem Liebesakt. Pasodoble hat diese Wirkung auf viele Menschen, sie befördert eine Art verbaler Ejakulation, langanhaltende Entladungen von Lebensgeschichten. Aber sie gehört jetzt noch nicht in meinen Brief, Sie müssen noch warten.

Es gefällt mir, daß ich jetzt Macht über Sie habe, eine in den Jahren aufgehäufte, angesparte Macht, von der ich nichts herzugeben gedenke bis zu dem Tag, an dem ich Sie wiedersehe und an dem ich sie nicht mehr brauche. Es liegt in meiner Macht, Ihnen Pasodoble vorzuenthalten. Ich kann Ihnen mein Leben mit allen Figuren, die darin mitspielen, vorführen wie ein Stück. Am nächsten Abend, bei meinen nächsten Sätzen dann ein anderes Leben, und Sie werden um Lösungen und Aufklärungen betrogen werden, auch wenn der Tag kommen wird, da Sie sie wissen wollen. Mein Lebensstück, mein Stück Leben, das Sie von sich weggehalten haben, vor dem Sie geflohen sind, weil es drohte, sich mit Ihrem Lebensstück zu vermischen – es wird Ihnen eines Tages fehlen wie ein Arm, ich schwörs Ihnen –, keine Erinnerung ist mit Staub bedeckt, keine der Figuren, die mich haben überleben lassen, wird Ihnen erspart bleiben, ich kann Sie zwingen, diese Menschen von allen Seiten anzusehen, in einer langsam kreisenden Bewegung um sie herumzuwandern. Und immer wieder werden Sie sie in Verbindung mit mir, in ihren feinen Kokons aus Zuneigung, Besitzgier und Vertrautheit zu sehen bekommen. Von den Spinnfäden zwischen all diesen Menschen und mir werde ich Ihnen keinen ersparen.

Aber ich muß zugeben, daß ich darüber erst seit sehr kurzer Zeit nachdenke, erst seit ich mich nicht mehr von der alltäglichen Arbeit in diesem Haus taub und stumm machen lasse. Die zehn Jahre ohne Sie (aber jede Sekunde, auch die selbstvergessenste, mit Ihnen) sind meine Leistung. Die habe ich Ihnen voraus! Denn was haben Sie schon getan auf Ihrer dauernden Wanderschaft? Ich sehe Sie vor mir, wie Sie beharrlich eine lange, nützliche Wunde in irgendeinen Urwald schlagen, der Sie doch gar nichts angeht. Ein blindes, geduldig reißendes Tier, so stelle ich Sie mir vor. Auf einer Ihrer lächerlichen Postkarten (jedesmal, wenn eine ankam, geriet ich in ganz bedrohliche Zustände, hatte Atemnot und Herzjagen, diese Krankheiten, mit denen die Liebe uns wahrscheinlich aufs Altwerden vorbereitet. Eines Tages hat man die alle dann ganz von allein und nur die Liebe nicht mehr.) waren nur Bäume zu sehen, rund wie Salatköpfe und alle in einem unglaubwürdig einheitlichen Grün. Es sah aus, als wollten Sie bei mir um Verständnis für Ihre Vernichtungsarbeit werben, mit diesem kleinen Foto voller häßlicher Bäume beweisen, daß doch erst eine Straße da hindurch allem ein Bild und dem ganzen eine Wichtigkeit geben könnte.

Als ich Sie kennenlernte, war mir Ihr Beruf nah, aber ich hätte es nie zugegeben. Sie unterschieden sich sehr von all den Germanisten und Philosophen, die ich kannte, aber ich spielte mich vor Ihnen mit meinem geisteswissenschaftlichen Pfauenmäntelchen ein bißchen auf. Sie erinnern sich? Wie Sie gelacht haben und alle Schriftstellernamen verwechselten, damit ich Sie verbessern konnte! Jean Paul und Paul Gerhardt und Gerhard Rühm waren alle eins – wie Ihre Salatbäume im Dschungel.

Er verdient immerhin gut, dein Straßenarbeiter! sagte Ilona damals neidisch, weil sie mit ihrem faden Neukantianer immer nur in der Mensa sitzen konnte und ihr gar nichts anderes übrigblieb, als sich für den Konsumverzicht auch noch eine Theorie auszudenken. Ilona, erinnern Sie sich noch? Sie haben immer behauptet, daß sie aussähe, wie eine beste Freundin aussehen muß. Dabei war sie gar keine und jetzt macht sie schon seit Jahren eine Lehranalyse.

Hierher kommt sie erst seit kurzem. Sie findet das Hotel abscheulich und nennt es ein Syndikat. Geld hat sie immer noch keins, aber sie hat mir angeboten, daß sie Robert umsonst analysieren würde, wenn er erst soweit wäre, denn kommen sähe sie es. Mein Vater sagt, daß er sie dann hinauswerfen wird.

Sie hat heute angerufen, natürlich genau zu der Zeit, wenn alle von den Sitzungen kommen, um zu duschen, sich umzuziehen und ihre Karten fürs Theater abzuholen, einen Whisky zu trinken oder sich die Termine für den Abend machen zu lassen. Immer dann ruft sie an und blockiert eine Leitung. Deswegen bin ich ein bißchen durcheinandergeraten mit meinem Brief, aber, wie wunderbar – da brauche ich keine Ordnung, nie haben Sie und ich eine gehabt. Glauben Sie nicht, ich hätte mich geändert!

Genausowenig wie ich es mir vorstellen konnte, daß Sie je eine Straße bauen würden, eine hübsche, feste Bahn von A nach B (denn Sie hatten immer so viel Zeit für die Liebe und für das sie umgebende Vergnügen), können Sie sich wahrscheinlich denken, daß ich ein Hotel leite – erfolgreich sogar, und daß ich darin nicht in einem Wust unvermieteter Betten, staubiger Nachtschränkchen und schmutziger Handtücher verkomme, von Gerichtsvollziehern gejagt. Denn Sie kennen mich ja auch nur so wie ich Sie: viel Zeit für die Liebe, und eine wie die unsere braucht zwei ganze Menschen und füllt sie aus. Sind Sie deshalb geflohen? Gehört es sich nicht für einen Mann, so viele Stunden damit zu vertun, und wenn man Atem holt, an nichts anderes zu denken als an die nächsten Stunden? Vielleicht ist das wirklich unwürdig, ich habe mir damals keine Gedanken darüber gemacht. Aber schon möglich, daß sich auf diese Weise die Liebe aufgebraucht hätte. Außerdem muß man ja die Hotels und Restaurants, die Blumen und den Wein bezahlen können. Ich habe keine Ahnung, wie Sie das damals gemacht haben.

Deshalb war Ilona neidisch. Straßenarbeiter paßte ja politisch in ihre Welt, dagegen konnte sie nichts sagen – aber Straßenarbeiter mit Geld! Straßenbauingenieur, hatte ich geantwortet, denn damals war ich grade fünfundzwanzig und leicht zu beleidigen.

Von Ilona hat Robert das Wort Konsumverzicht gelernt. Kostümverzicht hat er als kleiner Bub gesagt. Sie hat ihm überhaupt eine Menge beigebracht, meistens Unsinn, aber dann kam Pasodoble und erzählte ihm was ganz anderes und mich fragte er dann als Schiedsrichterin. Aber er traute mir nicht besonders viel zu. Mein Vater führt ruhige, abschließende Gespräche vor dem Zubettgehen mit ihm, um das Schiffchen seines Enkels auf all den Weiberwortströmen sicher fahren zu lassen.

Doch ich wollte Ihnen vom abendlichen Wirbel erzählen, in den hinein Ilona immer so treffsicher ihre Anrufe sendet. Das Hotel hat zweiundvierzig Zimmer. Es gibt keinen Unterschied zwischen Einzel- und Doppelzimmern, alle sind gleich teuer, und wenn sich einer jemanden mitbringt, ist das seine Sache. Es sind grundsätzlich zwei Kissen und Decken bezogen, zwei Bademäntel und zwei Dressinggowns hängen in den Bädern (Reicherts Bädern!), und ein Schränkchen ist immer gefüllt mit frischen Waffel- und Frottierhandtüchern. Reine Baumwolle! Jedes Zimmer hat ein zwei-mal-zwei-Meter-Bett. Für ein Haus, wie ich es führe, pflegt das zu genügen. Viele von den Spitzenmanagern haben es an der Wirbelsäule und träumen schon lang von nichts anderem mehr als von Schlaf. Der Standpunkt eines jeden Bettes ist übrigens mit der Wünschelrute festgelegt. Das hat mich ziemlich viel

Geld und noch mehr Kopfzerbrechen gekostet, wenn sich die Wasseradern gerade in der einzig möglichen Stellecke kreuzten. So haben die Betten in vielen Zimmern sehr merkwürdige, modern anmutende Standorte und viele Gäste loben das als innenarchitektonische Verwegenheit. Mag es an der Wünschelrute oder dem kleinen Gerücht liegen, das ich darüber in die Welt gesetzt habe: Die angestrengten Herren der Welt sprechen überall voller Entzücken über die Tiefe und Qualität des Schlafs, zu dem ihnen mein Haus verhilft. Jetzt kommen sogar schon Japaner, aber das sind immer so viele auf einmal und ich muß bedauern. Bei den Amerikanern habe ich manchmal das Gefühl, sie hätten in ihrem ganzen Leben noch kein Auge zugetan, bis sie ihr Weg hierhergeführt hat.

Wissen Sie, daß ich Sie schon die ganze Zeit lachen höre? Sie ahnen, daß ich das Hotel für uns eingerichtet habe! So wollten wir immer wohnen, erinnern Sie sich? Und obwohl ich damals nicht verwöhnt war, und jedes, auch das unscheinbarste Zimmer wunderbar fand, habe ich behalten, was Sie gelegentlich halblaut bemerkten. Sie haßten Frühstücksräume – also habe ich hier gar nicht erst damit angefangen. Frühstück gibt es nur im Zimmer, die eigenartigsten Wünsche werden berücksichtigt, und für die Stammkunden haben wir natürlich die Sonderwünsche im Computer. Die Gäste, die hierherkommen, vermerken auch diese Regelung voll Erleichterung und erzählen sie weiter. Man kann bei mir zum Frühstück eine Binger Jause ebenso haben wie eine Tasse schwarzen Kaffee samt einer diktatbereiten Sekretärin.

Zweiundvierzigmal habe ich Ihnen ein Zimmer eingerichtet. Zweiundvierzig Betten, verschiedenes Licht, wechselnde Blicke aus vielen Fenstern am Morgen oder in der späten Nacht. Jedes der Zimmer habe ich mit Ihren Augen gesehen. Ich bin Sie geworden zweiundvierzigmal, streng und kritisch diesen käuflichen Umgebungen gegenüber. Das alles spüren die Schläfer, aber sie wissen es nicht.

Wie haben Sie gewohnt in all den Jahren und Ländern? Man sieht es oft genug im Kino, das Wellblechhaus mit dem riesigen Kühlschrank innendrin oder die luftige Hütte aus dünnen Hölzern, in der eine Hängematte schaukelt.

Die Zigarettenreklamen waren allesamt mit Ihnen besetzt! Und an den Wochenenden flogen Ihre Filmbrüder immer in große Hotels an blauen Pools, all diese Häuser sahen gleich aus und waren mit den gleichen Frauen geschmückt, die beschlagene Gläser in der Hand hielten und an ihren Strohhalmen saugten, als wollten sie zeigen, was sie können. War es so? War es so?

Irgendwann hat es eine Karte von Ihnen gegeben, die darauf schließen ließ. Wie glücklich war ich, als die kam! Er will mich eifersüchtig machen, dachte ich. Das will er, weil er mich auch in der Ferne nicht aus den Zähnen und Fängen läßt. Die bräunlichen, papierenen Frauenleiber auf der Karte (eine ganz rauhe, stumpfe Karte ohne die übliche glänzende Haut) waren meine Liebesbotinnen.

So wie diese Häuser sollte meines nicht sein. Aber familiär oder niedlich wollte ich es auch nicht. Bei einem Haus dieser Größe ist – das gibt jetzt auch der Erdbeernasige kummervoll zu – nur mit äußerster Exklusivität ein Erfolg zu erreichen. Erfolg hieß für mich auch Geld, das wissen Sie vielleicht nicht, oder haben es mir nie zugetraut. Denn zunächst einmal fiel ja der Pegel von Reicherts Erbschaft. Roberts Erbe wurde drastisch verkleinert, um sich dann im Lauf der Jahre wieder vergrößern zu können.

Wissen Sie überhaupt, was, zum Beispiel, zweiundvierzig Betten kosten? Dafür kann man schon ein kleines Haus auf dem Land kaufen! Und jedes Zimmer sollte sein wie ein kleines Haus. Zweiundvierzig ganz verschiedene Häuser, ein ganzes Dorf für Sie, der Sie in der Fremde Dörfer vernichten. Oder tun Sie das nicht? Man hört genug über die Untaten von Euresgleichen!

Aber mit den zweiundvierzig verschiedenen Zimmern habe ich mir ein Problem eingehandelt, das ich erst später in seiner ganzen Lästigkeit erkannte: Die Stammgäste – also die Machtmännlein aus den Konzernen und der Kultur (ich habe hier alle Sorten) – vergafften sich in irgendein Zimmer und hielten es für ihr eigenes. Die können sich nicht vorstellen, daß so ein Zimmer, so eine hübsche kleine Lügenheimat nicht das ganze Jahr stumm auf sie wartet, wenn sie sie bezahlen. Ich könnte mittlerweile das Haus ruhig und leer haben, glaube ich, und käme auf meine Rechnung. Ein Gespensterhaus. Die können es mit meinen Zimmern doch nicht machen wie mit ihren Ehefrauen! Ich habe das mal dem Pressechef von der Wandermann-KG gesagt. Bezahlen? So ein Zimmer geht zugrunde, wenn nichts in ihm geschieht! Sie werden ertragen müssen, manchmal zurückgewiesen und vertröstet zu werden. Meine Zimmer sind nicht die Ehefrauen, eher die Freundinnen, die sich nicht nur einem widmen.

Es ist diesen Männern ja offenbar alles recht, um ein kleines hierarchisches Leiterchen irgendwo in die Landschaft zu stellen, und aufzupassen, wer raufklettern darf und wer runtergestoßen wird. Auch mein Haus erwies sich – ganz ohne mein Zutun – als geeignet. Denn natürlich haben es einige wenige geschafft, ihren Raum zu erobern und ich erkenne die Stimmen ihrer Sekretärinnen, wenn sie sagen, Doktor Schattenberg wie immer, Frau Fuhrknecht. Aber sie fragen immer nach, ob es auch wirklich möglich ist. Darauf lege ich Wert.

Die Reservierungen mache ich grundsätzlich selber, vieles kann man anderen überlassen, das nicht. Natürlich habe ich alle Messen und Kongresse im Kopf, die das Jahr über für Gäste sorgen, aber auch die regelmäßigen internen Termine, verschwiegen und nur an den Börsenkursen ablesbar. Manchmal waren es nur drei Leute, die sich trafen, noch einmal trafen – und dann immer wieder. Ich rieche es, ob ein Essen oder eine stadtferne Sauferei zur Institution hochgetrieben wird. Sie nennen es dann Arbeitskreis oder geben sich den Namen eines entlegenen Ortes, den sie für würdig befunden haben, ihnen als Hintergrund für weltwichtige Entscheidungen zu dienen.

Ich wuchs immer mehr in die Rolle hinein, ihnen das Bühnenbild zu bauen. Frauensache? Oh ja, Frauensache. Etwas anderes konnte ich damals nicht, hatte bei Ihnen auch nie etwas anderes gelernt, und auch nicht lernen wollen. Aber Frau sein wenigstens konnte ich gut. Erinnern Sie sich? Und auch damit kann man sich eine Art Macht erobern, eine ziemlich lautlose Macht. Sie werden sich wundern, wie das ineinandergreift und wie jede kleine Veränderung des Bildes Folgen hat. Wie Brombeerranken. Du gräbst und gräbst und kommst an kein Ende.

Es wird in diesem Brief ein wenig durcheinandergehen, das stört Sie ja nicht. Aber es ist nicht leicht, immer nur nachts zu schreiben, immer nur eine oder zwei Stunden, immer mit einem Ohr in der Halle, an der Rezeption. Milan ist ein wunderbarer Nachtportier, aber er hört nicht mehr so gut, und er behauptet, daß er sich, seit die Telefone elektronisch zum Quaken gebracht worden sind, reif fürs Altersheim fühle. Von Milan muß ich Ihnen auch erzählen, ein andermal.

Sie bemerken sicher, daß ich, um Ihren Verlust und Ihre Flucht zu überleben, eine große Familie brauchte, die mit tausend Fäden an mich gebunden und fluchtunfähig sein mußte. Diese Familie habe ich mir aufgebaut. Ich habe ganz bewußt für Abhängigkeiten gesorgt, damit nur der Tod einen von ihnen von mir trennen kann – und nicht einmal der, hoffe ich. Also ich schreibe an Sie, in der Nacht, im obersten Stockwerk der Villa, wo wir das Büro und die Privaträume eingerichtet haben. Ich hatte mich nämlich geweigert, einen Fahrstuhl einbauen zu lassen, damit nicht irgend so ein Käfig den schönen Schwung der Treppen verdirbt. So konnten wir das Obergeschoß nicht für Hotelzimmer brauchen, man darf sie doch nicht zuviel Treppen steigen lassen, die Kostbaren und Feinen!

Für mein Geld verlange ich einen Fahrstuhl! hat vor Jahren mal einer gesagt. Sie zahlen deswegen so viel, weil Sie hier keinen zu sehen brauchen! sagte Pasodoble. In letzter Zeit sind sie ja oft sportlich und nehmen zwei Stufen auf einmal.

Wahrscheinlich erheitert es Sie, daß ich bisher nur über männliche Gäste geschrieben habe. Ich sehe Ihre Augen klein werden vor Lachen. Drumherum werden Sie jetzt tiefere Falten haben als vor zehn Jahren. Aber es ist tatsächlich so: Bis auf Begleiterinnen haben wir fast nur Männer hier, es ist nicht das Haus, in das ein freundliches Ehepaar kommt und für drei Wochen einen Urlaub bucht. Manchmal ein Hochzeitspaar, das von uns gehört oder gelesen hat und das den Überschwang seines Glücks ins Spielcasino tragen möchte.

Sie sind immer fröhlich, sagt Milan, auch wenn sie verloren haben. Ich kümmere mich wenig um die Pärchen, ich bin auch nur ein Mensch und mag sie nicht sehen. Es kommt auch vor, daß einzelne Damen ein Zimmer buchen. Man sieht sie dann aber nur zweimal, beim Ankommen und beim Wegfahren. Sie gehen nicht an die Bar, haben aber erstaunliche Zimmerservicerechnungen. Und dann gibt es eben Begleiterinnen, aber nicht so oft, wie man denken sollte. Sie sehen eleganter aus als die Damen auf Ihrer Postkarte und sind mir gegenüber etwas schüchtern. Meist sind sie etwa in meinem Alter, und wenn Sie der Mann wären, der am Ende der schönen Treppe steht, halb umgewandt und den Mantel über der Schulter Kommst du jetzt? ruft, ein wenig ungeduldig – ich käme natürlich. Ich wäre wie sie. Wäre ich das? Manchmal denke ich, daß Sie nur deswegen gegangen sind, damit ich nicht so werde.

Sie sehen, ich bin unermüdlich dabei, mir Entschuldigungen auszudenken, noch immer zerbreche ich mir Ihren Kopf. Manchmal tut einem von den Machtmännern seine Einsamkeit weh. Da hat Milan dann ein paar Landsmänninnen, die gegen jeden Schmerz ein Mittel haben. Nur die können das. Männer haben es mir immer wieder bestätigt, voll erstaunten Glücks. Sie haben keine Angst vor diesen Frauen und überlassen ihnen bereitwillig ihre Körper und manchmal ihre dürren Herzen.

Stellen Sie sich vor: Irgendwann am sehr späten Abend, wenn nur noch wenig Schlüssel an der Rezeption warten, Milan sagt mir gute Nacht und bespricht noch das eine oder andere, in der Bar mag noch Lärm sein – aber der ist Pasodobles Sache und nicht einmal eine Ahnung davon dringt in die Halle –, also am sehr späten Abend – das Haus ist natürlich nicht verschlossen, denn Milan legt sich nie hin, er liest auch nicht wie andere Nachtportiers, sondern er sitzt bis zum Ende seines Dienstes ruhig an seinem Rezeptionstisch –, gehe ich hinauf in meine Zimmer und schaue noch einmal den schlafenden Robert an, dann setze ich mich: Es ist meine Zeit mit Ihnen. Es sind die Nächte mit Ihnen, getragen von all den stummen, atmenden Existenzen in meinem Haus, ein halbes Hundert mindestens, die mich auf ihrem Schlaf tragen, auf ihren unhörbaren Atemzügen.

Ganz oben unterm Dach, da kann ich nicht sinken. Nur so geht die Zwiesprache mit Ihnen und ich habe im Lauf der Jahre gelernt, Ihren Part dabei auch zu spielen. Es gelingt mir ganz gut. Ich habe Sie auch nicht den Gleichen bleiben lassen, natürlich durften Sie sich in den zehn Jahren verändern. Ich habe mir Bücher über Tiefbau gekauft. Manchmal habe ich ein paar von Ihren Kollegen im Haus, ich wende mich ihnen besonders zu, was schon einige auf falsche Gedanken gebracht hat. Denn ich fange selten Affären innerhalb meines Hauses an.

Ja, natürlich habe ich Affären. Glauben Sie, ich wollte vertrocknen? Und wenn Sie dann zurückkämen, fänden Sie ein Abziehbild vor, mit dem staubigen Geruch, dem man das Leben ausgepreßt hat? Sagen Sie ruhig ein anderes Wort für »Affären«, das stimmt dann auch. Das Ordinäre macht mir nichts aus, ich habe es gern, wenn man weiß, worum es geht. Sie haben schließlich auch welche. Das sei etwas anderes? Ach, altes Gerede, altes, wahres Gerede. Natürlich ist das etwas anderes! Verheiratet sind Sie jedenfalls nicht. Und wenn, kümmert es mich nicht. Und »dann lebten sie zusammen bis an ihr seliges Ende« war nie mein Wunsch.

Manchmal aber ist es auch schwierig, dieses Haus voller Atem auszuhalten, diese vielen unschuldigen Schläfer, die ein paar Stunden lang nichts von sich und ihren Taten wissen. Es ist verführerisch. Ich könnte in jedes Zimmer gehen, die gehören mir ja, und manchmal denke ich, daß mir die Menschen während der kurzen Zeit, in der sie in meinem Haus schlafen, auch gehören. Ich gehe selten vor vier Uhr früh ins Bett. Sie wissen selbst, daß dies die schönsten Stunden sind, langsame Stunden, und im Radio findet sich herzzerreißende Musik. Ich verbringe natürlich nicht jede Nacht so, ich gehe viel aus, das ist wichtig fürs Haus.

Damals, als ich anfing, das Haus zu erfinden, habe ich schon begonnen, nach den Menschen zu suchen, die es mit mir zusammen bearbeiten würden. So ein Hotel müssen Sie wie einen Garten bearbeiten, tagtäglich, und jede kleine Nachlässigkeit rächt sich, vielleicht nicht gleich, aber dafür sicher. Ich habe in der Stadt herumgehört, habe Annoncen aufgegeben. Dies ist eine Stadt, in der einige merkwürdige Leute zu finden sind, man muß nur die Stellen wissen, es ist wie bei Pilzen. Die Spielbank ist ein sehr fruchtbarer Platz, ein bestimmtes Café auf der Bahnhofstraße, eins von den pompösen Buttercremehotels in der Innenstadt entläßt dauernd die wunderbarsten Mitarbeiter, man muß nur warten und kann sie dann buchstäblich aufsammeln. Damals habe ich mir einen Teil dieser Familie eingefangen, die ich brauchte, um nicht Ihretwegen zugrundezugehen. Ob Sie dafür je bestraft werden?

Mit Milan ging es mir so. Ich brauchte nur auf ihn zu warten, denn er war mir aufgefallen, als ich in den alten Innenstadtpalästen wildern ging. Er war dort Tagportier gewesen, und das war ganz falsch, das sah ich sofort. Natürlich hatte ich keine Erfahrung, aber wenn man jahrelang Leute bedient hat, sieht man, ob jemand dauernd etwas tun muß, das er nicht kann und nicht will. Milan war unkonzentriert und herablassend, und wenn sich eine Reisegruppe in der Halle drängte und die Raupen aus aneinandergestellten Koffern so häßlich und unkontrolliert überall hinkrochen – dann litt er.

Vielleicht bin ich von ihm begeistert gewesen, weil er mit seinem Akzent und seiner ewigen leisen Empörtheit an die russischen Großfürsten erinnerte, die nach der Revolution in Paris Taxi fuhren. Davon hat man ja eine Menge gehört, wir haben auch mal davon gesprochen, erinnern Sie sich? Und da haben Sie wieder über mich gelacht und gesagt, das mit dem Taxi fänden Sie eine blöde Idee, denn da gäbe es nicht die geringste Chance zur Eroberung eines neuen Fürstentums. Damals haben wir gestritten. Ob man das mit Ihnen immer noch so gut kann?

Aber Milan war natürlich bloß Mathematiklehrer gewesen und ist wegen seiner Frau achtundsechzig aus Prag weggegangen. Dauernd habe sie irgendwas proklamiert, hat er erzählt. Mit ihr sei man ja seines Lebens nicht mehr sicher gewesen. Nein, er sei kein Held. Mathematiker seien selten Helden, dafür verstünden sie zu viel von den Zusammenhängen. Einem Mathematiker fehle das Selbst-Bewußtsein.

A ganz a kleines Radel is ma, sagt er, aber nicht so eitel wie bei die Theologen, sondern nur a Radel, das weiß, daß es eins is.

Gesprochen haben wir eigentlich nur in der ersten Zeit miteinander, als ich ihn vor seinem Riesenhotel abgefangen hatte und ihm den Job bei mir anbot. Er hat sich nicht lang besonnen. Jetzt wär das Haus nichts ohne ihn, es wäre übrigens um einen jeden einzelnen von uns vermindert – nichts. Milan sieht nicht aus, wie man sich einen Portier vorstellt. Die meisten Grandhotels haben da so gestelzte Karikaturen stehen, herrenhafter als die Herren, die dort absteigen, weißhaarig muß der Empfangschef sein, nicht zu dick und nicht zu dünn, groß darf er sein, klein darf er gar nicht sein, wie sieht denn das aus an der Rezeption. Also Milan ist klein und dick. Er ist sogar kugelrund, mit einem würdevollen Mondgesicht und kleinen, runden Händen. Er wird geliebt wie ein Baby, und manche Stammgäste schreiben ihm Postkarten aus Prag, die er lange stumm anschaut und dann in einem schwarzen Kasten verwahrt.

Wie gesagt – besprochen haben wir alles nötige am Anfang. Übrigens habe ich ihm auch von Ihnen erzählt, und er äußerte seine Mißbilligung in dieser merkwürdigen Sprache, die bei allen Tschechen so klingt, als hätten sie nichts so gut und für alle Zeiten gelernt wie Jammern.

Sie haben meine Großmutter nicht mehr gekannt, glaube ich. Die kam aus der gleichen Gegend und hatte sich gleichmütig durchgejammert bis in ihr fünfundneunzigstes Lebensjahr, wobei sie mit dreißig bereits begonnen haben soll, die Familie auf ihr baldiges Ableben vorzubereiten. Wahrscheinlich ist meine Mutter auch ihretwegen so ein Zugvogel geworden. Im Moment ist sie im Sudan, und ich habe immer geglaubt, daß Sie und sie (groß und klein, in diesem Fall müßte man Euch beide groß schreiben) sich einmal treffen, irgendwo im Sand oder an einer schönen Hotelbar. Meine Mutter würde Sie erkennen, obwohl sie uns nur selten zusammen gesehen hat. Sie kennt das große Foto von Ihnen. Ach du lieber Gott, Kind, hat sie gesagt, aber besser, irgendein Wahnsinn, als gar keiner.

Ach ja, Milans Mißbilligung: Wegen an Mannsbild, Frau Chefin, hat er gesagt, es lohnt nicht amal a verpaßte Mahlzeit, das sag ich Ihnen. Da hat die Meinige mehr Verstand gehabt, entschuldigens, wie Sie. (Obwohl bei der Politik hats dann ausgesetzt.) Aber die hat mich genommen, ganz klar, weils da in den Wirbel mit der Leidenschaftlichkeit gar nicht erst hineinkommt, hat sie gesagt. Bei einen wie mir ist ma aufgehoben und kann seinen Anstand und die Wirde behalten. Die Wirde, Frau Chefin, also seins mir nicht beese, aber so wie Sie schaun, ham Sie noch nach zehn Jahr die Wirde nicht wiedergefunden. Es is a Segn, daß mir das Robertl haben. Aber daß es immer wieder dazu kommen muß, is a Fluch. Ich habs immer gesagt – ohne das ganze Kramuri wären die Frauen längst an der Regierung und mir hätten unsere Ruhe und die Mathematik könnt endlich gelehrt werden, wie sichs geheert, eins, zwei Jahrhunderte nichts anderes.

Ich hab so gelacht an dem Abend, als Milan mir die Liebe erklärte und ihre Unsinnigkeit, die ich ja weiß – und das mit der Wirde hat mir die Tränen in die Augen getrieben, ich weiß nicht mehr genau, was für welche. – Nu sehen Sie! hat er unwirsch gesagt.

Ich wollte für Sie werben, nicht wahr, das tut man ja bis ganz zum Schluß und erwartet atemlose Stille und ein: Ja dann! Ja, das kann ich verstehen! (Frauen sagen das oft und wissen, wie gut es tut.) Aber bei Milan ging das daneben. Ich zeigte ihm ein Foto von Ihnen und er schaute nur kurz und gleichsam beleidigt in Ihre Papieraugen, bei deren Anblick sich mir noch immer der Magen auf den Weg in die Fußspitzen macht. (Vielleicht hat sie Ihnen ja im Dschungel einer ausgeschlagen? Oder eine hat sie Ihnen ausgekratzt, wenigstens eins?)

No, sagte Milan, sehngs denn das nicht selber? Der hat an Verstand, daß er irgendwo in die Wieste gegangen ist zum Arbeiten. In verninftige Gegenden hätt der gar nichts getan wie Weiber und Weiber, es gibt solche. Ich hab in Prag an Freind gehabt, der hat sich bei mir immer ieberholt. Oder heißt das erholt? Is gleich – immer is er ganz am End gewesen und ganz am Rand und drei bis finf Weiber haben sich das alles ernst genommen. Wie soll der Mensch denken in an solchen Gewurschtel und wie soll er die Erkenntnis finden? Schaun Sie sich den Kerl an, Frau Chefin. Kaa Gramm auf die Rippen zum Schutz vor der Welt. Das hat nur iebel ausgehen kennen.

Wenn ich den Milan dazu gebracht hätte, mir das

jeden Tag zu erzählen, hätte es vielleicht geholfen! Aber so war es die Arbeit, von der er ein Bestandteil wurde und er beutete sich aus. Die Rezeption war seine Heimat. Wir hatten zwar eine Aushilfe, auch einen Tschechen, – denn wenn man erst einen hat, hat man viele – aber prinzipiell war Milan Tag und Nacht da und die Gäste verlangten nach ihm. Er schlief nicht, er las nicht. Er dachte, und ich stellte mir seinen Geist bedeckt mit den zarten Krakeln irgendwelcher Formeln und Gleichungen vor. Im übrigen glaube ich, daß er seine Frau sehr liebt. Sie war trotz der Gefahr in Prag geblieben und schrieb selten. Vielleicht hat er aber auch nur seine politische Rolle kleiner und die ihre größer gemacht mir gegenüber, damit ich nicht fragte. Oft hörte ich nachts leise, klagende Stimmen an der Rezeption, dann hatte Milan Besuch.

Glaub' nicht, daß das leicht war, immer mit fremden Stimmen zusammenzusein. Ich wußte ja nie, wovon sie sprachen, und der klagende Ton ist mir immer wie eine Tarnung vorgekommen, manchmal haben sie sicher über ganz vergnügliche Dinge geredet in dieser wie feuchten, gedehnten Sprache.

Worüber redet ihr die ganze Zeit? habe ich Milan oft gefragt, wenn ich nachts hinunterging an die Rezeption, vor meiner verfluchten Schlaflosigkeit fliehend, die vor Gedanken an Dich nur so wimmelte. Milan hatte das Schlafen ja aufgegeben und ersetzte die Energie, deren es bedurfte, um ein Freund aller Gäste zu sein, mit häufigen, fetten Mahlzeiten und viel Bier, nach dem er allerdings nie roch.

Er wunderte sich nicht über meine Fragen, aber er konnte nicht verstehen, daß ich die halblauten tschechischen Litaneien als Klagelieder empfand. Es sei eine schöne Sprache, meinte er, und die Deutschen – er sei ja selber ein viertelter, aber trotzdem – hätten kein Ohr für die Müsik. Wir reden über Prag, antwortete er auf meine Fragen, oder: Wir reden über Brno! Oder Marienbad oder Oppava oder was auch immer. Immer sprachen sie über Orte wie über Menschen, und ich dachte oft daran, ob auch Ihnen Orte die Menschen ersetzt haben.

Milan kam zu einer Zeit, da ich mich von einer Postkarte aus Malaysia ernährte, auf der lediglich zu lesen war (etwas verwischt, als seien Regen oder Tränen drübergekommen), vielerlei hielte Sie fest, aber Sie seien darüber nicht glücklich. Hatten Sie tatsächlich manchmal das Gefühl, etwas vergessen, etwas nicht erledigt zu haben? Malaysia – ich hatte längst aufgegeben, mir mit Landkarten oder Büchern einen Teil der Fremde einzuverleiben. In meinen Gedanken waren Ihre Aufenthaltsorte ein einziges, dschungelüberwachsenes, heißes und menschenarmes Land, wie man sich das Land vorstellt, in dem alle Abenteuer auf dem Papier begangen werden und das es nicht gibt, außer auf Schreibtischen. Was für ein armseliges und langweiliges Land, und nun trug es für kurze Zeit den Namen Malaysia, wie gleichgültig!

Ich hatte Milan aus dem großen Hotel entführt, aber das war zu einem Zeitpunkt, als Siegmar Selbig (die Erdbeernase, der Zackenbarsch) unwirsch geworden war, nicht mehr sagte: Fräulein Fuhrknecht! Ihr Geld steht zwischen uns! sondern: Fräulein Fuhrknecht! Sie werden bald kein Geld mehr haben, wenn Sie so weitermachen! Anscheinend befürchtete er, daß das dann unerbittlicher zwischen uns stehen würde und daß er gegensteuern müsse, wobei er von nichts anderem als dem Interesse des Kindes und dem Inhalt von Reicherts Testament redete. Er hatte ein bißchen recht: Damals, vor sieben Jahren, hatte ich mich festgefahren, weil ich versuchte, dem Haus eine unverwechselbare, ganz besondere, etwas verrückte, würdevolle und was weiß ich noch alles, Atmosphäre zu geben, vom Klo bis zum Dachboden (das hieß nachdenken, aber auch kaufen!). Und plötzlich bekam ich sehr kalte Füße.

Ich hatte mich da mit Schwung auf etwas eingelassen, das es gar nicht mehr geben konnte. Ich war hundert Jahre, zwei Kriege und fünf Konzerne zu spät dran. Ich war achtundzwanzig, eine verlassene Geliebte mit einem dreijährigen Bankert und einem Salat aus Sozialismus, Waldorfschule und dem Salon der Rachel Varnhagen im Kopf. Ich wollte ein Gasthaus für die Feinde machen, war ich noch zu retten? Nicht auszudenken, welche finsteren Pläne in meinen Zimmern geschmiedet würden, wenn das Hotel erst richtig lief! Und es mußte richtig laufen, sonst war ich pleite, saß auf diesem feenhaften Haus und konnte es nur verkaufen, was mir aber, Sozialismus hin oder her, das Herz gebrochen hätte. Damals hatte es noch keinen Namen, hieß bescheiden Haus Fuhrknecht (entsetzlich und entwürdigend, wie bed and breakfast bei Missis Winterbottom und Gasautomat auf dem Treppenabsatz). Aber die Großen, wenn sie ausgebucht waren, schickten mir schon mal herablassend ein paar überzählige Gäste. Später hatte ich Mühe, die wieder loszuwerden, aber das mußte ich: Ich wollte die, die kein Hotelier jemals wegschicken würde – und die bekam ich auch, nach und nach. Das war ein ziemliches Loch, dieses Jahr 78. Damals fing meine Schlaflosigkeit erst richtig an, nicht gleich, nachdem Sie mich verlassen hatten. Da konnte ich noch eine ganze Zeit von unserem gemeinsamen, üppigen und königlichen Schlaf zehren.

Ich hatte nicht genug Personal, manchmal auch zuviel, weil ich noch keinen Überblick über Belegung und notwendige Bestellungen hatte. Ich wurschtelte und wurde rot, wenn jemand an die Rezeption kam und mir Komplimente über die Zimmer und die Halle machte. (Die Bar kam erst später.) Aber Milan brachte die Sache in Schwung, aus Mitleid, glaube ich. Er war endlich diese andere Halle los, die wie ein mit Plüsch ausgepolsterter Bahnhof war, er hatte Platz und witterte den Beginn einer neuen Familie für sich, auch für mich und Robert. Wahrscheinlich war ihm damals schon klar, daß er eine neue Familie brauchen würde, denn man geht nicht in ein Land zurück, das einen nicht haben will.

Jedenfalls sagt er das, denn wir hier kennen es ja anders, viele sind zurückgekommen und lieben es sogar, dieses Land, sie denken sich die Täter weg und lauter lächelnde Gesichter hinein. Ich habe manchmal Gäste hier, ältere Geschäftsleute aus New York und Tel Aviv, jedes restaurierte Caféhaus, an das sie sich erinnern, begrüßen sie wie einen Menschen. Keiner von denen weiß etwas von Reichert. Aber ich habe auch die Sorte Gäste, die ihn gern gekannt hätten.

Milan warb erst einmal seine alten Grandhotelgäste ab, niemand konnte ihm widerstehen, er stellte zwei Zimmermädchen ein – tschechische, natürlich, eine Soziologin und die andere gelernte Modistin –, er kümmerte sich um einen Zimmerkellner, der sich allerdings als tschechischer Fehlgriff erwies.

Sie werden annektiert, Fräulein Fuhrknecht! sagte Siegmar Selbig drohend. Dann geht es eben einmal in die andere Richtung, antwortete ich, aber mir war nicht ganz wohl dabei. Immer redeten sie durch mich hindurch. Ich besprach auch das mit Milan.

Lernens halt tschechisch! antwortete Milan kurz angebunden, das haben immer die Deutschen an sich, daß sie denken, man hintergeht sie, wenn man anders redet.

Ich wußte, was er meinte, immer wieder stößt einen jemand drauf, aber ich konnte die Vergangenheit doch nicht ändern und ich wagte nicht, ihm zu widersprechen. Es ist gar nicht leicht, sich durchzusetzen, wenn man nicht einmal genau weiß, wovor man Angst hat.

Der Milan ist immer noch so gradaus, seine ganze Verbindlichkeit braucht er an der Rezeption auf, da muß er mit uns ein bißchen harsch sein. Ich habe mich in den sieben Jahren dran gewöhnt. Und er gibt dem Robert Nachhilfe in Mathematik.

Das ist direkt ehrwürdig! sagt mein Vater. Der Rosmarin ist jetzt die vierte Generation, die Nachhilfe in Mathematik braucht, kann auch sein, die fünfte, aber es ist eine direkte Linie. Mein Vater hat von allen Dingen, die in der Schule nützlich wären, keine Ahnung – oder tut so.

Man glaubt nicht, daß dieser Mann einmal eine ziemlich große Werbeagentur geleitet hat, Sie erinnern sich? Alles hat er fallenlassen wie Schmutz, die Gespräche, die Beratungen, die Produkte, er erlaubt es sich jetzt, sich so vor Reklame zu ekeln, wie er es wahrscheinlich schon immer gewollt hatte. Die Hotelgäste – seinesgleichen, seinem früheren Leben gleich – begrüßen ihn respektvoll und wollen die Rede auf früher bringen. Sie, Lieber, haben noch nie jemanden so angewidert schweigen hören! Er grüßt nur, meidet nach Möglichkeit die Halle und die Gänge im Hoteltrakt und hat wie einen Schutz eine dichte Terpentingeruchswolke um sich gehüllt. Einmal war er bei Robert in der Schule, ich habe das erst später erfahren, da wollte er dessen Zeichenlehrer erschlagen, weil er das Talent seines Enkels – wie das aller anderen Kinder – zu Tode schinde. Er hat dem Zeichenlehrer – so einem armen Dritter-Bildungsweg-Würstchen, wie er es nennt – dann nichts getan. Im Gegenteil, der kommt jetzt immer und schaut ihm beim Malen zu.

Wo war ich? Es ist mindestens drei Uhr, ich merks

am Radioprogramm. Ach ja, bei der tschechischen Invasion! Ich glaube, daß ich damals etwas Wichtiges gelernt habe, vielleicht sogar mit Wissen und Billigung von Milan. Man durchschaut ihn nie ganz, diesen merkwürdigen Rundling. Ich habe mich durchgesetzt, habe Begründungen gefunden und an Stellen, wo ich es nötig fand, einfach ohne Begründung entschieden. Den Zimmerkellner, von Milan höchstpersönlich empfohlen und quasi eingestellt, habe ich entlassen, ohne Milan zu fragen. Ich hätte es nicht begründen können. Der Mann hatte was Dreistes, ich erinnere mich, daß ich sogar ein wenig Angst vor ihm hatte. Es gibt solche Leute, Sie werden denen auch begegnet sein, die tun etwas und geben einem dauernd zu verstehen, sie seien eigentlich ganz anderer Aufgaben würdig. Sie erinnern sich an die Gemüseverkäuferin am Samstagsmarkt vor der Michaelskirche, die Sie die Mata Hari genannt hatten? Die einem den Salat immer wie ein Sprengstoffpaket reichte und die Äpfel wie Kurierpost? Die war so eine. Und so war dieser Frantek (oder wie er hieß) auch. Er trug dauernd ein verschwörerisches Lächeln und ging bedeutungsvoll. Das ist für einen Zimmerkellner ganz schlecht!

Sie hätten mir damals sicher recht gegeben. Ich konnte ihn nicht anschauen, er hatte ein blaues Gesicht, gegen das kein Rasieren hilft, und war trotz seiner feisten Backen sehr dünn. Warum erinnere ich mich so genau an ihn, mitten in der Nacht über meiner Flaschenpost an Sie? Weil ich mich schäme, wahrscheinlich. Ich habe diesen Mann weggeschickt, obwohl er alles gut machen wollte. Wahrscheinlich führte er sich nur deshalb so bedeutungsvoll auf, weil er oft genug übersehen worden war, und weil er nicht recht wußte, ob es überhaupt einen Platz für ihn gab. Man wird widerwärtig, wenn man ein Stück Macht an sich gebracht hat oder ein Stück Schönheit. Bei der

Schönheit wird man vielleicht noch unduldsamer. Ich erinnere mich an eine Überlegung, Frantek sähe in der Halle einfach nicht richtig aus, seine blauen Wangen vor den sanftfarbigen Wänden! Es ist entsetzlich, so zu denken. Man weiß, was daraus werden kann. Milan hat den Mann nie wieder erwähnt, aber er wußte, daß ich ihn nicht vergessen würde.

Sie können sich vorstellen, daß man ein Wunderwerk schaffen will, wenn man so etwas beginnt wie ich es getan habe. Es sollte ein vollkommen schönes Haus sein, jeder, der sein Teil Arbeit hineintrug, sollte nichts als Befriedigung und Vertrauen hinaustragen. Die große Familie ohne den Familienhaß war zu erfinden, und das alles, weil ich keinen Geliebten mehr hatte und das Kind keinen Vater, dafür aber ein pompöses Haus, in dem vielleicht ein Fluch steckte. Zwei Familien eigentlich, denn die Gäste sollten wie Verwandte sein, weit gereist und möglichst mit Gold, Weihrauch und Myrrhe. Ich wollte die herrschende Clique beherrschen, weil es mir nicht gelungen war, Sie zu beherrschen.

Es ist spät, bei Ihnen vielleicht früher Morgen, vielleicht liegt Ihr bewußtloser Leib irgendwo vor einer Hütte in einer Hängematte und schaukelt wie ein getrockneter Fisch im Frühwind. Vielleicht sind Sie nicht allein und haben Ihren schweren Arm quer über einen anderen Leib gelegt und Euch verbindet nichts weiter als eine klebrige Kruste aus Salz und Schleim.

Ich glaube, ich muß mich zwischendurch noch einmal verlieben, aber da ich weiß, daß Sie unterwegs zu mir sind, ist das nicht leicht. In Wirklichkeit haben Sie sich gelöst und der Ort, an dem Sie heute nacht (oder an Ihrem frühen Morgen, näher an der Sonne) schlafen, ist schon näher bei mir. Und doch: Ich habe säuerliche Gedanken, das macht häßlich und eine kleine Liebesgeschichte könnte nicht schaden.

Morgen beginnt die Richtertagung. Davon werde ich Ihnen erzählen, oder ich erzähle mir selber davon. Mit einem von denen werde ich Sie betrügen, damit ich schön bin, wenn Sie zurückkommen. Ich weiß nur noch nicht, mit welchem. Die hier wohnen, kenne ich alle, sie kommen jedes Jahr. Die meisten von ihnen sind mir zu alt, obwohl auch diese nicht ohne den Reiz sind, der aus der Macht kommt. Ja ich weiß, ich weiß – aber warum sollte ich es hier nicht zugeben?

Ich werde sie Ihnen genau beschreiben. Es gibt mehrere Gründe, warum ich das will. Zum einen bin ich auf die Besuche der Richter sehr stolz. Daß sie seit drei Jahren immer wieder zu mir kommen, wenn sie ihre Tagung haben, ist ein großer Erfolg. Wir erscheinen in den Zeitungen und nicht nur in unseren zwei Stadtblättern, die der größte Dichter hier einmal »die unsterblichen Schwestern« genannt hat »lang totgeglaubt, nie bestattet, täglich auferstanden«. Also nicht nur da kommen wir vor, wenn die Richter da sind, sondern im Stern und Spiegel und sonstwo. Dann rufen Leute an und sagen, daß sie bei uns wohnen wollen. Ich kann uns aber jetzt fast immer für ausgebucht erklären. Nur wenn die Stimme eines oder einer Liebenden anruft (und wie leicht läßt sich eine Verliebte von einer Sekretärin unterscheiden, denn die Verliebte ist immer ganz sachlich, als spränge ihr das Glück aus dem Mund, wenn sie ihn zu weit öffnet), dann ist ein Zimmer frei. Das muß sein, sonst verliert das Haus vor lauter Geschäften und Strategien das Glück und erstickt in den Machtnetzen. Außerdem kommen sowieso zu wenig Frauen.

Sie sollen wissen, daß ich mit den Richtern auch spielen kann, mit diesen gefährlichen Tieren, weil ich weiß, daß es Sie gibt und weil Sie in Ihrer Abwesenheit den Gedanken an meine Affären nicht zum Schweigen bringen konnten. Das spüre ich. Sie sollen alle Affären kennenlernen, auch die erfundenen. Das sind die schlimmsten, und ich bin mir gar nicht sicher, ob Sie zum Schluß von mir erfahren werden, wen ich mir ausgesucht habe? Es sind sieben Richter. Keine Entscheidung der gesetzgebenden Macht in diesem Land geht ungeprüft an den Sieben vorbei. Sie nennen sich Berater, nur einfach Berater. So dumm, sich »Weise von sowieso« oder »Club irgendwie« zu nennen, sind sie nicht. Sie bleiben immer fünf Tage, treffen sich in Abständen von drei bis sechs Monaten, und manchmal kommen sie zweimal in vier Wochen zusammen. Dann droht irgendeine Gefahr.

Ich habe Ihnen schon erzählt (Ihrem Bild habe ich es erzählt und es ist noch verborgen in diesen Seiten, der Geist steckt noch in der Flasche und ist noch nicht auf dem Weg zu Ihnen. Und doch! daß Du mir näherkommst und mich vielleicht schon hören kannst, nachts, wenn man anders hören kann, Töne von weit her, manchmal kann ich nicht weiterschreiben, da ist plötzlich Dein Geruch im Zimmer oder das Geräusch Deiner Schritte) – also, ich habe Ihnen schon erzählt, daß es hier kein Frühstückszimmer gibt, sondern auf den Zimmern serviert wird und zwar, hoffe ich, vorbildlich. Nein, keine Abfallkörbe auf den Tischen und auch nicht diese verlogenen Buffets, wer soll denn zum Frühstück eine Ananaspyramide aufessen? Das sieht nur aus und bringt nichts. Diese Riesenplatten mit Millimeterwurst, müde, im Lauf des Morgens ergrauende Blätter. Und diese gräßlichen großen Pfannen mit Rühreikrümeln drin und das viereckige Brot, hundertmal ist diese Klage zum Himmel gestiegen!

Wir haben es anders gemacht. Der Gast sagt, was er will, ganz genau, und das bekommt er dann auch, frisch und aufs Zimmer. Aber die Zimmer sind groß, und es hat sich eine kleine Tradition gebildet: Die Frühstückseinladung ins Zimmer. Es sind richtige Rituale, abends vorher wird bestellt, Milan nimmt es auf, gibt Ratschläge, vom Essen versteht er ja was.

Wir haben schon chinesische Frühstücke ausgerichtet! Wenn die Gäste einen Kater haben, ist ein chinesisches Frühstück das beste, viel dünner, grüner Tee und scharfe Suppe, klar und salzig aus guten Hühnern gekocht muß sie sein. Kroepoek, aber frisches, saugt das Gift aus dem Magen und die Suppe kleidet ihn dann wieder aus. Wir haben aber auch schon Tische in die Zimmer tragen müssen, wenn für ein texanisches Frühstück einer nicht gereicht hat.

Diese Frühstücke werden seit einiger Zeit von der Presse registriert. Sie klingeln mich in aller Frühe aus dem Bett und wollen wissen, wer an dem Morgen mit wem zusammensitzt. Journalisten dürfen grundsätzlich nicht ins Haus, aber ich frage am Abend vorher, ob jemand ein kleines Gerücht lanciert haben möchte. Das geb' ich dann vertraulich weiter. Ein ganz alter Trick, aber er funktioniert immer wieder, ich weigere mich auch nicht, mit Journalisten essen zu gehen, am liebsten in einer anderen Stadt.

Wahrscheinlich können Sie sich nicht vorstellen, wie wichtig es für mich war, diese kleinen Machtinseln zu entdecken und zu kultivieren. Nicht Macht, roh gefressen, nicht Konquistadorenpathos, sondern durch die Ereignisse hindurchsehen. Verstehen Sie? Sie machen weite Wege, um das zu erreichen. Denn wozu sonst sind Sie in die Welt gegangen, ins Fremde? Doch wohl, um irgend etwas zu begreifen, um Einfluß zu gewinnen. Anders konnte ich mir Ihre Flucht nie erklären, aber ich habe wahrscheinlich mit der Hölle das gleiche getan. Habe mir die Ereignisse hereingeholt und mich ihrer bemächtigt.

Ach, die Hölle! Eigentlich wollte ich Ihnen ja die Richter beschreiben, aber die sind noch fünf Tage da und können warten. Es ist wichtiger, daß Sie wissen, warum ich mein schönes Haus »Hölle« getauft habe.

Zuerst, in der Anfangszeit, trug es ja nur meinen Namen, das habe ich Ihnen erzählt und auch, daß ich das nicht mochte. Gleichzeitig wußte ich, auch durch Siegmar Selbigs düstere Andeutungen über Roberts dahinschwindende Erbschaft, daß ich mich dem Haus preisgegeben hatte für unabsehbare Zeit, es gab kein Entkommen mehr, und da steckte ich dann auch noch in meinen Phantomschmerzen um Sie, etwas, das gar nicht mehr da war, tat mörderisch weh. Eines Tages sah ich in einem Magazin wunderschöne Fotos von einem alten Hotel in der Schweiz, und oben auf seinem Dach schwebten die Buchstaben »Hotel Angst«. Das gefiel mir sehr, obgleich das einfach der Name des Erbauers war und nicht etwa ein Programm oder ein endlich eingestandener Zustand. Wenn das so heißen kann und – wie der Text zu den Bildern erzählte – sämtliche russischen Großfürsten und amerikanischen Ölkönige dorthin gereist waren, dann soll meines einen noch wilderen Namen bekommen, dachte ich. Sollte heißen nach dem, was es war.

Das Hotel Angst ist jetzt verfallen, es hat den ersten Weltkrieg nicht überstanden. Wir sind konsequent, sagte ich zu Milan. Angst ist schlecht. Hölle ist besser, schlimmer kann es nicht kommen. Eigentlich waren Sie meine Hölle, jedenfalls damals noch, aber das gefräßige Haus, Siegmar Selbig, auch Milan und sogar Robert waren ganz talentierte Unterteufel. Wahrscheinlich ist das auch in der richtigen Hölle so, daß man Satan selber nicht jeden Tag sieht!

Sinds wahnsinnig, hatte Milan damals entsetzt gesagt, das könnens nicht machen. Kein Mensch wird kommen. Es ist eine Sünd, Chefin.

Eben, hab ich gesagt, genau das solls sein – eine Sünde, mit der wir Geld verdienen und den Robert reich machen, eine Sünde, damit ichs aushalte allein zu sein und damit ich eine Welt habe, in der sich dauernd was verändert, ohne daß ich herumfahren muß und suchen. Dafür ist er von mir weggegangen, hab ich zu Milan gesagt, damit sich was verändert. Wir werden ihm zeigen, daß man dafür keinen Schritt zu tun braucht! Es bleibt bei Hölle, und Sie werden sehen, die Leute kommen nach wie vor!

Ich kanns ja nicht einmal aussprechen, sagte Milan klagend. Natürlich sagt er »Helle«, »Hotel Helle«. Daran muß man sich eben gewöhnen, hab ich ihn beruhigt. Eigentlich sagt er »Chotel Chelle«, mit diesem kleinen tschechischen Knurrlaut am Anfang, aber davon läßt sich niemand mehr abschrecken, im Gegenteil. Bis es sich eingespielt hatte, hab ich den Telefondienst meist selber gemacht. »Hotel Hölle, guten Tag . . .« – wie oft habe ich das gesagt.

Sie werden lachen, bis etwa fünf Jahre nach Ihrer Flucht war ich ganz sicher, daß Sie eines Tages anrufen würden. Und ich habe jeden Irrläufer, jede falsche Verbindung, jedes Knacken eines wortlos aufgelegten Hörers Ihrem Konto gutgeschrieben. Wie erfinderisch ich Ihr Konto in meinem Herzen immer wieder auffüllte! Aber egal, die »Hölle« hatte nun einen Ort, war endgültig meine Hölle geworden, und die Gäste nahmen sie entzückt an.

Selbst dem phantasielosesten Betonkopf von Gast fielen kleine Witze ein, die er mit diesem bald als exklusiv gehandelten Namen machen konnte. Wenn Sie mich sehen wollen, gehen Sie zur Hölle! Wir haben den Chef in die Hölle geschickt. Der Chauffeur ist einstweilen zur Hölle gefahren! Und, was mir gut gefällt: Von Anfang an haben die Gäste nicht »Das Hölle« gesagt, wie man es bei Hotels ungeachtet des Namensgeschlechts meist tut – erinnern Sie sich an »Das Angst« – sie haben »Die Hölle« gesagt, denn die

Weiblichkeit der Hölle hatte die Sächlichkeit des Hotels ein für allemal verdrängt.

Der Bar haben Pasodoble und ich keinen eigenen Namen gegeben, wir haben einfach gewartet, bis es einen Sprachgebrauch gab, man soll Namen ruhig den Gästen überlassen. Sie nannten es erst Höllenkeller, Höllenbar, Barhölle und jetzt ist die Hölle ganz aus der Bar verschwunden und die Gäste sagen, wir gehen noch zu Pasodoble. Ich merke schon, daß ich sie Ihnen nicht mehr lang vorenthalten kann, aber ich bin eifersüchtig, wie Sie wissen, und eigentlich will ich Dich nicht einmal auf dem Papier mit einer andern Frau zusammenbringen. Pasodoble und Sie? Das habe ich mir oft ausgemalt, ängstlich, aber auch mit Lust. Ohne Pasodoble könnte ich nicht leben, glauben Sie mir, ich schreibe das nicht unbewußt hin heut nacht.

Es ist sowieso keine Nacht, in der es mir leicht fällt, mich auf Sie zu konzentrieren. Oft denke ich nicht mehr daran, wo ich bin, begleite Sie in die fremde Hitze und Trockenheit und spüre Lehm oder Sumpf unter den Füßen. Die Höllenwände werden dann ganz weit, und Sie können mich nicht abschütteln. Aber heute nacht spüre ich die Anwesenheit der schlafenden Richter unter mir. Das macht mich unruhig, und Sie wären erstaunt, vielleicht eifersüchtig, wenn Sie wüßten, daß die Richter Sie zeitweise aus meinen Gedanken verdrängen. Trösten Sie sich – immerhin braucht es sieben von dieser besonderen Sorte, um Sie für Minuten zu vertreiben!

Vielleicht schlafen sie auch nicht. Sie haben Gesetzesänderungen zu besprechen, die einem den Schlaf schon nehmen könnten. Aber sie sind ja nicht schuld, sie haben nur zu kommentieren und die Einengungen vor der Presse zu begründen. Auf den Straßen ist nichts los wegen dieser Gesetze, nicht wie damals, als die Notstandsgesetze losgelassen wurden. Daran können Sie sich sicher noch erinnern. Das war in dem Jahr, als ich Abitur machte. Ich noch nicht und Sie nicht mehr auf der Straße dabei! Sie gingen gewissermaßen auf der einen Seite, auf dem Bürgersteig, und ich auf der anderen. Aber ich habe nicht aufgehört daran zu denken. Es ist schwer, Ihnen das zu erklären. Ich habe die Demonstranten damals beneidet, aber nicht genau verstanden, um was es ging.

Lang danach geriet ich in dieses Haus und atmete erst unbewußt und dann wacher die Luft ein, die aus seinen Mauern kam. Der Keller, Reicherts Prozeß, all die Schweigsamkeiten erinnerten mich immer wieder an diese vergangenen Maitage und die Schreie auf den Straßen. Es ist aufregend, an diese Schreie zu denken, obgleich anscheinend niemand mehr vorhat, irgendwann wieder laut zu werden. Es gibt auch keinen richtigen Grund, nicht wahr? Sie werden Zeitungen lesen, wo immer Sie sich aufhalten mögen. Von weitem sieht das dann alles nicht so gefährlich aus, und wenn die Zeitung ein paar Tage alt ist, erst recht nicht. Wie winzig sind die Flüsse auf der Karte, wenn man sie sich vergiftet vorstellt, ist das gar nicht schlimm. Überhaupt solche winzigen Ereignisse, die Waffen und die Zäune darum herum und die paar armseligen Pfarrer und Lehrer, die davor sitzen – selbst in einer großen Zeitung Brasiliens oder Dahomeys kommen die doch gar nicht vor.

Ich komm wieder vom Stöckchen aufs Steinchen, aber ich denke an die Richter, die ich in meinem eigenen Haus habe, in diesem Haus, dem ich zu einer anderen Luft, einem anderen Atem verholfen habe, wie ich hoffe. Ich weiß, daß hier jetzt wieder Täter verkehren, andere, und ich kann Ihnen nicht genau erklären, warum ich das sogar will. Manchmal habe ich ein Gefühl, als könnte ich dadurch, daß ich sie unter meinem Dach versammle, eine Kontrolle ausüben, sie vielleicht anders machen. Ich hör Dich förmlich lachen, wenn ich das zugebe. So wie Sie gelacht haben, als ich von Lysistrata erzählte. Das könnte klappen, haben Sie damals nachdenklich gesagt, nachdem Sie ausgelacht hatten, das könnte sogar funktionieren! Aber da machen sie nicht mit, Deine Damen Schwestern.

Ich habe in der Zwischenzeit mal mit meiner Mutter darüber geredet, die hat mich schiefäugig angeschaut und gesagt: Eine großartige Idee, ein wirkliches Konzept. Man könnte die Revolution damit machen, kein Zweifel. Aber bis man sich zu dieser Erkenntnis durchgerungen hat, ist das Schwert stumpf geworden und der Nachwuchs nutzt seine Chance!

Ich laß mich trotzdem nicht davon abbringen: Alle diese Täter, die Chemiefritzen und Waffenverkäufer, die medizinischen Mäusemörder und die Atomprotze, die haben doch Frauen und Freundinnen. Warum kommt aus der Ecke nichts? Es wäre doch phantastisch, wenn die sich träfen und dann beschlössen, so, entweder Du machst was anderes oder eben Lysistrata! Blödsinn, was? Ich finds einen wunderbaren Blödsinn. Ich muß es einmal mit den Richtern besprechen.

Eigentlich sollte ich ins Bett gehen, eben war Robert im Zimmer und hat sich über das Klappern der Schreibmaschine beschwert, das er eingestandenermaßen in seinem Zimmer gar nicht hören kann. Er wollte nur einen diplomatisch stichhaltigen Grund für ein Glas mit mir und ein kleines Gespräch unter Erwachsenen. Das macht er oft, und ich fürchte, er wird mal genauso eine Nachtlaterne wie ich. Er weiß, daß ich an Sie schreibe. Das regt ihn sehr auf, und ich glaube, er hat einen eigenen Brief an Sie begonnen.

Ich frage nicht danach. Heute nacht ging es – eine bereits länger währende, hochinteressante Verhandlung – um den Erwerb zweier neuer Tiere. Ja, zwei, einen Hund und eine Katze, eins ohne das andere will er nicht.

Zuvor muß ich Ihnen das mit den Tieren erklären, die soziale Sodomie, wie einer von den Richtern das mal genannt hat. Robert wollte schon Tiere haben, als er noch gar nicht laufen konnte. Meinen Vater mit seiner selbst noch an einer Räuchermakrele ausgeübten Solidarität habe ich schon beschrieben – und ich habe auch nie nein sagen können zu etwas Vierbeinigem (es kann in manchen Fällen auch zwei- oder sechsbeinig sein), nur meine angeborene Faulheit hat mich bisher davon abgehalten, jenen Zoo zu erlauben, den Robert und sein Großvater sich so innig wünschen. Wobei sie natürlich das Saubermachen und Futterzubereiten mir überlassen würden, wie es seit altersher der Brauch ist. Obwohl – seine Fische versorgt Robert selber, dabei hilft ihm ja auch jenes Tier, das Siegmar Selbig so ähnlich sieht und das immer innen am Glas entlang putzt mit seiner Zackenbarschschnauze.

Hamster hatten wir auch schon, runde und mürrische Tiere, von denen ich nie genau wußte, ob sie sich wohl fühlten. Außerdem werden all diese mausartigen Hausgenossen nicht sehr alt, und die ewigen Begräbnisse, denen ich mit meinem heulenden Kind über einer zigarrenkistengroßen Grabstätte im Garten beiwohnen mußte, machten mich ganz nervös. Ich mußte nämlich auch immer heulen, ob es der Hamster war oder das Streifenhörnchen. Also beschloß ich, Mausartiges in meinem Haus nicht mehr zuzulassen. Allerdings hatten diese Tiere alle den Vorteil, daß man nicht gewärtig sein mußte, ihnen plötzlich in der Halle oder in der Lingeriekammer zu begegnen. Fische bleiben sowieso, wo sie sind, und ein Streifenhörnchen geht schon mal auf Wanderschaft, aber zwischen dem Hotelteil und dem Hörnchen war ja noch unsere Treppe, die, und das habe ich Robert gerade versucht zu erklären, für Hund und Katze kein Hindernis darstellen würde.

Ja, er ist wieder im Bett und wir haben die Hunde-und-Katzendebatte abermals vertagt. Dabei hätte auch ich gern beides, das ist ja das Dumme. Robert spürt ganz genau, daß er mich nur zu mir selbst zu überreden braucht. Er kann allerdings nicht wissen, warum ich mich nach lebendigem Fell sehne. Als Sie weggegangen waren, habe ich eine ganze Zeit lang kein Gegenmittel gewußt, keine Strategie, mit der ich wieder zu mir kommen könnte. Es war diese Zeit, in der ich auf der Straße immer nur den Hunden in die Gesichter sah. Diese Hunde waren ein Trost, ein halbbewußtes, unschuldiges Volk, das große Mengen unklarer Gefühle ertragen konnte, ohne darunter verrückt zu werden oder sich zu wehren.

Ob das gut ist oder schlecht – mir ging es wie den bösäugigen Frauen aus dem Altersheim, die an ihren Pudeln und Dackeln hängen wie an einer Infusion. Du siehst die ja nie ohne Leine und am anderen Ende der Freund, der bepelzte Sack für die Gefühle. Damals habe ich mir schon einen Hund gewünscht. Robert kann das nicht wissen, er war ja noch ein Baby, und trotzdem riecht er den Braten, denn er sagt, Hund ohne Katze komme nicht in Frage. Er will nicht nur das Tröstetier, sondern auch eins, das auf Fensterbrettern sitzt und sich nicht um einen kümmert. Er ist ein kluges Kind, obwohl er so wenig redet.

Ein Wachhund, denke ich, fürs Hotel, und sehe Sie schon wieder lachen, weil Sie immer gelacht haben, wenn ich meine Begründungsarien sang. Laß uns ins Bett gehen, denn ich bin müde und ein bißchen erkältet; laß uns in die Sauna gehen, denn das ist gesund; gehen wir in dieses Kino, denn der Film hat eine gute Kritik. Immer haben Sie gelacht, meine Begründungen abgerissen wie ein Geschenkpapier und das eigentliche in den Händen gehalten. Wir gehen ins Bett, um Liebe zu machen, wir gehen in die Sauna, um uns anzuschauen und die Zeit hinauszuzögern bis zur Unerträglichkeit, wir gehen in den Oshima, um uns bestätigen zu lassen, daß man auch in Japan den Verstand verliert, wenn man liebt, und um zu sehen, ob wir noch was lernen können! Ich habe gelernt, nicht mehr zu begründen. Vielleicht werden Sie das jetzt schon spüren, da Sie noch so weit weg sind und es mir scheint, als käme Ihre Bewegung zwischendurch immer wieder zum Stillstand, als bewegten Sie sich manchmal sogar wieder ein wenig von mir weg. Aber Sie werden kommen.

Also ein Wachhund. Nein, im Ernst! Ein freundlicher, großer Hund, der zwischen Gästen und Einbrechern unterscheiden kann. Das ist nicht nur eine Begründung, das ist vernünftig. Ich habe immer noch ungenutzte Liebe, da wäre Platz für ihn. Mit der Katze ist es natürlich ein bißchen schwieriger. Mäuse haben wir hier meines Wissens nicht. Für eine Katze in der Hölle gibts keine Begründung, außer, daß man eben eine haben will und daß sie schön aussieht. Zum Stil meines Hauses paßt sie allerdings nicht. Ja, wenn wir in England wären! Aber hier ist eine in einem Sessel schlafende Katze eine Zumutung an Intimität, ganz abgesehen von diesen Gesundheitsinspektoren, die einem das Leben schwer machen. Ich werde es mir überlegen.

Ich bin sehr müde, aber das muß ich Ihnen noch sagen – alle, Milan und Pasodoble, mein Vater und Robert, die Richter und meine ferne Mutter, selbst die Schatten von Hund und Katze sind Teile meiner Gefühle für Sie. Aus ihnen setze ich mich zusammen und sie alle spielen ein Instrument in dieser nicht endenwollenden Musik. Die wissen das natürlich nicht, denn jeder Mensch wäre gekränkt, wenn man ihm sagte, Du bist nur ein Teil meiner Liebe zu jemand anderem, ich brauche Dich, um diesen anderen so reich, farbig und üppig lieben zu können, wie ich es möchte und wie es ihm gebührt. Na, wir wollen nicht der Frage nachgehen, ob Ihnen das wirklich gebührt! Ich habe da meine Zweifel. Sie sind nichts wert, mein Freund! Wie lang habe ich gebraucht, um das zu erkennen.

Jetzt ist einer der seltenen Momente, wo das Haus wirklich schweigt. Kein Summen der Heizung, keine winzigen Explosionen im Gebälk der hinteren Treppe, kein Rascheln der Decken aus Roberts Zimmer. Ich spüre auch den Atem der Menschen unter mir nicht. Vier Uhr. Da sterben in den Krankenhäusern die Leute.

Heute sind die Richter den vierten Tag hier und ich bin froh, wenn sie wieder weg sind. Die Journalisten krabbeln an den Türen herum wie Wespen an ihren Einfluglöchern, ich habe ein paarmal mit ihnen gesprochen, und ich schwöre Ihnen, daß ich morgen zu lesen bekomme: Die charmante Chefin verwehrte den Zutritt zur Hölle; oder: Frau Fuhrknecht, die erfolgreiche Prinzipalin unseres kleinsten, aber exklusivsten Hotels mit dem abschreckenden Namen – oder dergleichen Blödsinn. Ich lese es jedes Jahr wieder und alle Kalauer über unseren Namen auch. Das ist großartig, eine phantastische Werbung. Nicht, daß wir es nötig hätten, aber man freut sich immer, wenn man etwas Teures umsonst bekommt. Hölle, Hölle, wohin Sie schauen! Man hat sehr wohlwollend angemerkt, daß ich meinem Prinzip, keine Journalisten aufzunehmen, treu bleibe, sogar bei einem schönen, großen Amerikaner von der New York Times. In der Bar rutschen natürlich immer ein paar durch, aber da sorgt Pasodoble für die richtige Mischung.

Um die Bar kümmere ich mich wenig, aber ich gehe manchmal hin, seit zwei Jahren öfter, denn seit dieser Zeit habe ich das Gefühl, der Raum sei verändert worden.

Ich kann nichts dafür, daß ich Ihnen Pasodoble immer noch vorenthalte, aber Sie sollen doch den ganzen Teppich sehen, auf dem ich stehe, und da wird es so ein Tristram-Shandy-Brief, immer wieder einer neuen Geschichte, einem neuen Teppichmuster nachspinnend. Es hetzt mich ja keiner. Noch spüre ich nicht, daß Ihre Annäherung schneller vonstatten geht als zuvor. Aber sie geschieht, immer wieder wache ich frühmorgens mit diesem Wissen auf. Außerdem webe ich diesen Teppich nicht nur für Sie – genaugenommen bin ich mir nicht mehr sicher, ob er überhaupt für Sie sein wird. Vielleicht braucht Robert ihn einmal, oder ich selber. Aber das ist jetzt gleichgültig. Ich habe mich an meinen Brief an Sie gewöhnt.

Wenn Sie die sieben Richter hereinkommen sähen, wüßten Sie sofort, welcher der mächtigste von ihnen ist. Es ist nicht der größte, auch nicht der älteste oder der lauteste. Und doch erkennt es jeder, der sie sieht. Er hat einen runden, fast kahlen Kopf und seine Augen liegen gleichmütig hinter der Brille wie Kiesel in einer Schüssel Wasser. Man hält ihn für untersetzt, ohne daß er es ist, das macht die Form seines Gesichts und seines Halses.

Wenn er spricht, käme keiner auf die Idee, er könnte etwas Falsches sagen. Die anderen Richter beugen sich in ihren Sesseln nach vorn und öffnen einer nach dem anderen sacht die stummen Münder, wie um ihn besser zu hören. Dabei redet er laut genug, oder eigentlich nicht laut, sondern so, als hielte er jedes seiner Wörter für ebenso wichtig und bedeutend wie das vorhergegangene. Deshalb reiht er sie gleich laut, gleichsam einzeln umrahmt, aneinander. Er spricht aber anders als die anderen Richter, umfriedet und begrünt sich nicht mit Juristenwörtern. Er redet eine Art Volkes Stimme, aber besser, als das Volk sie wahrscheinlich hat, wer immer das ist. Er hat eine Art, scharf, aber scheinbar einfach über die Dinge zu reden, die er beeinflußt. Wenn man ihm eine Zeitlang zugehört hat, versteht man nicht, wie man jemals hat anderer Meinung sein können. Dabei ist man aber die ganze Zeit anderer Meinung als er.

Seine Kraft kommt aus der Überschaubarkeit seines Gebiets. Er hat seine Gesetze und nur die. Seine Familie hat ihm ein angenehmes Leben zu schaffen, damit er sich unbedroht den Gesetzen zuwenden kann. Seine Geliebten, über deren Anzahl und Qualität die ganze Republik trotz seines Alters immer noch respektvoll tuschelt, interessieren ihn, glaube ich, nur als Lieferantinnen von Wohlbefinden. Außerdem braucht er sie, um beweglich zu bleiben, er haßt jede Art von Versteinerung. Das Recht sei ein lebendiger Baum, sagt er, und wenn er so viele abgestorbene Äste habe, läge das wahrhaftig nicht an ihm.

Auf ihn könnten Sie eifersüchtig sein, weil er eine ähnliche Art selbstverständlicher Mächtigkeit ausstrahlt wie Sie. Nichts kann diesen Richter beugen, nichts bricht ihn. Er seinerseits beugt und bricht andere und wundert sich immer wieder höhnisch, wie leicht das geht. Von den anderen Richtern haben schon viele seine Tatze gespürt. Bevor einige von ihnen in diesen Kreis berufen wurden, waren sie Anwälte oder Staatsanwälte – das vergißt er nicht. Er macht keine Bemerkungen, aber er läßt es sie spüren. Manchmal sagt er eine halbe Stunde gar nichts.

Ich mache mir in der Halle zu schaffen und schaue und höre zu, so gut es geht. Sie sitzen immer am gleichen Tisch, dem Klostertisch hinten am kalten Kamin. Wenn sie da sind, darf Milan den Kamin nicht anzünden. Feuer stört den Hauptrichter. Er hält es für etwas Unordentliches, außerdem ist es eine Konkurrenz, weil die Tänze der Flammen seine Zuhörer ablenken könnten. Sie sitzen auf den hohen Sesseln, nicht entspannt, obwohl sie ihre Arbeit hinter sich haben und die Tagung in der Akademie längst vorbei ist.

Schön bei Ihnen, Liebste, sagt der Hauptrichter und richtet seine Steinaugen auf mich. In der Akademie riecht es immer so nach alten Gemeindeschwestern!

Ich kann mir nicht vorstellen, Professor, sage ich, woher Sie wissen wollen, wie die riechen. Gar nicht dumm! sagt er dann und zieht das Gesicht auseinander. Ein Tier, das aussieht wie er, wenn er lächelt, gibt es gar nicht! Dann bestellt er eine Karaffe St. Emilion für sich, und wenn die andern nicht energisch werden, kriegen sie gar nichts. Milan kennt das schon. Er fragt sie an der Rezeption, wenn sie die Schlüssel holen und läßt dann servieren, ohne weiterzufragen. Dann übersieht mich der Hauptrichter. Aus seinen Vorträgen habe ich schon eine Menge gelernt. Frauen, die wie ich berufstätig und erfolgreich sind, schätzt er sehr, aber er umwirbt sie zum Glück nur nachlässig. Er war schon öfter mit Freundinnen hier, bringt auch manchmal zu den Richtertagungen junge Frauen mit. Die macht er dann während der langen Tage und Abende unsichtbar, vielleicht betäubt er sie oder sperrt sie in einen Koffer! Man bekommt kaum jemals eine von ihnen zu Gesicht. Die Nächte scheinen den Damen zu genügen, es ist zum Neidischwerden. Aber es ist immer die Sorte Damen, die Taschentücher fallen läßt und sehr beseelt wirkt. Der Richter ist ein bekannter Mann und schätzt, wenn Frauen einen beeindruckten, innigen Blick auf ihn heften.

Für seinen Geschmack nehme ich die Gesetze und den Baum des Rechts nicht ernst genug. Außerdem lache ich zuviel. Dennoch wirft er manchmal eine Art träger Sinnlichkeit nach mir aus, nur so, zum Ausprobieren. Zu Robert ist er von ernsthafter Freundlichkeit, und er darf sogar meinen Vater oben im Atelier besuchen, das erlaubt der Alte sonst keinem. Da streiten sie sich dann friedlich über Kunst, denn der Richter glaubt, viel davon zu verstehen. Er nähert sich ihr wie seinen Gesetzen.

Er sucht Ordnung, sagt mein Vater und lacht. Da kann er lang suchen. Oder woanders. Die beiden sind übrigens der gleiche Jahrgang. Das stört allerdings weder den Richter noch mich. Wundern Sie sich, daß ich Ihnen so viel von ihm erzähle? Oder wundern Sie sich nicht? Mir gilt es gleich.

Einen Menschen gibt es im Hotel, den der Hauptrichter für ebenbürtig hält. Das ist, Sie können es sich schon denken, Pasodoble. Er hat sie vor zwei Jahren kennengelernt, als die Geschichte mit der Bar war, die Enttarnung und Reinigung der Höllenbar.

Nicht nur Eifersucht läßt mich immer wieder zögern, Dir von Pasodoble und dieser Geschichte zu berichten, nicht nur mein Wunsch, Dich erst einmal mit allem anderen vertraut zu machen, Haus und Kind, Hölle und Liebe, sondern auch eine Scheu. Ich mache in der Bargeschichte keine sehr gute Figur, leider. Es hat zu lang gedauert, bis ich gemerkt habe, was meine Aufgabe in dieser Geschichte ist und was es bedeutet, etwas zu besitzen. Damit gehört Dir nämlich auch das Vorher, ob Du willst oder nicht.

Was bedeutet die Geschichte eines Hauses? Sie erschließt sich einem nicht gleich, sie ist nicht auf die Mauern geschrieben, sie verrät sich auch nicht durch einen Geruch oder eine Farbe. Die ersten Jahre nach Reicherts Tod begnügte ich mich mit dem, was ich aus den Akten über Reichert selbst wußte, seine Geschichte und die des Hauses hatten zunächst nichts miteinander zu tun. Nur das gleiche Böse umgab sie, aber mein Hotel und mein Kind hatten, dachte ich, das Böse zum Verstummen gebracht und mit der Zeit vertrieben. Das hatte ich für mein Recht gehalten, sogar für meine Pflicht. Daß Pflicht und eigenes Bedürfnis in diesem Fall gut zusammenpaßten, war mir angenehm. Ich sprach mit niemandem über meine Verdächte, über den Rest Unbehagen in mir, der sich manchmal leise meldete. Mit wem hätte ich darüber reden sollen, da Sie doch nicht da waren? Mit meinem Kind? Das war der Erbe, Reichert hatte sich und das Haus entsühnen wollen, und Robert war die kleine Absolution. Ich werde auch in Zukunft nicht darüber mit ihm reden.

Als ich meinem Vater – der erst vor zwei Jahren ins Haus gekommen war – davon zu erzählen versuchte, hat er mir ganz erschrocken den Mund verboten und gesagt: Das hier ist meine Stunde Null. Laß sie mir. Ich kann sonst nicht anfangen. Und dann suchte er sich den entferntesten Raum. Wir erweiterten die Dachluken zu Atelierfenstern und seither hockt er da wie ein alter, etwas dicker Schutzengel über unseren Köpfen, im Jahr drei seines neuen Lebens. Auch ihm konnte ich nichts sagen, aber da war es schon nicht mehr so wichtig, weil ich mich dank Pasodoble abgefunden hatte.

Sie kam im Herbst vor vier Jahren ins Haus, als Gast. Milan rief mich von der Rezeption aus oben in der Wohnung an, was er sonst nie tat. Wir hatten gerade noch zwei freie Zimmer, wovon eines für die nächste Woche vorbestellt war. Es kommt in der Hölle kaum vor, daß jemand hereinkommt und einfach ein Zimmer verlangt. Meist geschieht das telefonisch, manchmal schriftlich. In beiden Fällen mache ich die Reservierung oder weise ab. Gelegentlich ist es vorgekommen, daß jemand selber erschien, aus Neugier, spontan, und dann macht Milan, der genauso gut wie ich über die Belegung Bescheid weiß, die Reservierung. Er mag sich nicht kontrolliert vorkommen, sagt mir dann bei Gelegenheit: Das Grüne ist vermietet, da war ein Einzelgänger. Er sagt es manchmal ein bißchen spät, und das ärgert mich, weil Doubletten passieren können – und auch schon passiert sind.

An dem Tag rief er sofort oben an, kommens amal runter, Chefin, sagte er, ich weiß nicht, soll ich sie nehmen, soll ich sie nicht nehmen. Das Rosa ist bis morgen frei und das kleine Graue ieberhaupt.

Ja, sagte ich erstaunt, und wo liegt das Problem?

Kommens runter, sagte er, ich weiß nicht, ob sie in die Hölle gehört (in die Chelle!). Ich ging hinunter. Ich auf der Treppe mit meinen lautlosen Schuhen und den Seidenröcken, die ich immer trug. Meine Haare waren noch nicht so lang wie jetzt, fielen auf die Schulter, glatt und dunkel. Der Rock, den ich an diesem Tag trug, war dunkelgrün, eine weiche Jacke in der gleichen Farbe, einen weißen Schal, ziemlich viel Schmuck (ich trage noch immer fast alles, was Sie mir geschenkt haben, auf einmal). Du sollst das genau vor Dir sehen. Ich blieb auf der Treppe stehen, kurz vor der Stelle, wo sie mit einem wunderschönen, fast frechen Schwung in der Halle landet. Die Frau stand mit dem Rücken zu mir und schaute auf die Kugel Milan hinunter. Man sah schon an ihrem Rücken, daß sie zornig war.

Sie müssen doch wissen, sagte sie mit einer rauhen, gut hörbaren Stimme, ob Sie etwas frei haben oder nicht. Und dann muß sie mich gehört haben, obwohl ich still stand und überlegte, sie drehte sich mit einer so jähen Bewegung um, als hätte ich etwas gerufen.

Sie haben etwas frei, sagte sie im Ton einer Feststellung.

Ja, antwortete ich, natürlich. Dabei war nichts weniger natürlich als das. Ich hatte nie zuvor einen so dunklen Menschen gesehen wie sie. Es lag nicht an ihren Farben, sie war weder dunkelhaarig noch trug sie schwarze Sachen, es war nur, als flösse ihr die Dunkelheit aus den Augen und umgäbe sie ganz. Ihr Haar war weißgrau, jetzt ist es fast weiß. Sie hat Millionen Locken, der Friseur braucht drei Stunden, bis alle gleichlang geschnitten sind, und wenn sie sich die Haare wäscht, dauert es lang, bis sie das Wasser auf der Kopfhaut spürt. Sie hat ein hellhäutiges Gesicht und solche Löcher in den Wangen wie Marlene Dietrich. (Es hieß doch immer, sie habe sich dafür die Backenzähne ziehen lassen. Pasodoble hat aber, glaube ich, noch alle Zähne.) Also Sie wissen, diese dreieckigen Schatten. Ihre Augen sind von offener Schwärze, Pasodoble ist kleiner als ich, aber sie hat eine perfekte Figur, eine Kleider- und Décolleté-Figur, Barfrauenfigur.

Ich stand immer noch oben und schaute auf diese Mischung aus – ja, Dietrich, Angela Davis, Jeanne Moreau und doch wieder ganz anders und ganz sie selber. Zwei Dinge fielen mir auf mit meinem Hotelchefinnenblick, den ich mir mühsam angewöhnt hatte – sie war offenbar ohne Gepäck und ich hatte nicht die leiseste Ahnung, wie alt sie sein konnte. Wenn Sie diese Blätter in Händen haben, werden Sie an dieser Stelle beschließen, Ihre Rückkehr zu beschleunigen. Ich kenne Sie! Sie werden nie mit dem Gefühl der Endgültigkeit zu mir zurückkommen, nie werden Sie die Augen von Frauen abwenden, zumal nicht von Königinnen, wie Pasodoble eine ist! Aber gemach: Sie ist zwei Jahre älter als Du! Also dreizehn Jahre älter als ich.

Ich ging die Treppe jedenfalls ganz hinunter und konnte nicht aufhören, sie anzustarren. Ich habe ja schon erzählt, daß selten Frauen allein hier übernachten, und wenn, dann sind es ganz andere.

Haben Sie Gepäck? fragte ich.

Ich möchte zuerst das Zimmer sehen! sagte sie rauh.

Ich werde es Ihnen selber zeigen, sagte ich. Milan hatte es die Rede verschlagen, aber er gab mir ohne zu fragen die Schlüssel zum Rosa Zimmer und machte sich wahrscheinlich auf den Verdruß mit dem Gast am nächsten Tag gefaßt, dem er statt des gebuchten Rosa das kleine Graue Zimmer schmackhaft machen mußte. Sie und ich gingen nebeneinander die Treppe hinauf, und ich wunderte mich, weil ich bei einer so schönen Frau wie ihr kein Unterlegenheitsgefühl hatte, keinen Weibchenneid, zu dem ich sonst sehr neige.

Sie könnten ein Lied davon singen, wenn Sie sich an die Melodie erinnerten! Findest Du die schöner als mich? Habe ich nicht die besseren Beine? Wie kann Dir diese Gewitterziege mit den Pferdezähnen gefallen? Oh, Sie erinnern sich sicher an diesen Schönheitswettlauf, den ich in Ihrem Herzen jeden Tag von neuem veranstaltete und der Sie und mich zur Erschöpfung brachte. Wenn Sie mir sagten, daß eine Frau Ihnen gefiel, spuckte ich innerlich vor Wut und Angst und hoffte, daß Sie es nicht spüren würden, wie ich mich in Ihnen verkrallte. Aber bei ihr – nichts davon, nur von Treppenstufe zu Treppenstufe das Gefühl der Erleichterung.

Sie machte ein paar Bemerkungen über die Einrichtung und fragte mich, wie lang ich das Haus schon hätte und wer auf den eigenartigen Namen gekommen sei.

Es ist vielleicht eine Beschwörungsformel, um den

Götterneid in Grenzen zu halten, sagte ich. Es hat auch mit meinem Leben zu tun. Sie sah mich nicht an und sagte nach einer Weile, vielleicht tut Ihnen der Name einmal leid! Warum? fragte ich. Weil er stimmt, sagte sie.

Sie schien mir ein bißchen verdreht, aber ich hatte begonnen, sie zu bewundern, weil sie so vollkommen selbstverständlich wirkte, alles, was sie tat und sagte, schien Teil eines lang gefaßten, vernünftigen Plans. Das Rosa Zimmer gefiel ihr, sie erschrak auch nicht, als sie den Preis hörte. Ich erzählte die Geschichte mit den Betten. Sie ließ sich das Rutengehen ausführlich erklären. Was ich hier suche, kann man damit nicht finden, sagte sie. Ich fragte sie nicht, was sie suchte. Ich werde mein Gepäck kommen lassen, sagte sie noch, bevor ich sie allein ließ.

Das Rosa Zimmer war Reicherts Wohnzimmer gewesen, ein großer Raum mit einem etwas erhöhten Erker. Dort steht das Bett mit einem Blick auf die Hügelkette, die die Stadt sanft einschließt, kein dramatisches Gebirge, Sie haben immer behauptet, man könne es mit bloßem Auge nicht erkennen und müsse nicht einmal schneller atmen, wenn man es besteige. Aber die Erkerfenster des Rosa Zimmers sind wie ein Rahmen, und da machen die Berge was her! Reicherts Möbel haben wir damals alle mitbenutzt, nachdem sie saubergemacht und aufgearbeitet worden waren. Er hatte seltene, alte italienische Schränke und Tische ins Haus gebracht. Fast in jedem der Zimmer war eines seiner Möbel, im Rosa Zimmer hatten wir den großen Schrank mit den Kassettentüren gelassen. Polstergruppe und Teppich waren rosenholzfarbig wie die Wände. Es ist keine Frauenfarbe, wie man zunächst denken würde. Die Frauen mögen die grünen und blauen Zimmer lieber. Vor dem Kamin steht der Holzkorb und es wird Feuer gemacht, wenn der Gast das wünscht. Diese Extras kosten mich ziemlich viel Geld, aber es lohnt auch, und für Siegmar Selbig geht seit einiger Zeit die Rechnung mit einem zusätzlichen Angestellten für den Service auf.

Unten stellte mich Milan: So, und was soll ich dem Doktor Pommeranz morgen sagen, wenn er das erstemal ins kleine Graue muß, wo er sich bei seine zwei Meter den Kopf im Bad anhauen wird?

Ich weiß es nicht, antwortete ich. Zeig sie ihm halt, die Dame, dann wird er schon verstehen.

Ist sie a Glick, sagte Milan nachdenklich, oder ist sie a Unglick? Wenn ich nur wißte, was sie will. Seins vorsichtig, Chefin. Sie sind leicht zum Begeistern.

Wie heißt sie eigentlich? Milan wurde vom Hals aus rot. Er hatte die Anmeldung vergessen.

Rufen Sie sie an, sagte ich. Sie antwortete nicht.

Gehts schon los! sagte Milan.

Mir war es auch ein bißchen unheimlich. Sie wird duschen, sagte ich. Da kam sie auch schon die Treppe herunter, dunkel und allein sah sie aus. Hier ist mein Ausweis, sagte sie und legte einen fremd aussehenden Paß auf den Rezeptionstisch. Mein Gepäck wird heute abend gebracht.

Wie lang bleiben Sie, gnä' Frau? fragte Milan mühsam. Ich stand dabei und schwieg.

Ich weiß es noch nicht, antwortete sie, ich sag es Ihnen morgen. Ist das möglich?

Wir werden es möglich machen, antwortete ich. Sie schaute mich an, offen und dunkel, aber dennoch voller Zweifel. Dann ging sie, Milan und ich warteten gar nicht auf das ölige Schnapp unserer Tür, sondern griffen gleichzeitig nach dem Paß. Es war ein brasilianischer Paß, abgegriffen und voller Stempel. Rebecca Almeida Fuentes, geborene Andernacher. Was soll man sich da denken? fragte Milan, aber dann kamen Gäste, es war Nachmittag und die Halle füllte sich mit der späten Sonne und Leuten, die etwas trinken wollten und reden.

Damals hatten wir Erika als Barfrau, Erika Blondundblau hat Robert sie genannt, weil sie immer blaue Kleider trug. Sie servierte, ich seh' sie noch vor mir, wie fade sie mir an diesem Nachmittag erschien in meiner erlesenen Halle. Ein bißchen ordinär, dachte ich. Aber es war nur das Bild der Brasilianerin, das mich so ungerecht machte. Ich hatte zu tun, Begrüßungen und die Zimmermädchen die Aufdeckrunde machen lassen (nicht in allen Zimmern wird aufgedeckt. Manche Gäste mögen es nicht), wegen der Wäsche telefonieren, in die Küche gehen und die Bestelliste noch einmal durchgehen.

Wir machen kein Essen, denn in der Stadt sind Restaurants genug. Aber es gibt kleine Sachen, Nachtgerichte, die ganze Nacht hindurch. Irgendwann erzähl ich Ihnen, wie ich das organisiert habe. In jedem Zimmer liegt die Speisekarte, Briefpapier und ein Butlers desk mit neuen Zeitungen. Auch ein paar Bücher, Bücher, die mir gefallen. Man muß sie ja nicht lesen, aber ein Zimmer ohne Bücher atmet nicht. Leider werden sie immer wieder geklaut.

Sie können sich gar nicht vorstellen, was alles geklaut wird! Bei den Handtüchern und Bademänteln weiß man es ja, aber es gibt wirklich nichts, was Gäste nicht in den Koffer stecken, egal, wie reich sie sind. Manchmal schicken mir die Ehefrauen oder Sekretärinnen was zurück, da trudeln dann anonym Aschenbecher und Badezimmervorlagen oder Grafiken wieder zu mir in die Hölle. Sie bezahlen's mir zwar durch meine üppigen Preise, alles zahlen sie, aber von den Diebeszügen mögen sie nicht lassen. Auch die Richter klauen, der eine, der häßlichste von ihnen, am meisten. Wie begeistert wären die Journalisten, die auch jetzt wieder draußen herumlungern, wenn sie das wüßten.

Dieser Doktor Heuwaag, Heribert Heuwaag, hat einen faltigen, kinnlosen Kopf und klaut. Wenn man ihn reden hört, denkt man, er hat die Strenge und Unbeirrbarkeit mit Löffeln gegessen. Er ist ganz anders als der Alte, je gewundener und umständlicher man ihm etwas erklärt, desto lieber ist es ihm. Ich glaube, er hält sich insgeheim selbst für dumm und kann deshalb nur Sätze akzeptieren, die er nicht versteht. Aber er redet viel und streng, und bei den Debatten, was Widerstand ist, wie man ihn definiert und wann man ihn leisten darf oder nicht, tut er immer, als habe er schon alle Möglichkeiten auf Erden kennengelernt. Er hat eine Kriegsverletzung, das halbe Kinn fehlt ihm. Aber er wäre auch mit einem ganzen Kinn häßlich.

Heute schreibe ich ausnahmsweise mal nachmittags an Sie. Es geht auf die Weihnachtstage zu und wir sind nicht voll belegt, unten ist es ruhig, aber die Richter kommen diesmal nicht weiter und haben leider noch zwei Tage verlängert. Wenn ich nachher hinuntergehe, werden sie wieder am kalten Kamin sitzen, Milan wird wieder ein paar Schreiber hinauskomplimentieren und den Richtern die Getränke bringen. Das Kind ist mit meinem Vater ins Tierheim gefahren, sie haben mir die Erlaubnis abgerungen, ich hab an Sie gedacht, an Dich: Sollen sie sich doch freuen! Schließlich ist Weihnachten.

Warum macht man eigentlich seine Häuser schön? Wahrscheinlich, weil man weiß, daß es den darin wohnenden Lebewesen an Schönheit meist fehlt, denke ich. Aber wie recht ich habe, ist mir erst jetzt klar, nachdem Robert und mein Vater aus dem Tierheim wieder zurück sind, und halb verlegen, halb begeistert ihre Neuerwerbungen vorzuführen versuchten. Versuchten! Das, was sie als Katze mitgebracht haben, sitzt in einem vergammelten Korb so fest wie ein Kork in der Flasche und ich kann einstweilen nur Augen sehen, die mich verzweifelt und stoisch mustern, und eine Menge graubraunen Fells. Der dazugehörige Hund hat ein Gesicht wie ein Wasserspeier und läßt den Kopf hängen. Er scheint etwas zwischen Windhund und Terrier zu sein, besser, man denkt nicht genau darüber nach.

Das Tierheim wäre die beiden sonst nicht losgeworden, sagte mein Vater, und Robert sprach in den Korb hinein und erklärte dem unsichtbaren Tier darin, es sei die schönste Katze, die er je gesehen habe.

Das glaubt die selber nicht, sagte ich. Aber meine Hotelgäste sind auch in der Mehrzahl häßlich, und der makellose Rahmen gibt ihnen einen Glanz, den sie sonst nicht haben. Bei den Tieren würde das wahrscheinlich viel leichter sein.

Ein Tier kann gar nicht häßlich sein! murmelte ich und schaute unfroh auf den Hund, der meine Meinung über ihn zu ahnen schien, aber zu erschöpft war, um sich einzuschmeicheln. Gerade das rührte mich sehr und ich kam mir gemein vor.

Ich muß Ihnen sagen, schon jetzt, nach vierundzwanzig Stunden, sehen die beiden anders aus. Sie haben die ganze Nacht zusammen in einem großen Korb geschlafen. Die Katze ist ein langhaariger Kater mit Pinseln an den Ohren. Der Hund hat eine anmutige Art, den Kopf zur Seite zu legen und ein Ohr anzuheben. Wir hätten ohnehin beide nehmen müssen, hatte mein Vater noch entschuldigend gesagt, sie sind aneinander gewöhnt. Er hat mir noch irgendeine scheußliche Aussetz-Geschichte erzählt, aber das war gar nicht mehr nötig, ich war ja von der müden Häßlichkeit der beiden schon besiegt.

Es ist gut, daß wir jetzt über die Feiertage ein bißchen Ruhe haben und uns mit dem Viehzeug beschäftigen können. Der Kater scheint von angenehmer Faulheit zu sein, wenn er sich erst seine Plätze gesucht hat, wird man ihn wohl davon abhalten können, Gästebetten und die Wäschekammer zu okkupieren. Und der Hund schaut mich die ganze Zeit an, als sei er durchaus gesonnen, zu bewachen, was man ihm sage, als überfordere ihn aber die Größe des Objekts. Er wagt kaum, sich hinzulegen, sondern trabt lautlos draußen und drinnen herum, als müsse er die Räume und Flure wie Schafe zählen. Er macht mich ein bißchen nervös mit dieser Bereitschaft, sich für seine Befreiung durch eine neue Gefangenschaft erkenntlich zu zeigen. Manchmal rennt er zu mir und fragt etwas, das ich natürlich nicht verstehen kann – aber ich spüre die Frage. Ich behandle ihn ruhig und freundlich. Alle im Haus sind freundlich, denn hier arbeitet niemand, der meine diesbezügliche Macke – die Familienmacke – nicht kennt und respektiert.

Heute abend werden wir die beiden taufen, hier in meinem Wohnzimmer, das über den Dächern und über dem Hotel schwebt. Mein Vater und Robert haben lang über Namen getuschelt, ich mische mich da nicht ein. Kinder müssen den Tieren Namen geben. Wir werden ein wenig Champagner trinken und ich werde spät in der Nacht Ihr Bild ansehen, das habe ich lang nicht getan. Aber meine Familie, Mensch und Vieh, beschützt mich, das spüre ich besonders jetzt, wo diese beiden komischen Gestalten dazu gekommen sind.

Sehen Sie, es ist, als ob ich für Sie das Haus vorbereitete, denn ich bin sicher, daß Sie auf Ihren Wegen immer wieder ein Stück weit von Tieren begleitet worden sind. Menschen wie Sie säen auch bei Tieren eine graue Spur von Abschied, lassen sie an Grenzen, in Camps, bei gleichgültigen Leuten zurück. Trauern ein paar Stunden und flüstern ihre unzuverlässigen

Koseworte bald in ein anderes Paar bepelzte Ohren. Ich kenne Sie!

Diese Tiere hingegen werden immer hierbleiben, alt werden und schließlich, wenn die Zeit gekommen sein wird, sterben. Das ist nämlich der einzige Abschied, dem man nicht entgehen kann. Alle anderen macht man sich selber, und ich hasse sie. Ich hasse diese Sucht nach Veränderung. Man baut etwas auf, und dann erhält man es und sieht zu, wie winzige Spuren der Veränderung von allein entstehen, durch die Zeit oder das Wetter oder das Licht. Aber Sie mußten ja immer weiterstürzen, als sei das Paradies ein Labyrinth und warte immer hinter der nächsten Ecke. Einmal haben Sie was von einem Hund geschrieben. Was ist aus ihm geworden? Geht es ihm wie mir, Tausende von Kilometern entfernt und Sie im Kopf? Jetzt schreibe ich Ihnen schon seit über einem Monat und mir ist, als zögerten Sie deshalb. Zögern Sie nur: Es wird Ihnen nichts helfen.

Eben sind die Tiere getauft worden. Sehr naheliegende Namen hat mein Sohn ausgesucht, ich wäre nicht drauf gekommen – und sie könnten nicht passender sein. Der Hund soll Don heißen und der Kater Sancho. Wunderbar, nicht? Vor Jahren hab ich Robert die Kinderausgabe vom Don Quixote geschenkt. Er hat ihn anscheinend sehr genau und liebevoll gelesen. Wenn Sie den Hund sehen könnten mit seinem Ohr und seinem angestrengten Gesichtsausdruck und seinem ruhelosen Eifer, alles unter Kontrolle und in Ordnung zu halten! Und dazu dieser runde, pelzige Kater! Den Annehmlichkeiten des Lebens aufgeschlossen, läßt er sich nicht durch übertriebene Liebe zu irgendeinem von uns durcheinanderbringen. Nein, sie können gar nicht anders heißen und ich bin sicher, daß sie der Hölle Glück bringen werden und gut zu uns allen passen. Der Kater scheint mich den anderen ein wenig vorzuziehen, vielleicht sind aber auch nur meine Sessel mit einem ihm angenehmen Stoff bezogen. Jedenfalls ist er geblieben, als die anderen zu Bett gingen, und jetzt schläft er, während Don kummervoll entschieden hat, daß er nicht alles auf einmal bewachen kann und daß Robert der Aufmerksamkeit am meisten bedarf. Das Kind ist ganz stolz mit seinem Ritter von der traurigen Gestalt abgezogen.

Dann habe ich Dich angeschaut, in meiner versteckten Blaubartkammer, dem einzigen Eckchen, das Reichert bei seiner Badezimmeroffensive entgangen ist, einem Kämmerchen von vielleicht drei Quadratmetern zwischen dem Kamin und den ehemaligen Mädchenzimmern. Es ist nichts in dem Kämmerchen außer Deinem vergrößerten Photo an der Wand, kein Stuhl, kein Tisch, nur Du und ein Licht. Ich habe ein Sicherheitsschloß dranmachen lassen, bevor ich das Bild an die Wand klebte, es gibt nur einen Schlüssel. Aber die Tür ist zu versteckt, um jemanden neugierig zu machen.

Ich bin heute nacht nicht lang dringeblieben. Es waren plötzlich auch andere Gefühle, mit denen ich Dich ansah. Seltsam – manchmal fällt es mir so leicht, Du zu schreiben, dann ist es mir wieder völlig unmöglich, und das Sie ist die einzige Form, in der ich Ihnen in Augenhöhe begegnen kann. Ich wollte Ihnen also noch weiter von Pasodoble erzählen und nichts über Ihr Bild und meine Andachtsstündchen, als wären Sie James Dean. Ihm sehen Sie nicht ähnlich und auch keinem anderen Star. Heute abend sah ich sogar einen winzigen, kleinlichen Zug an Ihrem Mund, eine Abwehr – oder etwas, das sagt, ich will alles behalten und kann nicht teilen. Irgendetwas, das nicht nur schön ist und bewundernswert, lebt in Ihrem Gesicht, ich habe das schon früher gesehen. Aber ich liebe auch das, alles, jeden Fehler und jede trübe Stelle.

Pasodoble ist damals bis in den Winter hinein geblieben. Am späten Abend eines der ersten Tage sah ich sie zufällig das Hotel betreten. Milan war gerade nicht da und ich vertrat ihn an der Rezeption.

Wollen Sie etwas mit mir trinken? fragte sie mit dieser fast tonlosen, rauhen Stimme. Ich war aufgeregt und unruhig, als hätte mich ein Mann gefragt, mir war, als hätte ich, seit ich sie zum erstenmal gesehen hatte, nur an eine solche Einladung gedacht. Ich ließ mir nichts anmerken, das habe ich gelernt! sagte ihr, daß ich Milans Rückkehr noch abwarten würde und daß wir dann in die Bar gehen könnten, wenn sie wollte.

Die Bar? hatte sie damals geantwortet. Da werden wir sicher noch öfter hingehen müssen. Aber nicht heute.

Sie erstaunte mich, aber wieder ließ ich mir nichts anmerken, als könnte ich ihr die Hotelchefin vorspielen. Den Eindruck großer Gleichmäßigkeit zu erwecken gelang mir zu diesem Zeitpunkt schon fast immer. Aber gerade ihr gegenüber spürte ich, wie das Gewebe in mir zu reißen begann.

Ich habs damals gleich gemerkt, sagte sie viel später einmal zu mir, Du fühltest Dich mir gegenüber wie in zu engen Kleidern.

Wir können in der Halle etwas trinken, sagte ich und bat Milan, als er kam, uns was aus der Bar zu holen. In der Halle war es an diesem Tag ganz ruhig, das Feuer brannte und ich legte aus Verlegenheit ein bißchen Holz nach. Diese demonstrative, besitzergreifende Geste. Mein Haus. Mein Feuer.

Was darf ich bringen? fragte Milan. Ich schaute sie an.

Machen Sie mir einen Pasodoble, sagte sie.

Ich hatte keine Ahnung, was das sein sollte, und Milan auch nicht, aber das sah man ihm nicht an.

Wir wußten auch beide im gleichen Moment, daß Erika Blondundblau genauso wenig Ahnung haben würde.

Und Sie, Chefin? fragte er.

Dasselbe, sagte ich aus purer Gemeinheit. Und fragte noch, haben Sie ihn gern trocken? Sie schaute mich an, ohne zu lachen. Milan kam relativ schnell mit der Kapitulationsmeldung aus der Bar zurück, und Pasodoble lachte laut.

Wir trinken es, wenn wir müde sind, dann macht es munter. Wir trinken es, wenn wir traurig sind, oder wenn wir etwas zu feiern haben, sagte sie. Ich schreib' Ihnen auf, wie er gemacht wird, vielleicht werden Sie irgendwann einen Pasodoble brauchen. Ein Drittel Cachaça, ein Drittel Blutorangensaft, über gestoßenem Eis gerührt, ein Drittel Champagner. Bißchen Limonenschale.

Ja, und deshalb nannten wir sie so.

Aber von der Bar war noch nicht die Rede an diesem Abend. Milan hatte sich auch einen Pasodoble machen lassen und lachte über seine runden Backen. Seine finsteren Verdächte gegen die Frau zerschmolzen. Aber irgendwie geheimdienstlich käme sie ihm doch vor, sagte er.

Euch Tschechen kommt immer alles ein bißchen geheimdienstlich vor! sagte ich damals. Da haben wir auch meistens recht behalten damit! antwortete er. Aber sie ist eine interessante Frau.

Ich hätte das Zimmer gern bis auf weiteres, aber mindestens für vier Wochen, sagte sie an diesem stillen Abend in der Höllenhalle. Kein Laut drang aus der Bar, obwohl sie fast voll besetzt war. Manchmal kam ein Gast, grüßte kurz und holte seinen Schlüssel. Milan sah wie immer aufmerksam in Welten hinaus, die keiner außer ihm kannte.

Ich werde nach Ablauf jeder Woche zahlen, sagte

sie. Ich dachte kummervoll daran, daß ich eine erhebliche diplomatische Tätigkeit würde entfalten müssen, um die Reservierungen für das Rosa Zimmer zu annullieren oder umzuändern.

Haben Sie Schwierigkeiten? fragte sie mich in diesem Moment. Ich erzählte ihr ganz offen vom Hotel, von Reichert und Robert, und daß es sich jetzt eigentlich eingespielt habe mit der Hölle, daß wir in die schwarzen Zahlen kämen und Siegmar Selbig nicht täglich wie ein Racheengel in der Hölle auftauchen müßte.

Ich verstehe das, sagte sie und schaute mich an. Zumal Ihre Zimmerpreise auf die Dauer für mich untragbar wären. Ich muß mir sowieso ein Arrangement ausdenken. Ich hatte nicht gewagt, sie zu fragen, was sie in unserer Stadt eigentlich wollte. Sie würde es mir sagen.

Glauben Sie mir, ich hatte nie ein schlechtes Gewissen, wenn ich den Gästen für ihren Höllenplatz stolze Preise abnahm. Ich wußte, daß mein Haus, daß seine Zimmer und der Service deren Geld wert waren. Sie hätten das Haus nicht geachtet, wenn ich sie nicht hätte bluten lassen. Und ich bin selbstverständlich teurer als die amerikanischen Schuhschachteltürme, die in Singapur und in Verden an der Aller gleich sind und deren Teppichböden aussehen, als hätte (wie mein Lieblingsdichter Meyrink sagt) ein Spezialist für Hautkrankheiten sie entworfen. Die sind teuer – Sie werden sie zur Genüge kennen, Liebster – aber ich bin noch teurer.

Bei dieser Frau Almeida-Fuentes hatte ich ein schlechtes Gewissen. Sie war wirklich ein Gast, ich hätte sie wie einen lang ersehnten Gast aufnehmen wollen.

Wir müssen das nicht heute entscheiden, sagte ich, weil ich den Überlegungen noch ein wenig entgehen wollte. Außerdem hatte ich damals, als ich sie kennenlernte, immer das Gefühl, als sei sie eine Sendbotin von Dir, die sich nicht zu erkennen geben wollte. Es war wie bei den stummen Telefonanrufen: Ich war noch zeichensüchtig, bezog die merkwürdigsten Dinge auf Sie und immer wieder Sie, ich glaube, Männer kennen nicht dieses seltsame Gewebe aus eingebildeten und wirklichen Bedeutungen, denen wir oft ausgeliefert sind. Das kann gefährlich werden, wenn man keine Amsel mehr singen hören kann, ohne ihr eine Sprache, die Sprache des Geliebten, zu verleihen.

Sie erzählte an diesem ersten Abend viel von sich, aber als ich nachher allein über sie nachdachte, war sie mir nicht vertrauter geworden.

Sie wissen: Ich war bis zu diesem Zeitpunkt nicht oft mit Frauen zusammen gewesen, meine Mutter war eine Frau, aber weit entfernt von mir und nicht nur räumlich. Auf der Uni waren es Mädchen, auch im Café, und dann war das Haus da und Robert und die Gedanken an Dich. Wahrscheinlich habe ich mich nach einer Freundin gesehnt, aber ich habe nichts dazu getan, eine kennenzulernen. In all der Aufbauarbeit konnte ich mir gut vormachen, daß mir nichts fehlte. Außer Ihnen natürlich. Jetzt weiß ich, daß das nicht stimmte, das Bewußtsein eines Mangels begann, als ich Pasodoble kennenlernte. Ich hörte ihren ruhigen, tonlosen Erzählungen zu, sie sprach von Brasilien, wo sie geboren war, und gemeinsam mit ihrer Mutter gelebt hatte. Von ihrem Vater sprach sie an diesem Abend noch nicht. Sie erzählte von Städten und Wäldern, Tieren und Menschen, ruhig und mit langen Pausen. Ich wußte nicht, warum sie mir davon erzählte. Pasodoble, das sollte ich noch lernen, begründete nie etwas. Das Wort »weil« kam bei ihr fast nie vor.

Schon in den ersten Tagen, nachdem sie angekommen war, hatte sich für mich etwas verändert – und ich habe es gar nicht gleich gemerkt. Denn ich hatte ja die ganze Zeit vollkommen erwachsen sein müssen, das Hotel und das Kind waren nicht die einzigen, die mich als ewig gleichbleibend gewöhnt waren und brauchten.

Haben Sie mal sowas wie die Hölle! Da können Sie nicht morgens liegenbleiben, weil Sie sich schlecht fühlen, oder abends einen Krimi anschauen, anstatt die Zimmer zu kontrollieren und sich um die Wäsche und die Bestellungen zu kümmern. Ein Hotel ist wie ein Körper, selbst wenn er zu schlafen scheint, ist ständig etwas los in ihm. Und Sie müssen das selber in Gang halten, jeden Tag, mit einem möglichst liebenswürdigen Gesichtsausdruck. Schon ohne Gäste wäre das ein Haufen Arbeit. Ich liebe es – nur waren mir in den letzten Jahren die Mundwinkel wie im Lächeln festgefroren und an manchen Tagen war ich sogar froh, wenn Siegmar Selbig kam und ausnahmsweise – meistens vor irgendwelchen Feiertagen – nicht vom Geschäft redete.

Gehen Ihnen die Tage auch so schnell vorbei? Ich bin doch eigentlich immer hier, an diesem kleinen Ort und in einem Kreis von Menschen, die kaum Überraschungen zu bergen scheinen, oder eher lautlose Überraschungen, wie die Richter, von denen kennen Sie immer noch erst zwei und nicht den, auf den es ankommt.

Aber ich mußte Ihnen zuerst von Pasodoble erzählen, ich kam ohne sie in meinem Bericht nicht mehr aus. Meine Veränderung durch Pasodoble: Nicht eine Sekunde dachte ich daran, daß sie wieder wegfahren würde. Ich hatte ein Gefühl, als würde sich innen in mir etwas auflösen, ungefähr so, wie wenn man eine Mullbinde in Wasser legt. Die wird plötzlich ganz weich und lappig und sehr groß, so fühlte ich mich nach Pasodobles Ankunft an, innen feucht und wabbelig. Es tat mir gut. Wir saßen in dieser ersten Zeit fast jeden Abend zusammen, noch immer wollte sie nicht in die Bar gehen, sondern ließ sich von Milan ihren Spezialdrink in die Halle bringen. Ich spürte nichts als eine träge Vertrautheit, einen Stillstand, und dachte immer noch, daß sie mit Ihnen in irgendeiner verschwiegenen Verbindung stünde oder daß Sie sie mir geschickt hätten, damit jemand sich um mich kümmert. Aber ich habe sie nie danach gefragt, weil ich Angst hatte vor einem verständnislosen Gesicht. Es war, als würde sie mir von zwei Koffern einen abnehmen – das wollte ich nicht dadurch verderben, daß ich ihr den anderen Koffer auch noch anbot. Verstehen Sie mich – das waren Empfindungen, wie man sie hat, wenn man plötzlich merkt, wie allein man war, weil man es nicht mehr ist.

Wir sprachen kaum über private Dinge. Sie fragte mich sehr eingehend nach der Hölle aus, auch nach der Zeit davor und ich dachte manchmal, daß sie ein Interesse daran zeigte, das nicht nur Höflichkeit war. Immer, wenn ich ihr etwas erzählt hatte, revanchierte sie sich artig mit einer Geschichte aus ihrer Jugend in Brasilien, als seien Wörter und Gespräche genau aufgeteilt, wer etwas nimmt, muß etwas hergeben, abgezählt und ordentlich. Sie erzählte bunt und aufregend und ließ mich ein Land sehen, in dem Du auch warst.

Jedenfalls kam Deine erste Karte von dort. Eineinhalb Jahre nachdem Sie weggegangen waren kam diese Karte. Im richtigen Moment, weil ich damals eine Chance spürte, Sie zu vergessen. Das haben Sie natürlich gemerkt, auf Ihrer anderen Weltseite! Und dann haben Sie mir geschrieben und es ging nie wieder, das mit dem Vergessen. Verstehen Sie, daß ich dieses Sendbotinnengefühl bei ihr nicht loswerden konnte? Ich weiß, es ist ein gewaltiges Land, aber Ihr habt doch beide die Luft dort geatmet! Es klärte sich dann auf und sie weiß von Ihnen nur, was ich ihr im Lauf der Jahre erzählt habe – also alles!

Tagsüber war sie nie da. Ich fragte nicht, was sie für Verrichtungen in unserer langweiligen Stadt hatte. Fragen verlernt man in einem Hotel. Früher oder später erfährt man sowieso, was man wissen will. Aber auch das war bei ihr anders, sie redete nicht darüber. Doch sie schien einem nie etwas vorzuenthalten, sondern schwieg so hübsch, als hielte sie ihr Gegenüber für zu klug und zu gut, um ihm langweilige Geschichten aufzutischen. Sie ist einer der höflichsten Menschen, die ich je kennengelernt habe. Ihre Dunkelheit hat nichts Bedrohliches, sondern etwas Beschützendes – wie die schwarzen Gesichter mancher Marienfiguren, die ja auch nicht aussehen wie Negerinnen, sondern wie eine Zuflucht.

Ihre Hände sind hell und mager, sie trägt an jeder mindestens sieben Ringe. Ringe sind ihr Laster und ihre Lust – bis heute. Mit einem schönen Ring kannst Du sie glücklich machen und seitdem sie hier arbeitet, hat sie wahrscheinlich mehr Ringe geschenkt bekommen als Imelda Marcos. Es sei ihr völlig wurscht, was sie wert sind, behauptet sie. In den Hotelsafe schließt sie sowieso nichts ein, schon gar nicht ihre Spielringe.

Aber ich glaube ihr das mit der Gleichgültigkeit gegen den Wert nicht so ganz. Einmal hat sie gesagt, Ringe seien das allerpraktischste für eine Flucht. Sie hat Angst, daß ihre Hände irgendwann Flecken bekommen könnten, aber sie hat keine Angst vor der Spülerei in der Bar. Wenn sie die Gläser um die Bürste dreht, klappern und klirren ihre Ringe einen Pasodoble. Einer von den Gästen – es war übrigens der, der ihretwegen nicht sein angestammtes Zimmer bekommen hatte und der sie erst kennenlernte, als sie bei mir arbeitete, Pommeranz – war von diesem Ringe- und

Händetanz um die Gläserbürste ganz verrückt geworden. Stundenlang schaute er sie an mit diesem blinden Blick, den Sie nie hatten, nie, und keiner Frau gegenüber je haben werden.

Ich war übrigens bei solchen Dingen manchmal eifersüchtig auf Pasodoble, die Ältere, der ich freiwillig ein Stück von meiner Macht abgegeben hatte. Ich lebte doch auch von diesen blinden, hingerissenen Blicken mancher Gäste, die in der Hölle gut gefüttert, versorgt und zur Ruhe gekommen, sich an manches erinnerten, das nicht in ihren harten Köfferchen und ihren Akten zu finden war. Die Armen – denn man mußte sie immer enttäuschen, außerdem wäre ihnen die unbekannte Speise der Liebe gar nicht bekommen. Davon, dachte ich, hat sie mir etwas weggenommen, hat mir die Macht da entwunden, wo sie am angenehmsten war. Es ging ja immer nur um Spiele: Nach außen war ich die Chefin, die unnahbare ledige Mutter, höchst gepflegt und ruhig, wie es sich für eine Höllenvorsteherin gehört. Gerade das machte mich reizvoll, glaube ich. Da war eine, die für sich selber sorgte, von der keine Ansprüche und Aufgeregtheiten zu erwarten waren. Man konnte auch sicher sein, daß ich auf Angebote ablehnend reagieren würde.

Außerdem ist ein Hotel wirklich etwas Weibliches. Das scheint in Vergessenheit geraten, aber die Menschencontainer mit dem halben Kilo Werbebroschüren im Zimmer, dem Kassettenfernseher als einzigem Trost und der fremdriechenden Bettwäsche ist ja auch eine Erfindung von Männern für Männer. Nachts kriegt man da nichts mehr zu essen und die Schreibtischlampen sind schlecht, an den Wasserhähnen bricht man sich die Finger und die Barkeeper sind arrogant oder unterwürfig. Ich habe immer wieder Hotels angeschaut, um zu lernen, aber mit wenigen Ausnahmen habe ich nur gelernt, wie ich es nicht machen sollte.

Drei Wochen hatte Pasodoble bei uns gewohnt und sich umgesehen. Milan lächelte, wenn er sie sah, Robert hatte sie in die Geheimnisse seines Zackenbarschs eingeweiht, und ich dachte nicht darüber nach, warum ich ausgerechnet diese Frau in meinen Privatbereich, den Himmel über der Hölle, ließ – ich tat es einfach. Wir sagten Sie zueinander. Ich hielt mich noch verschlossen, obwohl ich mich danach sehnte, mit ihr über die Liebe zu sprechen. Sie ging nach wie vor weg und kam wieder, als hätte sie einen Beruf, und sie zahlte allwöchentlich ihre Rechnung, das Zimmer und allabendlich ein oder zwei Pasodobles, die Erika Blondundblau inzwischen in ihre Barkarte aufgenommen hatte.

Nach wie vor habe ich ihr gegenüber kein Unterlegenheitsgefühl. Und mit der Gewaltenteilung zwischen Pasodoble und mir begann es erst, als sie ihren Spitznamen und die Bar bekam. Einstweilen war sie noch Frau Almeida, die, wenn sie sich verspätete, ungeduldig erwartet wurde.

Wo bleibt sie? fragte Milan. Wo bleibt sie? dachte ich.

Wann kommt sie? fragte mein Schulkind-Sohn.

Mit wem sitzen Sie da eigentlich manchmal in der Halle? fragten die Gäste. Wer ist sie eigentlich?

Sie kam zu unterschiedlichen Zeiten, begrüßte Milan und fuhr sich mit beiden Händen durch ihren weißgrauen Haarwust, schaute offen und undurchdringlich dunkel in der Halle herum.

Suchen Sie jemanden? fragte ich sie eines Tages.

Ja, antwortete sie. Aber es wird noch eine Zeitlang dauern, bis ich ihn finde.

Ein Mann? fragte ich. So weit waren wir schon in unseren nächtlichen Gesprächen gekommen, daß ich sie zu fragen wagte, an den äußeren Rand der Fragen mich wagte, nicht weiter.

Ja, antwortete sie, ich suche einen Mann. Und dieser Komödientitel klang aus ihrem Mund drohend, nicht ironisch oder mißverständlich. Ich suche einen Mann, sagte sie und weiter nichts.

An dem Abend ging sie zum erstenmal mit mir in die Bar. Einmal muß es sein, sagte sie und holte hörbar Atem. Na, hören Sie! sagte ich beleidigt, Sie tun ja, als wärs eine furchtbare Pflicht in meine Bar zu gehen. Sie wird Ihnen gefallen! Aber Pasodoble wandte den Kopf ab und sagte nichts. Sie war abendlich gekleidet, es war damals kurz vor Weihnachten, wie jetzt. Aber jetzt sind wir tief eingeschneit, und damals, kann ich mich erinnern, hatten wir föhniges und feuchtes Wetter, eines, das niemanden schlafen ließ. Nicht nur ich mußte diese Nächte unruhig durchkämpfen, das ganze Hotel – damals wie jetzt nicht mehr ganz voll belegt – schien zu ächzen und zu seufzen in diesen Nächten. Deshalb war an diesem Abend die Bar auch voller als sonst um diese Jahreszeit. Es waren auch ein paar Leute aus der Stadt da. Das ist meistens so und Erika stand blondundblau hinter ihrer Bartheke und ließ ihren weißen Busen aus dem Kleid gucken.

Pasodoble sah sich um, und ich beobachtete ihr Gesicht, ängstlich wie ein Kind, das ein selbstgemaltes Bild herzeigt. Dieser Raum hatte mich lang beschäftigt und tat es immer wieder, die wirkliche Hölle im Keller mit ihrer Geschichte, über der ein dichter Schleier lag, den ich nicht lüften wollte. Gleichzeitig die Bar, über deren Funktion und Einrichtung mehr nachgedacht worden ist als bei irgendeiner anderen in dieser Gegend, auch nicht in der Messestadt in der Nähe, das schwöre ich Ihnen. Denn was ist eine Bar? Sie werden die Achseln zucken, oder lachen, weil Sie Ihr Leben lang in Bars herumgesessen sind, ohne über sie nachzudenken. In die eine gingen Sie jeden Abend, in eine andere einmal und nie wieder – und Sie haben sicher nicht darüber nachgedacht, warum das so war.

Es ist auch nicht die Aufgabe der Gäste, herauszufinden, was ihr Wohlbefinden verursacht. Sie sollen sich fallen lassen zurück in sich selber, aber nicht unbedingt vom Barhocker; sie sollen weit gehen können mit der Preisgabe, aber nicht so weit, daß sie nie wiederkommen. Sie sollen alles erzählen können in verschlossene Ohren, aber sie sollen auch dumm vor sich hinschweigen dürfen, ohne merken zu müssen, daß sie grade das tun. Es soll für alte und neue Pärchen eine Ecke geben, in der sie nicht auf der Bühne sitzen. Für einsame Hähne soll es dagegen eine Bühne geben und einen geduldigen, attraktiven Menschen, der sich etwas über eine Motoryacht anhört. Ein Fetter soll in der Bar schlank werden und ein Dürrer bedeutend. Falten werden weggeleuchtet oder weggelächelt, ein Neunzehnjähriger muß mitaufgenommen werden können, ohne daß das ganze Gefüge zusammenkracht. Ein Fotomodell soll Freundlichkeit erwecken und nicht einen Scheinwerfer auf die anwesenden Frauen richten. Dumme, verbohrte Täter sollen klug und nachdenklich werden und kluge, verstummte Opfer mutig. Frauen soll sie frech machen, die Bar, und Männer aufnahmebereit. Kurz, ein bißchen viel Ansprüche für einen Ort, an dem irgendwelche langweiligen Geschäftsleute nach der Polizeistunde ein Bier trinken können, werden Sie denken.

Ich gebe es zu. Ich hatte mir viel über Bars zusammengelesen und war dahintergekommen, daß es in den Fünfzigerjahren mit ihnen schon ein Ende gehabt hatte. Warum, weiß ich nicht. Alles, was in Romanen stand, hatte ich gelesen, Hemingway und Josef Roth, da war ich gar nicht wählerisch.

Ich mag keine Discotheken, obwohl ich tanzen will wie der Lump am Stecken. Ich mochte diese Lampen nicht, bei denen man die Schuppen auf den Schultern und die Jacketkronen sieht und ich mag kein Stroboskop und keine Musik, die mir den Kopf auseinanderbläst. Und doch wollte ich mit meiner Bar nichts Altmodisches machen, sondern einen Ort, an dem sich sprechen, schweigen und Geld verdienen läßt. Ich kannte in der Tat Bars nur aus der Literatur – und von Ihnen. Ein paarmal waren wir ja in einer, um uns in Ruhe, aber öffentlich zu berühren. Vielleicht ist es das, was mich immer beschäftigt hat, diese Mischung aus Heimlichkeit und Öffentlichkeit.

Die Höllenbar ist nicht groß. Wenn fünfzig Leute drinsitzen, ist sie voll. Da wir zweiundvierzig Zimmer haben, gibt es noch genug Plätze für Gäste aus der Stadt. Die Höllenbar ist marmorweiß tapeziert und trägt an allen Wänden Sätze. Groß reproduzierte Sätze, die mir gefallen haben – in der Originalschrift. Wenn man nicht genau hinschaut, wirkt das Muster der Schriften auf dem hellen Untergrund wie Kunst, die nichts bedeutet.

Machen Sie doch eine Galerie hinein, wegen der Steuer! hatte der Erdbeernasige vorgeschlagen, als ich die Bar einrichtete. Aber wer will schon in einer dunklen Bar von Bildern bedrängt werden? Es gibt Gäste, die bis heute nicht darauf gekommen sind, daß man die Wände lesen kann. Andere haben ihre Lieblingssprüche und setzen sich in deren Nähe. Manchmal betrinkt sich einer und schluchzt leise, wenn er sich von einem Satz verstanden fühlt.

Der Tresen ist geschwungen wie in den meisten Bars – aber er hat eine Marmorplatte und nur die Fußleisten sind aus Messing. Die Barhocker waren so teuer, daß Siegmar Selbig tagelang nicht mit mir sprach. Sie und auch die anderen Sessel sind mit einem weichen Leder bezogen, das mit Würde und in Schönheit zu altern versteht. Die Farben der Höllenbar sind also weiß, schwarz und gold, aber das Licht verwischt die Kontraste. Das Licht war auch ziemlich teuer. Und Siegmar Selbig sprach erst wieder mit mir, als er sicher war, das ganze sei ein Flop und sich anschickte, mich über meine Fehlinvestition zu trösten.

Warten Sie's ab, Sie mutloser Spießer, sagte ich, weil ich immer unverschämt werde, wenn ich meine Felle wegschwimmen sehe, das wird noch unsere Haupteinnahmequelle. Das hat sich zwar bis zum heutigen Tag nicht bestätigt, aber sie ist kein Zuschußbetrieb und hat einen guten Ruf. Einer von diesen Berufsfressern hat einmal einen langen Artikel über uns geschrieben, danach kamen eine Zeitlang jeden Abend unangenehmere Typen, um auch dagewesen zu sein. Aber sowas verläuft sich.

Dem Berufsfresser hatte es besonders unsere Nachtkarte angetan, und von der wieder die Kaviarkartoffel, er hat drei Stück davon gegessen. Also: Sie kochen eine schöne, mittelgroße geschrubbte Kartoffel, schneiden ihr ein Hütchen ab und höhlen sie noch heiß aus. Dann vermischen Sie das Kartoffelinnere mit Crème double, einem halben Teelöffel ganz fein gehacktem Dill und einer ganz fein (noch feiner) gehackten Viertelschalotte. Bißchen Salz, bißchen Pfeffer. Das füllen Sie noch warm zurück in die Kartoffel und geben ordentlich goldenen Forellenkaviar obendrauf. Bei uns gibt es das auf kleinen, tiefen Marmortellerchen mit einem Perlmuttlöffel.

Ich möchte, daß Sie Hunger bekommen. Ganz groß soll Ihr Hunger sein. Die Nachtkarte liegt in den Zimmern, man kann das, was draufsteht, die ganze Nacht bekommen. Es gibt da Schübe: Zwischen eins und zwei, und hauptsächlich wenn die Gäste nicht allein sind. In der Bar ist es so, daß man nur einen Teller hereinzutragen braucht, und jeder will einen. Wie die Kinder. Man kann von Kindern über Bars eine Menge lernen, ist mir aufgefallen. Alles muß ein wenig spielerisch sein, aber gleichzeitig ganz ernst genommen werden. Man darf über einen normalen männlichen Barbesucher so wenig lachen wie über ein Kind. Es gibt, davon erzählte ich ja schon, den gleichen Futterneid wie auf einem Kindergeburtstag. Und das schöne Fräulein an der Bar sollte keinen bevorzugen. Meine Bar – das war mein permanenter Kindergeburtstag mit etwas mehr Pfeffer.

Und das Essen – ich hatte es nach Kriterien zusammengestellt, die einen seriösen Gastronomen zum Schaudern bringen würden. Es durfte nicht aufwendig zu servieren sein, es sollte sich, jedenfalls manches davon, problemlos aus der Hand essen lassen. Außerdem mußte unser Essen auch verwöhnte Gäste verblüffen und nicht so satt machen, daß jedweder Hunger schwinden würde. Wir waren ziemlich erfolgreich damit, und wenn Sie bei mir in der Hölle durch die nächtlichen Gänge gehen, sehen Sie vor vielen Türen kleine, gebrauchte Teller und Schalen. Geflügelpastete nach meinem Rezept mit Wein und Nüssen. Ich gebe gern ganz einfache Dinge, die ein bißchen verändert werden. Nichts, was stark riecht. Nichts, was zuviel Fett braucht. Irgendwann schreib ich Ihnen noch ein paar von den Nachtgerichten auf – es sind nur zwölf. Manchmal wechseln wir, und es gibt jeden Tag eine andere Suppe.

Den Koch kennen Sie auch noch nicht, merke ich. Er kam ganz kurz nach Milan. Er lief mir zu, und ich ertrage es seither, daß er immer mal verschwindet und ich dann die Küche übernehmen muß.

Ein Koch für ein Haus ohne Restaurant! hatte Siegmar Selbig verzweifelt gefragt, Sie machen Ihren Sohn arm, bevor er wohlhabend war!

Dann machts ihm ja nichts aus! habe ich geantwortet. Selbig weinte über die Lohnkosten und Lohnnebenkosten – lohnt sich nicht! Lohnt sich nicht! Aber es lohnte sich eben doch. Milan kann den Koch nicht leiden. Man sagt mir, das sei in Hotels normal, es gäbe archaische Kriegssituationen, etwa zwischen Küche und Service. Für derlei breiter angelegte Fronten sind wir aber zu klein. Es tut mir leid, daß die beiden sich verabscheuen, Orlando (so heißt der Koch, aber er ist Deutscher) versucht sich immer mit Milans Unterportiers zu verbünden, um den großen Überblicker rauszuhebeln. Es ist sehr komisch. Orlando kommt, wie viele gute Köche, vom Schiff. Er mag aber nicht arbeiten und er kann Vorgesetzte nicht ertragen. Beides prädestinierte ihn nicht für seinen Beruf, aber für die Hölle.

Ich habe ihn frühmorgens in der Blumengroßmarkthalle kennengelernt, in der er niesend flache Schachteln aus Holland übereinanderschichtete. Ich ging nicht oft dorthin – es war mir zu weit zu fahren, außerdem liebe ich es, wie Sie wissen, gar nicht, früh aufzustehen.

Gesundheit, sagte ich, als ich an ihm vorbeiging. Sie haben leicht reden, keuchte er, ich bin allergisch! Gegen dieses ganze stinkende Zeug bin ich allergisch! Warum muß es das geben, dieses Zeug? Ich schaute in seine Kartons und sah ein und dieselbe Nelke tausendfach, die immer gleiche Rose tonnenweise, auf Draht gezogene Gerbera, die mit den Köpfen durch Pappe getrieben waren wie durch einen Schandkragen.

Ja, ich weiß nicht, sagte ich. Vielleicht bin ich auch allergisch. Aber ich kann Ihnen nicht sagen, wozu es die geben muß!

Er, natürlich, hatte alle Blumen gemeint und ich nur diese. Er litt vollkommen, ich nur nachlässig und ein bißchen.

Warum machen Sie das hier, wenn Sie doch niesen müssen?

Wir redeten eine Stunde, standen an einem der Markthallentischchen und tranken Kaffee, der ihm und mir die Hände wärmte.

Orlando ist letztes Jahr fünfzig geworden, ein magerer, heftiger Mensch mit einem so empfindlichen Gemüt, wie nur Köche es haben. Außerdem trinkt er von Zeit zu Zeit. Aber das habe ich erst später gemerkt.

Erst seit ich Ihnen von meinem Haus und meinem Leben erzähle, ist mir aufgefallen, daß ich mir meine Höllenfamilie aus lauter liebeskranken Leuten zusammengesucht habe. Erst jetzt weiß ich, daß ich im wirklichen Sinn Leid geteilt, mein Leid auf verschiedene Menschen verteilt, oder vielmehr in ihrem Leid Teile meines eigenen gespiegelt habe. Meines ist natürlich die Summe von allen, denn meine Krankheit ist die ausuferndste! Das wird jedes einzelne meiner Familienmitglieder von sich auch denken! Orlando war auch liebeskrank. Aber damals interessierte mich das gar nicht, denn ich hatte noch nicht gelernt, daß ich nicht völlig allein in der Welt stand wie jemand, der als einziger eine fremde Sprache spricht. Denken Sie sich, es gäbe auf der Welt nur einen einzigen Chinesen – mit der ganzen Geschichte, Kultur, Erfahrung, Landschaft – nur mehr ein einziger sei übrig in einer Welt von Fremden. So fühlte ich mich damals und stellte später fest, daß es fast so viele Liebeskranke gibt wie Chinesen.

Also fragte ich damals Orlando nicht nach dem Grund für seine Melancholie. Er bezeichnete sich als faul und ängstlich. Das war mir sympathisch, weil ich mich da wiedererkannte, und dankbar war, daß es ein anderer für mich stellvertretend zugab. Er erzählte vom Schiff – da habe er den Geruch in den Kajüten nicht ausgehalten, auch den Ton nicht, in dem auf See miteinander umgegangen wurde. In einer Gaststätte habe er sich geekelt vor der Größe der Portionen und den Wünschen der Gäste. Sie wissen, was er meint, und ich wußte es auch. Er war einfach unfähig, halbe Säue auf Erbsbrei zu betten. Außerdem wolle er nicht den ganzen Tag arbeiten, und in seinem Alter fände er sowieso keinen Arbeitsplatz. Es war in der Rezession – vielleicht haben Sie von der gar nichts gehört, denn von außen und weit her sieht so eine Rezession genauso klein aus wie ein vergifteter Fluß oder eine neue Autobahn.

Er hätte wirklich nur mühsam etwas bekommen, – und ich kann Ihnen nicht sagen, warum ich ihn engagierte. Bewegungen vielleicht? Wie er die Tasse umfaßte als wolle er sie beschützen, oder wie er die Füße gekreuzt unter dem dreckigen Stehtischchen hielt, den einen fest, den anderen mit hohem Spann auf die Spitze gesetzt wie ein Tänzer? Ich weiß es nicht mehr, aber ich sehe ihn heute noch gern an, weil er aussieht wie eine Kreuzung zwischen Ihnen und dem Hund Don. Nein, ich habe mich nie von ihm lieben lassen. Dazu war er mir zu unglücklich, man sah ihm an, daß er viele Partien von welchem Spiel auch immer verloren hatte, und das machte ihn unberührbar.

Sie taten immer wie ein Sieger. Ich habe Ihnen die Siege geglaubt, kann heute noch nichts anderes glauben.

Da fällt mir einer von den Richtern ein, nein, immer noch nicht der wichtigste! Der wird der siebte von diesen Zwergen in meinem Brief an Sie! Der, an den ich jetzt denke, gilt aus Versehen immer noch als schöner Mann. Er ist sehr groß, aber schmalschultrig, und alles (alles? alles Sichtbare jedenfalls) weist bei ihm nach unten. Seine Augenbrauen und die äußeren Winkel seiner Augen, seine Backen und seine Mundwinkel, die Schultern, er bringt es fertig, mit hängenden Mundwinkeln zu lächeln – Tränensäcke und lange, traurige Zähne. Bevor er Richter wurde, hat er, glaube ich, mal Psychologie studiert und macht davon hemmungslos Gebrauch. Der fällt mir jetzt gerade ein, weil er Sieger haßt. Er haßt auch Leute, die nicht leiden, oder die es sich nicht anmerken lassen. Allesamt Lügner, sagt er. Wenn Entscheidungen anstehn, will er sich ordentlich und sichtbar quälen. Auch das Alter plagt ihn und er hält damit nicht hinter dem Berg. Wenn er das Wort Contenance schon höre, hat er einmal gesagt, werde ihm übel. Mir prophezeit er immer, daß ich mal Krebs kriegen würde, weil ich meinen Kummer (von dem er keine Ahnung hat, den er aber bei jedem ernstzunehmenden Menschen voraussetzt) so eifersüchtig für mich behalte, ihn mit schönen Kleidern, und Schminke geradezu übertünche! Er glaubt nicht an Glück. Ein Sieger im Leben und ein Faschist sind für ihn das gleiche.

Wenn man nachdenkt, hat er eigentlich recht – und doch nicht. Verstehen Sie? Und doch nicht! Ich weiß jetzt erst, wie glücklich ich war. Ich könnte in dieser Sekunde, da ich Sie zurückkommen fühle, brüllen vor Glück. Man kann nicht ins Leben beißen mit so traurigen Zähnen wie der sie hat. Und dazu heißt er auch noch Freudenberg. Seine Assistenten nennen ihn natürlich Tränental. Er ist ein angenehmer Gast, geht mir mit seinem Tic allerdings etwas auf die Nerven, weil es bei mir immer hinten im Kopf bohrt, daß er vielleicht doch recht haben könnte – und doch nicht. Nie! Gegen solche müßte ich von Ihnen verteidigt werden. Den Alten terrorisiert er natürlich nicht mit seiner Unglückspflicht, aber ich denke, er hält ihn für einen unsäglichen Grobian und echter Gefühle nicht für fähig. Orlando würde ihm gefallen, wenn er ihn je zur Kenntnis genommen hätte. Grade deshalb wollte ich Orlando nicht lieben.

Ich konnte eben nicht weiterschreiben, nicht nur,

weil der Kater sich auf das Briefpapier gelegt hat, sondern weil ich mir vorstellte, Sie würden an dieser Stelle eifersüchtig. Ich habe Ihnen die Eifersucht nie geglaubt, so Ihrer selbst gewiß waren Sie. Ich hielt Ihre Tobsuchtsanfälle für liebevolles Theater, eigens für mich inszeniert, damit ich mir stark und mächtig vorkommen sollte. Jetzt bin ich mir dessen nicht mehr so sicher. Vielleicht waren Sie wirklich eifersüchtig und sind es widersinnigerweise geblieben, als würden Reisen immer noch so lang dauern wie zu Odysseus' Zeiten. Ich habe meinen Freiern nicht nur was vorgestrickt, das können Sie mir glauben. Oder ist die Hölle ein Sterbehemd? Quatsch. Ich bin ein bißchen blau. Vor Weihnachten muß man dauernd mit jemandem trinken. Bei mir genügen schon zwei Gläser Champagner. Aber ich habe diesen Zustand manchmal gern.

Ich wurde also mit Orlando handelseinig, wie es in den alten Geschichten heißt. Er kommt erst am späten Abend, hält sich bereit und geht morgens gegen halb elf. Was danach gefrühstückt wird, bereite ich zu. Er hat nichts mehr mit barbarischen Essensmengen zu tun. In der Nähe der Küche ist ein Raum, in dem er schläft. Zwischen zwei und sieben Uhr will selten jemand essen, aber wenn jemand möchte, kann er es – ich verkaufe die Möglichkeit, nicht immer nur die Wirklichkeit. Unsere Nachtkarte ist eine poetische Gemeinschaftsleistung von Orlando und mir. Ich habe mich hineinversetzt in Deinen Hunger und füttere Dich allnächtlich und allmorgendlich durch die Münder fremder Männer.

Orlando weiß so viel und so wenig über Sie und mich, wie alle hier, mit Ausnahme von Pasodoble, der man gar nichts zu erzählen braucht und die ihr Wissen auf geheimnisvolle Weise erwirbt. Es fliegt ihr zu. Sie schaut einen an und weiß alles. Aber sie sagt es nur, wenn sie gefragt wird. Merkwürdigerweise ist Orlando der einzige Mann, den ich kenne, der ihr gegenüber unempfindlich scheint. Es muß mit der Frau zu tun haben, die ihn verlassen hat, wahrscheinlich glich sie Pasodoble und deshalb ist er immun geworden. Er kann sie nicht einmal ansehen, es reißt ihm den Kopf zur Seite, wenn er unerwartet auf sie trifft. Dabei teilen sie sich doch einen großen Teil der Nacht, das hätte sie zu Verbündeten machen müssen – aber es geht nie so, wie man gern möchte.

Ich kuppele gern. Als müßten sich hinter mir die Pärchen aneinanderreihen wie die Tiere auf der Arche, versuche ich immer wieder unauffällig, zweien zu beweisen, daß sie zur gleichen Sorte gehören. Freudenberg und meine Freundin Ilona (die mir, Sie erinnern sich, die kostenlose Psychoanalyse für Robert angeboten hat!) würde ich sehr gern zusammenbringen. Sie glaubt nämlich auch nicht an Glück, und die beiden würden sich in der gemeinsamen Glücksverachtung finden und glücklich sein, so gut sie können. Natürlich will ich Pasodoble nicht richtig mit Orlando verkuppeln, denn dann wäre ich eifersüchtig, weil ich auf keinen Teil von Pasodoble verzichten kann. Ihre Tröstungen halten das Bittere von mir fern. Wie soll ich sonst meine Liebe zu Ihnen von Bitterem freihalten, wenn mich nicht jemand tröstet?

Die Eifersucht hat mich in diesen zehn Jahren immer wieder in den Fängen gehabt, sie hat mich in die Dummheit und Gemeinheit hinuntergezwungen, wieder und wieder. Es ist das furchtbare an dieser Krankheit, daß sie so töricht und kleinlich macht und dennoch Phantasie aufschießen läßt an Stellen, wo man sie gar nicht vermutet hätte. Sie widerstehen höhnisch jeder Kontrolle und jeder Vernunft, diese Phantasien, sie treiben Dich in Lächerlichkeit und Hochmut und ins Verhängnis. Man kann alles mögliche daraus machen. Rheumatismus und Magenkrebs und Migräne, Lungenentzündung und Pickel, Asthma und Herzinfarkte. Sie ist ein vielseitig verwendbarer Stoff, diese Eifersucht.

Sie seien so weit weg, meinen Sie? Sie überlassen mich ja auch freundlich und großzügig meinem eigenen Leben? Eben das wollte ich nie. Ich kann, wie Sie sehen, ausgezeichnet damit umgehen. Aber mein Leben aus Ihren Händen ist ein ungeliebtes Geschenk geblieben. Sehen Sie jetzt, daß ich mit einem Menschen alles, alles bereden mußte, um nicht zu ersticken?

Sechs Jahre lang saß all das in mir und wuchs, zurückgedrängt und schmerzhaft und drängte mich Tag und Nacht. Als ich dreißig wurde, drohte alles auszubrechen, und wenn das geschehen wäre, hätten sich die bitteren Stoffe nie mehr aus der Liebe lösen lassen. So aber kam Pasodoble und machte die Geschwüre sauber, legte sie trocken, indem wir sprachen. Ich erzählte ihr, wie Sie waren und daß ich wie vergiftet an Sie und andere Frauen denken müßte und nicht damit aufhören könnte.

Was es für ein Gefühl ist, wenn Robert in manchen Sekunden, bei manchen Bewegungen Ihnen ähnlich ist? Als würde einem innen drin ein dicker Strick durch eine ganz dünne Ader gezogen. Er ist Ihnen jetzt manchmal ähnlich, das blitzt auf und verschwindet Gott sei Dank wieder. Ich habe Angst davor, daß es immer öfter aufblitzen und er eines Tages ganz wie Sie bleiben wird. Bis dahin aber müssen Sie wieder da sein. Oder ich habe gelernt, mich mit einem Sohn zu bescheiden. Das gelingt so vielen Frauen, aber ich kann es mir nicht vorstellen.

Ich weiß noch, an welchem Abend ich begonnen habe, Pasodoble meine Geschichte zu erzählen. Vergessen Sie nicht, es ist eine unzulässige Geschichte. Es kommen in ihr Wünsche und Verluste vor, die in Menschen nichts zu suchen haben. Das alles ist doch längst überwunden, und herumzukreischen wie ein brünstiges Pavianweibchen stößt nirgendwo auf Verständnis.

Ich wußte genau, und zwar von Anfang an, was ich zu tun gehabt hätte. Jede Art von Verachtung wäre mir angeraten worden, man hätte mir die Bitterkeit erlaubt bis zur Vertrocknung – aber niemand hätte Verständnis gehabt für die Süße, die ich noch immer empfand. Ich begriff es ja selber nicht und hielt darum den Mund. Von all dem werden Sie nichts verstehen, da bin ich sicher. Es gibt für Sie keine Entschuldigung. Und blöderweise brauchen Sie auch keine.

Die Richter sind endlich weg, Weihnachten ist vorbei, und ich bin für ein paar Tage mit einem von ihnen im Schnee. Wir wollen langlaufen und er ist entzückt, wenn er mir andere gute Hotels zeigen kann, wobei er nie die Bemerkung vergißt, daß die Hölle unvergleichlich sei. Er bräuchte mir das nicht zu sagen, denn ich weiß es. Gastronomen sind meist gräßliche Gäste, ich habe schon mehr als einen hier gehabt, und ein paar sind von Spionen und Schnüfflern zu Überläufern geworden. Ich bin keine gelernte Gastronomin, also ein sehr angenehmer Gast. Mich freut alles, was man für mich tut, und die Rechnung bekomme ich selbstverständlich nicht zu Gesicht. Langlaufen und Sauna, kein anderes Geräusch als das auffliegender Vögel, abends ein bißchen Tanzen und Alkohol. Und danach ein paar sachkundige Nächte. Es ist angenehm mit ihm, er ist ein glattes, entdeckungsfreudiges Tier.

Sehen Sie, wie ich versuche, den Schmerz zurückzuwerfen in die Richtung, aus der er gekommen ist? Wie eine Handgranate? Und er explodiert in meiner Hand. Aber es ist wahr, daß ich mich vom Richter trösten lasse, einem jungen, schönen Täter. Nennen wir ihn Leonhard. Er ist zufrieden mit dem, was er von mir bekommt, ich habe sogar den Verdacht, daß er es für viel hält.

Am Abend meines Ausbruchs wohnte Pasodoble noch als Gast im Hause, wir hatten aber schon darüber gesprochen, daß sie die Bar übernehmen könnte. Erika gegenüber hatte ich ein schlechtes Gewissen und Milan dachte nach, wie er auf diesen Plan reagieren sollte. Pasodoble hatte mir noch nicht gesagt, weshalb sie in unsere Stadt gekommen war und warum es so aussah, als habe sie einen fest umrissenen Auftrag zu erfüllen. Wenn sie morgens das Haus verließ, dunkel, auch in weißen Kleidern dunkel, und gesammelt, wäre niemand, der sie gehen sah, auf die Idee gekommen, sie täte das zu ihrem Vergnügen. Sie ging zu einer Aufgabe, die sie nicht preisgab. Das tat sie noch lange nicht.

Eine Nachtarbeit sei das, was sie brauche, sagte sie. Vielleicht ist es das beste, ich bin regelmäßig in diesem Raum. Vielleicht ist es wirklich der beste Anfang. Ihre Rätsel klangen so vernünftig und einleuchtend, daß ich gar nicht auf die Idee gekommen wäre, sie nach ihrer Bedeutung zu fragen. Ich nahm hin, was sie sagte und vertraute ihrer Vernunft, die einen großen Teil ihrer Schönheit ausmacht.

Wir saßen wie immer in der Halle, es war früh am Abend und die Halle war noch still. Milan träumte in tadelloser Haltung. Oben hörte ich, wie die Mädchen die Wäschewägelchen hin- und herschoben und dazu leise Radiomusik. Ich hörte das tiefe Summen der Heizung, ein bißchen fernes Geklirr aus der Küche – die friedlichen Geräusche, die ein Hauskörper macht, wenn er funktioniert. Die Bäume draußen waren schon kahl, und ich hob automatisch ein paar Blätter vom Marmorboden auf.

Sie werden das nie verstehen – ich hatte ein Haus und ein Kind großgezogen, Robert ging jetzt in die Schule, und ich hatte den ersten Teil seines Lebens mit ihm zusammen bewältigt, während das Haus seinen Namen und seinen Ruf bekam und begann, Geld zu bringen und nicht mehr nur welches kostete. Ich war einunddreißig und überwachte mißtrauisch mein Aussehen. Und ich war ganz gläsern geworden vor lauter Anspannung, alles um mich herum zu überschauen und dabei zu wissen, daß ich nicht bekommen würde, wonach ich mich so verzweifelt sehnte. Man kann sich ja an Schmerz gewöhnen, kranke Leute müssen das auch, und ich sah nicht einmal, daß ich auch krank war. Dennoch hätte ich ums Leben nicht gesund werden wollen! Da fing ich also an, Pasodoble von Ihnen zu erzählen. Sie hatte die Angewohnheit, das Kinn auf beide Fäuste gestützt und vorgebeugt zuzuhören. Ich erzählte ihr ins Gesicht hinein und dann wieder an ihr vorbei, ich erzählte zuerst wie eine Fremde über einen Fremden, dann merkte ich, wie mir die Kontrolle abhanden kam. Es war die Kontrolle der letzten sechs Jahre, der Jahre nach Deiner Desertation.

Wir gehen besser zu Ihnen in die Wohnung! sagte Pasodoble zwischendurch. Da sprach ich eigentlich noch ruhig und beherrscht, aber sie hat die Welle wohl ankommen sehen und wollte mich aus der Halle haben. Milan merkte gar nichts. In meiner Wohnung saßen wir eine Weile genau so da, ich entschuldigte mich zwischendurch und sagte etwas wie: Das ist sehr ungehörig von mir. Sie haben schließlich Ihre eigenen Probleme. Aber Pasodoble reagierte nicht und ich sprach weiter, mehr von mir als von Ihnen.

Ich fing an zu weinen, das hatte ich seit Roberts Babyzeit nicht mehr getan, ich konnte nicht mehr aufhören und versuchte, das ganze Haus unter Wasser zu setzen. Dabei rauchte ich wie eine Verrückte und trank diesen verdammten Pasodoble, den sie uns gemixt hatte. Ich weiß noch, daß ich mein nasses, schwarzgestreiftes Taschentuch festhielt, das voller Rotz und Wimperntusche war, und bis in Ewigkeit weiterweinen wollte, weil mir endlich eine zuhörte, eine, die Rivalin hätte sein können, aber auch Mutter, etwas zwischen allem und deshalb für mich ganz neu. Und ich schämte mich überhaupt nicht vor ihr für dieses demütigende Gewirr aus Gefühlen, die es zu überwinden gegolten hätte, und von denen ich doch abhängig war.

Sie schaute sich diesen Ausbruch ruhig und liebevoll an und sagte nicht viel. In ihrer Nähe fühlt man sich angesprochen, auch wenn sie ganz still ist. Einmal, erinnere ich mich, sagte sie: Man könnte fast neidisch werden.

Ich wußte nichts über sie und die Männer – oder den Mann. Sie war doch weit über vierzig und hatte schon fast weißes Haar. Alles stieß ich zwischen Mengen von Tränen und Nasenschleim heraus, alles, unsere Nächte und unsere Tage. Deshalb also Hotel Hölle, sagte sie. Manchmal lachte sie über meine wütenden Schreie. Endlich konnte ich wütend sein und ich kreischte Flüche gegen Dich, von denen ich gar nicht wußte, daß ich sie kannte. Als es vorbei war, packte mich eine Müdigkeit wie vorher und nachher nicht, nicht einmal nach Roberts Geburt war ich so unter einer riesigen Müdigkeit zusammengesunken.

Wo schlafen Sie? fragte Pasodoble. Nie hatte ich jemanden in mein Schlafzimmer gelassen, mit Männern war ich nur an anderen Orten, möglichst in anderen Städten, zusammen. Dieses Bett in dem großen, schrägen Raum gehört allein mir. Auch Robert kommt nicht ins Bett, er tut das von allein nicht, aber er liebt es, wenn ich mich morgens für fünf Minuten bei ihm zusammenrolle.

Ich konnte mich vor Müdigkeit kaum ausziehen, und Pasodoble half mir mit ihren ringüberladenen, hellen Händen. Sie hatte einen Griff wie eine Krankenschwester oder eine Zofe. Dann lag ich im Bett und spürte die leichte Decke über mir, meine Augen fühlten sich an wie in Sand gewälzt, aber ich sah, wie Pasodoble sich auszog, spürte den winzigen Luftzug, als sie die Decke hob und sich neben mich legte. Ich schlief in ihren Armen ein, sie hatte sie mir ganz fest um den Rücken geschlungen. Ich hielt meine feuchte Nase an ihrer Schulter verborgen und wollte nie mehr wach werden.

Am nächsten Morgen war sie nicht mehr da. Aber ich wußte, daß sie nicht weit sein konnte. Ich fühlte mich nicht verlassen, nur erschöpft, und wollte nicht aufstehen. Jemand hatte das Frühstück gebracht, Robert war längst in der Schule, jemand sorgte an diesem Morgen für alles, damit ich schlafen konnte. Ich verließ an diesem Tag mein Zimmer nicht und spürte immer, wenn ich aus den dicken Schlafwolken für Momente hervorkam, daß alles seinen Gang ging und ich mir keine Sorgen zu machen brauchte.

Ihr Bild habe ich ihr übrigens nie gezeigt, das große in der Kammer, meine ich. Von den kleinen, auf denen wir beide zu sehen sind, kennt sie jetzt einige. Ich wollte, daß sie wußte, von wem ich sprach. Drei Tage ging das so, magische Zahl. In drei Tagen stirbt man, in drei Tagen wird man gesund. Ich bin weder gestorben noch gesund geworden, ich konnte nur danach weiterleben, ohne die drei eisernen Ringe ums Herz. Jeden Abend kam Pasodoble in mein Zimmer. Ich fragte nicht nach dem Hotel, weil ich wußte, daß sie mir für kurze Zeit alles abgenommen hatte. Man hätte mich ja ohne weiteres erreichen können, aber nicht einmal Milan rief an. Sie wollten mir alle helfen, leichter zu werden. Jeden Abend legte sich Pasodoble neben mich und wir sprachen nicht, aber ich schlief durchaus nicht so schnell ein wie am ersten Abend meiner Befreiung.

Vielleicht habe ich nie einen Menschen so genau kennengelernt wie Pasodoble in diesen drei Tagen – auch Sie nicht in der langen Zeit vor zehn Jahren! Sie machte die Aufgaben mit Robert, sie ging hinunter zu den Gästen, sie entthronte mich überall, damit ich weiterregieren konnte. Mit jedem dieser drei Tage wurde ich ruhiger, mit jeder Nacht schöner. Sie tat mir gut mit Haut und Haaren. Manchmal redete sie nachts mit einer fremden, hohen Stimme in einer fremden Sprache. Dann war es vorbei, ich ging nach drei Tagen wieder hinunter in die Welt und war voller Arbeitslust und Wachheit.

Ja, ich habe an Sie gedacht, auch in diesen Nächten. Wie hätte es anders sein können? Und wußte doch, daß ich für kurze Zeit in ein Land gegangen war, in das Sie mir niemals folgen konnten. Ich weiß nicht viel davon, aber ich glaube, Männer fühlen sich durch eine nahe Frau nicht bedroht – eher animiert. Männer machen da einen Fehler, denke ich! Ob Sie selber diesen Fehler auch machen, weiß ich nicht. Ich kann mir gut denken, daß man jenes Land nicht mehr zu verlassen wünscht. Aber hier war wieder alles ganz anders und ich weiß nicht, ob ich's Ihnen erklären kann. Ob ich das überhaupt will! Denn wenn Sie denken, Pasodoble sei eine Art Sprungtuch gewesen, in das ich gefallen bin, oder Notärztin oder Löschwasser, egal – nichts davon war sie. Nichts davon ist sie. Wir hatten uns zusammengetan für eine notwendige Zeit. Wirklich zusammentun – kennen Sie das eigentlich? In manchen Momenten tun Sie mir leid. Aber das kommt selten vor.

Während ich damals mein Höllenhaus neu entdeckte, mit Robert herumtobte, Milans auffällige Diskretion übersah, während ich mit Orlando etwas

Neues für die Nachtkarte ausprobierte und (wissen Sie noch? Im Herbst vor vier Jahren?) eine Ihrer Karten mir das Zittern in die Hände trieb, während ich also nach allen Seiten lebte und wahrnahm, kam Pasodoble und sagte mir, daß sie sich in der Stadt eine Wohnung besorgt habe. Und daß sie in der Bar arbeiten wolle, in jedem Fall und um jeden Preis. Sie sagte es lachend, damit ich mich nicht unter Druck gesetzt fühlte. Aber ich spürte ein Drängen, dessen Ursache ich nicht kannte.

Ich muß Erika Blondundblau hinausschmeißen! antwortete ich. Das wird verdammt unangenehm! Erika und ich hatten ein merkwürdiges Verhältnis. Kennen Sie das, wenn man jemandem hinter dem Rücken die schrecklichsten Grimassen schneidet – aber man bringt blitzschnell sein Gesicht in Ordnung, bevor der andere sich umdreht? Wie schnell auch immer er ist, er sieht nur eine gleichmütige Maske.

So gings mir mit Erika. Nie drehte ich mich schnell genug nach ihr um, aber ich spürte ihre Grimassen, ihren Neid auf die Hölle und das geerbte Geld. Ich konnte sie sogar verstehen. Sie war ein hartmündiges Mädchen, das ihre Sache verstand und den Männern ganz gut (nicht zu gut) gefiel. Sie brachte kein Herz zum Stolpern, aber die Bar war unter ihrer Regie ein angenehmer Aufenthalt. Und sie war ehrlich, das heißt, sie unterhielt nicht aus meinen abgezweigten Beständen irgendwo eine zweite Bar, wie es viele tun. Sie war nicht dumm und nicht zu gescheit, sie konnte zuhören und hatte, wie erwähnt, einen schönen, weißen Busen. Es gab überhaupt keinen Grund, sie zu entlassen, außer, daß sie immer ein Fremdkörper in der Hölle gewesen war und Pasodoble hineinpaßte wie des Teufels Großmutter.

Pasodoble hielt sich in den folgenden Tagen zurück, kam selten und sprach wenig von ihrer neuen Wohnung. Noch immer wußte ich nur: Brasilien, dreizehn Jahre älter als ich, vaterlos, Ringe, Ehemann – aber wo? Ein Mensch, so vertraut wie kein zweiter, dessen Bild fast nur aus weißen Flecken bestand. Aber die Hölle hatte mich gelehrt: Nicht ausfragen, sondern warten, nicht bedrängen, sondern ein Stück Ferne lassen. Ich frage mich, ob Sie bei mir geblieben wären, wenn ich das damals schon gekonnt hätte? Das ist nicht leicht zu lernen, wenn man jemanden liebt und Anfang zwanzig ist! Ich wollte Pasodoble haben, ich wollte sie im untersten Winkel der Hölle ganz sicher verstauen. Sie sollte zu meiner Kopf-Familie gehören und mir nie wieder weglaufen, auch dann nicht, wenn sie einst jenen geheimnisvollen Auftrag, um dessentwillen sie sich bei uns eingefunden hatte, ausgeführt haben würde. Denn ich zweifelte nicht mehr daran, daß ein solcher Auftrag existierte. Nur blieb mir rätselhaft, welche Richtung das alles nehmen könnte. Aber ich fragte nicht, ich fragte nicht ein einzigesmal.

Bei manchen Geschichten zögere ich. Immer will ich ein Bild zu Ihnen senden, das Sie sehnsüchtig machen soll und zornig über die verlorenen Jahre. Ich weiß schon, Sie haben Ihre Jahre nicht verloren und ich die meinen auch nicht. Aber wir waren nicht beieinander. Vielleicht ist uns deshalb der Wunsch danach geblieben. Ihnen auch! Ich merke das an den Karten, ich habe es immer an diesem festgebundenen Gefühl erkannt, jenes, das sich jetzt bewegt. Sie müssen zurücklaufen wie eine Perle auf einer Schnur! Ich zögere also, Ihnen zu erzählen, wie ich Erika entlassen habe, weil ich mir in der Geschichte nicht gefalle. Aber damals dachte ich noch, Pasodoble würde mich verlassen, wenn ich ihr nicht Platz schaffte in meinem Leben.

Milan wußte längst Bescheid, aber er war verschwiegen und schaute mich nur kummervoll an, als ahnte er irgendwelche Turbulenzen im ruhevollen Vegetieren dieses Hauses.

Es wird nichts passieren, sagte ich zu ihm. Sie werden sehen, erst dann stimmt alles, erst dann ist die Hölle komplett!

Vielleicht werden Sie mehr recht haben, wie Sie mögen, Frau Chefin. Vielleicht wird sie dann komplett sein, die Chelle! Und was sagt der Robertl dazu?

Robert sagte gar nichts dazu, weil er hinnahm, was ihn nicht störte. Und Pasodoble störte ihn nicht. Sie biederte sich bei ihm nicht an, sie schmeichelte ihm nicht. Das wäre auch ganz fruchtlos gewesen, denn das Kind hat eine natürliche Immunität gegen Schmeicheleien und ein gutes Ohr für Stimmen hat es auch. Er war damals grade in einer so erschütternden Phase. Schule! Und der Schulweg! Und andere Kinder! Denn ich hatte ihn in den Jahren vorher immer in meiner Nähe gehabt. Im Kindergarten war er nur zwei Jahre gewesen und nur wenige Stunden am Tag. Die Schule brachte ihn durcheinander.

Ich hab lang gebraucht, um herauszufinden, warum. Das Kind lernt gern! So unbegreiflich das ist – das Kind lernt geradezu leidenschaftlich gern. Da könnten jetzt in meiner Phantasie drei Menschen zusammenstehen und sich über den Buben beugen wie über ein nie gesehenes Tier: Meine Mutter – fern wie immer, fern wie Sie! – mein Vater – nicht ganz so fern, aber noch nicht nah – und schließlich ich, und könnten alle wie aus einem Mund sagen: Von mir hat er das nicht! Ich kann's aber nicht ändern.

Mit den Jahren habe ich auch was gelernt, nämlich ihm das Futter herbeizuschaffen, das er braucht. Die Schule, diese schwerfällige, besserwisserische Anstalt mit ihren vorlauten Lehrern reicht da nicht. Man muß schon selber die Saurier und die Minerale und Südamerika herbeischaffen – von dem ganzen Viehzeug abgesehen. Bei denen hat es mir immer gereicht, sie zu haben und auch liebzuhaben. Aber der Bub will auch noch alles über sie wissen. Haben Sie keine Angst! Er ist bei all dem ein wunderbares Kind, und sehr schlampig, Gott sei Dank. Pasodoble kam ihm wahrscheinlich schon damals als geeignete Wissenslieferantin recht.

Sie kann bleiben, Mama, hatte er gesagt. Sie sieht aus wie ein graues Schaf, das immerfort lacht. Nun war also nur noch die Klippe Erika, und ich hatte keinen Angelhaken, bis auf die Grimassen hinter meinem Rücken, die ich nie gesehen hatte und mir vielleicht nur einbildete.

Ich habs mir schon gedacht, sagte sie höhnisch, als ich am frühen Abend in der leeren Bar davon anfing. Ich möchte nur wissen, wie Sie's machen wollen! Jetzt hat die diesen Job und in einem Jahr hat sie die ganze Hölle. Was mit Ihnen los ist, kann ich mir denken. Das kommt oft, wenn man nicht leben mag wie die anderen Leute!

Sie war wütend und hatte recht, und ich war wütend und hatte unrecht. Aber in einer schmutzigen Rumpelkammer im Hinterkopf hebt man Informationen auf, die man aus schlechten Gründen brauchen kann. Ich hatte das auch getan und erinnerte sie jetzt an eine Bettgeschichte, die sie mit einem Gast gehabt hatte. Nie wollte ich derlei benutzen, ich schwöre es Ihnen!

Es war damals einiges nicht ganz korrekt gelaufen und es ist ja immer ein Trapezakt, ob man ein Haus liberal führt oder auf irgendetwas ausrutscht und in Windeseile eine falsche Farbe angedichtet bekommt. Ich war da lang unsicher – auch das ist Ihre Schuld! – und verließ mich auf Milan. Erika war damals ein bißchen weit gegangen. Ich hatte mit ihr reden müssen, was für eine knapp Gleichaltrige nicht ganz einfach war. An Erfahrung war und ist sie mir weit überlegen. Sie kommt auch aus einer ganz anderen Familie als ich. Jeden Schuh, jede Zeitungslektüre und jeden grammatikalisch richtigen Satz, jedes geschmackvolle Kleid und jedes entspannte Lächeln hatte sie sich einüben müssen, nichts an ihr war selbstverständlich, nichts hatte man ihr geschenkt. Alles war erworben und da kam ich mit der Macht und wollte ihr Vorschriften machen.

Wir hatten uns damals geeinigt, aber jetzt wollte ich ihren Platz und fing wieder an, darauf und auf ein paar späteren Vorkommnissen herumzureiten. Sie trank auch ein bißchen zuviel, aber nie so, daß es zu Szenen gekommen wäre oder daß ihre Abrechnung nicht gestimmt hätte. Ich erinnere mich noch an den widerwärtigen Geschmack im Mund, den ich während der Unterredung mit ihr hatte. Ich zahlte ihr noch eine ziemlich hohe Ablösungssumme, weil sie gleich ging.

Versuchen Sie's nur mit dem alten Reff! sagte sie zum Abschied, während sie aus allen Ecken der Bar kleine, geheimnisvolle Spuren ihres Privatlebens hervorkramte und sie in einen Beutel packte. Merkwürdig erschien mir das, weil ich nie zuvor gesehen hatte, daß sie etwas in dem Raum angesiedelt hatte, hier ein Foto und da eine Vase, einen Kalender, eine kleine Decke. Immer müssen Leute wohl Sachen um sich her in einem Raum verteilen, wie die Kater, wenn sie markieren. Ich bin sicher, auch an Milans Rezeption könnte man halb Prag in Gegenständen einsammeln, ohne daß man ihr Vorhandensein gesehen hätte. Ich mag das nicht. Eine Grünpflanze packte sie jetzt auch noch ein. Eine Grünpflanze in meiner kühlen, eleganten Bar! Und ich hatte sie nie gesehen!

Ja, stellen Sie nur das alte grauhaarige Reff hinter die Bar. Die paßt vielleicht zu den arroganten Typen, die hierherkommen! In einem Jahr werden Sie hier nichts mehr zu sagen haben, Sie hochnäsige, neureiche Gans.

Ich war wütend, weil was dran war und weil sie ihre klebrigen Gemütlichkeitsgarantien immer noch aus allen Ecken klaubte. Sie können sich nicht vorstellen, wie das Zeug den Raum überzogen hatte, wie Moos, immer noch ein Kerzenleuchter und ein Wandteller und eine Ansichtskarte. Wo hatte ich meine Augen gehabt? Ich schloß die Bar für ein paar Tage und ließ sie gründlich putzen. Aber ein gutes Gefühl hatte ich bei alldem nicht.

Es ist kalt. So kalt wie jetzt war es noch nie nach Weihnachten. Der Garten ist ein Bild aus hellbraunen, schwarzen und beigen Strichen und weißen Flächen. Ich schneide die Sträucher im Herbst nicht ab, damit ich sie auch im Winter wie eine Erinnerung sehen kann. Waren wir eigentlich jemals hier im Garten? Ich erinnere mich nicht. Es ist auch gleichgültig, weil ein Garten ja auf die richtigen Leute wartet und sich für sie schmückt. Wenn Sie ihn noch nicht kennen, werden Sie ihn kennenlernen.

Aber jetzt noch nicht! Jetzt gähnen die Mäuler der leeren, auf der Seite liegenden Töpfe und die Amseln schreien nach Futter. Don bewacht sie auch, wie er alles im Haus bewacht, aber er scheint noch immer ob der Größe seiner Aufgabe bekümmert. Er rennt mit fliegenden Ohren durch den Schnee und läßt sich verlegen von den Amseln ärgern. Der Kater Sancho hingegen sieht nicht ein, warum er in die Kälte soll, wenn er es warm haben kann. Er benutzt die Vögel von seinem Fenstersims aus als Fernsehprogramm und sieht dekorativ aus. Die Gäste gehen selten in den Garten, sie könnten im Sommer auf der Terrasse frühstücken, aber davon machen fast nur Liebespaare Gebrauch. Wir tun es immer, auf unserer eigenen Terrasse hinten, die man vom vorderen Garten her nicht sehen kann.

Wie lang werden Sie brauchen, um zurückzukommen? Scheuen Sie den Winter oder mich? Einmal waren Sie in einem kalten Land, aber ich weiß nicht, wie lang Sie das ausgehalten haben. Unter all den grünen und sandgelben Karten war eine weiße. Ich hatte Angst um Sie. Aber ich wußte immer, daß ich spüren würde, wenn Ihnen etwas passiert. Ich habe auch nach Jahren nicht gewagt, Ihnen Schläge und Kratzer zu wünschen, weil das sicher in Erfüllung gegangen wäre. Es war die weiße Karte, die mitten in meinen Anfang mit Pasodoble kam. Sie haben immer dann geschrieben, wenn etwas sich in mir oder in meiner Nähe ereignete, das sich zwischen uns hätte schieben können. Ich bin sicher, daß Sie sich nie Gedanken darüber gemacht haben, sondern daß etwas Sie dazu zwang. Ein Schutzgeist oder sowas.

Nein, haben Sie keine Angst, daß ich mich in diese neue Spukwelle gestürzt hätte. Das ist nichts für mich! Einmal bin ich mit Ilona in so eine Gruppe gegangen, und die hätten mich leicht auf ihrer Seite gehabt, wenn sie mir etwas über Dich gezeigt hätten, wenn sie überhaupt Deine Existenz gespürt hätten. Mit fliegenden Fahnen hätte ich mich dieser raunenden Schar angeschlossen! Wenn ich auch einen Abscheu vor der ständigen Anfasserei habe, war ich doch für allen Zauber offen. Aber da geschah gar nichts und die Frauen warfen mir vor, ich sei so »zu«. Bring Dich ein, mach Dich auf, der Bauch soll sprechen. Ich wurde abweisend, spröde und sehr unhöflich. Die rochen auch alle so merkwürdig und ich machte Ilona Vorwürfe, daß sie sich in diesen trüben Tümpel begeben hatte.

Ich bin unehrlich. Ich hätte gegen dies Schatteneck gar nichts gehabt, wenn sie mir einen Teil meiner

Neugier befriedigt, ein Stück meines Zorns beantwortet, ein wenig von meiner Liebe verstanden und bewundert hätten. Aber sie sprachen nur über sich, und keine von ihnen trug einen Anderen als Erinnerung, als Spiegel mit sich herum. Die meisten waren älter als ich und versuchten, reizvoll zu sein, indem sie heftig glitzerten und klingelten.

Ich mag Ilona, obwohl sie mir schon seit Jahren Therapien einredet und die Hölle nicht leiden kann. Sie kommt nie vorn durch die Halle, sondern immer nur durch unseren Dienstboteneingang. Wenn sie dennoch versehentlich Gästen begegnet, schaut sie sie an, als trüge sie eine Bombe unter dem Mantel. Natürlich stehen manchmal Sicherheitsbeamte im Garten oder vorn an der Auffahrt. Sie quieken dezent aus den Taschen ihrer Sakkos und machen Donald-Duck-Geräusche. Ich hasse ihre Waffen, aber Ilona dreht förmlich durch.

Wenn bei Dir mal was passiert, sagt sie, glaub ja nicht, daß ich Dich bedaure. Die ganzen Mafiosi sind ja bei Dir versammelt und Du machst es denen auch noch nett! Ist Dir eigentlich klar, wieviele Verbrechen unter Deinem Dach schon ausgeheckt worden sind? Ich muß manchmal über sie lachen und ihr recht geben, aber manchmal ärgere ich mich auch, weil ich weiß, daß sie recht hat.

Hättest Du ein Frauenhaus aus der Hütte gemacht oder ein Zentrum für Jugendliche, das hätte mir imponiert! Aber das! Und sie fährt fort, jeden Mann, der in meinem Haus ihren Weg kreuzt, finster und tatendurstig anzustarren. Leider fällt das nicht auf, weil sie ein sanftes Gesicht hat mit weichen, runden Backen. Sie sieht viel jünger aus als ich, ist aber vier Jahre älter. Ilona gibt jedem ihrer Patienten ein großes Stück von sich selbst, sie kann ihre Fälle abends nicht vergessen und erzählt von den Ausweglosen, die sie begleiten will. Sie macht dauernd bei irgendwelchen Initiativen mit, und ich beschwichtige mein schlechtes Gewissen, indem ich spende.

Nicht einmal abzugsfähig, Fräulein Fuhrknecht! sagt Siegmar Selbig in diesen Fällen vorwurfsvoll.

Die Abzugsfähigen können Sie vergessen, schimpft Ilona ihn dann. Hier sitzt es rum und schläft auch noch gut, das abzugsfähige Volk!

Ach, verstehen Sie mich doch! Ich weiß das alles. Aber ich wills nicht so genau wissen, weil ich es doch nicht ändern kann. Ich habe nicht wie Ilona die Zeit gehabt, mich auf den Straßen aufzubauen, zu denken, daß der Protest die Lügen wegreißen würde wie eine dreckige Haut und drunter käme was Wunderbares zum Vorschein. Lauter neue Menschen! Ich habe immer nur geglaubt, daß drunter nur eine neue dreckige Haut herauskommt. Weil Ilona älter ist, kann sie jünger sein. Es sind ja nicht viele Jahre, aber ich glaube, sie zählen doppelt.

Grade deshalb brauche ich Ilona, weil sie mich daran erinnert, daß es außerhalb meiner Nußschale ein Leben gibt, das falsche Richtungen nimmt. Denken Sie nicht, ich hätte die Höllen draußen zugunsten meiner Hölle hier vergessen! Aber manchmal will ich das, und ich glaube, Leute wie Sie gehen nur deshalb weit weg, weil sie dasselbe wollen. Sie schauen auf uns aus der Ferne und denken, wenn es so klein aussieht, tut es auch nicht weh! Aber Sie würden verrückt werden, wenn Sie wagten, näher hinzuschauen.

Jetzt zum Beispiel tagen hier und in der Stadt die ganzen Rheinkommissionen. Die Konferenzteilnehmer sehen aus wie die Richter, oder wie die vom Arbeitskreis Stahl, oder wie die Herzchirurgen, oder wie die Banker – sie sehen aus wie alle. Und reden ein paar hundert Meter vom Fluß entfernt über den Fluß, aber sie sehen ihn nicht. Jeden Tag stehen Kommuniqués in der Zeitung, werden die ewig gleichen Autos gezeigt und die Ein- oder Aussteigenden, die sich ähnlich sehen wie Brüder. Nie sieht man bei den Rheinkommissionen eine Frau. Nach Neujahr werden einige von einer solchen Kommission hier wohnen und ich schaue Ilona mißtrauisch an, denn sie weiß das. Wahrscheinlich wird ihr irgendeine Aktion einfallen. Das müßte die Hölle dann verkraften, obwohl nichts unbeliebter ist als ein Gastronom mit einer Meinung. Ich bin ein bißchen besorgt. Ich frage Sie in den Nächten, was Sie von mir erwarten. Warum weiß ich nicht, was ich selbst von mir erwarte? Sie ekle sich vor so viel Demut, sagt Ilona.

Aber sie weiß nicht, wovon sie redet. Wenn sie einmal mit einem Freund ankommt, können Sie sicher sein, daß er ein übriggebliebener Patient ist, den sie erst soweit hinbekommen hat, daß man außer reden noch was mit ihm anfangen kann. Sie fängt was mit ihm an und nach einem halben Jahr kann er zur nächsten Behandlung gehen und Ilona fährt zur Supervision oder wie das heißt. Also sage ich zu ihr, Du kannst Dich vor der Demut ekeln, so lang Du willst, es ist gar keine. Von der Liebe verstehst Du soviel wie die Kuh vom Tango. (Sonst hätte sie ja auch einen anderen Beruf.) Manchmal lacht sie, ein anderes Mal wird sie wütend und bewirft mich mit Wörtern, bis ich um Gnade bitte.

Aber auch wenn sie einem auf die Nerven geht – mit der Rheinkonferenz hat sie recht. Irgendein Schrei müßte jetzt kommen! Bisher hab ich es ja nur in den Nachrichten gesehen, aber sie tagen tatsächlich hier – wenige Meter vom Fluß entfernt. Nach den Feiertagen werden einige hierher in die Hölle kommen. Sie konferieren hier, ich sehe sie, kann nichts tun und der Fluß ist für sie gar nicht vorhanden. Vielleicht laß ich Orlando die Nachtspeisen und den Kaffee für sie nur aus Rheinwasser machen und sag's ihnen dann anschließend!

Siegmar Selbig würde mich in die Anstalt bringen lassen, wenn ich das täte. Und mein Kind pleite auf Lebenszeit!

Oder haben Sie sich in Ihren vielen Camps was zusammengespart? Können Sie Ihren Sohn auf die Uni schicken und ihm einen halben Steinbruch voller Mineralien schenken? Ich werde mich jedenfalls nicht darauf verlassen. Aber das mit dem Rheinwasser – und dann in die Zeitungen! Nachts ist es leicht, mutig zu sein, und auf dem Papier ist alles einleuchtend. Wahrscheinlich lachen Sie jetzt und sagen, da könnten Sie mir mit meinem eigenen Brief das Gegenteil beweisen. Soll ich Ihnen mal was sagen? Das ist mir gleich, ob Sie es logisch und vernünftig finden, das Leben mit meiner Familie in der warmen, gemütlichen Hölle! Wenn ich vernünftig gewesen wäre, hätte ich gewußt, daß nach jedem Tag ein nächster kommt – und das hätte mich umgebracht, Kind und Hölle hin oder her! Manchmal habe ich keine Lust mehr, zu schreiben. Vor allem, wenn ich merke, wie ich Sie anlüge, die ganze Zeit versuche, Ihnen einen verbotenen Palast zu zeigen, in den alle hineindürfen, nur Sie nicht.

Vom Sand habe ich Ihnen bisher noch nichts erzählt, vom tagtäglichen Sand, der einem das Hirn und die Haut abschürft! Das fängt am frühen Morgen an, wenn die Brötchen nicht rechtzeitig geliefert werden – oder es sind die falschen, oder zu wenig – aber nur dieser eine Bäcker macht die richtigen. Und wenn ich mit dem Auto davonrase und andere hole, damit es mit dem Frühstück pünktlich läuft, heißt es: Was war denn heute mit den Semmeln, Frau Fuhrknecht? Und dabei schauen sie, als kröche in der nächsten Minute eine Fledermaus aus den Gardinen. Wenn der Tag mit den Brötchen so angefangen hat, hört er damit auf, daß die Heizung eine Art Darmverschlingung bekommt, die sich auch so anhört. Das ganze Haus rülpst (aber Frau Fuhrknecht! Sie haben doch sonst eine so göttliche Ruhe hier!) und Milan kriecht hinunter, angeblich versteht er was von dieser Heizung, bei der es sich unglücklicherweise um eine Schwester sämtlicher Prager Heizungen handeln soll. Wie sie in mein Haus gekommen ist, weiß ich nicht. In meiner Mansarde hatte ich einen Kohleofen.

Nun habe ich mir aber vorgenommen, daß mein Haus reibungslos funktionieren soll, jedenfalls möchte ich, daß die Gäste es so empfinden. Ich kenne Kollegen, die aus den Unzulänglichkeiten kleine, charmante Pointen machen, weggelaufene Zimmermädchen und nicht makellos gespültes Besteck sind dann Geschichten, und der Gast fühlt sich eingeweiht und familiär. Ich kann sowas nicht, und ich kanns auch nicht leiden. Und so erstarre ich, wenn die Heizung zu grollen beginnt oder Brötchen ins Haus kommen, die aussehen wie blasse Puppenärsche.

Warum machen nur unzuverlässige Leute gute Sachen? Es ist ein Rätsel, das mir bisher niemand lösen konnte. Dieser Bäcker ist unzuverlässig und will alle naselang nach Bali gehen, Orlando verschwindet zu seinen finsteren Trinkreisen, der Weinhändler hat noch nie in seinem Leben pünktlich geliefert. Sie sehen, ich versuche jeden Tag eine Quadratur des Kreises. Mir die Qualität dieser Tagediebe und Gelegenheitsarbeiter zunutze zu machen und dabei regelmäßig und verläßlich zu sein – können Sie sich vorstellen, wie das geht?

Und wenn ich manchmal in den Nächten über diesem Papier freundlich an Sie denke – nicht leidenschaftlich oder gierig wie sonst – meine ich, daß Sie vielleicht genau das gleiche zu tun versuchen. Ich stelle ihn mir vor: Ihren Sand. Richtigen Sand, eine breite Spur durch die Undurchdringlichkeit, rot, gelb oder weiß, daraus soll eine feste Straße werden, von Leuten gebaut, die keine Lust dazu haben. Vielleicht spüren Sie manchmal, daß die Arbeiter Sie mit einem trägen Haß anschauen, mit dem gleichen trägen Haß, den dieser Weinhändler aus seinen Schielaugen schießen läßt, wenn ich ihn anbelle und ihn frage, wieso er sich noch nie ein Auto gekauft hat, das wenigstens gelegentlich fährt. Er ist dick und jung, aber nicht fröhlich dick, sondern gepanzert. Vielleicht ist er noch nicht einmal dreißig. Er spricht platt, hat eine kurze enge Walkjacke an, die säuerlich riecht. Alle Winzer riechen so, ich könnte sie mit verbundenen Augen erkennen. Er war noch nie höflich zu mir, und Pasodoble weigert sich, mit ihm zu verhandeln. Einmal habe ich gesehen, wie er gegen sie die Finger gekreuzt hat. Aber das kann auch ein Zufall gewesen sein.

Seit kurzer Zeit macht er einen Sekt, der besser (und viel billiger) ist als manche Champagner. Er hat damit, glaube ich, nur aus Sturheit angefangen, nur um zu wissen, ob es geht. Sein Riesling wird viel getrunken, wir haben überhaupt einen großen Weinkonsum in der Bar. Daran mußte Pasodoble sich erst gewöhnen.

Soll ich ein Dirndl anziehen und Trauben an die Ohren hängen? fragte sie in der ersten Zeit, haben die noch nie was von Cocktails gehört? Aber sie hat sich dran gewöhnt, und sie gibt mir die Bestellungen schon früh, damit durch die Saumseligkeit des Winzers keine Engpässe entstehen (Was? Mein Riesling ist aus??) Mein, mein, mein – dafür lasse ich die Gäste zahlen, daß sie das sagen können in aller Unschuld. Ein Hotel, wenn sie es akzeptieren, ist für sie mehr »ihres« als die eigene Wohnung, das Haus, das Büro oder die Yacht. Mein Riesling! Mein Graues Zimmer! Mein Bad! Mein Klo!

Da sind wir bei einem Punkt, über den ich Ihnen nie etwas sagen wollte in meinen Nachtzeilen, denn man redet ja nicht davon, und erst recht nicht ist es ein Thema für einen Liebesbrief (wobei dies hier natürlich kein Liebesbrief an Sie ist, sondern etwas zwischen Abschiedsbrief und Begrüßung vielleicht) – aber es gibt Tage, da kann ich an nichts anderes denken als an die Klos. Reichert hat sie alle munter an die alten Leitungen gehängt, sie sahen prachtvoll aus, und das genügte mir. Der Erdbeernasige hat schon am Anfang gewarnt, als ich das Haus in Angriff genommen hatte und mich nicht mehr aufhalten ließ, heroisch, mein Kleinkind an der Hüfte und eine unübersichtliche Erbschaft im Rücken: Die Heizung! hatte er gejammert, die Installationen! Sie müssen von innen her renovieren, Fräulein Fuhrknecht, von innen heraus.

Ich reagierte damals wie eine Frau, die Du vor die Wahl stellst, ob sie eine neue Gallenblase haben will oder ein glattes Gesicht. Die Eingeweide waren mir völlig egal. Irgendwo in den Mauern lief etwas durch die Adern des Hauses, warm und kalt, sauber und schmutzig, und alles sicher voneinander geschieden. So war es und so bleibt es, dachte ich. Die kalten Winter kamen, die Feuchtigkeit zog von der Flußebene zu uns herauf, im Sommer sickerten manchmal nur noch dünne Wassersträhnen aus den schönen, schwanenhälsigen Hähnen. Sie können sich vielleicht vorstellen, daß kein Gast hier in diesen Breiten dafür Verständnis hat.

So, wie manche riechen, lassen sie zu Hause die Wasserhähne wohl meist zugedreht – aber im Hotel müssen sie dreimal am Tag duschen und sich die Haare waschen. Ach, die Haare! Ich habe Glatzköpfe richtig lieben gelernt! Ihretwegen jedenfalls muß man nicht alle Augenblicke die Siphons abschrauben. Ich habe mit den Jahren erkannt: Mein Haus ist eine schöne, alte Dame.

Ich habe die Folgen dafür zu tragen, daß mir Seidengardinen und Alabasterputz wichtiger waren als Kupferrohre und all die teuren Dinge, die man nicht sieht. Ich weiß, Sie wären ganz auf der Seite von Siegmar Selbig. Das ist eben das Unangenehme, alle Männer ähneln sich in einigen Punkten. Es scheint, als gäbe es ein Grundmodell von Euch. Aber natürlich sind Sie ganz anders und weit genug weg, um mich in meinem Glauben an Ihr Anderssein nicht wanken zu machen! Ich habe also die Folgen zu tragen. Und gehe mittags, wenn die Gäste die Zimmer verlassen haben, argwöhnisch durch mein Haus, eine große Flasche mit tödlichem Gift in der Hand (Ja, ich weiß, wo das hinläuft, vom Dachkrönchen aus kann ich den Rhein sehen!), gehe vom Sektfarbenen Zimmer, das ganz oben liegt, durch die drei Grünen, das große Graue, das kleine Graue, das Schwarzweiße, und horche an den Klos wie ein Arzt an einer pfeifenden Lunge. Ich ziehe – fließt es richtig? Sickert da nichts aus den Anschlußstücken? Bei den kleinsten Unregelmäßigkeiten weine ich nach dem Klempner. Ein zu lautes Gurgeln macht das Zimmer unvermietbar. Ich schütte Gift in die sauberen Wasserlöcher, bis es heiß und gefährlich brodelt und habe ein schlechtes Gewissen.

Nachts träume ich manchmal von sklerotischen Wasserleitungen und braunem Wasser, das heimtückisch aus den Hähnen schießt. Ich habe diesen Tick nicht immer, aber er kann mir das Leben vergällen, und ich hänge mit zerknitterten, durchnäßten Seidenröcken über den Kloschüsseln und stelle fest, daß dieser Kunsthistoriker, der zweimal im Jahr kommt und als einziger von seinem Kongreß bei mir wohnt (weil ich für die Universitätsverwaltung zu teuer bin. Ich muß auf Reisen zumindest den Standard von zu Hause haben, Frau Fuhrknecht), wieder, wie jedesmal, seine Unterhosen ins Klo gespült hat.

Und wie jedesmal wird er das schlappe Ding gewaschen und tadellos gebügelt auf dem Stummen Diener vorfinden. Ob es immer die gleiche ist?

Sie ahnen nicht, was die Leute alles ins Klo schmeißen, Klauen und Runterspülen scheinen Triebe zu sein, denen man nur im Hotel freien Lauf zu lassen wagt. Ich muß Ilona mal fragen, was das bedeutet.

Erinnern Sie sich eigentlich noch an unsere Stadt? Sie müssen, wenn Sie meinen Brief lesen, den Eindruck haben, ich setzte nie einen Fuß aus der Hölle in die Welt. Aber das ist natürlich nicht wahr, es macht sich nur gut für eine Hotelchefin, wenn man denkt, sie sei in ihrem Haus festgewachsen. Es ist wichtig für das Vertrauen der Gäste. Die meisten von denen werden dafür bezahlt, andere übers Ohr zu hauen oder Unwahrheiten als Erkenntnisse zu verkaufen. Ihr Mißtrauen ist daher grenzenlos, und ein Hotel muß für sie wie ein Rettungsboot sein, ehrlich und unsinkbar. Je hartmäuliger die sind, die ich beherberge, desto kindlicher und verzweifelter reagieren sie auf Veränderungen. Jeder frisch bezogene Sessel, jedes neue Gericht auf der Nachtkarte bedroht sie. Nicht einmal in ihren eigenen Firmen oder bei ihren eigenen Frauen scheint es ihnen zu gelingen, Verläßlichkeit zu empfinden – nur im Hotel. Das macht sie zu dankbaren Gästen, wenn man ihr Gequengel in Kauf nimmt.

Also die Stadt. Zur Zeit ist sie noch weihnachtlich geschmückt. Es tut einem in den Augen weh, so glitzert alles, aber der Fluß spiegelt die Lichter nur schwach. Ich mag die neuen Brücken nicht, grade und glatt wie ein Brett, das man über einen Bach legt. Ich mag nur Brücken, die einen Buckel machen.

Auf einer Ihrer Karten ist so eine Brücke zu sehen, die über einen braunen, schlammigen Fluß springt. Das Foto ist von einem Berg aus aufgenommen und man sieht von oben ein Boot liegen, innen rot, wie eine

Wassermelonenschnitte. Auf diesem Foto ist nicht einmal ein Land angegeben. Den Stempel konnte ich nicht lesen. Die ist vorvoriges Jahr gekommen, und ich war neidisch, weil es Ihnen augenscheinlich gelungen ist, vollkommen allein zu sein und das auch zu genießen. Sie seien ruhig, haben Sie geschrieben. Es bleibe Ihnen auch nichts anderes übrig. Das kann ich mir denken, denn Sie tun mit Ihren Straßen nichts für die Menschheit. Oder bauen Sie keine mehr? Haben Sie's aufgegeben? Wozu auch soll man Straßen bauen, wenn man nirgends mehr ankommen mag?

Die Stadt hat sich in den letzten zehn Jahren nicht so verändert, daß Sie sich hier wohlfühlen könnten, und sie hat sich zu sehr verändert, als daß Sie hier bleiben möchten. Es tut mir leid, wenn Sie das nicht verstehen, aber Wald, Wüste und Wasser haben Ihnen wahrscheinlich die Möglichkeit genommen, sich eine Stadt wie unsere vorzustellen. Sie sollten dankbar sein. Es ist nicht häßlich hier, man muß nur öfter wegschauen oder die Straßenseite wechseln. Das Casino ist ein Schmuckstück, und im Park kann man in manchen Stunden das Vergessen lernen. Die Robinien und Eßkastanien, auch der Gingko geben ein bißchen an, als sei es an ihnen, einem große Entfernungen vorzugaukeln. Aber auf den Blättern liegt Staub und erinnert an den nahen Boulevard.

Wir sind ja ganz nah an der Metropole, nur eine knappe Autostunde entfernt. So können wir uns manches leisten, alte Erker an den Häusern und große Vorgärten, aber Industrieansiedlungen verscheucht man natürlich nicht ganz. Man pflanzt nur schnell wachsende Hecken drum herum. Das Regierungsviertel würden Sie wiedererkennen. Es sieht immer noch ein wenig höfisch aus. Niemand scheint hier geboren zu sein, das hat sich auch nicht verändert. Aber man lebt lieber hier als in der Großstadt.

Auf das Theater sind sie sehr stolz, und einer von den alten Schauspielern, die ihr Leben lang hier engagiert waren, ist über Nacht und übers Fernsehen enorm berühmt geworden. Er ist wirklich sehr alt, war es schon, als Sie und ich noch in irgendwelchen Ibsenstücken herumgeschmust haben. Ganz hager ist er geworden und klappert entsetzlich mit dem Gebiß. Aber die Kritiker erfinden völlig neue Wörter, wenn sie über ihn schreiben. Sie kommen aus allen Großstädten, und es werden extra Stücke für ihn geschrieben. Alle sind stolz auf ihn. So etwas kann es nur hier geben. Das Theater liebe ich. Premierenabonnement muß man haben. Zu Anfang habe ich Pasodoble mitgenommen, aber die lachte sich tot. Jetzt nehme ich manchmal Robert mit. Was er nicht versteht, kann ihm auch nicht schaden.

Mein Vater dagegen ist wie Pasodoble, er lacht sich kaputt und weigert sich, in unserem Theater etwas anderes als Operetten anzuschauen. Vor allem die modernen Stücke machen ihn gradezu hilflos vor Vergnügen, was ja wirklich nicht ihre Absicht ist. Manchmal lassen sie unseren ehrwürdigen Star als jungen Mann auftreten, da sind dann die Kritiken besonders tiefsinnig. Ich versteh' ja nicht viel davon, aber ich geh' ganz gern hin, weil es wirkliche Menschen sind und weil, anders als im Kino, immer was passieren kann.

Außerdem treffe ich die Gesellschaft der Stadt. Ja, Sie lachen, und das können Sie sich auch leisten. Aber wenn man nicht lernt, worüber man mit wem sprechen kann, ersticken sie ein Haus wie meines mit Bürokratie. Der Chef vom Finanzamt sitzt in der Oper neben mir und das ist wahrscheinlich viel wichtiger als die Tatsache, daß Siegmar Selbig Notar und vereidigter Steuerprüfer ist.

Es ist eine kleine Stadt, das wissen Sie. Aber es ist

auch eine ganz große Stadt, hier wird verwaltet und einer ist wichtiger als der andere. Die Baulöwen benehmen sich wie Baukätzchen und haben viel bessere Manieren als die in der Metropole. Was meinen Sie, wie gern die aus meiner Hölle einen zwölfstöckigen Himmel machen würden! Aber mittlerweile schweben die Hände der Mächtigen schützend über dem »ungewöhnlich erfolgreichen, luxuriösen Spitzenhotel« – es steht ja auch oft genug in der Zeitung. Milan hebt alle Ausschnitte auf und regt sich jedesmal auf, wie dumm und oberflächlich das alles geschrieben ist. Aber mich kümmert das nicht. Ich brauche längst keine bezahlte Werbung mehr, und das freut wieder den Erdbeernasigen.

Die Stadt hat ein schönes Armenviertel. So, wie es ist, mit den schmutzigen kleinen Läden, den vier Höfen hintereinander und den in den weißen Himmel zeigenden Ziegelschornsteinen würden sie es am liebsten einzäunen und sich daran freuen. Es gibt sogar noch Läden, in denen man die Kohlen tütenweise und Anmachholz in kleinen, drahtumwickelten Bündeln kaufen kann. Der Kunsthistoriker (der mit den Unterhosen im Klo) hat mir ganz aufgeregt davon erzählt, aber ich kannte es schon. Wir beide sind nie dort gewesen, glaube ich, und es hätte Ihnen auch nicht gefallen.

Jetzt sieht man das Glasscherbenviertel mit anderen Augen, wegen der Unordnung. Es sieht nicht ganz so langweilig wie die »gute Gegend« aus. Außerdem machen sich die Türkinnen mit ihren bunten Kleidern gut vor dem Backsteinrot, und am Ende der Straße steht die Wilhelmskirche und paßt auf, daß aus dem Viertel nichts ausläuft.

In der Zeitung schreibt einer regelmäßig etwas über Sanierung, aber dann sieht man wieder Grüppchen von Studenten, die mit Notizbüchern und Polaroidkameras dort das Leben feststellen.

Es ist weit weg von der Hölle, aber ich fahre oft zum Einkaufen hin, denn manche Gewürze, die Orlando braucht, bekomme ich nur dort. Robert fährt gern mit ins Glasscherbenviertel, er macht kleine Lieder und singt im Auto: »Koriander, Kurkuma, Kreuzkümmel und Kardamom, Baklava und Halva« – mein singender Einkaufszettel. Dieses Viertel und die Hölle, sage ich Ihnen, haben mehr miteinander zu tun als Sie glauben, und die Studenten mit ihren Zetteln und den Statistiken wissen nichts. Im Grund geht's den Menschen dort und mir nur darum, irgendwie durchzukommen. Die zerbrechen sich nicht den Kopf über den Spitzensteuersatz oder die Stationierung. Sie denken eine Stunde weit, einen Tag. Wie ich.

Gut, Ilona macht mir manchmal Dampf, und dann begreife ich auch was – aber ich will doch auch nur durchkommen. Die im Wilhelmsviertel mit Kindern und Großeltern in kleinen Wohnungen, machen den Traum von einem Laden in Izmir oder sonstwo wahr, Monat für Monat, Mark für Mark. Manchmal stechen sie aufeinander ein oder werden schwermütig.

Und ich? Ich habe das Kind und die Höllenmannschaft, und habe das Haus, und brauche die Reichen und will sie auch haben, damit ich meinen Ort behalten kann. Und arbeite zäh an meinem Traum, setze ihn mir zusammen, Seite für Seite. Was ist daran so anders? Auf dem Boulevard grüßen mich die Geschäftsleute. Sie denken, ich würde in Frankreich einkaufen und bleiben höflich. Daß ich dreihundert Meter von ihnen entfernt in Klein-Anatolien einkaufe, können sie sich nicht vorstellen. Es ist auch nichts Besonderes dabei – und es ist billiger als in Frankreich.

Fisch haben wir sowieso kaum auf der Nachtkarte. Bis auf diese kleinen Polentatörtchen mit Lachstartar. Sie lassen sich sehr gut in Schneckenpfannen servieren, da sind die doch zu etwas gut, denn die in Butter ersaufenden Quabbel, bei denen man noch drei Tage nach Knoblauch stinkt, kommen mir nicht ins Haus. Aber ich hatte von Reichert zwei Dutzend wunderschöner Schneckenpfännchen geerbt, und so haben Orlando und ich was erfunden, nur um die Pfännchen auszunutzen. Er brät einen dünnen Polentateig zu ganz kleinen Pfannkuchen, die ein bißchen die Ränder nach oben stellen und eine Art Schüsselchen bilden. In die füllt er dann Lachstartar. Ganz simpel, schmeckt aber sehr gut zu Wodka oder Weißwein.

Immer, wenn Orlando oder ich schlechte Laune haben, oder wenn er von seinen Reisen in die Dunkelheit zerschlissen zurückkommt, erfinden wir was für die Nachtkarte, probieren aus. Er lacht verächtlich über meine Ideen, die ich beizusteuern versuche. Auch gibt er den Gerichten oft melancholische Namen. Eine Süßigkeit, die sehr viel bestellt wird – eine Art Küsse auf der Basis von Brandteig, Himbeermark und Sahne mit etwas Zimt – steht auf der Karte als »Solitude«. Er läßt sich nicht davon abbringen. Wenn man nicht allein sei, sagt er, bräuchte man sowas auch nicht zu essen. Liebende äßen nichts Süßes. Ich weiß nicht, ob man das generell behaupten kann, aber etwas ist dran. Manche Einsame bestellen Solitude in doppelten Portionen.

Es dauert lange, bis man die Stadt ganz kennt. Sie haben Länder und Flüsse zur Verfügung, da werden Sie sich mit Kleinigkeiten nicht abgeben. Wann hätten Sie sich auch in der Nähe umgeschaut! Aber für mich ist eine neue Straße, ein nie gesehener Park Zerstreuung genug. Und dann kommen ja auch immer wieder Gäste, die zu entdecken sind. Wie sollte mir das enge Leben langweilig werden?

Die Hölle ist ein Sieb. Viele gehen durch, ohne daß

wir uns an sie erinnern – nicht einmal Milan, der ein furchterregendes Gedächtnis hat.

An irgendwas muß ich's können aufhängen, sagt er. An irgendeiner Gschicht, oder aner Stimm, oder an kleinen Skandal. Aber da gibts Leut, die rutschn an einem so vorbei und hinterher is nix verändert.

Er hat recht, und obwohl ich auch nach Jahren ein Gesicht wiedererkenne, kann ich selten sagen, wann und in welchem Zusammenhang ich den Menschen gesehen habe, und ob ich ihn leiden konnte oder nicht. Es wäre auch nicht auszuhalten, wenn wir nur besondere Gäste in der Hölle hätten. Wir sind nicht das Chelsea-Hotel, und einer mit einem zahmen Alligator oder einer, der unbedingt die Wände anmalen will, kommt mir nicht unbedingt ins Haus. Obwohl ich, wie ich meinen Sohn kenne, bei dem Alligator schon Probleme hätte – er würde ihn haben wollen! Bringen Sie ihm ja keinen mit! Sie haben andererseits nur dann eine Vaterchance, glaube ich, wenn Sie mit etwas der Arche Noah ähnlichem hier aufkreuzen. Aber das soll meine Sorge nicht sein.

Von den eher grauen Gästen erzählte ich Ihnen also nichts, obwohl die der Boden sind, auf dem wir wachsen. Sie kommen und denken sich was – oft kann ich mir nicht vorstellen, was –, sie haben ein Wohlbehagen am Rhythmus und an der Temperatur der Hölle. Sonst kämen sie ja nicht. Sie stören das Haus nicht, sie machen es aber auch nicht reicher. Man braucht sie dringend, denn sie sind einem sicher und kommen wieder, um sich ihr Stückchen Exklusivität abzuholen. Es ist ganz gleichgültig, welche Position diese Grauen haben, es gibt sie mittlerweile überall. Sie sind wie Schlemihle, sie werfen keinen Schatten. Wem sie ihn wohl verkauft haben? Statt eines Schattens werfen sie ein Firmenemblem. Sie sagen es auch immer dazu. Schmidt – Bayer. Meier – Hoechst. Sie sind merkwürdige Menschen, man vergißt und verwechselt sie leicht. Sie machen keine Mühe und haben keine Rolle, aus der sie fallen könnten. Vielleicht manchmal ein paar Drinks zu viel. Aber dafür sind sie fast alle Nichtraucher und riechen nicht. Ich glaube, ihr Eau-de-Cologne benutzen sie nur, damit man nicht versehentlich durch sie hindurchläuft.

Seiens nicht so sarkastisch, Chefin, sagt Milan. Die sind die Seele von unserm Laden, nicht Sie! Die! Machens sich nicht lustig, bei dene weiß man, wo man dran ist. Und zahlen sich immer pinktlich und gehen nie mit falsche Kriditkarten und falsche Firmen spazieren.

Ich weiß natürlich, auf was er anspielt. Und das ist auch ein Seitenhieb gegen Sie, den er gar nicht kennt. Er mißbilligt es, daß mich die Räuber mehr interessieren als die Gendarmen, dabei ist das ganz normal und geht jeder so. Ilona mit ihren moralischen Seelenathleten fällt aber genauso auf die Nase, nicht nur wir mit den Gockeln. Nicht wahr, Du Schöner mit Deinem bunten Gefieder? Solche grauen Vögel triffst Du kaum da, wo Du hingegangen bist. Du würdest Dich wundern, wie sie hier überhandnehmen. Man ist für die Gockel, Pfauen und Fasanenhähne, über die man früher gelacht und gelästert hat, richtig dankbar. Sie sind im Aussterben! Kommen Sie schleunigst zurück!

Und jetzt will ich Ihnen lieber von den anderen Vertretern dieser aussterbenden Gattung erzählen, die sich manchmal im Höllennetz verfangen, von Milan und merkwürdigerweise auch Pasodoble mißtrauisch beäugt. Bei Pasodoble hat mich früher gewundert, daß sie meine Neugier und Begeisterung so selten teilte. Ihr waren die Grauen grade recht und ihretwegen hätten (bis auf den, dessentwegen sie gekommen war) nur solche aufzukreuzen brauchen.

Du führst ein Hotel und kein Raritätenkabinett, hat sie gesagt. Laß mich mit Künstlern zufrieden und mit Künstlerinnen noch mehr! Meinen Teil an Exotik habe ich gehabt, für den Rest meines Lebens will ich erst Rache und dann Ruhe.

Rache wofür? habe ich sie gefragt und damals immer noch nichts verstanden.

Es ist egal. Nur, wie gesagt, versuch nicht, künstliche Bewegung ins Haus zu bringen! Es lohnt sich nicht, in keiner Hinsicht!

Sie hätten mir vielleicht genau solchen Unsinn erzählt, aber ich bin froh, daß ich auf niemanden höre: Nicht auf Milan, nicht auf Pasodoble, und auch nicht auf Dich. Alle bringen ihr Leben mit und denken nicht daran, daß ich kein eigenes habe. Denken, daß sie ein Recht haben, müde zu sein und von ihrer Neugier Abschied zu nehmen. Haben sie auch. Aber ich muß es ihnen und Dir nicht nachtun. Meinetwegen: Ihr habt das bunte Leben gehabt, Milan mit seiner danebengegangenen Revolution und Pasodoble mit Brasilien und ihrer Geschichte. Ruhe, sagen sie, Ruhe und Regelmäßigkeit. Aber ich bin es schließlich (oder der tote Reichert. Oder mein Kind. Oder wir alle drei), die ihnen Ruhe und Regelmäßigkeit möglich machen.

Die Hölle tut das und ernährt uns alle nicht schlecht. Sogar Selbig läßt sich manchmal auf Gehaltserhöhungen ein. Aber die anderen müssen begreifen, daß die Hölle mir auch ein Quantum Abenteuer zu liefern hat. Und ich finde es schön, wenn einer, der sich für einen Dichter hält (vielleicht einer ist, aber das ist nicht leicht zu beurteilen!), sich in die Hölle vergafft, und sich an einem der Zimmer festklammert, als sei es der erste Hafen in seinem Leben. Dann bin ich stolz und gebe ein wenig Rabatt (aber so, daß er es nicht merkt), und manchmal darf einer oder eine in der Bar einen eigenen Satz an die Wand malen, zu den großen Sätzen, an einer unauffälligen Stelle! Aber das kommt nicht oft vor und steht dann sogar in den Klatschspalten.

Wenn die Künstler Verbandskongresse oder Bundesversammlungen haben, liest Milan vorher kummervoll die Zeitung und sagt: Gottseidank! Saarbrücken! wenn sie woanders abgehalten werden. Oder er sagt: No, wieviel das wieder geben wird? A Glick, daß mir fast voll belegt haben.

Und er versucht, mir zu verschweigen, daß manche von den Zimmern leer bezahlt sind von den Schlemihlfirmen. Es wäre leicht, dort anzurufen und das rückgängig zu machen. Das sind unsere Kämpfe, und jeder hat bei uns eine Meinung, was ziemlich lästig ist. Nicht nur Milan und Pasodoble, auch die Mädchen schildern anschaulich, wie es bei Dichtern im Bad aussieht und daß sie überhaupt nicht aufstehen – oder überhaupt nicht ins Bett gehen.

Der erste Dichter, mit dem ich in der Hölle zu tun hatte, war eine Dichterin, die tatsächlich fast die ganze Zeit im Bett verbrachte, obwohl sie nicht krank, sondern scharfmäulig und ganz kregel war. Es ist ein paar Jahre her, vor Pasodobles Zeit.

Ganz früh am Morgen soll sie in die Halle gekommen sein. Ich habe das damals nicht gleich mitbekommen, denn Robert ging noch nicht zur Schule und der Frühstücksservice lief problemlos – so konnte ich das tun, was ich am meisten liebe: lang schlafen. Ich muß immer ein Stückchen Schlaf in den Tag hineinschieben, denn in der Nacht mögen wir einander nicht, der Schlaf und ich. Er flieht mich, wie man so schön sagt, aber ich will ihn auch gar nicht haben. Nur wenn es hell zu werden beginnt, schlafe ich wirklich gern, tief und mit schönen Bilderbuchträumen.

Das Kind hat mich damals nie geweckt. Es bekam

sein Frühstück und spielte in seinem Papphaus, das mein Vater ihm irgendwann einmal gebaut hatte und das er bis zum heutigen Tag nicht aufgeben will. Früher habe ich das Papphaus gehaßt, weil es immer ein wenig nach versteckten und dann vergessenen Wurstbrötchen stank. Aber natürlich ist es nur ein Abbild meiner Hölle.

Ich schlief also, das Kind war in seinem Haus und unten kam auf kleinen Altfrauenschuhen ein mittleres Erdbeben ins Haus marschiert, das sich zunächst nicht einmal durch ein Grollen ankündigte.

In Schlotterbachs Literaturkalender steht: »Emilia Lochner, Psn. Milly L., wichtige Vertreterin der sog. express. Lyrik, früher Naturl., mehrf. ausgez. Romane ›Des Liedes letzte Zeile‹, ›Die Höhenzüge‹, ›Selma‹, emigr. 1937 nach Schweden, danach Wien, mehrere Gedichtb.« Ich habe das alles erst später nachgeschlagen, als ich merkte, daß der neue Gast sich auf längere Zeit einrichtete und annahm, daß wir alles von ihr kannten. Es gab nicht mehr viele von ihren Büchern zu kaufen. Aber was ich bekommen konnte, kaufte ich in der darauffolgenden Woche und tat so, als hätten diese Bücher immer schon im Grünen Zimmer – dem mittleren, pistaziengrünen – gestanden. Da hat sie sich gefreut, aber sie war doch über die mangelnde Vollständigkeit ein wenig pikiert.

Milly Lochner zog jeden Tag ein bißchen mehr in die Hölle. Jeden Tag kamen junge Männer und brachten Körbe mit Deckeln, klapprige Koffer und Schachteln, Pelzdecken (»jeder schöpferische Mensch friert leicht«) und Bücher. Ziemlich spät, aber gleichzeitig, war es allen im Haus klar: Sie gedenkt, hier zu bleiben. Davon hatte sie zwar nichts gesagt, aber sie leitete einen dünnen, nicht abreißenden Strom von Besitztümern in die Hölle. Das war kein Reisegepäck, das war ein Umzug. Als ich sie schweren Herzens darauf ansprach, reagierte sie verwundert: Es müsse mir doch klar gewesen sein, daß sie auf längere Zeit hierbleiben wolle, in ihrem Alter renne man nicht mehr sinnlos durch die Welt. Außerdem: Ein schöpferischer Mensch braucht nicht zu reisen.

Glauben Sie mir, ich bekam noch zu hören, woraus ein schöpferischer Mensch besteht, und was er zu tun und zu lassen hat. Ich werde nie einer, das weiß ich seit damals.

Milly klärte mich also über ihre finanziellen Verhältnisse auf: Ein schöpferischer Mensch geht nicht nach Brot! Stattdessen hatte sie wohl oft genug geheiratet, um ein angenehmes Auskommen zu haben. Kurz gesagt – sie konnte sich die Hölle leisten.

Aber ich wollte nie Dauergäste, gnädige Frau! sagte ich zu ihr. Für einen schöpferischen Menschen ist es hier auch viel zu unruhig.

Fruchtbare Unruhe! sagte sie vergnügt und drohend, das ist es, was ich gesucht habe!

Dafür, antwortete ich, sei es dann doch vielleicht wieder zu ruhig – also direkt geistig anregend könne man die Hölle nicht nennen. Oh, ich verriet mein Haus, der Hahn brauchte nicht ein einzigesmal zu krähen. Ich hätte uns sogar Kakerlaken angedichtet, aber ich sah schon, daß bei ihr nichts verfing. Kakerlaken hätten sie wahrscheinlich an eine längst vergilbte Hochzeitsreise nach Marokko erinnert, und mit Räubern und Rohrbrüchen wäre sie spielend fertiggeworden. Sie war ein zähes Geschöpf, hatte diese unerbittliche Zähigkeit wie meine Großmutter.

Sie sterben nie, nie! hatte meine Mutter erschöpft über die Generation ihrer Mutter gesagt. Das Rätsel um Milly Lochner klärte sich bald.

Wußten Sie nicht, daß ich hier gewohnt habe? fragte sie mich. Ich habe Sie doch gesehen, als Sie schwanger waren. Und dann hat der alte Gauner alle

Mieter rausgesetzt und Ihnen das Ganze vermacht, bevor ihn der Teufel geholt hat.

Sie war eine von den huschenden, alten Damen im Vorderflügel gewesen, für die ich mich damals nicht interessierte, und deren Verschwinden ich kaum bemerkt hatte. Nein, Lieber, das ist nicht wahr, ich habe es schon gemerkt, aber ich krallte mich an meine Mansarde und mir war nur wichtig, daß Reichert mich nicht auch hinausfegte. Ich hielt damals still wie eine Puppe. Es holt einen eben alles wieder ein.

Wie alt ist der Junge jetzt? fragte Milly Lochner, während ich in dem Zimmer saß, das sie gemietet hatte, und das jetzt aussah wie eine Abstellkammer, überzogen mit den Spuren von Millys Leben. Robert war knapp vier. Ich sagte es ihr und hoffte auf ein bißchen Verständnis und Freundlichkeit.

Na, antwortete Milly Lochner, vier. Hoffentlich quakt er nicht die ganze Zeit. Eine schöpferische Frau muß auf Kinder verzichten! Und darum, meine Liebe, habe ich natürlich auch nicht viel Erfahrung mit ihnen. Obwohl es ja ein nützliches Kind zu sein scheint. Er hat Ihnen schließlich ungefähr soviel eingebracht wie mir fünf Ehen. Mit vier!

Und sie versank in Gedanken, offenbar um herauszufinden, wie ein schöpferischer Mensch mit einer solchen Ungerechtigkeit fertigwerden könnte. Ja, Milly Lochner blieb uns erhalten. Sie saß am Anfang kriegerisch und neugierig in der Halle mit ihren lose sitzenden Kostümen aus einer üppigeren Zeit und Schleifen unter dem Kinn. Manchmal fand sie jemanden, der geduldig genug war, herauszufinden, wer sie war und wie gescheit sie war.

Das ist das Gemeine, Kindchen, hat sie Monate später mal gesagt, sie sehen dich einfach nicht mehr. Es ist alles noch da, wie früher, vielleicht sogar besser und glanzvoller, aber sie sehen es ganz einfach nicht mehr. Das Alter ist eine Tarnkappe. Eine Scheiß-Tarnkappe.

Es war schwierig mit ihr, weil sie nicht einsehen wollte, daß niemand mehr sie kannte. Sie war so überzeugt von sich als schöpferischem Menschen und von der Unvergänglichkeit ihrer Werke, daß sie nicht begriff, warum keiner sie danach fragte. Wenn sie sich jemandem vorstellte, sagte sie: Milly Lochner! Und nach einer Pause noch einmal: Milly Lochner – wie mit Großbuchstaben. Und nie fragte jemand: Ach! Die Milly Lochner? Selma? Die Höhenzüge? Aber sie hörte nicht auf, darauf zu warten. Dabei litt sie, glaube ich, gar nicht. Es konnte einen schöpferischen Menschen nicht kränken, wenn die ganze übrige Menschheit stur und ungebildet war, es bestätigte ihn eher.

Als ich mir Sorgen zu machen begann, kam Gott sei Dank ein Fernsehteam und drehte einen kleinen Film über sie. Ich weiß es noch wie heute: Die Leute störten, und ich erlaubte nicht mehr als zwei Tage. Meine Gäste können es nicht leiden, wenn Fernsehteams herumwuseln – vor allem nicht, wenn nicht sie selbst gefilmt werden.

Was wollen die denn von der alten Schachtel? hat damals ein Architekt beleidigt gefragt. Er konnte gar nicht verstehen, daß nicht er über sein langweiliges Modell für irgendeine Kunsthalle ausgefragt wurde.

Und Milly Lochner machte was aus den zwei Tagen, glauben Sie mir. Um die Jahre, die sie jünger aussah, waren das Team und die Reporterin gealtert. Und trotzdem war ich dankbar, daß etwas mit meinem merkwürdigen Dauergast geschah. Sie fühle sich wohl, erzählte sie mir oft, und ich habe mich gefreut. Aber ich war auch besorgt. Eigentlich paßte sie nicht in die Hölle – und paßte doch, sogar genau, aber das wollte ich nicht wahrhaben.

Nach Reicherts Kündigung war sie damals in ein »Seniorenstift« gezogen und hatte dort ein paar Jahre gelebt. Aber, sagte sie: Meiner Lebtag habe ich keine Deckchen geflochten und ich habe immer gehaßt, wenn Frauen miteinander tanzten. Und genau das tun sie dort: Jeden Dienstag Deckchen und jeden Donnerstag Tanzen. Ich konnte es nicht mitansehen. Es war die Hölle.

Für einen schöpferischen Menschen! habe ich dazwischengesagt und gelacht. Und jetzt sind Sie wirklich in der Hölle!

Nach dem Film erschien sie immer seltener in der Halle, wir hörten ihr Milly Lochner! Milly Lochner! nicht mehr. Es fiel mir zuerst gar nicht auf, oder ich war erleichtert darüber. So genau kann ich das nicht sagen. Sie hatte immer wie eine in der Halle gesessen, die in Wirklichkeit mehr Rechte hat, als sie zugeben will – ein stummer Vorwurf, aber doch wieder nicht so, daß man sich ihrer hätte entledigen können. Als junge Frau war sie in die Bösartigkeit verliebt gewesen, hatte so gnadenlose Anti-Männer-Romane und Gedichte geschrieben, daß sie sich jetzt als alte Frau nicht weinerlich zeigen mochte.

Sie hatte mir von ihrer panischen Angst erzählt, häßlich zu werden. Jeden Tag habe sie sich länger mit ihrem Gesicht beschäftigt. Und siehst Du, hatte sie zufrieden gesagt, es hat sich gelohnt.

In meinen Augen war sie so faltig wie nur irgendeine der schleichenden Alten auf der Straße, so faltig wie die, denen es egal war – aber sie sah es nicht. Sie hatte so oft in ihr Gesicht geschaut, sie hatte soviel Farbe darauf verstrichen, daß sie einfach nicht sah, wie sie aussah. Wunderbar, nicht?

Du darfst wirklich mit dem Zurückkommen nicht mehr lang warten, denn ich kann mich sehen, und noch sind die Veränderungen solche, die Du lieben könntest.

Ich habe ihr manchmal von Dir erzählt, und sie fragte neugierig wie eine Junge und wußte, wovon ich sprach. Männerhaß und fünf Ehen hatten sie zu einer angenehm heiteren Expertin gemacht. Damals war Pasodoble noch nicht da, und Milly Lochner mußte mir zuhören. So war ich hin- und hergerissen zwischen meiner Sehnsucht nach jemandem, den ich mit Deinem Namen und meiner Geschichte langweilen konnte und meinem Unbehagen, wenn sie in der Halle saß. Tat sie aber nicht mehr, und ich habe mich nicht sehr bemüht, sie aus ihrem Zimmer zu locken.

Das Mädchen (Jana, die ehemalige Modistin) sagte mir eines Tages, sie könne schon zwei Tage nicht in Milly Lochners Zimmer. Die wolle nicht, daß man saubermache und ich sollte mir das selber anschauen. Jana war vorwurfsvoll, sie hielt es für eine selbstverständliche Pflicht, jede alte Frau zu halten wie die eigene Großmutter. Wir hätten kein Gefühl für Familie, behauptete sie. Aber ich besuchte Milly Lochner, die unter so viel Papier im Bett lag, daß es aussah, als habe man sie gerade ausgepackt. Sie war ganz fidel, aber sie sagte, daß sie nicht mehr oft aufzustehen gedächte – geschweige denn, auszugehen. Ihre kurzen, weißen Haare standen ein wenig ab, ihre Augen waren unter den blauen Lidstrichen ganz ausdruckslos. Auf dem Kissen sah ich die Spuren ihrer Wimperntusche. Wie lang ihre Ohrläppchen waren! Ich habe damals gedacht, sie hätte sie mit ihren schweren Glastropfenohrringen so lang gezogen, aber später habe ich gelesen, daß einem das Alter die Ohren lang macht.

Ich schreibe jetzt nur noch Gedichte, sagte sie zu mir. Weißt Du, sie schreiben sich bequemer im Bett als Prosa.

Und was ist mit dem Essen? fragte ich.

Na, da machst Du mir eben was von den Kleinigkeiten! sagte sie. Mehr will ich auch gar nicht. Und den Portwein soll Milan bei Metro besorgen, alle drei Wochen einen Karton. Deine Barpreise zahle ich nicht bei meinem Konsum, Mädchen.

Ja, sind Sie denn krank? fragte ich sie noch, aber das war eine dumme Frage, und sie hat sie nicht beantwortet.

Es hat sich dann eingespielt: Jeder besuchte sie mal, und zu den glücklichsten Momenten gehörte es für sie, wenn irgendein Germanistchen im zweiten oder dritten Semester feststellte, daß eine leibhaftige Dichterin aus der großen Zeit noch lebte, ganz in der Nähe in einem Bett lag und nur darauf wartete, besucht zu werden. Bei lebendigem Leib aufgebahrt, sagte sie dann manchmal vergnügt und finster unter den Studenten-Sträußen hervor, die sie um das Kopfende ihres Bettes arrangiert hatte. Sie schrieb und schrieb, und Jana wechselte dauernd ihre Bettwäsche, aus der die bunten Streifen ihres Make-ups und die dunklen Spuren der Füllertinte nur schwer rauszukriegen waren. Aber mir kommt farbige Bettwäsche nicht ins Haus, obwohl ich bei Milly Lochner fast eine Ausnahme gemacht hätte.

Das Kind besuchte sie gern. Der ist ein Weiser, Ihr kleiner Bastard, sagte sie freundlich, und mir blieb die Luft weg.

Die mit dem Balken durchs Wappen sind nicht die Schlechtesten! Ich wußte nicht, wovon sie redete.

Wenn ich gewußt hätte, sagte sie, daß man mit so einem zusammen gut allein sein kann, hätte ich mir auch ein paar machen lassen.

Als schöpferischer Mensch? Ich konnte mir die Frage nicht verkneifen, weil ich sie im Verdacht hatte, mich für einen unschöpferischen Trampel zu halten, für eine Art gehobenes Hausmädchen. Das tat sie nicht, aber ich war damals sehr empfindlich. (Noch nicht einmal dreißig, und jeden Tag irgendetwas entscheiden müssen.) Ja, sagte sie. Das Schöpferische hätte es eben aushalten müssen.

Ich gab ihr Robert oft, wenn ich wegmußte, oder irgendein Umbau verhinderte, daß ich mich mit ihm beschäftigen konnte. Wie Reichert damals, dachte ich. Erst ein alter Mann, dann eine alte Frau. Beide nicht grade typisch als liebevolle Großeltern. Aber seine richtigen ließen wenig von sich hören und schickten nur viel zu großes Spielzeug aus der ganzen Welt.

Milly Lochner war dünn geworden in ihrem Bett. Aber sie war so produktiv, daß ich mir keine Sorgen um sie machte. Manchmal sagte sie, nein, heute kann ich den kleinen Bastard nicht brauchen. Dann hatte sie am nächsten Tag wieder eine Mappe voll mit Gedichten, die Milan zu einem Schreibbüro bringen mußte. Sauber getippt und in schwarze Lederordner gesperrt warteten sie auf ihre Entdeckung. Aber die blieb immer in den Anfängen stecken. Einmal kam ein Jungverleger, oder ein Lokalredakteur von einer der Schweigenden Schwestern (unseren Tageszeitungen, Sie erinnern sich!), auch das Fernsehen hatte nochmal nachgefragt. Aber es war wohl nicht das richtige, und ich dachte nicht oft an das Werk, das da in meinem Haus entstand, in einer kleinen Hölle in der Hölle vielleicht.

Weißt Du, ich kann gut wegschauen und wegdenken von den Dingen. Das hat mich am Leben gehalten, aber manchmal macht es mir ein schlechtes Gewissen. Natürlich hätte ich mich mehr um sie kümmern müssen. Aber sie blieb mir unheimlich, die Frau, deren alter Körper nicht zu ihr paßte.

Sie war wie eine Erinnerung, wie etwas Zukünftiges, das sich bei mir genauso abspielen könnte. Sie war mir vertraut, und deshalb vermied ich es, zu oft mit ihr zu reden. Ihre Tapferkeit ging mir auf die Nerven und ich hätte heulen können, wenn ich ihre Fotos sah, alte Fotos, auf denen eine glatte, frechgesichtige Person zu sehen war, schön wie eine Schaufensterpuppe mit schrägen Hüten und Pelzboas, in denen sie ihr Kinn versteckte.

Ich habe ihr von der Serie erzählt, von den vielen Fotos, die ich für Sie habe machen lassen, und sie hat gelacht, als ich ihr welche davon zeigte. Das zählt nicht, hat sie nur gesagt, ach, das zählt nicht. Du wirst noch lang kein Gesicht haben, Mädchen. Und wenn Du eines hast, diese ganz kurze Zeit, in der Du wirklich Dein Gesicht hast, merkst Du es nicht, und dann ist es weg und kommt nie wieder. Ich hätte alles Geld der Welt aufgetrieben, wenn man es irgendwie zurückkaufen könnte. Aber ich habe ja noch Glück gehabt, sagte sie wieder und glaubte an sich und die Macht ihrer Farben.

Manchmal erlaubte sie mir, in ihren Gedichten zu lesen. Ich verstand viele nicht, aber sie gefielen mir, weil es Liebesgeschichten waren, kleine Liebesgeschichten mit einem fremden Geschmack. So wie sie habe ich das Unglück nie geschmeckt, aber dazu ist es vielleicht auch noch zu früh. Nur eine Zeile, eine einzige Zeile ging mir nie aus dem Kopf, und Milly Lochner war sehr stolz, als ich sie bat, diese Zeile in ihrer vergrößerten Schrift an die Barwand malen zu dürfen.

Erst die Hoffnung der deutschen Literatur und dann Kneipendekoration, sagte sie, na, warum nicht! Ich bin ja in guter Gesellschaft. Sie hatte sich die Barwände gleich zu Anfang aufmerksam angeschaut, hatte bei manchen Sätzen verächtlich geknurrt und wie ein Teekessel gesummt, wenn ihr etwas gefiel. Konventionell, sagte sie. Ziemlich konventionell. Kein Schwitters? Kein Arp? Und was ist mit Gomringer? Das kenne ich schon von meiner Mutter, daß sie in einem bestimmten Alter so unerbittlich fortschrittlich werden.

Millys Zeile mitten aus einem Gedicht: »Mein Teufel Du, mein Täubchen/Mein schönstes Zeitvertreibchen/Du spielst/Und ich verlier.«

Beiläufig erzählte sie, wie eine verrückte Liebe ihr einmal das Schreiben ausgetrieben habe und eine andere sie so dazu gezwungen habe, daß sie der Schnelligkeit ihrer eigenen Sätze nicht habe folgen können. Sie kennt die Verwirrung wahrscheinlich viel besser als ich, aber das glaubt man niemandem. Es ist immer so, daß man sich für einzigartig hält, wenn man liebt, obwohl Millionen Wörter nur über dieses Thema gemacht werden. Unsinn. Aber man muß das glauben. Dabei liebt man nur das Bild der Liebe und das eigene Gefühl. Was schert einen schon der, über den man das Gefühl schüttet? Was gehts einen an, ob er drunter nach Luft schnappt oder ersäuft? Ich habe mich darum nie gekümmert und Sie schienen es nicht anders zu wollen.

Jedenfalls haben Sie mir nie gezeigt, daß es Ihnen zu viel wurde, Sie schienen im Nehmen unerschöpflich. Denn das sehen sie alle falsch, finde ich, die die vielen Bücher schreiben, Bücher über das Mann-Frau-Spiel, über denen ich viele Abende ungetröstet gehockt habe und wütend war über die Lügen. Es geht nicht darum, was man bekommt. Es geht darum, was der andere annehmen kann, Deine schwarze Seele war jedenfalls der saugfähigste Schwamm, den es auf der Welt gab, jede Verrücktheit nahm sie auf und gab nicht einen Tropfen davon wieder her. Das war es doch! Und daß ich ganz frei war und vollkommen gefangen.

Was reden Sie da! sagte Milly Lochner einmal. Sie haben es leicht. Sie mußten nie überprüfen, was davon übrigbleibt, wenn das Vibrieren aufhört und das Bild klar wird. Sie wissen doch gar nicht, an wen Sie da hinlieben! Aber das weiß man sowieso nie. Und irgendwann ist es eben aus, man könnte es noch wie vorher, aber niemand ist mehr da, der es haben will. Wissen Sie, sagte sie, ich war zu hochmütig, um einen von den Kerlen beizeiten blind zu machen. Das nennt man dann Vertrauen und Zuneigung. Ich dachte immer, daß mir das nicht genügen würde. Aber das war ein Irrtum. Ich hätte jetzt gern einen, der neben mir liegt mit seinen Erinnerungen an mich, und der mich dafür in Kauf nimmt.

Ihre Reden machen mir noch jetzt Angst, wenn ich an sie denke, obwohl es schon lange her ist und ich mich kaum noch an ihre Stimme erinnere. Ich hätte diese Gedanken noch gar nicht gebraucht. Es war viel zu früh, aber sie waren da und ließen sich nicht überhören. Warum ich Ihnen von Milly erzähle? Ich weiß es nicht genau. Ich glaube, daß sie wichtig für mich war und damit auch wichtig für Sie. Jeder, den ich in diesen zehn Jahren in meine Nähe gelassen habe, ist ein Stück weit verantwortlich für mich – und ich bin für jeden von denen verantwortlich und nicht nur für ihre nächtlichen Fütterungen und saubere Bettwäsche.

An einem Sommermorgen vor fünf Jahren lag sie tot im Bett. Ihr Gesicht war ganz hell und glatt, und das Bettzeug war zum letztenmal in den wildesten Farben gestreift. Um ihr Bett waren Wolken von beschriebenen Blättern zu Boden gefallen, wie immer, aber auf ihrem Bett fand sich nur ein einziges Blatt, ein fertiges Gedicht. Wir haben ein kleines Stück davon über ihre Todesanzeige gesetzt. Nur ein paar Worte: »Schmaler grüner Weg zwischen Wüste und Wüste«.

Es folgte eine Zeit, in der plötzlich jeder gewußt haben wollte, wie wichtig sie für die deutsche Dichtkunst gewesen war. Überall erschienen Nachrufe, sie hatten alle aus Schlotterbachs Literaturkalender abgeschrieben, nur ohne Abkürzungen natürlich.

Es war gar nicht leicht, alles ohne Aufsehen abzuwickeln, denn ein Toter in einem Hotel ist noch schwieriger als ein Toter irgendwo anders. Selbig war unschätzbar, er erledigte alles, weil er Angst um den langsam aufblühenden Erfolg hatte.

Aber wir haben es ihr schön gemacht, Jana schluchzte den ganzen Tag und bezog das Bett zum letztenmal neu für Milly Lochner, jemand von einem Literaturarchiv kam und fragte, ob er die Totenmaske abnehmen dürfe. Das hat mich etwas gegraust, aber es hat auch was Erhabenes und hätte ihr gefallen. Ich bin nicht mehr ins Zimmer gegangen. Ihre Papiere habe ich später zusammengesucht.

Milly Lochners Nachlaß wurde in Kisten verpackt und, einem kleinen Zettel entsprechend, der sich in ihrem Kosmetikköfferchen fand und den man als Letzten Willen nehmen konnte, ins Marbacher Literaturarchiv geschickt.

Ob ich getrauert habe? Ich weiß nicht, ob ich zu dieser Zeit schon wieder um etwas trauern konnte. Aber es gibt eine kleine Stelle in meinem Herzen, die von Milly Lochner bewohnt wird, und die tut manchmal weh. Vielleicht ist das Trauer. Sie war aber auch eine Art Hausbesetzerin gewesen und ich war froh für die Hölle, daß ich mir jetzt wieder meine Gäste aussuchen konnte und nichts mit ihnen teilen mußte.

Weihnachten ist vorbei. Und wissen Sie, daß dieses Weihnachten mich drauf gebracht hat, wie mein Brief an Sie aussieht? Wie ein Adventskalender! Roberts Riesenkalender hängt immer noch in seinem Zimmer, und ich habe heute nachmittag einen kleinen Streit mit ihm gehabt, weil er das Ding nicht wegtun will. Ich mag, wenn ein Fest vorbei ist, nicht mehr dran erinnert werden. Robert will aber alle Feste aufheben und sein Zimmer ist ein weihnachtlich-österlicher Karneval mit Einsprengseln von Geburtstag. Aber dieser Kalender hat mich stutzig gemacht. Es ist einer von den ganz scheußlichen, die mit Glitzerstaub vollgeklebt sind und vor Engeln nur so wimmeln. Ein Haus ist drauf, das aussieht wie eine Mischung aus einer Torte und einer Kirche – und dennoch: Es gleicht der Hölle, wie ich sie vor Ihnen aufbaue und die Menschen sind hinter den Fensterchen, die Sie auf- und zumachen können, wie es Ihnen beliebt.

Sie müssen sich auf keinen von diesen Menschen einlassen, können sie erscheinen und verschwinden lassen wie Geister. Sie können die Seiten des Briefs durcheinanderwerfen. Wenn Sie etwas darin ärgert, können Sie es verbrennen oder zerreißen. Sie können hineinmalen oder durchstreichen in diesem Adventskalender. Das ist kein angenehmer Gedanke. Immer versuche ich Ihnen zu sagen, daß diese zehn Jahre eine Geschichte waren, etwas mit einem Beginn und einem Ziel. Aber das stimmt nicht. Sie waren eben nur – ein Adventskalender.

Wir waren über Weihnachten nicht allein in der Hölle, und ich bin völlig erschöpft, weil ich mit weniger Personal und mehr Gästen fertigwerden mußte, als ich geplant hatte. Aber ich freue mich umso mehr auf die paar Tage mit dem hübschen Richter und den Skiern. Werde ich Sie vergessen? Für möglichst viele Augenblicke – da habe ich beim hübschen Richter keine Sorge – werde ich Sie vergessen. Sie und die Hölle. Aber solange Pasodoble noch weg ist, muß ich hierbleiben. Auch sie macht solche kleinen Reisen, von denen sie mir nichts erzählt. Wir brauchen gar nicht zu reden, wir merken, wie es uns geht an der Art, wie wir in der gleichen Sekunde anfangen zu lachen oder bei bestimmten Musikstücken das Radio lauter machen.

Nach Millys Tod haben wir das Zimmer so geputzt, wie ich noch nie ein Zimmer gesäubert habe. Viel ist mir klargeworden im Sagrotangeruch, in den Bergen von Teppichen und Gardinen. Den Tod haben wir hinausgefegt und mit ihm zusammen Millys Duft nach Puder und Filzstiften. Kein Winkelchen haben wir ihnen gelassen, in dem sie sich hätten halten können, Milly und der Tod. Allein die Fenster und Türrahmen, der schöne flämische Lüster und der Sekretär bis in seine hinterste Schublade haben uns drei Tage in Atem gehalten und Jana meinte ganz beleidigt, man könne denken, die arme, alte Frau sei an der Pest gestorben. Aber ich wußte, was ich wollte: Das Haus gehörte mir, ganz mir, und die Toten sollten sich nicht darin festsetzen können.

Leise mußte diese Reinigung vonstatten gehen, denn ich wollte vermeiden, daß das Zimmer als Sterbezimmer geächtet würde. Aber da habe ich die Lokalredakteure unterschätzt. Sie wachten allesamt aus ihrem ganzjährigen Schlaf auf und machten mir in den Wochen nach Millys Tod das Leben schwer. Denn nichts haben Lokalredakteure lieber als Gedenkstätten. Und sie bestürmten mich, daß ich das Zimmer doch erhalten solle – wußten nicht, daß alles schon unwiderruflich ausgetrieben war, wußten nicht einmal genau, welches Zimmer es war. Ich war wütend, weil ich mich ihrer nur schwer erwehren konnte. Die Hölle war zwar noch nicht so bekannt wie jetzt, aber Selbig schäumte grade deshalb, weil er durch eine Todesgeschichte Gefahren für das Haus sah.

Wir hatten sowieso immer wieder schwere Auseinandersetzungen, des Geredes wegen, aber auch um den Namen und um mein Konzept. Der erdbeernasige Spießer hatte ein sicheres, nettes Absteigeding für gehobene Vertreter haben wollen, mit Plastikduschvorhängen, gestreiften Handtüchern und Zuckerspendern auf dem Frühstückstisch. Vor der Hölle hat er eigentlich immer nur Angst gehabt. Sie machte ihn zum kleinen Buben, der nie sicher ist, ob seine Hosen auch lang genug sind. Und trotzdem ist er ein Schatz, ein Goldherz, sage ich Ihnen. Ein griesgrämiger Türhüter, Höhenflüge haßt er; und Geschmack – nicht für einen Groschen. Eigentlich sei die Hölle ungemütlich, hat er Pasodoble einmal gestanden. Ungemütlich! Aber es wäre noch schlimmer, wenn er sie gemütlich gefunden hätte. Ich sehe seinen Mund vor mir, wenn er »gemütlich« sagt. Huh. Aber er würde mich trotz seiner Faszination für Pasodoble immer noch heiraten, mich, das Fräulein Fuhrknecht.

In der Angelegenheit Milly Lochner hat er mir sehr geholfen, denn ich war nicht sicher, was ich tun sollte. Und die Lokalredateure ließen nicht locker, begannen in ihren Käseblättern Serien wie: »Das einsame Leben der M. L.«, »Der grausame Tod der M. L.«, »Das große Vergessen« und so weiter. Ein Schmarren! Aber es kamen Leute und wollten das Zimmer sehen, standen in der Halle wie in einem Museum und guckten sich dreist um. Milan machte sein finsterstes Gesicht. Aber kein Mensch fragte nach ihren Gedichten.

Hören's, hörte ich Milan eines Abends zu einem Journalisten sagen, das Haus ist mehr wie hundert Jahr alt. Meinens wirklich, daß man für einen jeden Toten, der was hier herinnen gestorben ist, ein Taferl macht? Da mecht das Hotel von außen bald ausschaun wie die Wand von der Frau Guggenheim, wo sie ihre vielen Hundeln verewigt hat. Die Frau Lochner hat hier gewohnt, wir haben uns um sie gekümmert und jetzt hats ein End. Wir machen kein Museum nicht und keinen Friedhof. Sollens ein bissel Reklame machen für die Bücher von der Frau Lochner.

Es war schon lästig, aber eines Tages zog die Karawane weiter, und wenn ich jetzt gefragt werde, ob denn das stimme – denn mittlerweile haben sie ihre Werke wiederentdeckt und nennen sie eine Visionärin, eine Vorkämpferin, eine Schwester der Woolf und was nicht alles – wenn jemand über ihre letzte Zeit etwas wissen will, geb ich Auskunft. In ihrem Zimmer liegen jetzt ihre Bücher, und eine Zeichnung von ihr hängt drin, auf der sie aussieht wie ein Huhn. So gibts doch eine kleine Gedenkstätte, aber ohne Schrecken und ganz unauffällig. Vielleicht mach' ich auch noch ein Täfelchen ans Haus, auf der Gartenseite. Und zwei oder drei Gäste nennen es das Lochnerzimmer und bevorzugen es, weil es keine Morgensonne hat und die Farbe ihnen angenehm ist. Ich behalte übrigens immer die Farben bei, auch wenn wir neu streichen – keine Experimente.

Tradition, aber ohne Flecken! sagt Pasodoble und lacht. Hier würden Gäste nie begreifen, wie schön Flecken sind.

Sie hat angerufen, daß sie morgen wiederkommt. Bis zur Rheinkonferenz sind dann noch drei Wochen, also kann ich mir ohne schlechtes Gewissen fünf Tage in den Bergen leisten. Oder sechs? Ich werde meine Schreibmaschine nicht mitnehmen, ich werde Ihnen nicht schreiben, wie ich es schon seit bald zwei Monaten jede Nacht tue. Ob es mir fehlen wird? Aber vielleicht schlafe ich auch einmal lang, schlafe mit dem Gefühl, daß Arme um mich geschlungen sind, daß ein Bein über meinem liegt – im Einschlafen ist es nicht so wichtig, wessen Arme, wessen Beine einen trösten. Aber ich darf nicht an unseren Schlaf denken, an den Schlaf dieser jungen Gans, die ich damals war. Zwei Fremde haben da miteinander geschlafen, was geht das mich an?

Es ist Ende Dezember und bald fahre ich mit einem hübschen Freund in einen hübschen Ort, in ein hübsches Hotel und ich nehme lauter sehr hübsche Kleider mit. Ach, Scheiße. (Das habe ich noch nie hingeschrieben. Früher rutschte mir das Wort beim Reden öfter mal raus, aber seit Robert und der Hölle hab ich's mir abgewöhnt. Jetzt will ich es geschrieben sehen! Scheiße!)

Ich warte ab. Wir hatten trotz der unerwartet vielen Gäste ein angenehmes Weihnachtsfest, wie immer. Es war nur, wie immer, auch ein bißchen schizophren. Denn die Gäste, die um diese Zeit hier sind, dürfen nichts von Weihnachten mitbekommen. Genau deshalb kommen sie nämlich und schon ein einzelner Tannenzweig oder eins dieser traurigen Kerzenarrangements, die man auch auf Friedhöfen findet, würde sie sofort in die Flucht schlagen.

Es ist schön, Frau Fuhrknecht, sagt der alte Dr. Bauer, der schon seit fünf Jahren an Weihnachten das große, taubenblaue Zimmer für vier Tage mietet – man kann ganz sicher sein. Nicht einmal das Radio wird einem hier zugemutet. Ein angenehmer Ort, an dem einen nichts an die Zeit erinnert. Ich bin Ihnen dankbar, sagt er jedes Jahr.

Was sie machen in den Tagen? Ich weiß es nicht. Es sind immer sehr stille Gäste, sie lesen, gehen spazieren, hören Platten.

Manches Jahr hatte ich Angst, daß sich einer mal umbringt vor lauter zeitlosem Frieden. Aber ich habe das von Anfang an so gehalten: Ein Hotel ist keine Heimat. Es soll auch nicht Heimat oder Zuhause simulieren. Das ist geschmacklos. Es darf sich nicht anbiedern, muß aber untadelig sein. Es darf vollkommen sein, weil man es nur vorübergehend bewohnt. Der Gast muß sicher sein können, daß im Hotel eine fünfte Jahreszeit herrscht, die sich nie ändert. Lediglich die Ausblicke aus den Fenstern wechseln die Farben. Es darf aber auch nichts alt werden. Die schwanenhälsigen Wasserhähne sind, seit Reichert sie hat einbauen lassen, immer wieder kaputtgegangen und es hat mich ein idiotisches Geld gekostet, immer wieder die gleichen zu finden und einbauen zu lassen. Aber in der Hölle sind die Wasserhähne nun einmal schwanenhälsig und basta.

Wenn die Weihnachtsflüchtlinge wüßten, wie es in meiner Wohnung über ihren ahnungslosen Köpfen aussieht. Keine Ecke, die Robert nicht dekoriert hätte, ein Rausch aus Zweigen, Holzmännlein und Lametta. Mein Vater leidet stumm und sieht während der Feiertage immer aus, als hätte er Zahnweh. Aber: Das Kind muß das haben, und einmal im Jahr sind die Räume halt nicht edel. Was macht das schon. Man fällt nur dauernd über irgendwas, und Sancho hat sein würdevolles Katerwesen völlig aufgegeben, seit dieses Angebot aus Geraschel und Geklirre in den Zimmern steht.

Die Viecher machen mir so viel Freude, wie ich nie gedacht habe. Der Hund hat seine Aufgeregtheit und seinen kummervollen Blick verloren. Es muß nur immer einer von uns, Robert, Pasodoble, mein Vater oder ich in der Nähe sein. Milan geht auch, aber nur bedingt. Mit den Mädchen oder Orlando bleibt er nicht allein, aber wenn er uns in der Nähe weiß, nimmt er seinen Posten neben dem Rezeptionstisch ruhevoll und selbstsicher ein.

Robert hat eine neue Rasse für ihn erfunden, weil er sich über die Gästefragen geärgert hat. Na, was ist denn das für einer? Natürlich würden sie nie annehmen, daß es sich um einen Selbergestrickten handelt, einen Sozialfall, sowas paßt nicht zur Hölle. Das ist ein Urslington-Terrier, sagt Robert. (In Oberursel ist das Tierheim.) Da er seit einem Jahr englisch lernt, spricht er es Örslington aus, ich muß jedesmal weghören, damit ich nicht lache. Aber die Leute glauben ihm sofort, und einer, den ich besonders wenig leiden kann und den Robert haßt, verwickelte meinen Sohn in ein Gespräch über die Jagdeigenschaften dieser seltenen Rasse. Bevor Robert sagen konnte, daß dies ein Jagdhund sei, der ausschließlich Jäger jagt, hab ich ihn weggeschickt.

Ich lasse ihn nicht oft vorn im Hotel. Er hat in unserem Teil und im Garten genug Platz. Wir müssen im Hotel eine gewisse Künstlichkeit und Gleichmäßigkeit ausstrahlen, ich mag nicht, wenn der Bub zuviel davon mitbekommt. Aber Kinder bleiben sich zu allen Zeiten treu – er versucht mit allen Mitteln, im Hotel zu sein.

Bei den Großen sein wollen! Das war bei mir so, als ich ein Kind war, und ich denke, bei allen anderen Kindern ist das auch so, jedenfalls bei denen, die keinen Grund haben, Erwachsene zu fliehen. Wie war das bei Ihnen? Was weiß ich schon von Ihrer Kindheit, Liebster, wahrscheinlich habe ich Sie nicht einmal danach gefragt. Ich weiß den Vornamen Ihrer Mutter: Johanna. Ich weiß den Tag ihres Todes, denn Ihre Mutter ist zwei Tage nach meinem fünfundzwanzigsten Geburtstag gestorben. Sie wollten damals nicht mit mir darüber sprechen, aber Sie haben geweint, und Ihr Weinen hat zornig und ungeübt geklungen. Ich weiß, was Ihr Vater von Beruf war. Einmal haben Sie mir das kleine, häßliche Haus gezeigt, in dem Sie ein paar Jahre gelebt haben und das Wäldchen, in dem Sie Ihre ersten Mädchen versteckt haben. Aber sonst? Ich weiß nicht einmal, wie Sie ausgesehen haben, und manchmal schauen Sie mich aus Roberts Augen an. Aber ich kann Sie nicht wiedererkennen. Sie haben mir so viel vorenthalten, aber ich komme und klage es ein, hier, an meinem nächtlichen Tisch, während Carlos Paredes etwas endlos Trauriges auf der Gitarre spielt.

Ich tu mir richtig leid. Ach, Sie haben von meiner

Kindheit genauso wenig Ahnung wie ich von Ihrer. Das ist eigentlich ganz normal, denn das Gerührtsein vom Geliebten als kleiner Unschuld ist aus der Entfernung nur lächerlich.

Also: Robert verfolgt die Erwachsenen, und Ilona behauptet, ich hätte das Hotel als Uterus konstruiert, dem der Junge nicht entfliehen könne. Dabei böte ich ihm dann lauter unerreichbare Väter an, jeder Gast ein potentieller Vater. Ein Glück, daß Robert noch nichts von einer Psyche erkennen läßt und alle diese unausweichlichen Krankheiten nur deshalb nicht bekommt, weil er nichts von ihnen weiß. Ich schiebe den Gedanken weg, daß Ilona recht haben könnte. Sie macht mich nur wütend. Zu wütend? Aber meine Wut ist noch gar nichts gegen die meines Vaters. Wenn der Alte Ilona sieht, dann provoziert er sie, bis sie was Psychologisches erklärt. Und dann zerlegt er sie in kleine Scheiben. Er ist ein großer Verdränger! sagt sie, wenn er nicht dabei ist.

Und wenn Sie tot sind? Es ist das erstemal, daß mir dieser Gedanke kommt. Er hat mich kalt erwischt, dieser Gedanke. Und wenn Sie nun tot sind? Vielleicht schon lang zu einem kleinen Häufchen Knöchelchen und Sand geworden, irgendwo in diesen Ländern, wo mehr gestorben wird als gegessen. Irgendwo, warum eigentlich habe ich daran nie gedacht? Weil ich an den Faden zwischen uns glaubte, weil ich ihn fühlen wollte, wo nichts anderes vorstellbar war als eine Ader zwischen Ihnen und mir, durch die irgendeine fleißige Flüssigkeit läuft? Hab ich mir das alles nur eingebildet? Ihre letzte Karte ist vor genau vierhundertzwei Tagen gekommen. Wieder eine grüne Karte! Aber warum habe ich mir nie eingestanden, daß jeder von diesen petersilienartigen, auf den Bildern klein gemachten Baumbüscheln eine Falle sein konnte? Man kann sichs ausdenken: Sie können längst tot sein, mehr als vierhundertzweimal gestorben, langsam oder schnell, aus dem Hinterhalt oder Stirn an Stirn, ausgetrocknet oder aufgeschwemmt – es ist möglich, daß Sie lange tot sind. Ich habe nie Angst um Sie gehabt, weil ich Sie für einen Drachentöter hielt. Aber wer sagt mir, daß es sich um Drachen handelte?

Ich habe immer die gleichen nur wenig bewegten Bilder vor Augen, immer die gleichen friedsamen Löcher nach draußen. Vor dem Fenster sehe ich den beschneiten Ahorn, vor dem nächsten den Hügelzug, und das dritte zeigt mir Morgen und Abend in wechselndem Licht. Sie aber haben keine Fenster, Sie haben sie auch nicht gewollt. Heute ist ein entsetzlicher Abend: Ich denke, daß Sie tot sein könnten! Helfen Sie mir, denn es gibt nichts, was mich vom Leben überzeugen kann außer Ihnen. Nein, Tiere haben Sie nicht gefressen, Dünen Sie nicht begraben, Flüsse Sie nicht weggetragen. Muß ich denn jetzt auch noch Ihr Leben am Leben halten? Jeden Tag gibt das meinige mir Aufgaben, aber diese ist die größte. Und ist nicht zu lösen ohne Ihre Hilfe. Ich schaukle zwischen Weihnachten und meinem Vater, das Kind sitzt und schaut zu, und Hund und Katze bilden einen freundlichen Chor – die Gäste wollen ertragen sein und die Wäsche gezählt. Und Sie könnten tot sein.

Ist das möglich? Ich bin erwachsen geworden, Sie sind irgendwo in den Jahren unterwegs gestorben, und einer hat vom anderen nichts gewußt. Ich sollte nicht nur in der Nacht an Sie schreiben. Vor allem sollte ich keinen Wein trinken, während ich an Sie schreibe, Sie sehen ja, was dabei herauskommt, ich nehme Ihnen das Leben. Haben Sie zwar verdient, aber das hilft mir auch nichts. Nein, ich hole Sie wieder zurück, ich bekleide Ihr Skelett wieder mit Muskeln und Haut, ich bringe Ihre sandigen Augen wieder zum Glänzen.

Keine Angst, wer einmal tot gesagt war, lebt besonders lang. Wie ist das mit denen, die man nur totgedacht hat? Ich verspreche Ihnen, es soll nie wieder vorkommen.

Manchmal schlafe ich ein, während ich an der Maschine sitze in diesem Licht, das immer zu schwach ist. Unter anderm wirst Du Dir auch die Augen verderben! sagt Pasodoble. Ich lege den Kopf auf die Maschine und schlafe und träume, zehn, zwanzig Minuten lang.

Ich habe geträumt, daß meine Ohrringe zerbrochen sind. Die kleinen, dünnen Muschelohrringe. Sie kennen sie nicht. Ich habe mir erst viel später Löcher in die Ohren stechen lassen, lang nachdem Sie weggegangen waren. Hätten Sie nie erlaubt, weiß ich. Widerwärtig fanden Sie das, wie Klitorisbeschneidung und Tätowierung. Sie hatten mir eine Sammlung teurer Clipse gekauft, und Steine mit kleinen Schräubchen dran. Ich hatte Ihnen schon gesagt, daß ich noch immer fast allen Schmuck, den Sie mir geschenkt haben, gleichzeitig auf mir verteile. Nur die Ohrringe nicht. Die meisten davon führen mittlerweile ein Einzeldasein. Die verfluchten Schräubchen und Clipse sind einander nie treu, streben voneinander weg. Und ich habe mir Löcher in die Ohren schießen lassen – sie machen das mit einer Art Pistole –, damit ich endlich Ohrringe tragen konnte, die ich nicht mehr verlor. Verstümmelt! werden Sie sagen. Sie hat sich verstümmelt wie die Afrikanerinnen mit ihren Tellerlippen, ihren ringbeschwerten Giraffenhälsen. Habe ich. Zwei kleine Wunden in den Ohrläppchen, ganz ohne Ihre Erlaubnis. Wunden, um Schmuck hineinzutun.

Ich merke, heute nacht bin ich ganz trübsinnig, ein Glück, daß es die Hölle gibt. Immer wieder wird die Wäsche schmutzig, werden die Teller leer. Und immer wieder sind es andere, die den Gleichklang und die

Bewegung verursachen. Sind Sie in Gedanken, Frau Fuhrknecht? fragt dann jemand, als seien die Gedanken ein Ort, wo man nicht hingehört. Eine Hotelchefin jedenfalls nicht. Also zeige ich am Tag nicht her, ob ich in Gedanken bin. Dabei gibt es so viele Tätigkeiten in der Hölle, die einem Gedanken erlauben, wenn ich die Wäsche verpacke, die Handtücher zähle und die Schränke fülle, bin ich in Gedanken, das heißt sehr oft: bei Ihnen. Wir geben die Wäsche übrigens aus dem Haus, und bekommen sie so wieder, wie ich es durch eine fast dreimonatige Überredungsarbeit durchgesetzt habe. Ausschließlich mit Seifenpulver gewaschen. Einen Verbenenzusatz ins Wasser und die Kopfkissen von Hand gebügelt. Das ist nicht billig, aber die Betten sehen aus, wie ich will, und sie riechen auch so.

Ich weiß, daß kein Gast derlei bemerkt – jedenfalls weiß er nicht, woher sein vages Wohlbefinden rührt. Aber es wird ihm auffallen, daß er es anderswo nicht empfindet, und langsam, langsam wird er spüren, daß es meine Hölle ist, die seiner Nase und seiner Seele guttut. Seele, naja. Ich weiß kein besseres Wort dafür. Es ist verrückt, wie wichtig solche Kleinigkeiten sind, aber das haben Sie mich gelehrt, vielleicht ohne daß Sie es wußten. Nichts ist gleichgültig und über alles lohnt es, nachzudenken. Auch deshalb, denke ich, sind Sie weggegangen.

Denn man erlaubt das hier zulande nicht gern, und das ist Ihnen damals schon auf die Nerven gegangen. Sie mochten nicht einsehen, daß Sie nicht gleichzeitig gegen die Apartheid in Südafrika sein und teure Schuhe tragen durften.

Sie würden sich wundern, wenn Sie jetzt hier wären – alles ist umgekehrt, aber ich glaube nicht, daß Sie es so haben wollten! Jetzt könnten Sie Schuhe noch und noch haben, aber bei Südafrika sagen alle immer nur: Das wissen wir doch wirklich lang genug.

Damals haben wir so getan, als ginge es jeden Tag um die Welt, und heute tun wir so, als ginge es überhaupt nicht mehr darum. Ilona sorgt dafür, daß ich nicht vergesse, wie sich ein schlechtes Gewissen anfühlt.

Sie, denke ich, haben damals nicht hierhergepaßt und passen heute auch nicht her. Aber Sie sollten es ausprobieren. Denn daß es nicht wahr ist, was Sie mir damals über Straßen gesagt haben, werden Sie in der Zwischenzeit auch begriffen haben. Jedenfalls ist auf keiner Ihrer Karten eine Straße zu sehen. Das wird doch Gründe haben. Es stimmt eben nicht, daß man sie überall braucht und daß es dumm ist, wenn man Straßen für gefährlich hält. Sie wissen, was alles über die rollt, die Sie gebaut haben! Ich kann im Fernsehen keinen Bericht sehen, in dem Dschungel- und Wüstenwege vorkommen, ohne an Sie zu denken und an Ihre Begeisterung über die verschiedenen Wege und Pisten, die der Wald und der Sand nicht gleich wieder zudecken können.

Wir müssen hineinschneiden und die Schnitte offenhalten! Da ist Euch dann auch Dreck hineingekommen in Eure Schnitte, nicht wahr? Jedenfalls sehe ich im Fernsehen mehr Straßen als andere!

Manchmal möchte ich Ihnen schreiben, was an diesem Tag, eben vor ein paar Stunden, in der Zeitung stand. Ich würde Ihnen gern eine Art Stadtplan schicken, oder eine Landkarte, und das Blaue wären die politischen Beziehungen und Ereignisse, das Rote die verschiedenen Kreise von Menschen, das Grüne die Häuser und die Gärten. Sie sollen genau wissen, wohin Sie zurückkommen. Aber das geht nicht, merke ich, denn was in der Zeitung steht, ist schon nächste Woche langweilig, und die Menschenkreise, in die ich

Sie hineinholen müßte, machen mich nur eifersüchtig. Und so bleibt es immer wieder bei der Hölle, als sei sie diese berühmte kleine Insel mit der Palme auf den Witzzeichnungen, auf der nur zwei Leute Platz haben. Die Gäste sind die diversen Schiffbrüchigen, die ich heran- und wieder wegschwimmen lasse, damit sie uns nicht stören. Unterhalten sollen sie Dich, aber keiner darf bleiben. Und nachdem Milly Lochner in die Ewigkeit weggeschwommen ist, werde ich, bevor ich wegfahre in ein paar Tage Vergessen, noch einen geheimnisvollen Fisch an unserer Hölleninsel stranden lassen!

Pasodoble hatte gerade zwei Jahre lang ihr Bar-Imperium aufgebaut und befand sich auf der Höhe ihrer Macht und ihrer Berühmtheit. Natürlich blieb sie den Gästen bei den Fragen nach ihrer Geschichte und ihrer Herkunft noch reservierter als mir gegenüber. Das machte sie interessant. Sie amüsierte sich über die Spekulationen, denen man ansah, was die Spekulierer über die Welt wußten – gar nichts nämlich. Ein Mann habe sie verlassen – Kunststück! Warum nicht sie einen Mann? Sie sei eine verarmte Adlige – als sei eine verarmte Bürgerin anders arm! Sie habe einen Eifersuchtsmord auf dem Gewissen – aber so wie sie aussah, brauchte sie gar nicht selbst zu morden! Wir lachten oft darüber, daß bei den wildesten Phantasiekatarakten unserer Gäste nichts als Heftchenromane herauskamen. Spionin war noch das einleuchtendste!

Sie läßt die Leute an sich herankommen und hält sie sich dann einen Fingerbreit vom Leibe. Sie hat ein untrügliches Gefühl für Entfernungen, wie eine Katze! Und ihre Ringe klappern und klingeln gegen die Gläser, während sie den ewig gleichen Geschichten ihrer Gäste zuhört und jene, die schweigen wollen, durch die Art ihres Zuhörens zum Reden bringt. Wir haben oft Leute hier, die sehr gut schweigen können und bei denen alles mögliche ins Rutschen käme, wenn sie es nicht täten. Pasodoble aber schält das Schweigen förmlich von ihnen ab und legt das weiche Innere so mühelos bloß, daß es mich immer wieder wundert. Wie bei einer Banane. Die härtesten Verhandler, die feinmaschigsten Intrigierer, die ewigen Gewinner – fast allen kommt sie bei, wenn sie will. Sie will gar nicht immer. Mit dem, was sie weiß, könnte man eine Tageszeitung zehn Jahre lang versorgen.

Eines scheenen Tags, sagt Milan, werden sie ihr finden im Park, mit Messer im Hals. Im Herz! habe ich mechanisch geantwortet. War auch falsch, aber ich korrigiere ihn immer. Im Hals! hat er gesagt. Herz ist schwer zu finden bei ihr.

Aber er mag sie gern, und sie redet mit ihm wie mit einem, der die gleichen Wege gegangen ist wie sie, der es bloß nicht weiß. Dabei weiß er es. Ich glaube, sie ist ihm einfach zu schön. Davor hat er Angst, oder es ist ihm unangenehm. Die Schönheit einer Gleichung reicht ihm, weil er da erklären kann, warum sie schön ist. Milan schaut Pasodoble nie in die Augen, und er ist der einzige, der »Frau Almeida« zu ihr sagt. Er hat nicht recht mit seiner Sorge, denn Pasodoble wird nie in Gefahr geraten. Jetzt weiß ich das, aber vor zwei Jahren habe ich es nur geahnt.

Robert war damals acht, und ich war froh, daß sie mir ein Stück Unabhängigkeit zurückgegeben hatte. Sie konnte alles: Rezeption, die Mädchen, Orlando und die Küche, ihre Bar. Nicht, daß ich sie dafür oft in Anspruch genommen hätte – ich wußte, daß bezahlt werden mußte. Ein Stück Freiheit gegen ein Stück Macht. Ich wollte das Machtkapital in meinem Haus nicht verkleinern. Aber auch darüber konnte ich mit ihr lachen und kann es heute noch. Denn ich habe meine Unverwundbarkeit, und das weiß sie. Weil es

Dich gibt und meine Geschichte mit Dir, bin ich ihr überlegen. Sie hat ihr Lebensalter und ihre Fluchten. Ich habe Dich. Und Robert. Und eben die Hölle, in der ich ihr einen Platz gegeben hatte, weil ich sie brauchte und sie vielleicht liebte. Aber es blieb und bleibt meine Hölle. Pasodoble weiß viel und schweigt. Einmal, für kurze Zeit, hat sie ihr Prinzip zerbrochen und geredet.

Es stellte sich heraus, daß sie alles nur für diesen einen Augenblick gelernt hatte. Nein, erwarten Sie jetzt keinen Paukenschlag, keine Apotheose: Das ganze war fast unhörbar. Aber es hat uns alle verändert.

Erzählst Du auch von damals in Deinem Brief? hat sie mich vor kurzem gefragt. Natürlich! hab ich geantwortet. Damals – das ist grade lächerliche zwei Jahre her. Schon als Pasodoble zu uns kam, wußte ich, daß sie ein Ziel hatte, von dem sie nicht sprach. Das Haus schien sie nicht zu kennen und schaute sich doch darin um, als wüßte sie, was sie zu sehen bekäme.

Ich habe es Ihnen ja schon früher geschrieben – die ganze Frau war eine einzige Zielgewißheit, wie ein angelegter Pfeil. Gefährlich schien sie mir nie, denn ich spürte schon früh, daß ihr Ziel nichts mit mir zu tun hatte, und daß sie sich auch des Ortes gar nicht sicher war. Jetzt weiß ich natürlich, warum sie sich so lang geweigert hat, die Bar zu betreten und sich dann entschloß, in eben diesem Raum zu arbeiten. Sie wollte ihn unter Kontrolle haben und bereit sein für den, der, dessen war sie sicher, eines Tages kommen würde. In den Nächten des Wartens, als ich von ihrer Geduld noch nichts ahnte, erzählte sie mir von Brasilien, von ihrer Mutter, ihrem Mann und ihren Freunden.

Pasodoble konnte sehr altmodisch erzählen, in langen Sätzen, denen man zuhörte wie einem Märchen. Ihre Mutter war sechsunddreißig nach Brasilien gegangen, der Vater hatte seine schwangere Frau nicht begleiten können. Pasodoble kam dort zur Welt und hat ihren Vater nie gesehen. Er muß merkwürdig gewesen sein, sagt sie, hat noch alles in Ordnung bringen wollen. In Ordnung! Mehr hat sie damals noch nicht von ihm erzählt.

Wem siehst Du ähnlich? hab ich sie gefragt.

Ihr, sagte sie. Ihm, behauptet meine Mutter. Aber das ist nur, weil sie, um zu überleben, ein Stück von ihm gebraucht hat, und das war halt ich.

Es war ein schwieriges Leben dort, sagt sie noch heute. Träg und schwierig. In den Schulen von Sao Paulo haben sie das Horst-Wessel-Lied gesungen, und jeden Tag kamen neue Emigranten und suchten Arbeit. Du kannst gut dort überleben, mit ein paar Gramm von unserem verfluchten Fleiß kannst du leben wie sonst nirgends. Alle staunen dich an, wenn du etwas schnell machst. Oder wenn du pünktlich bist. Das nützt dir aber nichts, weil der andere nie da ist. Meist nicht einmal am verabredeten Tag. Ich bin in die Trägheit hineingeboren, aber meine Mutter hat mir die Schnelligkeit beigebracht.

Wie ein Gecko mußt du sein, hat sie mir gesagt. Kannst stundenlang still wie ein Schmuckstück sitzen – aber wenn die Fliege vorbeikommt, sei wie der Blitz!

Pasodoble lacht, wenn sie von ihrer Mutter erzählt. Sie ist die einzige, die weiß, was ich will! hat sie mir vor drei Jahren, vor ihrer Aktion schon gesagt. Sie hat es von mir gefordert. Und ich werde sein wie ein Gecko, still wie ein Schmuckstück.

In Sao Paulo hatten sie nicht bleiben können, die Mutter mit ihrem kleinen Kind, die auf den Mann wartete und wußte, daß nichts mehr abzuwarten war, daß alles längst geschehen war auf der anderen Hälfte der Erdkugel.

Es ist so weit weg, sagte Pasodoble. Du kannst dir nicht vorstellen, wie anders alles ist! Alles hat sie mir ausgemalt mit ihrer tonlos tiefen Stimme, Salvador im Nordosten, wo sie aufgewachsen ist.

Alles war weit weg, der Krieg, die Kälte, die Lager. Und alles hing über meiner Kindheit wie ein bestimmter Geruch, sagt sie. Hat es bei Dir auch so etwas gegeben? Kennt Ihr das hier überhaupt? fragt sie heute noch. Eine Sache, ein Gefühl, eine Angst, die ganz ohne Bilder ist. Du weißt davon, wie du vom Teufel weißt. Es ist immer über dir, oder neben dir, aber es hat keinen Namen und keine Farbe. Manchmal schreit es in der Nacht aus dir heraus, dann weißt du, es ist wieder da. Es kommt einem in den Nächten näher als am Tage.

Ich erinnere mich, sagte sie, ich war drei oder vier Jahre alt, und war doch sicher im Bauch meiner Mutter aus der Gefahr heraus in die Wärme gebracht worden. Und trotzdem habe ich gespürt, was in der anderen Welt vor sich ging. Vielleicht habe ich geahnt, was meinem Vater geschah. Meine Mutter behauptet, sie habe es auf den Tag genau gewußt. Aber bei ihr ist es kein Wunder, nur bei mir: Nichts hat mich bedroht, aber alles war da. Ich hatte nie Kälte kennengelernt, aber ich wußte, wie sie sich anfühlt. Der Schnee war in mir.

Ich weiß nicht, ob ich Ihnen die Gespräche zwischen Pasodoble und mir genau wiedergebe, aber ich habe mir so viel von ihrer Sprache genommen im Lauf der Jahre, daß ich es nicht schwer finde, mit ihrer Stimme zu sprechen. Und ich mache meine Reisen mit ihr, die Kopfreisen, wahrscheinlich sehe ich durch ihre Geschichten mehr von der fremden Welt, als wenn ich dort gewesen wäre. Oder als Sie gesehen haben auf Ihrer zehn Jahre langen Straße! Sie erzählte mir vom Schnee, den sie in sich getragen habe, ohne je welchen gesehen zu haben. Und erzählte doch auch von der Tag- und Nachthitze, von den holprigen, in die Tiefe stürzenden Gassen der bergigen Stadt Salvador, von den blauen und gelben Häusern, aus deren Fensterhöhlen die Farne wachsen. Ich kann mir das alles so genau vorstellen, wie sie es möchte. Stück für Stück hat sie mich durch ihre Stadt geführt – denn man kann sich von der Stadt nehmen, was man braucht, auch wenn man fremd ist, sagt sie. Sie hat mich mitgenommen auf die nächtlichen Plätze unter den Flamboyantbäumen, in den Geruch nach heißem Fett und Urin. Ich sehe das alles, wenn sie spricht. Sie erscheint dunkel, ohne es zu sein. Alle sind schwarz dort, sagt sie und lacht, ich habe versucht, es auch zu werden.

Sie liebt weiße Kleider. Die Kleider der schwarzen Frauen sind weiß. Sie liebt ein bestimmtes Parfum, das sie sich von ihrer Mutter schicken läßt, und das neue Gäste, die zum erstenmal in die Höllenbar kommen, die Nase kräuseln läßt, und sie fragen: Was ist denn das? Wonach riecht es denn hier? Dann werden sie süchtig nach dem Geruch und erkundigen sich, wo sie das Parfum für ihre Freundinnen (sie sagen, ihre Frauen) kaufen können.

Sie können es nirgendwo kaufen, sagt Pasodoble dann freundlich. Aber seien Sie nicht traurig! Es würde an Ihrer Frau nicht so riechen wie Sie es sich wünschen.

Es liegt an Ihnen! sagen dann Pasodobles Haushunde entzückt. Natürlich liegt es an Ihnen!

Ob es sonst noch in Europa eine Barfrau gibt, die sich nur weiß kleidet? Ich glaube nicht, und doch paßt die Brautfarbe, die Kommunionsfarbe – gemildert durch barbarischen Schmuck – gut zum Trinken und Reden, besser als die üblichen schwarzen Futterale, diese verlängerten Korsetts. Erikas Blau hat mir nie gefallen, aber Pasodobles Weiß war perfekt. Eigentlich sind es nicht einmal Cocktailkleider, die sie trägt, und sie hat einen so schönen Busen, daß sie ihn den Gästen nicht so aufdringlich entgegenzuhalten braucht. Die merken das, wenn sie es merken wollen, schon von allein.

Ilona weiß manchmal nicht, was sie sagen soll. Im Alter steht sie genau zwischen mir und Pasodoble, aber wenn sie dabei ist, vermischen sich die Jahre, und Ilona wird kindlich, während ich mich auf den Weg in Pasodobles Jahre mache. Pasodoble repräsentiert alles, was Ilona zuwider ist, zeigt es aber auf irritierende Weise, ist ein Weibchen, aber ganz selbständig, verführt die Männer und zeigt sie so schwach vor, wie Ilona sie nie zu sehen bekommt. Wir drei zusammen sind eine Katastrophe. Und doch bewundert Ilona die Brasilianerin und wäre gern wie sie. Da bin ich sicher!

Das Luder benutzt alle Waffengattungen, auch die von der Internationalen Frauencharta geächteten! sagt Ilona und muß lachen.

Würdest du das auch gern tun? frage ich und lache auch.

Und Du? regt Ilona sich auf, und Du? Mit Deiner Daueranbetung eines miesen Deserteurs und Chauvis?

Damit meint sie Dich, mein Täubchen! Aber sie war schon immer Deine Feindin.

Kennen Sie ihn? hat Pasodoble Ilona gefragt. Aber ich habe verboten, daß sie von Ihnen reden. Sie mußten mir versprechen, es auch in meiner Abwesenheit nicht zu tun. Ich ertrage es immer noch nicht, wenn jemand Sie kritisiert. Ich verteidige selbst das, was nicht zu verteidigen ist, weil ich nicht anders kann. So ist es mir lieber, wenn gar nicht über Sie geredet wird. Sie sind nicht der Täter und ich bin kein Opfer.

Pasodobles weiße Kleider, die leuchtenden Stoffe, waren gleichzeitig unschuldig und gefährlich. Sie stand in ihrer Bar wie eine, von der man nicht weiß, ob sie hingerichtet werden soll, oder ob sie selbst die

Richterin ist. Sie war immer gekleidet wie eine, die wartet.

Damals hatten wir die Auseinandersetzungen um die Musik. Eine Bar ohne Musik? Sagen Sie selbst! Aber welche? Das ist ein fast unlösbares Problem.

Früher saß der Pianist in seiner Ecke, und an den Wochenenden kamen noch ein paar andere Musiker dazu, sie waren billig und reagierten auf Zuruf. Sowas hätte ich gern gehabt, aber erstens kann man das nicht mehr bezahlen, und es ist auch so ein Museumsgeschmack dran, gegen den Pasodoble allergisch ist. Ich habe sowas gern, aber das läge an den Jahren, die ich weniger mit mir herumtrüge, sagt sie. Und außerdem sei dies kein Land, in dem die Musiker durch die Türen kämen, leicht wie Regen oder Staub und genauso selbstverständlich, so wie bei ihr zu Hause.

Bei euch, sagt sie, ist das immer eine Inszenierung und man braucht ein eigenes Büro für ein paar Rumbas oder Blues! Eine Gema und einen Vertrag und was nicht alles! Bei uns kommen sie herein und spielen, oder sie bleiben auf der Straße und werfen die Musik einfach in die Luft, daß jeder zuhören kann. Hier ist auch nicht das geeignete Wetter, sagte sie tröstend.

Also: Keine kleine Band. Siegmar Selbig wollte ihr damals, als sie sich dagegen aussprach, die Füße küssen. Das will er immer noch und jeden Tag aus anderen Gründen, aber: Das Fräulein Fuhrknecht neigt zur Maßlosigkeit! hat er Pasodoble bekümmert mitgeteilt. Es ist mir eine große Sorge. Sie hat romantische Vorstellungen und man muß ihr immer wieder klarmachen, daß alles etwas kostet. Eine Band! Stellen Sie sich vor, Gnädigste, die Versicherung! Die Gage! Die Steuer!

Pasodoble hat ihm sicher so freundlich zugehört, wie sie es immer tut, hat ihn auch beruhigen können – obwohl ihre Ablehnung der Band nichts mit Versicherungen oder Verträgen zu tun hatte. Sie spürte einfach, daß bei uns eine andere Luft war.

Und ein Pianist? habe ich damals gefragt. Wenigstens einen Pianisten sollten wir haben.

Da ließ Selbig mit sich reden, aber Pasodoble lachte eine halbe Stunde, als sie merkte, warum. Selbig hatte nämlich – auch er machte sich kundig über die Moden und Gepflogenheiten des gastronomischen Gewerbes! – grade damals einen Rhythmusspieler gesehen, so einen mit einem elektronischen Klavier samt programmierbarem Schlagzeug und Streichergruppe – alles auf einmal. Das hat ihm gefallen, viel Musik für wenig Geld!

Stellen Sie sich vor, meine Damen! sagte er, der kann jeden Tanz, jede gewünschte Nummer einfach einstellen, und dann geht's los: Buffda, pamm pamm pamm lala! Er kriegte sich gar nicht mehr ein. Leider konnten wir seine Begeisterung nicht teilen, und er war ganz beleidigt. Das sei für unsere Klientel zu laut, haben wir ihm erklärt, die wollten sich doch unterhalten und über ihre Geschäfte reden – kein buff pamm pamm pamm sei da geeignet.

Das Ding kann auch ganz getragene Sachen spielen! meinte Selbig gekränkt, aber wir ließen uns nicht überreden und hielten unser beider Lachkrämpfe im Zaum, bis er außer Hörweite war. Wie gesagt, eine halbe Stunde haben wir uns damals gebogen vor Lachen, während wir uns eine solche Schießbude in der Höllenbar und die Gesichter unserer Gäste während eines eingemachten Schlagermedleys vorstellten.

Wir hatten in der Zwischenzeit immer Musik gehabt, schon zu Erikas Zeiten, aber eben wie alle: Cassetten, eine sehr gute Anlage mit genügend Lautsprechern und von Bix Beiderbecke bis Keith Jarrett, Miles Davis und Horowitz-Einspielungen war die Auswahl groß. Erika hatte bei ihrem Auszug zugegeben, daß sie einige Roger Whittaker und Richard Clydermann dazwischengeschmuggelt hatte. Wen sollte das schon stören?

Musik lief also immer, leise wie beim Zahnarzt, nur gerade so laut, daß die Gäste ihrer eigenen Stimme nicht inne zu werden brauchten. Ich mag das nicht, aber ich muß es akzeptieren. Wenn man ihnen kein Musikbett gibt, fangen sie nicht an zu reden. Und wenn es eine Musik ist, die sie zum Zuhören zwingt, fühlen sie sich unter Druck gesetzt.

Quadratur des Kreises, scheint's! sagte Pasodoble, die weiße Barfrau. Mein Gott, was für ein kompliziertes Land. Wollen immer alles haben, aber nichts richtig. Wollen nicht ohne Musik und nicht mit ihr.

Manchmal, wenn sie ihren Unmut ausdrücken will, sich uns überlegen fühlt oder ihrer Wirkung nicht ganz sicher ist, spricht sie eine Art gebrochenes Deutsch, einen künstlichen Akzent, den nur sie hat und den man keinem Land zuordnen kann. Ihre Haushunde lieben diese Sprache, ich mags nicht, wenn sie so redet. Sie hat sich entschlossen, bei mir zu sein. Ich lasse nicht zu, daß sie sich mit der Sprache manchmal davonschleicht.

Dabei denke ich daran, wie Sie wohl jetzt sprechen mögen? Haben Sie den Globetrotterkauderwelsch angenommen, den ich manchmal hier in der Hölle höre? Sagen Sie: Da sind wir ganz easy bis durch zum point gestochen, natürlich mußten wir pushen – oder so? Reden Sie so über Ihre Straßen und die Länder, in denen Sie waren? Glaube ich eigentlich nicht. Wenn Sie es täten, wenn es auch nur denkbar wäre, daß Sie so reden, dann gäbe es diesen Brief an Sie nicht.

Aber Menschen verändern sich! sagt Milan, sagt mein Vater, sagt Ilona. Menschen verändern sich nicht! sagt Pasodoble, sagt Orlando, würde meine

Mutter sagen, wenn sie nicht irgendwo in Somalia herumführe.

Das erste, was ich bei einem Menschen vergesse, ist die Stimme, wie bei der Cheshire-Katze in »Alice im Wunderland«: Erst ist der Schnurrbart weg, dann der Schwanz, dann die Ohren. Das Grinsen bleibt. Für mich ist zuallererst die Stimme weg. Dann die Bewegungen. Dann die Hände. Das Grinsen bleibt, entschuldigen Sie, das Lächeln natürlich. Sie sind ja auch nicht die Cheshire-Katze, obwohl eine Fähigkeit, sich aus unangenehmen Situationen zu schmuggeln, Ihnen beiden eigen ist.

Pasodobles Deutsch, als sie über die Musik sprach, war kindlich und überheblich, und ich habe mich geärgert. Ich will richtige Musik, sagte ich. Ich will einen Pianisten mit einem guten Instrument, einen Barpianisten.

As time goes by, hat Pasodoble gesagt. Wie immer. Fällt uns denn gar nichts Neues ein?

Und ich traute mich nicht, vorzuschlagen, daß man mal beim Theater nach Orchesterleuten fragen könnte, die in Rente sind. Oder in der Musikhochschule. Es gibt ja nur Barpianisten am Anfang und am Ende. Mittendrin ist man das wohl nicht. Es war doch klar, daß kein Sam es mir spielen würde, geschweige denn noch einmal!

Wir haben es dann so gemacht, wie ich wollte, und so geht es bis jetzt: Zwei oder drei Wochen lang einen Pianisten mit einem nie vorhersehbaren Repertoire. Es waren schon wunderbare alte Jazzer darunter, aber auch Korrepetitoren, die vor lauter Traurigkeit und Endzeitstimmung nur kohlrabenschwarze Musik spielten, und irgendwann von den vielen Drinks besiegt umsanken. Eine Frau war dabei, von der ein Gast sagte, wenn er ihr zuhöre, fühle er sich immer bemüßigt, zu turnen. Wir hatten einen strengen Musikstudenten, der musikalische Pionierarbeit leisten wollte und die Bar zu früher Stunde leerte. Es gab welche, die ich sehr gut fand und Pasodoble sentimental, andere gefielen ihr, schienen mir aber zu folkloristisch. Der Pianistenstreit ist noch nicht beigelegt. Für Wochen und Monate spielen wir wieder unsere Konservenmischung vom Band. Dann fragen die weiblichen Gäste nach den Klavierspielern und machen uns ein schlechtes Gewissen.

Der kleine Flügel steht da wie ein beleidigtes Tier, und einige Gäste wollen die Lücke füllen. Man macht sie glücklich damit, aber selten die anderen. Ich sage Ihnen, es ist ein Kreuz mit der Musik!

Ich verstehe nichts von Instrumenten, aber ich hatte dieses stämmige, schwarze Ding bei Podbielski stehen sehen und es gefiel mir. Ich sah es in meiner Bar, es hatte ihr gefehlt. Ohne Experten traute ich mich aber nicht, es zu kaufen, obwohl es hübsch klang, wenn man auf die Tasten tupfte. Podbielski, der Zauberkönig, hat mich noch nie betrogen und war beleidigt, als ich mit drei Experten bei ihm auftauchte. Es soll nicht nur aussehen, erklärte ich ihm, es soll auch gespielt werden!

Frau Fuhrknecht, im ganzen Leben habe ich Ihnen noch nichts verkauft, was nur hat aussehen sollen! sagte er empört. Meine Lampen leuchten! Meine Blumenkrüge halten das Wasser! Meine Messer schneiden und aus den Gläsern kann man trinken, wie man auf meinem Blüthner spielen kann! Er hat sich richtig aufgeregt, und das war sein gutes Recht.

Seit ich die Hölle habe, bin ich bei Podbielski Kundin, diesem weißen Raben seiner Branche. Seine merkwürdigen Hobbies haben ihm den Namen »Zauberkönig« eingetragen. Der Laden ist in einem ehemaligen Kino etwas außerhalb der Stadt, in einem von den Vororten, in denen es noch Bauern gibt. Ich hole dort auch Lebensmittel und benutze jede Gelegenheit, bei Podbielski nach schönen Sachen für die Hölle zu schauen. Er ist nicht billig, und er handelt auch nicht. Die Dinge kosten das, was auf den Zettelchen steht. Man kann ihm alles wiederbringen, er läßt einen mit einem Teppich oder einer Vase erst einmal eine Zeitlang wohnen, er schmuggelt einem gewissermaßen seine Sachen ins Haus. Dabei verkauft er nicht gern. Er ist sehr klein, hat immer schlechte Laune und eine mächtige, rauhe Stimme, die nur sanft wird, wenn er mit seinen Hühnern spricht. Außerdem ist er Amateurzauberer und tritt im Waisenhaus und bei Seniorennachmittagen auf. Im Fernsehen war er auch schon mal, aber die Leute im Studio haben ihm nicht gefallen. Ich habe ihn schon mehrmals mit seinen Hühnern zaubern sehen und bin immer wieder begeistert, wie da unter dünnen Tüchern aus weißen Hennen plötzlich schwarze Hähne werden, wie ihm Wolken von gelben Küken aus allen Taschen quellen, und wie er mit den erscheinenden und wieder verschwindenden Vögeln redet.

Robert liebt ihn natürlich. Im Sommer laufen Podbielskis Hühner in dem zugewachsenen Hof des Kinos herum, legen ihre Eier in alte Wassertöpfe und verwitterte Kartons. Im Winter sitzen sie zwischen den Rokokostühlen und den silbernen Kandelabern im Kinoraum, der nie richtig hell ist.

Meine Experten waren ganz betreten bei den lauten Klagen des Zauberkönigs, der sich hörbar überlegte, ob er mir überhaupt noch irgendwann irgendetwas verkaufen würde. Wir nahmen den kleinen Flügel mit Worten der Beschwichtigung, und Podbielski verpackte ihn murrend und zärtlich in viele Decken.

Es war kein Fehlkauf. Manchmal wohnen Musiker hier und äußern sich nicht ohne Respekt über das

Instrument. Ich habe den Lack so gern, ich staube diese leuchtende Schwärze manchmal selber ab. Erst seit der Blüthner drinsteht, ist die Bar wirklich, wie ich sie wollte, und Podbielski hat ein ganzes Jahr gebraucht, ehe er das passende Bänkchen gefunden hat, das ich mit dem gleichen Leder beziehen ließ wie die Barsessel. Und dann habe ich das teure Zeug eigenhändig rauh geschliffen, weil sich der Pianist Nummer vier oder fünf beschwerte, daß er auf dem Lederbänkchen rutscht. Es ist ein Kreuz mit der Musik.

Pasodoble ist Gott sei Dank eine gute Dompteuse. Denn ein nicht bespielter Flügel, der in der Ecke eines Lokals wartet, hat manchmal ähnliche Wirkungen wie ein Lagerfeuer – Menschen, denen das sonst nie einfiele, fühlen sich zu selbstgemachter Musik gedrängt. Längst vergangene Klavierstunden treiben überraschende Blüten, und ein Flügel klingt immer irgendwie gut, auch wenn man nur darauf herumrauscht.

Ich staune immer wieder darüber, wie gut Pasodoble mit solchen Gästen umgehen kann. Sie sieht sofort, wenn einer den ganzen Abend schweigt, nicht merkt, daß er die ganze Zeit Vivaldi hätte hören können – wenn er nur hingehört hätte – und sich irgendwann, spät, mit trotzigen Schritten in Richtung Flügel befreien will. Den läßt sie. Die sich nur produzieren wollen (jetzt bin ich ja Chefingenieur, bin zu viel unterwegs, komm nicht mehr dazu. Aber vor zehn Jahren war ich in der zweitbesten Jazzband von Bonn!), also die Sorte bremst sie, freundlich und unmißverständlich.

Von den Frauen wollen manchmal welche singen. Da kann man wenig machen und nur hoffen, daß der Text wegbleibt, was er meistens tut. Gemein? Ja, ich bin gemein, weil ich's nicht leiden kann, wenn sie es nicht können. Und wenn sie es können, bin ich eifersüchtig! Es sind nämlich immer wieder welche dabei, die lehnen sich ein bißchen betrunken an den Flügel, flüstern mit dem Spieler, kichern, und man denkt, ach du liebe Zeit, streichen sich die Haare zurück und schauen sich um – und dann legen sie die ganze Bar lahm, weil sie gut sind. Ich würde das so gern können! Aber ich kann immer noch eine ganze Kirchengemeinde aus dem Takt bringen. Ich sags Ihnen nochmal: Es ist ein Kreuz mit der Musik. Zur Zeit steht er wieder stumm, mein schöner, kleiner Flügel. Pasodoble ist damit beschäftigt, die Gläser von ihm herunterzunehmen, bevor es Kringel gibt. Warum stellen alle Leute ihre Gläser aufs Klavier? Immer noch Casablanca?

Ich denke an Musik, die Sie hören. Ich stelle mir die Männer vor, die Ihnen vorspielen, und die Frauen, die für Sie singen. Ich stelle mir Abende vor, an denen die Musik Sie ins Bett trägt, nicht allein natürlich. Vielleicht ist manchmal ein Lied dabei, das wir zusammen gehört haben. Bleiben Sie wenigstens dann allein – oder erst recht nicht? Ich muß allerdings zugeben, daß ich mich auch schon von der Musik habe ziehen lassen, wegziehen, sie wirft einen in irgendwelche Arme. Also pari auf diesem Schlachtfeld! Und trotzdem packt mich der Haß, wenn ich dran denke.

Ihnen war es ja immer egal, was die Kunst einem tut und ob man das zulassen darf. Sie gefiel Ihnen oder nicht. Kunst hatte nichts anderes zu tun, als Ihnen zu gefallen. Sie haben mich ausgelacht, wenn ich sagte, da muß man dran arbeiten. Gerede nannten Sie das. Dafür sei sie nicht da. Und haben sich nie geschämt, wenn Sie ein Bild oder eben die Musik nur zu Ihrem Vergnügen wahrnahmen.

Der Pianist – der junge, strenge, den wir nicht behalten konnten – hat sich vor solchen Zuhörern geekelt. Ohrensauce, sagte er. Ich kann das nicht.

Entweder sie lernen hören – damit meinte er die Barbesetzung – oder ich bin hier falsch. Ich bin wahrscheinlich überall falsch.

Er sah aus wie Ivo Pogorelich. Ob er auch so spielen konnte, war bei der von ihm bevorzugten Musik schwer herauszufinden. Aber ich hätte ihn gern behalten, weil ich ihn so romantisch fand. Er hat mir auch manchmal Gedichte mitgebracht, die ich nicht verstand und die er mir so erklärte, daß ich sie noch weniger verstand. Ob ich mit ihm? Ja. Ich sagte Ihnen doch schon, was die Musik tut, offenbar sogar seine! Er war mager und sehr schnell. Seine Gedichte habe ich aufgehoben, vielleicht verstehe ich sie eines Tages.

Seit Pasodoble die Bar macht, gilt es auch für die Leute aus der Stadt als schick, in die Höllenbar zu gehen. Wir liegen ja nicht so weit außerhalb, daß man nicht halbblau heimfinden kann. Es fiel uns gar nicht gleich auf, welche Rolle die Höllenbar zu spielen begann. Erst dachten wir, daß die Gäste sich Gäste mitbrächten, die Fremden den Einheimischen das Nahe zeigten. Kennt man ja. Ich hatte nichts dagegen, auch wenn es manchmal ein bißchen lästig war, wie nach Gastspielen in der Oper zum Beispiel alle den Sängern nachliefen, die bei uns wohnten und dann – »bitte, Fräulein, geben Sie mir das gleiche, was Herr X trinkt!« – stundenlang den Star anhimmelten. Nicht, daß die Stars was dagegen hätten, ich weiß, daß deren Aufnahmekapazität, was Anbetung betrifft, unbegrenzt ist.

Nein, nur uns haben diese ergebenen, kleinen Gemeinden etwas gestört. Und immer das damit verbundene Expertentum!

Neulich in Bayreuth war er doch in den Höhen etwas straffer, er hat seinen Virus, den er von Rio mitgebracht hat, noch nicht überstanden. Seit es mit der Y aus ist, kann er sich wieder viel besser konzentrieren, der Figaro heute abend hatte doch eine viel innigere Auffassung.

Wenn die Gemeinden in die Höllenbar wallfahrten, pflegt Pasodoble mich oben in der Wohnung anzurufen und um Beistand zu bitten. Sonst bin ich höchstens einen oder zwei Abende unten und nie sehr lang. Die Prinzipalin gehört nicht in ihre eigene Bar, und außerdem finde ich es schöner, am Abend mit Robert zusammenzusein, fernzusehen (er hat genau so einen schlechten Geschmack wie ich!), mit den Viechern zu spielen oder einfach die Welträtsel zu lösen. Das heißt, gelöst hat Robert sie alle schon, und er ist leider sehr stur, wenn er einmal zu einer Ansicht gekommen ist. Altklug. Das mag ich eigentlich nicht, aber ich kann's nicht ändern, und von wem er die Sturheit hat, weiß ich auch. Von zweien zusammen, denn schließlich hat das Kind auch einen Großvater!

Manchmal hat er Schwierigkeiten mit anderen Kindern durch seine stille, beharrliche Rechthaberei.

Wenn ich doch recht habe? sagt er. Es sind die seltenen Momente, in denen er laut wird – wenn er das Gefühl hat, daß man ihn einkreist, daß man ihn nicht ernst nimmt. Dabei gibt er sich nicht mit Kleinigkeiten ab. Wenns um eins von diesen gräßlichen Gummimonstern geht, die er ausleihen soll, oder darum, ob Leberwurst oder Schinken auf sein Brot kommt – da ist er großzügig und sanft, es ist ihm gleich, und er ißt, was er kriegt, und leiht alles aus, worum man ihn bittet. Aber wenn es unversehens um die Frage geht, was älter wird, Hund oder Katz, oder ob ein Amethyst grün oder lila ist – da wird er wie ein Bullterrier. Es genügt ihm nicht, daß er's weiß. Alle, alle müssen ihm bestätigen, daß er recht hat, und wenn er mal unrecht hat, kannst Du ihn mit einer Hundertschaft von Universitätsprofessoren nicht überzeugen.

Er macht es sich schwer und ich überlege manchmal, ob er schon in die Pubertät kommt. Man merkt es ihm nicht immer an, aber ich kenne ihn und spüre, wenn er sich verkrampft und einfach nicht versteht, daß die halbe Welt was Falsches denkt und tut. Seit neuestem übt er sich in Vegetarismus. Ich kann ihn sehr gut verstehen, aber ich hab kein Talent dazu und es geht mir ein bißchen auf die Nerven, wenn mein Sohn mich als Leichenesser bezeichnet und mir anschaulich erklärt, wie Schweine totgemacht und Hühner geplagt werden. Ich weiß es ja. Aber ich kann Fleisch halb roh essen, und gestern war ich unfair zu ihm. Schön, habe ich gesagt, du ißt kein Fleisch. Deinetwegen stirbt kein Tier mehr. Aber was ist mit Don? Was ist mit Sancho? Die kriegst du im Leben nicht zum Vegetarismus. Da hat er geheult. Er weint nicht leicht, und er hat mich durch sein zorniges und rauhes Weinen so sehr an Dich erinnert, daß es wehtat und ich gleich mitheulte. Wir heulten zusammen, weil die ganze Welt falsch eingerichtet ist und man nichts dagegen tun kann. Es ist schlimm, wenn ein kleiner Bub das plötzlich merkt. Man nennt das wohl Erwachsenwerden. Er ist grade mittendrin.

Ich sage jetzt nicht, daß er einen Vater braucht. Die Sprachregelung für ihn und seine Freunde ist heute nicht mehr so problematisch wie früher. Die meisten der Eltern seiner Klassenfreunde und -freundinnen sind geschieden oder zum zweitenmal verheiratet, und der Satz: Mein Vater arbeitet im Ausland! löst weder Ungläubigkeit noch Verachtung aus. Fortschritt? Ja, ich denke. Und seine Phantasie wird, was Deinen Beruf betrifft, durch nichts beschränkt. Es ist gar nicht leicht für mich, ihm den Helden zu geben, den er haben möchte, und ihm begreiflich zu machen, daß dieser Held leider unsichtbar ist und darüber hinaus auch Fehler macht. Wir reden nicht viel über Dich, und ich weiß nicht, ob er Dir auch schreibt – aber ich glaube es. Mein Vater hat ihm auf seine Fragen nach Dir kurz und knurrig geantwortet, Du seist ein Hallodri. Das habe ich ihm anschließend verboten.

Ich laß mir die Wahrheit nicht verbieten, hat er drauf geantwortet und dann, nach einer kurzen Zeit: Oder vielleicht doch. Vielleicht ist in diesen Fällen die Wahrheit wurscht. Ich sags nicht wieder.

Es ist sehr wichtig, daß mein Vater über unseren Köpfen wacht, auch wenn man nichts davon merkt. Für den Robert ist es ganz wichtig! Denn das ist kein Großvater im Bilderbuchsinn – dazu mangelt es ihm allzusehr an Weisheit – sondern einfach ein mürrischer, freundlicher Genosse, der ein paar Dummheiten nachholt und sich dazu der Hilfe seines Enkels bedient.

Ich bin ganz selten bei ihm im Atelier oben, und er geht ebenso selten in die Hölle, aber alle, auch die Gäste, wissen, daß es ihn gibt. Wenn ich seine Bilder anschaue, scheint es mir, als sei er irgendeinem bestimmten, einzigen Bild auf der Spur, das er noch nicht malen kann und zu dem seine anderen Bilder wie Türen hinführen. Das hindert ihn nicht daran, gut zu verkaufen. Er hat so schlechte Manieren, daß die Käufer, die ihn besuchen, ganz entzückt sind.

Ein wirklicher Künstler, Ihr Herr Vater! Was für eine interessante Familie. Und der junge Mann? Hat er davon was geerbt?

Wie Robert das liebt! Aber er begreift, daß auch er einen kleinen Teil Gästegeschwätz ertragen muß.

Es kamen immer mehr Gäste aus der Stadt in die Bar. Es gibt hier nicht so viele Orte, wo man einfach trinken und sich unterhalten kann und vielleicht sogar einmal einen Paradiesvogel zu sehen bekommt, der anderentags in der Zeitung steht. Außerdem muß man es bei einer Hotelbar mit der Polizeistunde nicht so genau nehmen, zumal auch die Kripochefs sich nicht selten in der Höllenbar blicken lassen. Orlandos Nachtkarte ist auch ein Grund. Wahrscheinlich werden Sie sich, wenn Sie zurückkommen, wundern, daß die Menschen hierzulande unablässig essen. Ich biete hier ja nur den Ausklang an, keiner von denen, die voller Entzücken beim Lesen der Karte die Namen der Speisen vor sich hinsagen, hat wirklich Hunger.

Sie müssen in den Ländern, in denen Sie waren, Hunger gesehen und gefühlt haben, das ist gar nicht anders möglich. Pasodoble kennt ihn, hat mit ihm gelebt. Ich kenne ihn nicht. Auch als ich noch studierte, kannte ich ihn nicht, wußte niemanden, der mir hätte Auskunft geben können. Ich weiß davon. Aber ich habe ihn nie gefühlt. Und die hier essen, haben schon den ganzen Tag gegessen, zu Hause, im Büro, auf ihren Empfängen und Besprechungen, auf der Straße. Wenn man durch die Stadt geht, sieht man lauter essende Leute. Es gibt keine bestimmten Zeiten mehr, in denen man sich irgendwo hinsetzt und ißt.

Natürlich hatte ich mir vorgenommen, Robert genau das zu geben, was ich selber nicht hatte – einen Eßtisch mit den immer gleichen Leuten drumherum, damit er nicht den ganzen Nachmittag lang irgend was aß.

Denn bei uns zu Hause hat es nie diese schöne Regelmäßigkeit gegeben. Der Zugvogelcharakter meiner Mutter und der Beruf meines Vaters – da war nur fliegende Nahrungsaufnahme in der Küche üblich, und weil meine Mutter dünn bleiben wollte, aß sie eine Zeitlang nur noch Haferflocken mit Maggi!

Langsam gelingt es mir, mit meinem Vater, Robert und Pasodoble wenigstens die Kopie eines Familieneßtischs herzustellen. Robert bringt manchmal Freunde aus der Schule mit. Die reagieren darauf, als gingen sie zum erstenmal ins Theater. Aber es scheint ihnen unheimlich zu sein. Sie schauen die verschiedenen Bestecke und Gläser an wie unbekannte Gerätschaften in einem Museum. Es ist vielleicht falsch, das Mittagessen aufrecht erhalten zu wollen, wenn alles drumherum nicht mehr dazu paßt. Aber das ist wie mit dem Haus. Es ist leicht, so etwas zu bekommen. Wie Milly Lochner sagt: Ein kleines Kind hat mir verschafft, was sie mit fünf Ehemännern nicht erreichen konnte! Aber es gelingt nur mühsam, hineinzuwachsen, und oft wirft einen etwas zurück in ein Gefühl, als habe man das alles gestohlen und könne in der nächsten Stunde schon vertrieben werden. Deshalb vielleicht auch meine Entscheidung für diesen merkwürdigen Namen. Wer vertreibt einen schon aus der Hölle?

Es war Pasodoble, die mich darauf aufmerksam machte, daß es eine Art Stammtisch in der Hölle gab. Es war nicht ungewöhnlich, wenn sich in bestimmten Abständen die gleichen Leute in der gleichen Ecke zusammensetzten. Das ergab sich schon durch die Hilflosigkeit der Einzelnen, ein Banker ist froh, wenn er einen anderen Banker sieht, den er kennt, und sei es nur flüchtig.

Du wirst dasselbe erleben, wenn Du irgendwo mitten in der Pampas deutsche Wörter hörst. Erst einmal freust Du Dich, da kann der Sprechende ein noch so großer Idiot sein. Oder freust Du Dich nicht? Vielleicht verläßt Du sogar den Ort mit den vertrauten Wörtern, ohne daß Du Dich zu erkennen gibst? Bei Dir kann man nie wissen.

Die Banker sitzen also bei den Bankern, die Richter bei den Juristen und so fort. Manchmal mischt sie ein Ereignis oder eine Musik durcheinander, das kann dann der Beginn einer großen Freundschaft werden. Solche Konstellationen gab es immer, und ich verstand erst nicht, was Pasodoble mit einem Stammtisch meinte.

Es war der heiße Sommer vor zwei Jahren, ich weiß noch genau, daß ich aus dem Garten in die Halle kam, weil ich den Schlauch an den Rhododendron gelegt und über die Wasserrechnung nachgedacht hatte. Wir waren voll belegt, aber alle waren unterwegs oder schliefen in den heißen Zimmern. Alle Läden waren halb geschlossen, so daß die Hölle von draußen fast abweisend aussah, wie in einem Cocteaufilm winkten aus einigen Fenstern die Vorhänge im Durchzug. Die Hölle ist immer schön, zu jeder Jahreszeit, im Schnee und unter den roten Blättern, bei Nieselregen grau in Silber, immer ist sie unwiderstehlich. Finde ich wenigstens jedesmal, wenn ich den Minoritenberg hinaufgehe und sie da stehen sehe. Ich bin stolz, wenn ich hineingehe, das hat sich in all den Jahren nicht verändert, und es hat sich den Gästen mitgeteilt.

An diesem Sommernachmittag war sie besonders schön, wie ein Bühnenbild, wie etwas Steingewordenes aus einem Buch. Die Halle war scheinbar leer an dem Tag, ich weiß nicht mehr, ob Milan da war. Erst spät hatte ich Pasodoble gesehen, ihre weißgekleidete, dunkle Gestalt in einem der Sessel. Sie war früher da als sonst. Ihr Kommen und Gehen habe ich eigentlich nie wahrgenommen – es gab nur Stunden, in denen man nicht erwartete, sie zu sehen.

Du sitzt ja da hinten wie ein Geist, habe ich zu ihr gesagt.

Es ist ruhig jetzt. Ich will ein bißchen mit Dir reden, sagte sie darauf. Und begann mit der Beschreibung des Stammtischs, von dem aus sie zurückerzählte in eine Zeit, von der ich geahnt hatte, daß sie sie mir zurücktragen würde in mein Haus, und von der ich genauso gut wußte, daß Reste immer dageblieben waren. Jetzt holt mich was ein, dachte ich, und dachte an Reichert.

Sie kommen seit ein paar Monaten jede Woche,

sagte Pasodoble. Die erste Zeit waren sie mir sogar angenehm, weil sie mich nicht angestrengt haben. Sitzen immer hinten am runden Tisch neben dem Flügel, bestellen immer das gleiche, immer Glenfyddich mit viel Eis, reden und lachen nur leise. Es hat eine Weile gedauert, bis ich gemerkt habe, daß sie mir nicht gefallen. Vielleicht ist sogar der dabei, auf den ich warte, sagte sie. Ich konnte nur ihr weißes T-shirt und ihre grauweißen Haare erkennen, weil sie eine Brille trug, eine dunkle Brille in der abgedunkelten Halle. Sie sah aus wie ein Negativ.

Seit Du hier bist, wartest Du, sagte ich. Sie können sich nicht vorstellen, was ich an diesem stillen, heißen Nachmittag plötzlich für eine Angst hatte. Jetzt kommt's, dachte ich. Jetzt wird etwas zurückgefordert, aber ich geb's nicht her.

Du mußt nicht denken, daß ich etwas von Dir will, sagte sie ruhig. Ich habe nichts zu wollen, Du hast Dir wahrscheinlich falsche Vorstellungen gemacht. Ich bin nicht hier wegen irgendwelcher Besitztümer. Ich wollte nur einen Ort sehen, an dem mir etwas weggenommen worden ist. Vielleicht will ich auch Rache – aber es ist schwierig, all das aus den Jahren, die vergangen sind, wieder herauszureißen. Meine Mutter war sowieso zuletzt gegen meine Reise hierher, und sie will mich lieber wieder drüben haben, auch wenn dadurch nichts geklärt und nichts beendigt wird.

Deine Mutter, die Frau Andernacher, sagte ich.

Ja, meine Mutter, die Frau Andernacher, antwortete Pasodoble. Meine Mutter, die Frau Andernacher, hat meinen Vater, den Herrn Andernacher, aufgegeben. Die Toten muß man aufgeben, sagt sie. Aber wie kann ich jemanden aufgeben, den ich nie gesehen habe?

Wir hatten bis dahin nie darüber gesprochen, daß sie Jüdin ist. Ich wußte es, oder auch nicht. Wir hatten über die Emigration geredet und über Brasilien, das Land, in dem die Täter und die Opfer sich trafen. Aber nie war das Wort Jude zwischen uns gefallen, um sie und ihre Familie zu benennen. Es war kein Tabu, aber sie fing nicht damit an und ich auch nicht.

Viel später einmal, als die Geschichte schon vorbei war, sagte sie zu mir: Ich habe immer Schwierigkeiten damit gehabt. Denn es ist doch eine Religion, und mit der kann ich nichts anfangen. Nur ist es eine, aus der man nicht austreten kann, die man nicht ablegen kann. Ich habe lange versucht, sie aus mir hinauszuschweigen. Ich konnte ihr nicht beikommen. Das wirst Du nicht verstehen. Es ist, als spräche man immer wieder, in Augenblicken, wo man an nichts Böses denkt, bei den läppischsten Anlässen, eine fremde Sprache. Babylon. Ich habe es in mir. Da sind Deutsch und Portugiesisch und Französisch, wie sich's gehört – und dann ist da noch eine Sprache, die ich nicht können will, die mich aber nicht verläßt. Ich habe immer von einer Sache zu viel oder zu wenig, nie das richtige Maß. Zu wenig Glauben, zu wenig Heimat, zu wenig Familie – und zu viel Zorn, zu viel Unüberlegtheit, zu viel Romantik.

Sie sprach über sich wie jemand, der sich selber lang und möglichst leidenschaftslos beobachtet hat, der sich in einen Dienst gestellt hat und alles dem Ziel unterordnet. Als sie über ihren Vater zu reden begann, klang ihre Stimme nicht anders als sonst, rauh, tonlos, nur eine kleine, fast unhörbare Trübung lag drin.

Er sei Inhaber einer kleinen Fabrik für optische Geräte gewesen, Spezialgeräte, die man auch im Krieg gut brauchen konnte. Die Übernahme der Fabrik sei ja von Anfang an leicht gewesen, nach den Nürnberger Gesetzen gar kein Problem. Für ihre Mutter habe er die Reichsfluchtsteuer bezahlt, damals, schon sehr früh und sie zu den südamerikanischen Verwandten geschickt. Er wollte frei handeln können, sagte Pasodoble, man muß sich das vorstellen – frei handeln.

Er hat wahrscheinlich gedacht, daß er etwas retten könnte, habe ich gesagt. Ich habe während des Gesprächs übrigens sehr wenig gesagt, weil ich wie gelähmt darauf wartete, wann mein Haus, wann die Hölle in das finstere Spiel käme.

Ja, sagte Pasodoble, und sie war immer noch ganz in der heißen Dunkelheit der Halle versteckt. Retten. Man konnte ja nicht voraussehen, was passieren würde. Welcher Mensch konnte sich sowas wie eine Wannseekonferenz vorstellen? Und es war ja auch noch nicht so weit, und war doch längst soweit, daß man wissen mußte: Du mußt Dir alles vorstellen. Sie werden alles tun.

Es sei dann nicht nur um die Fabrik gegangen, denn wegen solcher Kleinigkeiten machten sie keine langen Umstände. Aber sie brauchten die Lebendigen aus der Fabrik, das Fachwissen, heute würdest Du's know how nennen, sagte Pasodoble und lachte in der Dunkelheit.

Ich habe lang gebraucht, um diese letzten Monate zu rekonstruieren, sagte sie. Nur Löcher, nur leere Tage. Ich war in der Fabrik, aber dort gibt es nichts über die Gründer. Der Geschäftsführer ist vielleicht fünfunddreißig, er fing erst an zu flirten und dann, sich zu ekeln – fast übergangslos, als ich meine Fragen gestellt hatte. Als hätte ich plötzlich einen Ausschlag! sagte sie und lachte wieder.

Zum ersten Mal mochte ich ihr Lachen nicht, an diesem Sommerabend vor gut zwei Jahren. Ich bekam Angst vor ihr. Wir waren an diesem Nachmittag auch weiter voneinander entfernt als gewöhnlich. Keine kleine Brücke mehr zwischen Fingerspitze und Fingerspitze, keine gleichzeitig gesprochenen Satzanfänge, ich sah die Spitzen ihrer weißen Schuhe, und sie bewegten sich nicht einen Zentimeter auf die Spitzen meiner grünen Schuhe zu. Ich sehe diese unbeweglich voreinanderstehenden Füßepaare noch vor mir. Nicht einmal mit den Füßen hat sie mich noch gern, dachte ich, und: Ich kann nichts dafür.

Ja, es war wirklich schwierig, aus diesem Meer von Erinnerungslücken wenigstens ein paar Meter Festland, ein paar Daten und Fakten zu holen, sagte sie.

Das wars also, was Du die ganzen Monate gemacht hast? fragte ich.

Ja, antwortete sie. Ich habe eigentlich gedacht, daß Du es wüßtest.

Woher? fragte ich.

Ach, sagte sie nach einer langen Pause, ich dachte, wir seien uns so nahe, daß Du es spüren würdest. Aber vielleicht ist Deine Empfindlichkeit okkupiert von Deinem leichtfüßigen Herrn.

Natürlich hatte ich die ganze Zeit geahnt, daß sie nicht einfach ein paar Straßen hinunter in die Stadt gehen würde, wenn sie verschwand, sondern ein paar Jahre in die frühere Zeit zurück, hinunter, wie Du willst. Und ich wußte immer noch nicht, was sie in die Hölle geführt hatte: Reichert, oder das Haus selber, oder nur der Raum, in dem jetzt ihre Bar war und der mir von Anfang an unheimlich gewesen war?

Es sieht so aus, als hätte mein Vater ein paar gravierende Fehler gemacht, erzählte sie. Während meine Mutter sich an die Hitze gewöhnte und an den ewigen Krach, während sie in irgendeinem klebrigen Krankenhaus von mir entbunden wurde und immer wieder Briefe schrieb, die ihn auf die andere Erdballhälfte rufen sollten, machte er einen Fehler nach dem andern. Er war nämlich etwas ganz Unjüdisches – er war furchtbar jähzornig. Und zu einer Zeit, als irgendwelche halbwüchsigen Schnösel dabei zuschauten, wie alte Männer das Straßenpflaster mit Zahnbürsten sauberkratzten, muß er SS-Leute angebrüllt haben und in den Amtsstuben, den Mörderhöhlen hat er die Stimme erhoben und Beschimpfungen ausgestoßen. Es ist nicht mehr genau herauszufinden, wann er den entscheidenden Fehler gemacht hat, wann er seine Herren so weit gereizt hatte, daß sie seine Kriegswichtigkeit vergaßen und nur noch an ihre beleidigte Würde dachten. Es muß kurz vor Kriegsausbruch gewesen sein. Jedenfalls verliert sich seine Spur hier.

Hier, in meinem Haus? fragte ich.

In der Hölle, sagte Pasodoble und lachte wieder.

Sie haben es vielleicht schon kommen sehen. Wenn Sie mir Blatt für Blatt bis hierher gefolgt sind, werden Sie klüger sein als ich damals war. Reichert, die Akten, der stille Raum im Keller. Der Prozeß, den ich fast vergessen hatte. Wo sind eigentlich die Akten hinverschwunden? Hoffentlich an einen Ort, von dem sie nie mehr zurückkommen.

Ich erzähle Ihnen die Gespräche mit Pasodoble so genau, damit Sie etwas von der Beklommenheit spüren, die sich in mir breit machte. Die ganze Wahrheit konnte sie mir nicht sagen, weil sie sie nicht kannte. Wir kennen sie bis zum heutigen Tag nicht.

Sie berührte mich nicht, als sie aufstand und wegging, um sich für den Abend zu schminken.

Ich habe als Kind immer mit ein paar Glasprismen gespielt, die meine Mutter nach Brasilien mitgenommen hatte, sagte sie, schon im Gehen. Ich glaubte immer, mein Vater habe Edelsteine machen können. Vielleicht behäng' ich mich deshalb so gern damit.

Was hat der Stammtisch mit all dem zu tun? Ich weiß es nicht! sagte sie. Ich hab's nur im Gespür, daß etwas damit ist. Nicht nur von unserer Seite sucht man die Orte, auch von der anderen Seite kommen welche zurück. Man hat sie ja am Leben gelassen.

Trotz der Hitze machte ich irgendwas im Haus, ich weiß nicht mehr, was. So ein Haus bewahrt einen immer wieder davor, allzuviel nachzudenken. Man entdeckt immer ein dreckiges Fenster oder einen vergessenen Papierkorb. Man legt eine Schicht sogenannter Arbeit über das Schlimme und dann noch eine, von dem dreckigen Fenster kommt man aufs Kinderzimmer, das Atelier hatten wir ja damals noch nicht. Sie merken schon, ich will mich auch jetzt, in dieser durchaus nicht warmen Nacht, da ich an Sie schreibe, aus der Geschichte davonstehlen.

Der Stammtisch? Das waren gar keine bemerkenswerten Leute, fand ich – nicht ein Gesicht fiel mir ein, als ich damals über sie nachdachte. Vielleicht fünf oder sechs Männer – oder Herren. Selbst da war ich mir nicht sicher. Zwei oder drei kaum älter als ich, die anderen um die Sechzig, vielleicht älter.

Aber das Alter allein konnte Pasodoble nicht alarmiert haben. Später sagte sie mir mal: Das Alter? Aus dem Alter bin ich raus. Früher konnte ich jemandem aus der Generation nur schwer die Hand geben, ich versuchte es zu vermeiden. Ich wollte nicht mit ihnen sprechen. Das hat sich gegeben, als ich hier war.

Da fiel mir etwas Eigenartiges mit Orlando ein. Er erfand für seine Nachtgerichte immer seltsame, manchmal anzügliche Namen und war beleidigt, wenn ich sie ihm auszureden versuchte. Für den Stammtisch hatte er ein Gericht erfunden – eigentlich hat er es ihnen nur gewidmet, sie bestellten es fast immer, und er nannte es Loge P 3. Es besteht aus Perlhuhnterrine mit Pistazien und dazu Pfirsichchutney. Wir führen es immer noch und es heißt auch noch so. Ich hatte den Namen gar nicht als Anspielung verstanden, weil ich die Zeitung immer nur so nebenbei lese und vieles vergesse. Für Affären habe ich sowieso ein schlechtes Gedächtnis, sie sind mir meist zu verwickelt. Aber an jenem Nachmittag hatte ich, wenn ich an die Loge P 3 dachte, zum erstenmal einen widerwärtigen Geschmack im Mund.

Auch Milan fiel mir ein und seine Unruhe, als er Pasodoble zum erstenmal gesehen hatte. Er ahnte, daß sie irgendeine mißliebige Bewegung in die Hölle bringen würde. Er hatte es gerochen. Endlich war er in seiner Rundheit zur Ruhe gekommen nach irgendwelchen Lebensstürmen – da wollte ihm das schon wieder jemand streitig machen. Ich dachte abbittend an seine Skepsis. Er hatte recht gehabt.

Seit Sie mich verlassen haben, bin ich sehr darauf bedacht, keine Verluste mehr zu erleiden. Jedesmal, wenn etwas Fremdes sich in der Hölle festsetzen wollte, wurde ich wachsam und argwöhnisch. Nur bei Pasodoble hatte ich kein Mißtrauen entwickelt. Es kostet, das werden Sie wissen, eine große Kraft, auf etwas zu beharren, das ein anderer auch haben möchte. Großzügigkeit ist viel bequemer.

Immer wieder war die Hölle bedroht worden, im Grunde ist schon jeder allzu beharrliche Gast eine Bedrohung. Und jetzt hatten sich diese Stammtischler eingenistet, von denen keiner wußte, was sie wollten, denn Pasodobles Witterung war ungenau und schien mir noch im Bereich der Wahrsagerei und Kartenschlägerei, aber sie teilte sich mir sofort in ihrer ganzen Kraft mit. So beschloß ich, in den nächsten Wochen öfter in der Bar zu sein, auch wenn Robert maulte.

Ich wartete auf Orlando an jenem Abend, das Haus füllte sich mit erschöpften, schwitzenden Leuten, und Minuten später geriet ich ins Zittern, als alle Duschen gleichzeitig losrauschten, und ich an die alten Leitungen denken mußte. Robert kam vom Schwimmen und stank nach Chlor, ich erinnere mich genau an diesen Sommertagsgeruch.

Dann wollen immer alle auf einmal was zu trinken und zusätzliche Handtücher. Jedes verfügbare Paar Beine im Hotel rennt und rennt, aber man darf nie zeigen, daß man eilig ist. Bis zum heutigen Tag geht mein Krieg mit Siegmar Selbig wegen zusätzlicher Angestellter. Seine Zahlen, die er mir als Schild entgegenhält, stören mich nur, überzeugen können sie mich nicht. Roberts Erbe ist dabei, sich zu vermehren, nachdem ich es aufs Spiel gesetzt habe. Ich gebe zu, manchmal wäre ich ohne Selbig in Finanzlöcher gerutscht, aus denen ich nicht mehr herausgefunden hätte.

Fast immer hat er recht, es ist widerlich. Aber bei seiner Einstellungsgrenze für Hotelpersonal hat er nicht recht. Pasodoble und ich sind gute Ausbilderinnen. Darauf bin ich stolz, und darum sag ichs Ihnen auch, obwohl schon das Wort Ausbilderin Sie wahrscheinlich schaudern macht. Man verdient nicht überragend in der Hölle, aber man lernt was. Und die Mädchen für die Zimmer und die beiden Jungen für Küche und Service sind treu und bleiben, obwohl sie woanders besser verdienen könnten. Allerdings bekommen sie hier wirklich eindrucksvolle Trinkgelder, und ich ertappe mich dabei, wie ich in meine Cafékellnerinnenzeit zurückrutsche, und neidisch das Rascheln der Scheine in den Schürzen höre. Bei uns hat's immer nur dünn geklirrt!

Irgendwie habe ich damals den Sommerabendansturm in stille Bahnen gelenkt, und ich erinnere mich auch an keine größere Wasserleitungskatastrophe. Aber die ganze Zeit, während ich meinen erlernten Gang zwischen Rennen und gemessenem Schreiten vorführte, bohrte in mir der Gedanke an Pasodobles Last, an die fremden Gäste in ihrer Bar.

Ich konnte mir damals auch nicht vorstellen, was in dem Haus – während des Krieges oder kurz davor – gewesen sein sollte. Eine Behörde war es jedenfalls nicht, aber auch kein Gefängnis oder ähnliches – das hätte ich gewußt. Daß es eine Zeitlang Vernehmungsorte und Folterkeller gab, unregistriert, ohne die allgemeine Bürokratie, also gleichsam wild, das wußte ich damals noch nicht. Ich hätte mich auch geweigert, meine schöne Hölle als wirkliche Hölle zu denken.

Alltag. Der hat mir schon oft geholfen, glauben Sie mir! Dieses Kaleidoskop von Tätigkeiten, immer die gleichen und immer ein anderes Muster in unendlicher Vielfalt. Ich habe nie begriffen, daß Leute sich langweilen. Ich kann Dich nicht begreifen, daß Du so weit weg gegangen bist, bloß weil Du Angst vor Ereignislosigkeit hattest. Gut, ich kann mir Dich auch nicht vorstellen als Ehemann mit Kind, Grüßaugust an der Höllenrezeption! Es hätte allerdings keine Höllenrezeption gegeben, wenn Du ein Ehemann geworden wärest – und das wär' doch auch wieder schade! Vielleicht ist es ganz gut, daß Du Dich aus dem Staub gemacht hast. Oder soll ich sagen, in den Staub? Sei nur glücklich mit Deiner Männerfreiheit! Mir hast Du damit die richtige Freiheit beigebracht, die in der Nähe, die überprüfbare. Freiheit ohne Theater. Wenn ich Dich bloß nicht so vermissen würde.

Ich habe, sagte ich, an jenem Abend auf Orlando gewartet, damals. (Es kommt immer alles auf einmal! Was für ein Unsinn dieses Murphy's law ist, das behauptet, was passieren könne, würde irgendwann auch mal passieren. Ich sage Dir Fuhrknecht's law: Es passiert auch all das, was nicht passieren kann!) Orlando. Er hatte seine schwierigste Zeit, eine Krise, wie sie in keinem Buch steht. Ich habe Ihnen von seiner Trinkerei erzählt, aber er hatte sie vorher nur in Phasen und erledigte seine Ausflüge in die Finsternis diskret. Mit Hilfe seiner jeweiligen Lehrlinge bekam ich die Küche dann immer einigermaßen in den Griff und das Schicksal hatte immer ein Einsehen. Wenn Orlando durstig war, hatten die Gäste kaum Hunger.

Einem richtigen Ansturm wäre ich nicht gewachsen gewesen, und Soufflés fielen schon zusammen, wenn sie meine Angst sahen! Eins haben wir auf der Nachtkarte, das Orlando zu Ehren meines Sohnes »Fliegender Robert« getauft hat, etwas aus Broccoli, Sesamkernen und Käse. Sehr gut und ganz gesundheitsbewußt. Aber bei mir wird immer ein feuchter, grünlicher Fladen draus, und wenn das nicht schon beim Rausholen passiert, geschieht es ganz sicher beim Servieren. Ich hasse Soufflés.

Es war knallheiß, Pasodoble hatte mich mit ihrer Spurensuche, mit den einzelnen, losen Fäden ihrer Geschichte sehr beunruhigt, meine Wasserleitung konnte jederzeit den Dienst quittieren, das Haus war voll, und Orlando nicht gekommen. Fuhrknecht's law! Wahrscheinlich hat sich noch mehr ereignet, aber ich weiß Gott sei Dank nicht mehr alles. Ich hätte es Orlando längst ansehen können, die zu erwartende Finsternis zeigte sich schon Tage früher in seinem Gesicht. Deswegen war dieses Kochgenie bei mir gelandet, denn er hätte sonst zu den Großen, die im Fernsehen mit imperialer Geste auftreten und sehr viel Geld verdienen, gehören können.

Wenn Orlando einen von denen im Fernsehen sieht, spottet und lästert er traurig, den Erfolg verachtend. Ich kanns manchmal nicht mehr anhören. Doch die Hölle hat ihm einen guten, wenn auch etwas geheimnisvollen Ruf eingebracht. In der Zeitung stand er auch schon, was ihn nicht beeindruckte, weil sie die Mengenangaben bei einem Rezept vertauscht hatten.

Orlando sieht aus wie diese magere, düstere Sorte von Geniekoch, die vor fünf, sechs Jahren sehr in

Mode war und uns rohe Bohnen und dünne Saucen einreden wollte. Jetzt geht man wieder mehr zu den Barockeren über. Dämonische Köche machen den Gästen wahrscheinlich Angst, auch wenn sie so einen als Garanten für Schlankheit schätzen. Ich habe oft beobachtet, daß manche so essen, als hätten die von einem dünnen Koch bereiteten Gerichte keine Kalorien. Orlando zeigt sich nur selten und liebt die Legendenbildung. Eigentlich sieht er eher aus wie ein Varietékünstler, eine hoffnungslos altmodische Männerschönheit, armer Gigolo oder Gardeoffizier, bleich, mit glattem dunklem Haar und Plüschtieraugen. Vor fünfzig Jahren hätten sich die Frauen seinetwegen zerrissen und jetzt, wo sie alle diesen gelbbraunen, kariert angezogenen Club-Mediterranée-Gockeln nachlaufen, kann Orlando sehen, wo er bleibt.

Als ich ihn engagierte, habe ich auch nicht gleich begriffen, woher seine schrecklich erfolglose Ausstrahlung kommt. Er ist einfach zu spät geboren, der Arme, und seine letzte Frauengeschichte, über die er nur in Andeutungen spricht, hat ihn ans Saufen gebracht. Aber fachlich ist er ohne Tadel und wie für mein Haus gemacht. Er verdient von uns allen am meisten. Sogar Selbig hat sich über Orlandos Gehalt noch nie aufgeregt. Und nun war er weg.

Es war ja nicht das erste Mal, aber an diesem Nachmittag hätte ich heulen können vor Nervosität und Verlassenheit. Sie kennen mich: Ich kann nur Schritt nach Schritt machen, und wenn mir etwas über den Kopf wächst, versuche ich, nur an das allernächste zu denken. Manchmal ist das ein Glück, und wenn ich an diesem chaotischen Tag ein Paar vergessene, ungeputzte Schuhe gesehen hätte, wäre ich sie putzen gegangen, weg von den drängenderen Entscheidungen. Bevor ich die Steuer mache, koche ich eine Minestrone, weil man da so viel schnippeln muß und ich sie besser kann als Orlando. Wenn ich mit den Malern die Renovierung besprechen muß, nähe ich Knöpfe an. Und wenn Selbig Roberts Status mit mir besprechen will und die Kalkulation braucht, putze ich Silber. Damit kann man sich hier in der Hölle immer amüsieren mit all den Leuchtern und Schalen, Tafelaufsätzen und Krügen, die Reichert hinterlassen hat.

Aber was macht man, wenn aus der Gesäßtasche eines Professors der Gynäkologie eine Zuckerzange schaut? Es passiert nicht oft, aber es passiert, und Milan bringt es auf den Punkt, wenn er sagt: Wollen Sie Gast oder Zange?

Orlando war weg, ich wußte, daß sie alle zu faul sein würden, um in der Stadt essen zu gehen, und vierzigmal oder so würde eine nette Telefonstimme sagen, ach, es ist so heiß, schicken Sie mir doch was Leichtes aufs Zimmer.

Doch noch rauschten die Duschen, und ich ging verzweifelt zu Pasodoble und sagte ihr, ich könnte nichts von dem vergessen, was sie mir erzählt hätte.

Ich versprech Dir Rache, wenn es geht, sagte ich und hatte keine Ahnung, wie wir die bewerkstelligen sollten. Aber ich war auch stolz und froh, weil ich mich an ihrer Seite sah. Zum ersten Mal war mir die Vergangenheit in die Nähe gekommen, und ich konnte handeln, irgendwie handeln, dachte ich.

Ich sagte zu Pasodoble, wir müssen erst einmal den Abend überleben! Orlando ist weg.

Filho da puta, sagte Pasodoble und lachte. Na dann. Soll die Geschichte warten!

Es wurde ein furchtbarer Abend, aber eigentlich auch ein schöner. Jeder bekam mit formvollendeter Miene etwas Leichtes. Ein verwirrter Aldo oder Italo tobte nacktbrüstig in der Küche herum und fand nicht einmal mehr Zeit, Pasodoble anzuhimmeln. Ich weiß nicht mehr, war es Aldo oder Italo? Ich glaube, Aldo! Er hat jetzt eine kleine Klitsche auf der anderen Rheinseite und macht mächtig auf Nouvelle Cuisine. Pasodoble fluchte und suchte in den fettigen Blättern an der Wand, auf denen Orlando kryptische Rezepte und Ideen notiert hatte, die kulinarischen Eingebungen seines sich in Einsamkeit verzehrenden Hirns. Am Fenster stand sein großer Basilikumtopf und ließ die Blätter hängen. Jana hatte sich zu uns gesellt, und gab hysterische Kommentare über das Geschirr und die Mengen, die auf die Teller sollten. Man konnte durch die weiten Armlöcher ihres Kittels hindurch ihre Brüste schaukeln sehen.

Es war das Chaos, eine kopflose Versammlung. An der Tür wartete ich bleich und knirschte mit den Zähnen, bis die fertigen Teller kamen. Irgendwie schafften wir es, alle zu bedienen. Die Soufflés hatten wir ihnen ausgeredet, aber die waren wegen der Hitze sowieso nicht oft bestellt worden. Zum erstenmal hatten wir beweisen müssen, daß wir einen von uns – den Wichtigsten – kurzfristig ersetzen konnten, und was als kleiner, nächtlicher Service gedacht war, wurde an diesem einen Abend zum Restaurantbetrieb.

Aber ich wäre eher zu den großen Köchen in der Stadt betteln gefahren, als zuzugeben, daß die Hölle es nicht schaffte. Sowas zieht schnell vorbei, wie ein Unwetter. Ich rannte die Treppen hinauf, immer wieder, und atmete vor den Türen meine Unruhe weg: Nur keine Hektik zeigen. Ihre Loge P 3, Herr Professor. Ihre Kaviarkartoffel. Und betete, daß es ihnen nicht so gut schmecken sollte, damit sie nicht nachbestellten. Noch ein paar Solitudes, eine Vichyssoise, ein ganz normales Butterbrot mit Schnittlauch für das Beige Zimmer. Ich spürte meine Beine und wollte, ich hätte vier.

Noch was? sagte Aldo (oder vielleicht doch Italo?)

fast unhörbar. Es war noch nicht dunkel draußen, und Pasodoble sagte: Ja. Champagner für uns!

Drei oder vier Tage später war Orlando wieder da, aggressiv und etwas weniger altmodisch aussehend, was ihm ganz gut stand. Er entschuldigt sich nie, und ich weiß längst, daß es keinen Sinn hat, ihm Vorwürfe zu machen oder in seinen Fluchten ein System zu suchen. Sie werden schon eins haben, man kommt nur nicht dahinter.

Damals wurde er nur tobsüchtig, als er seinen Basilikumtopf sah und machte uns laute Vorwürfe, wir hätten den Topf stellvertretend für ihn wohl absichtlich verdursten lassen. Mir war das in der Hektik zwar aufgefallen, aber ich hatte später nicht mehr daran gedacht und sagte ihm, daß er sich eben selber kümmern müsse, denn ich hatte ein schlechtes Gewissen.

Ich hatte grade begonnen, an ihm zu hängen! sagte Orlando vorwurfsvoll. Ich wollte ganz klein wieder anfangen mit der Liebe. Der Stock war mein Anfang, wissen Sie. Später hätte ich mir vielleicht einen Vogel gehalten oder einen Hamster. Irgendwann hätte ich dann wieder einem Menschen in die Nähe kommen können – und nun macht ihr mir den Anfang schon kaputt!

Ich kauf einen neuen, sagte ich und wußte, das war ein unverzeihlicher Fehler.

Da, sehen Sie, antwortete der wütende Koch, da haben Sie es. An sowas soll man nun hängen.

Sollen Sie auch nicht, sagte ich beleidigt.

Er hat den Topf wieder zum Wachsen gebracht, ich glaube, er nimmt ihn jetzt immer mit, wenn er verschwindet. Einen Vogel oder eine Frau traut er sich aber noch nicht zu.

Ich verschwinde jetzt auch und lasse Sie allein. Ich lasse das Papier liegen und schließe das beschriebene in die Schublade ein. Vielleicht nehme ich es nicht mehr heraus. Es ist Winterende, sehr kalt, die Sonne frißt den Schnee am Tage dünn, und nachts beißt der Frost die Narzissentriebe tot. Wir haben die Arbeit aufgeschoben, die unsere Geduld am Anfang des Jahres auf die Probe stellt! Die Kästen im Keller mit den überwinterten Pflanzen zu besetzen, neue Erde einzufüllen, beschneiden, wässern, später düngen und alle auf den Speicher zum Vortreiben schleppen. Hinterher ist man reif für die Seligsprechung, sagt Pasodoble, die sich aus Pflanzen nicht viel macht. Ich habe genug von ihnen gesehen, sagt sie und lacht über die schüchternen Hibiskus- und Fuchsiablüten, mit denen wir uns Tropen vormachen.

Können Sie sich vorstellen, wieviele Kästen an so einem Haus Platz haben? Und man muß entweder sehr viele oder keine anbringen. Im Sommer, wenn die Lobelien wie blaue Teppiche herunterhängen und die Geranien und Fuchsien fast von Fenster zu Fenster reichen, vergesse ich die Arbeit am Anfang und am Ende, im Herbst. Milan hat schon: Die Kästen, Frau Chefin! gesagt, und Robert (der einzige, der diese Arbeit liebt, weil sie etwas anderes ist als das Gewohnte) fragt jeden Abend, wann es denn losgeht. Die Kästen, sagt Orlando, und Jana seufzt mit den Mädchen und sagt: Ist es mal wieder so weit? Da sieht man, wie man alt wird.

Aber ich fliehe. Dieses Jahr fliehe ich vor Ihnen und diesen Blättern und den Pflanzen, vor meinem vielbeschäftigten Warten und vor den Gesichtern. Der hübsche Richter ist das einzige Gesicht, das ich in den nächsten Tagen genauer anschauen will. Ich möchte in irgendwelchen Hotelhallen sitzen, ohne an die Messingböcke zu denken, die geputzt werden müssen, oder an die verdammten Wäscheknöpfe. Ich werde zärtlich alle Fehler anschauen, die in den fremden Häusern gemacht werden und der Satz: Aber jetzt ist die Küche geschlossen! wird mich zum Lachen bringen. Ich bilde mir ein, daß Sie spüren, wie ich mich von Ihnen entferne. Ich hätte es Ihnen gern ins Gesicht gesagt. Es bedarf eines so großen Vertrauens – Pasodoble sagt, einer großen Dummheit –, um so unverbrüchlich zu glauben, daß Sie es spüren.

In einer Woche beginnt die Rheinkonferenz, und gleichzeitig wohnen ein paar Kunstfunktionäre hier, die sich die Hölle leisten können. Wie weit das weg ist! Ich werde diese Woche auseinanderziehen, bis es nicht mehr geht. Es trifft sich gut, daß der hübsche Richter ein wenig langweilig ist – das bedeutet geschenkte Zeit, ein Glück für eine Hotelfrau. Die Leidenschaft reißt einen so unanständig schnell durch Tage und Nächte. Eine Stunde ist da gar nichts wert!

Eins noch: Damals habe ich angefangen, den Stammtisch zu beobachten. Nachdem wir uns aus dem wohltuenden Chaos herausgewunden hatten, nachdem es ein Gewitter gegeben hatte und die Geschichte mir im Kopf geblieben war, obwohl Pasodoble nicht gleich wieder mit mir sprach, ging ich fast jeden Abend in die Bar und schaute die Leute, die dort saßen, anders an als zuvor. Nicht nur den Stammtisch – die kamen ja nur einmal in der Woche und waren schnell betrachtet, wenn es mir damals auch noch nicht gelang, ihnen zuzuhören. Sie waren so leise und unauffällig. Natürlich war mir klar, daß ich nicht wirklich etwas wissen wollte, denn wenn ich Klarheit gewonnen hätte – was wäre mir dann zu tun übriggeblieben? Die Klarheit, nach der Pasodoble zu suchen schien, war eine andere. Sie hatte etwas einzuklagen und schien entschlossen, das zu tun. Ihre Gestalt an der Bar, ihre bedrohlich weißen Kleider, ihre Finger, einzeln mit großen Ringen bewaffnet – jetzt erschien sie mir wie eine, die auf den Kampf wartet.

Ich erinnere mich, daß meine Mutter mir ganz früher einmal den Rat gegeben hatte, nachts die einzelnen Schlüssel des Schlüsselbundes zwischen die Finger zu klemmen – so sei man fähig, sich zu wehren. Damals habe ich manchmal auf meine Hand mit den glitzernden Metallzacken geschaut und überlegt, ob ich die wirklich jemandem durchs Gesicht ziehen könnte. Ich mußte es nie ausprobieren.

Die Ringe der Pasodoble schienen mir jetzt weniger Schmuck als Waffe. Aber es war schwierig zu erkennen, worauf es zu achten galt. Sie erwartete einen Täter. Ich erwartete einen, der meinem Haus eine Geschichte gegeben hatte, die ich verabscheute und die unvergeßlich war. Die Jungen schieden aus. Die Mittelalten auch. Aber man konnte doch nicht alle Älteren erst einmal für Täter halten, oder? Hast Du einmal überlegt, daß in dieser Zeit eindeutig jeder entweder Täter oder Opfer gewesen sein muß, und daß kein freies Feld zwischen beiden Gruppen liegt? Ich wäre froh, wenn Du vor diesem Gedanken fortgelaufen wärest und nicht vor der Angst, in ein Liebesgefängnis zu geraten.

Aber wir haben selten über solche Sachen gesprochen. Wir waren ja noch mitten in der Phase, wo Gott und die Welt Pause hatten. Alles war nur für uns erfunden und keine Musik, kein Bild, kein Buch hatte eine andere Aufgabe als uns zu bestätigen. Glauben Sie mir: Ich hätte das auch nicht mehr lang ausgehalten, Kind hin oder her, irgendwann wäre ich mir in dieser Liebe wie eingesperrt vorgekommen. Sie dachten wahrscheinlich, es sei Weibersache, sämtliche Schatzsuchen einzustellen für ein einziges Gesicht. Das glaube ich nicht mehr. Sie und Ihresgleichen haben das Abenteuer nicht gepachtet. Unsere Langsamkeit hat Vorteile, da könnten Sie was lernen, wenn Sie wollten.

Was haben Sie denn schon gesehen von Land zu Land? Ich bin sicher, Sie können mir wenig erzählen, wenn Sie zurückkommen. Sie werden mir erklären, wie hoch, wie tief und wie teuer etwas ist, wie weit oder wie lang. Es wird eine ganz ordentliche Welt sein, aus der Sie zurückkommen – Sie haben zur Ordnung ja Ihr Teil beigetragen. Hier in der Hölle ist es viel aufregender! Oder ganz anders? Sindbad der Seefahrer hat wahrscheinlich nie eine Geschichte erzählt, sondern er hatte einen in seinem Gefolge, der es tat. Der eine erlebt etwas und der andere kann davon erzählen. Vielleicht erzähle ich Ihnen eine Geschichte, die Sie längst erlebt haben. Aber sie wird Ihnen ganz neu sein.

Sie merken, ich kann mich nicht trennen. Ich müßte packen, einen Riesenkoffer für die paar Tage und die Ski. Endlich einmal mich selber zeigen, ohne das Haus, denn hier muß ich aussehen, als gehörte ich zur Einrichtung und als seien die Hölle und ich vom gleichen Designer entworfen. Aber in den nächsten Tagen halte ich mich schadlos. Es wird keine Expedition, nur ein bißchen später Schnee und eine kleine Rache an Dir.

Ich würde Ihnen ja jetzt gern von meiner kleinen Reise so erzählen, daß Ihre sämtlichen Abenteuer dagegen schal und langweilig schmecken. Aber ich fürchte, daß ich das nicht kann. Ich müßte allzuviel erfinden und Sie würden spüren, daß nichts von dieser Reise zu meinen Träumen paßte. Aber, wie man so sagt, ich habe mich wirklich gut erholt und bin fröhlich über die unvermeidlichen Höllenkatastrophen hinweggegangen, morgen ist auch noch ein Tag, und heute mußte ich mich zwischen meinem aufgeregten Sohn und dem ebenso aufgeregten Hund gerecht teilen. Der Kater dagegen tat, als hätte er mich noch nie gesehen, aber es war schon fast rührend, mit welcher Anstrengung er unverwandt an mir vorbei aus dem Fenster auf Vögel starrte, die er sich ausgedacht hatte. Alle sind verwöhnt, alle in diesem Haus denken, ich sei darin festgewachsen wie ein Pilz. Natürlich werde ich nicht so tun, als sei ich entbehrlich!

Ein Hoteldieb hat sich eingeschlichen, Pasodoble ist krank – zum ersten Mal, und ausgerechnet, wenn ich nicht da bin –, die Wasserleitungen haben sich heimtückisch benommen, und mein Vater gab mir zu verstehen, daß er nicht gesonnen sei, anstatt eines stillen Malerlebens das eines Hotelmanagers zu führen –, auch nicht für eine Woche. Er habe nichts dagegen, die Klos zu reparieren und der Heizung gut zuzureden, sagt er. Aber wenn sich jemand über zuviel Morgensonne oder zu wenig Kaffee beschwere, würde er dem betreffenden am liebsten eine runterhauen.

Ich kann ihm das nachfühlen, ich weiß schließlich am besten, wie sich die Mundwinkelstarre anfühlt, wenn man stundenlang grundlos gelächelt hat. Das mit dem Hoteldieb hat mich etwas besorgter gemacht. Damit haben wir zum ersten Mal zu tun, abgesehen von den Gästen, die sich als Diebe betätigen. Es sind irgendwelche Papiere verschwunden samt einer Mappe. Milan, der genauer Bescheid weiß, ist heute nicht da, und Pasodoble konnte am Telefon vor Heiserkeit nicht sprechen. Sie schickt mir eine Aushilfe, die wir schon öfter hatten. So charmant und schnell die auch ist – am zweiten Tag fangen die Gäste an zu maulen, und ich werde nicht drumherumkommen, die Bar selber zu machen, wenn Pasodoble nicht schnell gesund wird.

Wenn sie außerhalb des Hauses ist, kommt sie mir unwirklich vor. Besuch mag sie nicht, ich weiß nicht, mit wem sie befreundet ist, ob sie ins Kino geht, welche Bücher sie liest. Nur hier in der Hölle ist sie mir ganz vertraut, draußen ist sie eine Frau ohne Schatten. Ich habe oft Angst um sie. Damals, an dem heißen Sommerabend, als sie sich auf den Weg zurück in die Geschichte ihres Vaters gemacht hatte, war keine Angst in mir gewesen, sondern eine große Bewunderung, fast etwas wie Neid.

Es gab nur noch dünnen, hart gewordenen Schnee in Kreuzdorf, wo der hübsche Richter und ich schließlich gelandet sind. Aber am zweiten Tag fing es so an zu schneien, daß man im Bett bleiben konnte, ohne ein schlechtes Gewissen zu haben. Nur abends machten wir dann einen Spaziergang und stiegen mit weit hochgezogenen Knien über die Dorfstraße, und der hübsche Richter bewunderte, wie nett sie dort alles gemacht haben. In dem ganzen Kreuzdorf siehst Du kein schlafendes, gealtertes Haus mehr, nichts ist mehr schief oder riecht stark. Wahrscheinlich sprühen sie die wenigen Misthaufen, die noch übrig sind, ein. Am dritten Tag war alles zugedeckt, und da hat es mir zum erstenmal gefallen. Aber mit dem hübschen Richter konnte ich nur über die Hölle reden, und nicht einmal ehrlich, sondern glatt und ohne Fragen. Ich bin für ihn der Inbegriff einer erfolgreichen Frau, sagt er. Sie können sich nicht vorstellen, wie langweilig eine erfolgreiche Frau offenbar sein muß.

Es gab uns beide in einer Morgenform, in einer Mittagsform und in einer Nachtform. Jedenfalls bis zum zweiten Tag. Da wollte ich dann ein Zimmer für mich allein, weil ich sein zufriedenes Atmen danach plötzlich nicht mehr ertrug, und seine Art, den Arm über meinen Bauch zu legen. Ich kenne ihn so wenig und fühlte mich wie eine, die dreißig Jahre verheiratet ist – jeden Tag ein bißchen mehr.

Er ist nie unverschämt und sieht immer schüchtern in die Spiegel, obwohl er hübsch ist. Er vermeidet ungeschickt, über die Juristerei zu reden, und versucht sich in Mode- und Einrichtungsfragen. Er strengt sich an, überlegt sich jedes Wort, nur wenn er seinem Körper vertraut und schweigt, stört mich nichts an ihm.

Manchmal habe ich mir gewünscht, Sie wären vorsichtiger und zartfühlender gewesen und nicht der unbekümmerte Seelentrampel. Aber offenbar haben Sie mich für die feineren Töne verdorben! Ich kann nicht mit dem Richter lachen, weil er sich das nicht traut und wahrscheinlich Angst hat, ich würde den Respekt vor ihm verlieren. Dabei habe ich nie welchen gehabt. Nein, seine Liebe hat mir nicht geschmeckt, jedenfalls nicht das Davor und das Danach. Der Arme hält sich jetzt für ein Liebeswunder, weil ich dafür gesorgt habe, daß das Dazwischen so lang wie möglich dauert. Wie gut, daß Ihnen und mir jene schreckliche Kette von Mißverständnissen erspart geblieben ist, aus denen die Liebe offenbar gemacht ist! Was der eine sagt, hört der andere nicht. Was er verschweigt, erst recht nicht. So vertraut wie jetzt bist Du mir ja nur, weil Du Dich davongemacht hast und den Mund hältst.

Ich wäre gern mit jemandem in Kreuzdorf gewesen, der mit mir zusammen die Landschaft angeschaut hätte, nicht wie der Richter auf der ängstlichen Suche nach irgendwelchen Sensationen, sondern einfach dieses weiße fast Nichts über Berg und Tal. Kreuzdorf ist nicht so hoch, die Berge sind nicht so dramatisch, daß man sich bedrängt fühlen müßte, es streckt sich behaglich aus, als gäbe es auf der ganzen Welt nur diese Berge und Täler in Weiß. Ich bin ein paarmal allein gelaufen, während der Richter sich beim Eisstockschießen einbildete, die Einheimischen würden ihn mögen.

Ich bin immer weiter ins Weiß hineingelaufen, alles war ausgelöscht, und über einen Krähenschrei bin ich erschrocken. Das war das schönste: Allein zu laufen an einem Ort, der nichts mehr zu sehen hergibt und fast nichts hören läßt, immer weiter, ohne daß etwas sich verändert, dreht sich die Erdkugel unter den Füßen.

Man sieht nur die Zeichnung der eigenen Spur, wenn man zurückschaut. Manchmal kommt eine andere Spur heran und entfernt sich wieder. Wir haben nichts Gescheites in der Schule gelernt, und ich kann zwischen einer Hasenspur oder der eines Dachses oder Uhus nicht unterscheiden.

Ich habe diese wenigen Wege sehr genossen und bin immer erst zurückgelaufen, wenn der Schnee langsam blauer und der Himmel dunkler wurde. Nie war mir der hübsche Richter so fremd wie abends, wenn er ein bißchen munter und stolz nach dem Eisstockschießen auf mich wartete und sich auf mich freute. Ich hätte gern mit ihm geteilt, was ich gesehen hatte, glauben Sie mir. Aber ich konnte es nicht, und er muß das gespürt haben, denn manchmal machte er ein Gesicht, als täte ihm was weh und er müßte es unterdrücken. Wahrscheinlich hat es ihn gekränkt, daß ich immer offensichtlicher nur das eine von ihm wollte! Nun haben sie gelernt, wie man mit Frauen richtig umgeht, jedenfalls die anständigen, netten Männer hierzulande, und dann dürfen sie es einem nicht zeigen!

Ich glaube, noch vor fünf Jahren – wäre ich damals schon auf die Idee gekommen, Ihnen zu schreiben? – hätte ich Ihnen die gleiche Reise ganz anders erzählt. Denn es ist ungerecht, daß es den Falschen schmerzt und der Richtige, wahrscheinlich sehr fröhlich und ohne die geringsten Glücksschatten, seine Freiheit feiert. Ich hätte ein schönes Liebestheater in mehreren Akten beschrieben, bis Ihnen die Augen beim Lesen giftig geworden wären. Aber jetzt brauche ich die

Tricks nicht mehr. Ich erzähle, was ist und was sich verändert. Auch ich habe mich verändert. Ich brauche Ihnen nichts mehr vorzumachen, was da ist, muß genügen. Komm zurück oder bleib wo Du bist. Es werden andere Reisen kommen und mutigere Männer.

Schreibe ich zu Dir hin oder von Dir weg? Das wechselt. Robert muß sich mit einem Vater auseinandersetzen, der so launenhaft ist, als wäre er leibhaftig da, Deine Launen sind meine, aber da kann man eben nichts machen. Einen einfarbigen Helden habe ich ihm jedenfalls nicht vorgesetzt. Zu Dir hin oder von Dir weg – es gibt Tage und Nächte, da ist es mir gleichgültig, welchen Stand die Gezeiten erreicht haben. Andere gibt es, da scheinst Du in Hörweite.

Warum ich ausgerechnet mit dem Richter weggefahren bin? Erstens einmal: Von Zeit zu Zeit muß ich raus aus der Hölle. Nicht zu weit, denn ich leide sehr unter Heimweh und will mich zur Freiheit nicht zwingen. Aber ich muß immer wieder ausprobieren, was man mir glaubt, wie man mit mir umgeht, wenn ich nicht mein Haus und meine Höllenmannschaft im Rücken habe. Das fängt beim Widerspruch an! Außer Pasodoble und Selbig widerspricht mir keiner, wenn ich bei mir zu Hause bin. Die beiden sind aber zu wenig. Pasodoble ist nur wie ein anderes Ich, und Selbig wird dafür bezahlt, daß er widerspricht. (Er wäre jetzt sehr beleidigt, wenn er das läse, aber es ist so.)

Draußen widersprechen mir die Leute, weil ich eigentlich schüchtern bin und leicht nachgebe. Die Hölle hier drinnen ist wie ein Panzer, der mich unverwundbar und manchmal tollkühn macht. Aber, schon wenn ich in die Stadt zum Einkaufen gehe, oder wenn ich ein paar Stunden zum Langlauf in die Berge fahre, läßt mich die Furcht vor Überrumplungen nicht los. Und doch will ich mich den Menschen aussetzen, damit ich nicht wunderlich und stur werde in der Zeit Deiner Abwesenheit. Merkwürdig, ich kann im Haus so viel gearbeitet haben wie ich will – es ermüdet mich nicht, und wenn Fremde zu mir kommen, bin ich zu jeder Offenheit fähig. Aber wenn ich selber rausgehe, bin ich anschließend völlig erschöpft und hasse es, wenn Gäste das nett finden: Richtig menschlich, Frau Fuhrknecht! Die Schwäche hätten wir Ihnen gar nicht zugetraut, das bringt Sie einem menschlich näher! Als sei es unmenschlich, wenn man mit etwas umgehen kann oder Freude dran hat. Das erinnert mich immer an den einen von meinen Richtern, den, der nur das Unglück gelten läßt und alles andere für Lüge und Oberflächlichkeit hält.

Wir waren aber bei meinem Richter, fällt mir ein. Der zweite Grund, weswegen ich gerade mit ihm weggefahren bin, ist schwieriger zu erklären. Es hätte auch andere gegeben, die mir als Begleiter angenehm gewesen wären, aber er macht es schwierig, ihn zu kennen, und das habe ich gern. Seine ganze Scheu, seine Vorsicht mir gegenüber hätte auch Fassade sein können, ich denke nur, wenn ich die in einer ganzen Woche nicht eingerissen habe, ist er doch eine von den verschlossenen Truhen, die leer sind. Aber das konnte ich ja vorher nicht wissen.

Ich bin nicht neugierig genug auf andere, man gewöhnt sich das in einem solchen Haus ab. Wenn Gäste kommen, und ich lerne sie besser und genauer kennen, als es nötig wäre, möchte ich entweder nicht mehr von ihnen Abschied nehmen oder sie nie wiedersehen. Beides ist für eine Hotelchefin widersinnig, und deswegen bekämpfe ich das Familiäre, was bei vielen kleinen Häusern so betont wird. Ilona würde mir jetzt wieder was über Bindungsangst erklären. Vielleicht sind Hoteliers Menschen mit Bindungsangst. Der dauernde Abschied als Beruf – so lang, bis an der Stelle Hornhaut gewachsen ist.

Morgen muß ich mich um diesen ominösen Hoteldieb kümmern. Wann ich wohl dazu komme, Ihnen die Geschichte mit dem Stammtisch und Pasodobles Vater zu Ende zu erzählen? Denn das zog sich damals ein paar Monate hin, träge, trockene Sommer- und Herbstmonate. Es war der heißeste Sommer, den wir seit Jahren gehabt hatten, und selbst die Kongreßherren ließen ihre Jacketts zu Hause und stiegen hemdsärmlig so verschämt in ihre Limousinen, als seien es Badewannen. Die Bar, weil sie nie heiß wurde, war trotz der Sommerleere in der Stadt so gut besucht wie noch nie. Und in der Ecke saßen diese Männer, die aussahen wie alle und wurden von uns beobachtet.

Wir versuchten sogar, Selbig als Spitzel einzuschleusen. Natürlich konnten wir ihm nicht erklären, warum er sich in die Gespräche drängen und worauf er achten sollte. Wir wußten es ja selbst nicht genau. Pasodoble hätte den Erdbeernasigen sogar dazu bringen können, das Finanzamt auszuspionieren. Sie war überzeugt, daß zwischen dieser unauffälligen Gruppe von Männern und der düsteren Geschichte vom Ende ihres Vaters ein Zusammenhang bestand. Aber es dauerte noch lang, bis sie mehr in Erfahrung brachte.

Man bekommt in einem Hotel immer nur die Anfänge von Geschichten in die Hand, ein Bündel von Fäden, jemand erzählt über eine Entdeckung, ein Geschäft, eine Ehe, und läßt einen dann nach ein paar Tagen mit den Bruchstücken seiner Erzählung zurück. Ob nun der Sohn den Studienplatz bekommen hat oder was mit der Magersucht der Tochter ist – wir erfahren es selten, fragen nicht und vergessen erleichtert, daß uns etwas berührt hat.

So scheint es mit diesen Papieren auch zu sein, die jetzt verschwunden sind. Die Hoteldiebtheorie war mir allerdings gleich, nachdem ich von meiner Flucht in den Schnee und ins Bett des hübschen Richters zurückgekommen war, unzulänglich erschienen. Wir haben vier Zugänge zum Haus: Den Haupteingang, die große Tür zum Gästegarten, den Küchentrakteingang und unseren, der aber hier nicht interessiert. Die kleine Gartentür ist immer verschlossen, weil früher mal ein Gartenfreund unsere neuesten Geräte geklaut hat. Ich habe als erstes danach gefragt, wessen Papiere da verschwunden sind und zu welchem Zeitpunkt der Gast den Verlust gemeldet habe.

Der Gast sei ihm unbekannt gewesen, sagte Milan, ein Dr. Pfeiffer aus Ludwigshafen. Er sei auf eine Empfehlung hin gekommen: Wir seien doch das schönste Haus hier, nicht wahr?

So a Mittelgroßer, Mitteldicker, Mittelalter, sagte Milan nachdenklich. An Bart hat er aber gehabt, so a kleines Ulbrichtbärtel. Sehr teuer angezogen – nicht so unscheinbar wie die meisten, sondern freizeitmäßig. Und eine Golftasche habe er dabeigehabt. Das ist bei uns nichts Ungewöhnliches, der Golfplatz ist ganz in der Nähe. Vielleicht erinnern Sie sich noch. Wenn der Wind aus Südwesten kommt, kann ich das Ploppen der Bälle vom zehnten Abschlag hören.

Das ist das Merkwürdige, Chefin, sinnierte Milan, ich hab keins von die Schachterln gesehn, die Managerschachterln, es fallt einem ja nur auf, wenn einer keins hat. Aber er hats dann bei der Polizei ganz genau beschrieben, rostbrauner Diplomatenkoffer Marke Caiman, Zahlenschloß mit der und der Kombination, Initialen an der linken unteren Ecke. Am Henkel wär ein kleiner Kratzer gewesen. A Traumbeschreibung, hat der Kriminaler gesagt, aber nur kurz, denn wie er hat genau wissen wollen, was in dem Koffer drin war, hat der Dr. Pfeiffer den Mund gehalten und ist telefonieren gegangen.

Ob die Jana sich an den Koffer erinnern könne? hab ich gefragt.

Eben auch nicht, sagte Milan. Das ist es ja, die sieht doch sonst noch am nächsten Morgen an schlechten Traum, den was einer in der Nacht gehabt hat.

Das stimmt. Sie ist eine Einzelheitensammlerin, und manchmal fürchte ich, daß sie irgendwo ganze Persönlichkeitsbilder über unsere Gäste anlegt, ohne Computer, nur so! Sie ist nicht böse, aber sie kann's nicht verwinden, daß die Freiheit, die sie sich erkämpft hat, für sie nichts zu bieten hat außer Bedeutungslosigkeit und einen Job ohne Macht. Sie ist eine gescheite Person, wird ein bißchen dick in letzter Zeit, so als habe sie es aufgegeben, auf diesem Feld den Kampf weiterzuführen, bereit zu sein für einen anreisenden Bankchef, der sie endlich entdecken würde. Macht, Macht! Sie will sie unbedingt, und daß man sie über Wissen erwerben kann, hat man ihr vermutlich schon ziemlich früh beigebracht. Dabei ist sie ruhig und spielt nichts aus, noch nicht. Vielleicht wartet sie auf den ganz großen Fisch. Wir haben ja immer wieder ein paar davon hier. Sexuelle Geschichten, die sie benutzen könnte, scheinen sie weniger zu interessieren. Geschäftsgeheimnisse sind lohnender. Sie legt Seidenpapier auf die Schreibunterlagen in den Zimmern und macht mit Bleistift sichtbar, was der Gast notiert hat. Das habe ich selber gesehen!

Ich weiß nicht, ob sie in ihrer früheren Zeit irgendwas mit dem Geheimdienst zu tun hatte, wahrscheinlich nicht, denn man hat die Hölle sicher von allen Seiten für den Fall überprüft, daß irgendein Hochkarätiger hier logiert.

Also ist Jana so sauber wie wir alle, oder sie gehört sogar zu den Unsrigen. Spionage hat mich immer gelangweilt, weil ich die Zusammenhänge nie begreifen konnte. Selbst, wenn ich von solchen Dingen lese, weiß ich nie, warum der Held oder die Heldin sich so abmühen. Es geht mir wie beim Schach: Ich kann höchstens zwei Züge vorausdenken und die auch noch falsch. Erinnern Sie sich?

Ich bin nicht naiv: Ich weiß, daß manches hier im Haus besprochen wird, das wiederum andere sehr interessieren würde. Ich weiß, daß man ziemlich viel Geld damit machen kann, wenn man die Ohren aufklappt – aber es ist eine ungemütliche Art, Geld zu machen und liegt mir nicht. Vielleicht haben wir deshalb und nicht nur wegen der Nachtkarte einen guten Ruf!

Ich weiß, daß es Wanzen und dieses ganze Kinoinstrumentarium wirklich gibt, aber ich denke, nicht bei uns. Deshalb hat mich die Sache mit dem Koffer etwas beunruhigt.

Dieser Pfeiffer aus Ludwigshafen ist abgereist und Milan meint, er habe den Diebstahl fingiert, um irgendetwas wegen der Rheinkonferenz in Unordnung zu bringen. Es ist möglich, daß er recht hat. Aber ich denke erst einmal nicht darüber nach. Ich habe schon so viele Expertenrunden und Konferenzen gesehen, am dritten Tag gleichen sie einander alle aufs Haar, ob es nun um Waschmittel oder konkrete Poesie geht. Wenn man nicht genau aufpaßt, könnten sie über beides reden. Die Sache wird sich klären oder nicht, an einen Hoteldieb, der ein paar Papiere mitnimmt und sonst nichts, glaube ich nicht.

Jana war ein bißchen einsilbig, als ich sie fragte, aber das ist sie in letzter Zeit öfter. Ich versuche es ihr leicht zu machen, aber ihre Bitterkeit spürt man immer stärker. Niemand will mehr wissen, was sie auf sich genommen hat, um hierherzukommen. Niemand kann ihr nachfühlen, was sie verlassen hat und wie weh ihr das tat. Alle gehen immer davon aus: Nun bist du ja da, also sei froh und dankbar am Ziel deiner Wünsche.

So flüstert sie nachts am Rezeptionstisch mit Milan, und ich glaube, daß sie über die Goldene Stadt reden und sie Nacht für Nacht ein bißchen goldener machen. Ich hab Ihnen das schon erzählt. Jana hatte einen kleinen Modesalon in Prag, aber jetzt ist sie schon so lang nur noch für Hotelzimmer verantwortlich, daß sie sich nichts anderes mehr zutraut. Bettücher haben keine Mode, sagt sie, ich bekäm ja nie mehr den Anschluß. Ich bin auch zu alt.

Es muß bitter sein, über diese Grenze zu geraten. Ob es einen bestimmten Tag gibt, an dem man morgens plötzlich sieht, daß man zu alt ist? Zu alt wofür? Als Mannequin ist man doch mit dreißig schon passé, und als Managerin fängt die gute Zeit mit vierzig erst an. Aber das meine ich nicht. Vielleicht zu alt dafür, daß die Liebe von selbst kommt, so alt, daß man ihr nachhelfen muß, und wenn man das nicht mag, verzichten. Jana sieht ungeliebt aus, und deshalb wird sie keinen finden, der das ändert. Vielleicht geht sie manchmal mit dem Milan ins Bett. Ich weiß es nicht, kann mir aber auch nicht vorstellen, wann das sein sollte, er ist ja fast Tag und Nacht an seinem Kommandostand in der Halle. Und wenn sie es tun, werden sie vielleicht nur genießen, daß sie beide die gleiche Sprache sprechen. Jana und Pasodoble gehen sich aus dem Weg, als spürte die Tschechin, daß die Brasilianerin nicht aufgegeben hat.

In wenigen Tagen fängt die berühmte Konferenz an. Das bedeutet nicht viel Aufregung, die meisten wohnen im Ambassade, aber vier, glaube ich, haben bei uns gebucht. Es kommen auch noch ein paar Jurymitglieder von irgendeinem Literaturpreis.

Künstler! hat Milan vorwurfsvoll gesagt. Ich versuchte ihm zu erklären, daß es Funktionäre seien, wenn sie doch den Preis vergäben. Aber er ließ sich nicht überzeugen. Zu verdächtig ist ihm alles Unordentliche. Wenn er nur begreifen wollte, wie ordentlich die heutzutage sind! Ich kenne jedenfalls keine anderen. Manche sind ein bißchen zu laut angezogen. Hallo, da bin ich! Andere wieder wie aus der Spendensammlung übrig geblieben: Alles Äußere ist ihnen suspekt, aber wenn sie dann am Tisch sitzen oder im Zimmer ihre Nylonwaschtaschen (Kulturbeutel! Ist das nicht ein Wort wie gemacht für sie?) ausräumen mit den Rasierapparaten, an denen noch die Haare kleben und den verknitterten Zahnpastatuben – sind manche doch etwas dürftig.

Die einen müssen um jeden Preis gut essen und würden sofort sterben, wenn man ihnen Schnittbrot zum Frühstück gäbe, und die anderen trauen sich immer noch nicht, verfressen zu sein, weil ihnen seit fünfzehn Jahren das Leid der Welt den Appetit verdirbt. Es ist lustig, denn sie sind die einzige Gruppe, in der diese beiden Sorten fast in gleicher Zahl vertreten sind.

Sie tun so, als haßten sie sich, aber einer ist immer das Bild und der andere der Rahmen. Jeder denkt natürlich von sich, er sei das Bild. Ich seh' sie gern in der Halle, immer pärchenweise, ein sehr Feiner mit wohlriechendem Bart oder tollem Italieneranzug mit einem Düsteren zusammen, der glaubt, einen Pennerbart nötig zu haben und immer noch die Schuhe der Jugend. Und sie verstehen sich wunderbar, sag ich Dir!

Ich überlege, was sie von Dir dächten? Wahrscheinlich wären sie sehr höflich und interessiert, weil sie Dich für einen Arbeiter hielten? Jedenfalls etwas Ähnliches? Wie Du auf sie reagieren würdest, weiß ich nicht – wie Milan wahrscheinlich.

Ich habe nie etwas mit einem von den Kulturleuten angefangen, obwohl sehr Hübsche dabei sind, aber grade die Hübschen sehen mürrisch drein und sprechen mit schneidender Stimme. Das fällt mir überhaupt sehr auf: Die Herren, die wirklich schneidende Entscheidungen treffen, weitgehende Dinge entscheiden, Dinge, vor denen man Angst haben kann, sind sehr freundlich und lassen sich nie aus dieser Freundlichkeit bringen. Sie reden, als hätten sie nur mit Schönem zu tun. Aber die Kulturleute, bei denen es doch fast allen anderen Leuten egal ist, was sie tun, sprechen oft, als würden sie Kriege erklären, hart, böse und schnell.

Besonders einer von ihnen, er ist noch ganz jung und trägt ein verhungertes Mäntelchen, als wäre eine anständige Jacke schon ein Beweis für Bestechlichkeit: Wehe, wenn er keine Feinde in der Halle findet! Wenn ihm keiner zuhört, wenn er anprangert und die Wahrheit dorthin zurückführt, wo sie ausschließlich wohnt: in seinen Kopf! Er kommt natürlich nur zu Besuch in die Hölle, wenn er einen seiner Kontrahenten treffen will, und schaut so angeekelt um sich, daß mir die Wut kommt.

Ilona findet ihn toll und sagt, er sei eine der wenigen Hoffnungen in der deutschen Kulturlandschaft. Ich weiß es nicht, davon verstehe ich nichts. Aber er hat eine gewisse Ähnlichkeit mit einem großen Dichter, von dem es heißt, er habe sich nicht gern gewaschen. Freundlich sind bei denen, soweit ich sie hier bei mir sehe, nur die Älteren und die Frauen. Von denen wird man bewundert: Wie Sie das nur machen? Ich kriege nicht einmal drei Gerichte in der richtigen Reihenfolge aus der Küche!

Natürlich sind sie herablassend, aber das kümmert mich nicht mehr, denn ein Haus wie die Hölle ist ein guter Schutz gegen Minderwertigkeitskomplexe. Wirklich, hat eine von den Kritikerinnen einmal zu mir gesagt, es ist ja sehr angenehm, hier bei Ihnen zu sein, viel angenehmer als – (ich hasse es, wenn ich weiß, was die Leute gleich sagen werden, und sie sagte es auch) – als in diesen seelenlosen Kästen. Aber befriedigt Sie das wirklich? Sie wirken so produktiv, so schöpferisch!

Ich dachte damals an meine Wasserleitung, und mir fiel keine Antwort ein. Warum diese Leute immer glauben, alle Welt sehne sich danach, das gleiche wie sie zu tun? Das verstehe ich nicht. Jedes andere Leben ist ihnen nur als Gegenstand interessant, nicht als Leben. Jedenfalls hab' ich nur solche kennengelernt. Mir scheint aber, daß ihre Abenteuerlust wirklich sehr beschränkt ist, und darin sind sie mir wieder ähnlich. Vielleicht habe ich sie deshalb gern im Haus.

Sie wissen das aber nicht. Sie denken, daß sie ganze Galaxien durchqueren und daß jedermann auf ihre Orakel hört. Grade diese eine Priesterin, die immer dabei sein darf, auch wenn der allerinnerste Zirkel sich in der Akademie zufammenfindet, ist sehr streng und teilt die Welt jedem so zu, wie sie es für richtig hält. Deshalb erscheint ihr meine Arbeit ungenügend. Es liegt wahrscheinlich daran, daß sie alles langweilt, was sie nicht kann.

Orlando zerbricht sich schon lang den Kopf, was er kochen soll. Was befriedigt des einen Armutswünsche genauso wie die Naschhaftigkeit der anderen? Es ist ein nicht leicht lösbares Küchenproblem.

Ihnen würde diese Kulturdame bestimmt gefallen. Sie ist eigentlich ganz hübsch, dunkel und glatt, aber sie verteilt immer Noten und merkt es gar nicht. Ihre Mitgötter haben wahrscheinlich alle schon versucht, ihr das Notengeben wenigstens für kurze Stunden des Glücks auszutreiben. Ich weiß nicht, ob einer Erfolg damit hatte. Von Jana war diesbezüglich jedenfalls nichts zu erfahren. Diese Person hat eine unverschämte Art, mich anzuschauen, wenn ich ein bißchen Klatsch von ihr will – nie würde man denken, wie neugierig sie selbst ist!

Der Winter in diesem Jahr scheint erst gehen zu wollen, wenn Sie endlich zurückkommen! Dünner, alter Schnee liegt im Garten, und die Pflanzkästen sehen noch immer aus, als steckte dürres Holz in der Erde. Ich mag nicht mehr in dicke Mäntel und schwere Schuhe eingesperrt sein, ich mag auch nicht mehr in der künstlichen Höllenwärme sein, und ich mag nicht an meine Ölrechnung denken.

Selbig hat sich in letzter Zeit ja sehr zurückgehalten und geht irgendwelchen anderen Verpflichtungen nach, die ich nicht kenne und mir nicht vorstellen kann. Seine Nase ist nicht mehr so blühend, scheint mir. Der Arme – er gehört zu den Leuten, die man immer wieder vorstellt, weil niemand sie sich merken kann, Nase hin oder her. Die Ölrechnung wird ihm wieder Gelegenheit geben, ein bißchen an mir herumzuerziehen: Achtzehn Grad tagsüber, wenn die Zimmer leer sind, ist doch genug, Frau Fuhrknecht!

Er hat keine Ahnung. Ein Zimmer bewahrt die Erinnerung an Kälte, selbst wenn man eine Stunde auf höchster Stufe heizt. Die Stoffe der Sessel, der Boden, die Wände – alles sagt deutlich: Hier ist es kalt gewesen.

Weißt Du, ich bin sicher, daß keiner merkt, was die zwei Grad mehr Durchschnittstemperatur bedeuten. Ich habe Dir das früher schon einmal in einem anderen Zusammenhang geschrieben: Meine Arbeit hier, meine Entscheidungen sind größtenteils unsichtbar. Aber sie verführen, da bin ich sicher.

Fürs erste sind jetzt alle meine Experten da, wo sie hingehören – an irgendwelchen langen Holztischen in den Palästen der Stadt, friedlich mit ihresgleichen quasselnd. In den nächsten Tagen werde ich am Tag mehr Zeit haben als in den Nächten. Erfahrungsgemäß wird es bei Kongressen spät, denn deshalb fahren sie ja da hin, ob sie nun den Rhein oder die Literatur benoten oder gar retten wollen. Manchmal mischen sich die einzelnen Expertengruppen in der Bar, dann bewundern sie sich gegenseitig und versichern einander, wie wichtig es sei, daß sie endlich voneinander erfahren hätten, und zum Schluß gibt es die große, universale Expertenrunde, die von den Trinkfestesten gebildet und in der Nacht jedenfalls nicht mehr aufgelöst wird.

Pasodoble liebt Kongresse vor allem, wenn sie sie durcheinanderbringen kann. Für die Frauen, die auch Expertinnen sind, ist die Bar ein scheinbar schwer erträgliches Paradies: Ich sehe sie immer mißtrauisch und auf der Hut vor was auch immer ein Glas festhalten. Anscheinend fragen sie sich, ob die allgemeine abendliche Aufmerksamkeit, die sie erregen, nicht nur aus einem Ungleichgewicht der Geschlechter hervorgeht? Aber dann gibt Pasodoble ihnen ihren Spezialdrink und sie entspannen sich und blühen richtig auf. Man muß nur aufpassen, daß sie das Klavier nicht entdecken.

Am anderen Morgen schämen sie sich oft und schauen noch strenger als zuvor. Aber es gibt auch sehr Muntere, denen unsere Gegenwart gar nichts ausmacht, weil sie uns für Domestiken halten.

Die liebe ich besonders. Robert auch, weil sie immer fragen: Na, mein Junge? Liest du viel? Und dann kommt die Geschichte mit der Taschenlampe unter der Bettdecke, die Robert mittlerweile für gelogen hält, weil sie jeder erzählt. Sie entsetzen sich, wenn er zufällig eins seiner Gummimonster mit sich herumschleppt. Aber er ist Vegetarier! sage ich dann beruhigend. Es ist sinnlos, sich auf Kinderdiskussionen einzulassen, ich tu das auch nie und sehe nur zu, daß er nicht so oft auftaucht.

Ich muß Ihnen sagen, daß mich die Geschichte mit den Papieren dieses Doktor Pfeiffer doch etwas beunruhigt. Ich war heute mittag kurz im Clubhaus und habe nach den Gästen gefragt, die sie in den betreffenden Tagen hatten. Ich kenne den Golflehrer, er kommt öfter in die Höllenbar und unterhält sich lang und fachkundig mit Pasodoble.

Woher hast Du eine Ahnung von Golf? habe ich sie gefragt. Bei Euch wars doch viel zu heiß dafür.

Ich habe gar keine Ahnung! hat sie geantwortet. Er bringt es mir bei. Theoretisch. Wir schlagen die Bälle im Kopf! Ich bin nicht schlecht!

Also der jedenfalls hat seine Liste durchgesehen und keinen Doktor Pfeiffer aus Ludwigshafen gefunden. Das hat im Grunde nichts zu bedeuten, denn viele von den Managern verkleiden sich sportlich, und man sieht sie nie das tun, was ihre Stirnbänder und Hosen und Hemden vorgeben. Aber diese Geschichte könnte einen anderen Hintergrund haben. Ich muß sagen, da sind mir die von der Kultur wirklich lieber.

In der Zeitung steht, daß sich zur Rheinkonferenz Experten aus Holland, der Schweiz, Frankreich und Deutschland treffen, um eine Bestandsaufnahme zu machen und übergreifende Maßnahmen zu diskutieren. Sechs von der Gruppe wohnen hier, zwei Franzosen, ein Holländer und drei Deutsche. Ich habe sie gestern nachmittag in der Halle gesehen und begrüßt. Merkwürdig – die drei Deutschen wirkten so fröhlich, als hätten sie Gold in dem dunkelgrauen Wasser gefunden. Sie waren noch nicht einmal unten am Ufer.

Woher sollen wir denn die Zeit für Spaziergänge nehmen, liebe gnädige Frau? sagte der eine. Der Augenschein beweist uns doch nichts. Er bringt uns doch nicht weiter! Es geht doch hier um ganz andere Probleme, und der Schweizer Kollege hat recht, wenn er die Gefühligkeit beklagt, mit der allenthalben diskutiert wird. Fische, liebe gnädige Frau, sind Indikatoren! Als solche sehr wichtig.

Liebster, manchmal ist es nicht auszuhalten, eine immerwährende Gastgeberin zu sein. Ich hoffe fast, daß Ilona irgendwas einfällt. Man sollte ihnen ein paar tote Indikatoren ins Bett legen, aber ich darf meine Hölle nicht in Verruf bringen, auch wenn ich es vielleicht sollte. Ich muß mit Orlando reden, ob ihm nicht ein passendes Nachtgericht einfällt, mit authentischen Zutaten!

In der Zeitung wird jetzt jeden Tag stehen, daß die Rheinkonferenz mit zufriedenstellender Geschwindigkeit und vorbildlicher internationaler Zusammenarbeit vorankäme und daß eine Resolution am Ende der Woche oder sonstwann zu erwarten sei. Das Abschlußbankett machen sie wahrscheinlich drüben, am anderen Berghang. Von da aus kann man den Fluß nicht sehen.

Sooft ich kann, gehe ich mit meinem Vater und Robert den Flußweg entlang. Im Sommer gibt es dort Kalmus, der doch sonst nur in Gedichten vorkommt. Seitdem wir den Hund haben, hat es allerdings mit unserer Ruhe ein Ende, denn dieses Tier scheint ein Defizit an Abenteuern zu haben und versucht, alles nachzuholen. Jagt, was sich jagen läßt, frißt, was sich fressen läßt, wälzt sich, worin auch immer man sich wälzen kann. Ins Wasser ist er auch schon gefallen, und es war einigermaßen schwierig, den schweren, nassen Hund aus der schnellen Strömung zu ziehen. Man hätte die von der Rheinkonferenz ein paar Stunden lang an ihm riechen lassen sollen.

Robert behauptet jetzt, daß sein Hund einem langsamen Tod geweiht sei. Er sieht sich alle Giftdokumentationen im Fernsehen an. Milan sagt, ich soll ihn sowas nicht anschauen lassen.

Aber das ist das Schreckliche: Robert hält es für ganz normal, daß sein Hund krank werden wird, weil er in einen Fluß gefallen ist. Er kennt es gar nicht anders. In aller Unschuld ist er wie das Ungeheuer in Nadelstreifen von der Rheinkonferenz, das gesagt hat, Fische seien Indikatoren.

Ich beneide Dich um eines, nur um eines: Daß Du am Wasser leben kannst. Ich beneide Dich um das lügenhafte Blau auf Deinen wenigen Karten. Das Meer wird in Wirklichkeit grünlich, grau oder braun sein und nur an klaren Tagen so herzzerreißend türkis. Aber Du konntest ins Meer gehen und Flüsse durchschwimmen. Kaimane und Pirañhas, was für eine romantische und liebenswürdige Art von Gefahren! Weißt Du, was es für ein Gefühl ist, wenn man mit dem Boot an einem Sonntag auf dem Fluß fährt, das Kind neben sich, und läßt die Hand im Wasser nachgleiten und das Kind schreit, Mama, bist Du verrückt? Tu sofort die Hand da raus!

Du kannst Dir nicht vorstellen, wie einen so etwas verwirrt. Meine Mutter hat früher immer gesagt, ich sei in einem früheren Leben ein Karpfen oder etwas ähnliches gewesen. Sie wird recht haben, obwohl ich grade mit so einem trägen und glotzgesichtigen Fisch nicht gern verglichen werden möchte. Es geht nicht mehr, wie früher, sich wie verzaubert sein geliebtes, altes Element zu suchen, sich hineinfallen zu lassen, unauffindbar für ein paar Wasserstunden. Die Waldweiher gibt es nicht mehr, oder der Staat hat sie den Molchen überlassen und einen Zaun drumherum gemacht. Das muß sein. Aber früher waren wir da und die Molche auch und haben einander nicht gestört. In die Flüsse? Ich bin kein Indikator. Die Baggerseen sind an Wochenenden mit bunten Surf-Brettern zugedeckt, so daß man das Wasser nicht mehr sehen kann, und wenn man drin steht, ist es warm von Kinderpipi.

Und während dieser ganzen Zeit hatten Sie Flüsse und Meere und Seen, wann Sie wollten. Ist das gerecht? Ich konnte viel besser schwimmen als Sie! Mein

Sohn geht zufrieden in die blauen Wannen des Städtischen Bades und bindet sich ein Plastikarmbändchen mit seiner Spindnummer um. Er hat es nie anders erlebt. Und wenn ich ihm von den Waldtümpeln erzähle, zu denen wir vor erst zwanzig Jahren gefahren sind, hört er zu, als seien es Märchen.

Dir sind Abschiede immer leicht gefallen, nicht wahr? Hast Du Dich deshalb so leicht von diesem Land getrennt, weil Du wußtest, daß es ohnedies hinter Dir verschwinden würde, um nicht mehr aufzutauchen? Zweiundzwanzig Millionen Bäume begleiteten die Straßen in diesem Land. Alle sind abgeholzt. Jetzt haben wir genug Straßen, um schnell von hier zu verschwinden! Hast Du das alles kommen sehen? Es war doch fast vollendet, als Du gingst. War das kein Grund zu bleiben?

Ich sollte mir nicht den Kopf zerbrechen, es nützt nichts, und Du bist weit genug weg, daß ich nicht Gefahr laufe, Ähnlichkeiten zwischen Dir und den Herren von der Rheinkonferenz festzustellen. Ich werde jetzt seltener an dieses Sie schreiben, das Du warst. Manchmal vielleicht noch, aber das Du schiebt mich nicht näher an Dich heran, wie ich ursprünglich befürchtet hatte.

Jetzt haben sie mir gesagt, daß sie sich in der Bar treffen wollen, Pasodoble soll ihnen Platz schaffen für morgen abend. Ein kleines, informelles Gespräch mit einigen unserer progressiven Leute, hat einer von den Deutschen gesagt. Es ist dringend nötig, daß wir mal etwas bei der Bevölkerung tun. Der Ärger der Leute ist nur zu verständlich.

Versteh mich recht, er meint, die Leute ärgern sich nicht über das dreckige Wasser, sondern darüber, daß man ihnen nicht richtig erklärt hat, warum es dreckig sein muß. Sie haben jetzt eine neue Richtung: Ganz offen, ganz verständnisvoll! Und zum Schluß bedankst Du Dich noch für das stinkende Zeug, weil Du damit etwas für Leute tust, die Du nicht kennst, deren Wohlergehen aber mit dem dreckigen Wasser steht und fällt. Ich würde es einfacher sagen, aber das geht nicht: Es handelt sich um eine Sorte Glück, zu der sie – »es tut uns selbst leid« – keine Alternative gefunden haben. Wir müssen einfach so weitermachen, sonst hat niemand mehr Arbeit, behaupten sie. Und sie erfinden Anzeigen, auf denen der Himmel so blau ist wie auf Deinen Karten, oder sanfte, blankäugige Katzengesichter Dich anschauen. Alles ist in Ordnung, sagen sie.

Es ist hier zwar nicht mehr schön, aber die Schönheit, an die Du denkst, hat nie existiert, war nur eine Projektion. Der Fortschritt macht mich neugierig, sagte mir ein Achtzigjähriger schnurrend. Naja, mir kann es gleich sein, solang ich die Hölle habe, meine Welt in der Nußschale. Ich kanns nicht mehr ändern. Die Hölle ist ein Museum, in dem man wohnen kann, eine Art Heimatmuseum ohne Konzept und Stil, nur besser geputzt und besser besucht.

Ich kann nichts von dem leiden, was in der kitschigen Hütte steht, sagt mein Vater. Er meint die Hölle und will immer noch nicht zugeben, daß das Bauhaus eine Todsünde war. Aber ich fühle mich nirgendwo besser als hier, was nicht viel heißen soll, weil ich mich nirgendwo besonders gut fühle.

Mein Vater hat eine angenehme Art, dauernd schlecht gelaunt zu sein, Emphasen jeder Art sind in seiner Gegenwart nicht möglich. Das hat ja meine Mutter vertrieben: Dieser Mann hat keine Seele, sagt sie. Er empfindet überhaupt nichts. Er kann sich nicht begeistern.

Er kann es doch, aber es dauert lang, bis man herausfindet, daß sein unbewegliches Verharren vor dem halbverwesten Gerippe eines Buchenblattes oder einer Insel grauen Schnees über einem plattgedrückten Gänseblümchen die pure Emphase ist. Mit den Tempeln von Luxor würdest Du ihn nur erschrecken, während meine Mutter unverdrossen jede Art von Größe aushält. Deshalb verstehen wir uns gut, wir beide, die wir nichts ändern können, aber doch kommod leben wollen in unserem winzigen Innenraum, den wir verteidigen, anstatt ihn zu erweitern.

Ich habe nie darüber nachgedacht, wie unerträglich so eine Haltung für Dich sein muß. Sie muß Dich anekeln, abwürgen. Dabei ist es nur eine Sache der Gewohnheit. Man ist heute der eingesperrteste Mensch der Welt, wenn man Häßlichkeit nicht aushält.

Entschuldigen Sie, es ist nicht meine Art, über etwas zu jammern, das ich nicht ändern kann. Aber wem sollte ich davon erzählen? Mein Vater hat sich ganz in seinen grimmigen Fatalismus zurückgezogen und in die unbestreitbare Überlegung, daß es sich für ihn nicht mehr lohnt, wenn er außer sich gerät. Robert findet etwas vor und macht draus das beste für sich. Für ihn ist die Welt in der Nußschale wichtiger als Sie glauben. Und Ilona mit ihren ewigen Kämpfen und Resolutionen, mit diesem eifrigen Blick und ihrem Mangel an Zynismus geht mir auf die Nerven. Man kann doch keine Befriedigung darin finden, fortwährend seine eigene Machtlosigkeit auszuprobieren! Alles nichts für mich.

Aber Gott sei Dank habe ich sehr selten Zeit, mir den Kopf darüber zu zerbrechen, weil ich nur meine Zimmer sehe und die Reservierungen, die Orangenbaumkübel und die Silberleuchter, die wieder geputzt werden müssen. Genug Vögel im Garten, genug Wein im Keller. Und wenn mir hier die Musik nicht gefällt, kann ich sie verbieten.

Mit Pasodoble kann ich über all das nicht reden.

Für sie ist Natur etwas mißtrauenerregendes, dem es zu entfliehen gilt und das man am besten in Bildbänden betrachtet, oder in Gedichten liest.

Du hättest doch so viel sehen können! habe ich oft zu ihr gesagt und an die Wolken von Schmetterlingen in den feuchten Wäldern gedacht oder an das Geschrei der Affen an den langsamen, faulen Flüssen.

Du hast keine Ahnung, sagte sie. Es beißt dich dauernd etwas, und die Hitze verdampft dir das Hirn, es stinkt überall nach Tod. Wenn es regnet, will es dich ersäufen, und wenn es nicht regnet, ist es noch schlimmer. Jeder Baumast kann dich krank machen, und du begegnest dir nicht in den Augen der Eingeborenen. Sie haben sich in ihren Matten zwischen die Bäume gehängt und warten. Es war nie mein Land. Ein schmutziger Witz, den sich einer gemacht hat, mich da geboren werden zu lassen. Aber ich kann mich nicht beklagen, sagte sie dann, es war eben nur ein schmutziger Witz, er hat mir das Leben gerettet.

Ich glaube, daß sie es doch geliebt hat. Aber nur, weil nichts anderes da war und weil sie sich in der Trägheit wohlgefühlt hat. Sie ist eine sehr träge Frau, das ist das Reizvolle an ihr und würde auch Dir gefallen. Dadurch wirkt sie so luxuriös, wie etwas sehr Seltenes. Man hat nicht nur ihrer Geschichte wegen immer ein kleines Restchen von schlechtem Gewissen, wenn man mit ihr zusammen ist.

Wenn jemand nicht jung ist, sehe ich, wie sie ihn oder sie anschaut und stumm zu fragen beginnt: Was hat der gemacht? Wer war die damals? Sogar mein Vater ist vor diesen lautlosen Fragen nicht sicher gewesen und hat ihr in einem Anfall von Gesprächigkeit, wie ich ihn noch nie erlebt hatte, seine ganze Geschichte während des Krieges erzählt.

Man glaubt immer, man braucht die Absolution

von ihr! hat er böse gesagt. Braucht man wohl auch! habe ich geantwortet.

Ich sagte Dir ja schon, daß sie Leute zum Reden bringt. Nur mit unserem seltsamen Stammtisch damals vor zwei Jahren war es anders. Es war ein stummer Kampf. Pasodoble beobachtete diese Männer im verdächtigen Alter, die sich regelmäßig trafen und leise sprachen. Ihr Verdacht, daß einer oder mehrere von ihnen an einen vertrauten Ort zurückgekehrt seien, erhärtete sich zunächst nicht. Ich frage nicht, sagte sie, ich warte. Auf Warten heißt die Antwort wenigstens nicht Lüge.

An der Wand hinter dem Tisch, an dem sie immer saßen, stand in meiner Handschrift – denn dazu gab es keine Originalschrift – ein Stück aus einem peruanischen Lied: »Der Seufzer sagt zur Sprache/Geh, Schwätzerin, such Worte/Die so viel sagen/Wie meine Klagen«. Es störte mich nicht, daß sie ausgerechnet da saßen. Man gewöhnt sich Empfindlichkeit ab, wenn man ein Hotel hat, noch dazu eins wie die Hölle. Herzblut, wohin man schaut. Jeder kann sich bedienen, dazu ist es da. Ich habe es nicht anders gewollt, ein Spruch, den ich mit zwanzig Zentimeter großen Buchstaben an die Wand schreibe, gehört mir nicht mehr. Und Pasodoble hielt sich an das Lied. Ich kannte es von einem Jungen, der mit mir zusammen studiert hatte. Der Sprache vertraute sie nicht.

Es wird immer behauptet, bei den Barbaren sei es besonders ordentlich zugegangen. Die Opfer behaupten es, und die Täter verschanzen sich frech oder weinerlich dahinter. Aber Pasodobles Suchen legte ein ganz anderes Bild frei. Wilde Verschleppungen, Morde ohne die berüchtigten Befehlspapiere, in jedes Haus, in jeden Keller konnten sie eindringen und sich austoben. Für eine kurze Zeit vor Kriegsbeginn schien ihnen der Keller dieses Hauses recht gewesen zu sein.

Ein paar dünne Spuren jedenfalls führten zu meinem Haus, das früher einem Onkel von Reichert gehört hatte, einem mit einer niedrigen Parteinummer. Reichert war damals aber woanders. Seine Missetaten hat er im Osten begangen. Das hat Pasodoble herausgefunden, es ging auch aus den wenigen Akten hervor, die ich geerbt habe und nicht ganz hatte lesen wollen, um dem Fluch zu entgehen. Aber das Haus taucht nirgendwo in einer öffentlichen, bürokratisch abgesicherten Funktion auf. Es waren wahrscheinlich Wohnungen drin, denn für ein Einfamilienhaus, als das es ursprünglich gebaut war, wird es wohl schon damals zu groß gewesen sein. Vielleicht stand es auch teilweise leer. Von den Nachbarn, die etwas wissen könnten, lebt keiner mehr in der Umgebung. Die Häuser hier am Minoritenberg stehen weit auseinander, in jeder Beziehung.

Wenn man fragt, stößt man auf Schweigen. Aber die Adresse taucht immer als Endpunkt bei der Suche nach Pasodobles Vater auf. Es war dadurch aber noch nicht bewiesen, daß hier etwas mit ihm geschehen war. Daran klammerte ich mich.

Wie kannst Du in der Bar stehen, Abend für Abend, wenn Du sowas glaubst? habe ich sie angeschrien. Wie kannst Du überhaupt ertragen, daß es eine Bar ist? Das beweist doch, daß es hier nicht gewesen sein kann, daß es von hier aus einen anderen Weg gegeben hat. Sag doch, daß Du an einen anderen Weg glaubst!

Aber ich wußte längst, daß es keinen gab, ich hatte es immer gewußt. Schon zu Anfang, als ich mich mit meinem Kind hier eingenistet hatte, war mir das klar. Nein, nicht klar. Dazu war ich zu jung. Aber der Gedanke hatte sich nicht vertreiben lassen. Können Mauern schuldig sein, bewahren sie etwas auf? Und wenn es so ist, kann man es wieder vertreiben?

Nie hat Pasodoble mir darauf eine eindeutige Antwort gegeben, und ich habe manchmal gedacht, daß sie selber eine Entsühnung des Hauses gewollt hat.

Was willst Du denn, sagt sie, ich bin doch dageblieben! Mach Dich nicht verrückt, sollen denn die Häuser etwas können, das die Menschen bis heute nicht gekonnt haben? Geh mir weg mit Deinem stellvertretenden Schuldkomplex!

Aber ich weiß, daß sie damit nicht die ganze Wahrheit sagt, sie beruhigt mich, um Roberts willen, aber auch um der Hölle willen, an der sie hängt.

Habe ich nicht ein Anrecht auf Heimat? hat sie einmal gesagt. Und hier wäre ich geboren, wenn man mich nicht schon im Mutterleib verjagt hätte. Was müssen die für Feiglinge gewesen sein! Schon das Ungeborene ist gefährlich. Ich hole nur etwas nach, wenn ich hierbleibe.

Aber sie schreibt bis heute lange Briefe an ihre Mutter in Salvador und wartet ungeduldig auf deren Antworten.

Für meine Mutter, sagt sie, waren die Tropen die Lebensrettung. Du vergißt dort allmählich alles, die Schmerzen werden überwachsen, und eines Tages weißt du nicht mehr, wie sie sich angefühlt haben. Sie tragen nicht einmal mehr Namen. Angst und Sehnsucht sind wie verhüllt von der Hitze, vom Dreck und diesem ewigen Wachsen und Verfaulen. Wenn Du es einmal dort hättest regnen hören! Das wäscht dir alle Gedanken aus dem Hirn. Ich habe es ja nur geschafft, weil ich nichts vergessen konnte, sondern erst etwas finden mußte. Ich wußte zu wenig, als daß ich es hätte vergessen können. Aber ich habe lange gebraucht, um mich zu entschließen! Für dortige Verhältnisse bin ich eine uralte Frau, und die paar Freunde, die wir dort hatten, hielten meine Reise nach Europa für eine Art Pilgerreise. So, als würde ich kurz bevor ich sterbe, noch nach Lourdes fahren. Vergebung für all meine unbegangenen Sünden! Es hat Vorteile, in der rückeroberten Heimat zu sein, sagt sie und lacht. Hier bin ich eine Frau in den besten Jahren!

Manchmal weiß ich nicht, ob sie alles ernst meint, was sie sagt. Ihr Gesicht läßt sich nur lesen, wenn sie es selber will.

Sie hat recht, wenn sie sagt, daß die Leute hierzulande nichts aufbewahrt haben aus der damaligen Zeit. Und doch: Vor zwei Jahren, an diesem ruhigen Stammtisch, konnte man etwas wie ein Erinnern spüren, ein böses, hämisches Erinnern. Ich habe es zuerst nicht bemerkt, weil ich nicht das Ohr habe wie Pasodoble, dieses lauernde, abwartende Zuhören, um etwas Verschüttetes zu finden. In diesem Fall ging es um verschüttete Taten. Aber auch die muß man hören können.

Sie reden über Bauspekulationen in der Stadt, sagte sie einmal. Sie reden nie von evangelischen oder katholischen Baulöwen! Und ich verstand immer noch nicht, was sie meinte.

Das Judenkartell nennen sie es. Die ostjüdische Mafia. Sie fühlten sich bedrängt von den vielen gierigen Juden, die dieses arme Volk wieder einmal in den Würgegriff nähmen!

Pasodoble sprach – und spricht – mit mir nie zornig oder aggressiv. Manchmal bin ich darüber fast beleidigt, weil ich mich nicht ernst genommen fühle. Sie respektiert meine Arbeit, und wie ich mit Robert lebe, aber sie traut mir keine Vergangenheit zu. Und Deine Existenz genügt ihr nicht als Vergangenheit! Ich gebe zu, daß mir die Geschichte zwischen Dir und mir, wenn ich Pasodoble zuhöre, ein wenig kleiner als sonst erscheint. So wichtig ist sie wirklich nicht, denke ich dann, die ganze Zeit passiert Weltgeschichte, und ich kaue immer noch an einer zehn Jahre alten, trocken gewordenen Liebe herum. Aber es nützt mir nichts, daß ich so denke, und ich höre schnell wieder damit auf.

Pasodoble hat ihre Erfahrungen gemacht, es war eine schwierigere Zeit und schwierigere Orte, aber sie hat sich das so wenig ausgesucht wie ich mir diese ruhige Stelle, an der einem das Leben nur Besuche abstattet und wenig sich verändert.

Mir ist es nie wirklich schlecht gegangen. Ich war nie ernstlich bedroht, habe mir nie das Leben retten müssen, auch keinem anderen. Ob mir etwas fehlt? Ich habe manchmal das Gefühl, als sei ich zu Dingen fähig, die ich gar nicht kenne. Wahrscheinlich hat ein ähnliches Gefühl Dich fortgetrieben. Oder war es sogar eine Gewißheit? Aber eigentlich konntest Du doch schon als Kind all Deine Fähigkeiten ausprobieren. Ihr mußtet das doch während des Krieges! Ein paar Jahre später war das schon anders. Du und Pasodoble, zwei zähe, listenreiche Kinder – ich kann mir Euch vorstellen und sehe Euch oft gemeinsam vor mir.

Robert ist, bilde ich mir ein, noch beschützter als ich es war. Trotzdem schläft auch in ihm und in mir ein Bergwerk von Möglichkeiten, da bin ich sicher. Nicht nur die, ein Hotel zu leiten!

Ich gebe zu, damals war ich ängstlich, zumal ich nicht genau wußte, was Pasodoble suchte und gegen wen sich ihr ruhiger Zorn richtete. Ich wollte keinen Ärger. Genau wie damals habe ich auch jetzt wegen Ilonas Kampflust gegen die Rheinkonferenz ein unbehagliches Gefühl, für das ich mich schäme. Nur keinen Lärm, keinen Skandal und kein Geschrei! Denk nach, bevor Du mich dafür verachtest! Denn Du bleibst nie an einem Ort, und nie siehst Du Deine Saat aufgehen. Man kann leicht zutreten oder Feuer legen, gegen Menschen oder Sachen wüten, wenn man anschließend nicht mehr hinschauen muß. Ich wollte die Hölle behalten, wie sie war, aber ohne die düsteren

Geschichten. Ich wollte, daß die Leute kamen und gingen und nicht mehr Spuren hinterließen, als ihnen zustand, und als ich ihnen erlaubte.

Es steht immer noch nicht genug Schrift bei Dir an der Wand! sagte Pasodoble. Einer vom Stammtisch hob sich langsam von der Gruppe ab, wurde allmählich deutlicher, erst die Stimme, dann seine Bewegungen, ganz zum Schluß erst sein Gesicht. In der Stadt war er bekannt, obwohl er schon eine Zeit lang nicht mehr praktizierte. Er hatte als Steuerberater gearbeitet. (Was ich Dir jetzt erzähle, haben wir in Abständen, mühsam und stückweise herausbekommen.) Er besaß einen Bungalow, nicht weit von der Hölle entfernt, vielleicht eine Viertelstunde mit dem Auto. Vier Kinder, die alle studierten. Seine Frau habe ich bis zum heutigen Tag nicht gesehen. An seiner Kleidung ließ sich so wenig von seinem Wesen erkennen wie an seinem Gesicht. Man erkennt das Böse ja sowieso nicht. Er war Ende sechzig, schlank, mittelgroß. Er war nicht zu beschreiben und hätte den präzisesten Kriminalisten zur Verzweiflung gebracht. Vielleicht sind Dir auch schon Menschen begegnet, bei denen Du den Eindruck hattest, sie hätten jede Fuge, jeden Riß in ihrem Wesen sorgfältig zugeschmiert und geschlossen, damit niemand durchgucken kann. Nicht glatt, das meine ich nicht, sondern unangreifbar. Keine Minute ohne Kontrolle, ob sich nicht vielleicht eine bröcklige Stelle, ein verräterischer Spalt in der Mauer zeigt. Man merkt das erst spät, denn außer dem Eindruck von Langeweile teilt sich einem zunächst nichts mit.

Pasodoble machte mich darauf aufmerksam, wieviel dieser Gast trank. Aber ich hatte bei ihm nie den Eindruck, daß die Unmengen von Wein und Whisky seine Kontrolliertheit gefährdeten, sondern daß er nur durch Alkohol dazu in der Lage war. Er entspannte sich, wenn er genug getrunken hatte und blieb gleichzeitig gespannt. Er lächelte auch mal, seine Stimme wurde ein wenig lauter, seine Haut färbte sich schwach, aber das war schon alles. Dabei war er nicht verschlossen, er sprach nicht wenig, fragte gern und neugierig, als müsse er über alle, die in seine Nähe kamen, ein Wissen erreichen, das ihm Macht verleihen könnte, wenn er sie brauchte. Bei seinem Beruf lag es nahe, daß man ihm die eine oder andere finanzielle Frage stellte, aus der er Schlüsse ziehen konnte, man sprach über die Gegend, die neuen Straßen, die Rathauskräche.

Sie sind eine interessante Frau, hat er einmal gesagt, aber Ihre Barkönigin ist der Clou. Woher haben Sie die nur?

Glaub' nicht, daß wir lange Gespräche führten, oder daß ich von vornherein Vorbehalte gegen ihn hatte, dazu war er viel zu unauffällig. Auch seine politischen Bemerkungen gingen über das, was hierzulande üblich ist, nicht hinaus. (Über diesen Satz würde Pasodoble lachen.) Die erste Zeit vergaß ich ihn immer wieder, und der Höllenalltag ging weiter wie bisher, aber mit einer fast unmerklichen Bedrohlichkeit im Hintergrund.

Wir haben wieder von Doktor Pfeiffer aus Ludwigshafen und seinen angeblich bei uns gestohlenen Papieren gehört. Er ist nämlich wieder hier! Heute angekommen, aber diesmal nicht als heiterer Golfer, sondern in zur Rheinkonferenz passende Düsterkeit gekleidet. Milan hat mich gleich angerufen. Er habe Milan erzählt, daß die Kripo noch kein Ergebnis ihrer Nachforschungen habe melden können, und ob in der Zwischenzeit noch mehr weggekommen sei?

No, Chefin, sagte Milan grade am Telefon, ich hab ihm gesagt, daß mir sich hier nix wie Handtücheln und Leuchter vermissen, und daß mir das immer mit verehrte Gäste klären.

Ich habe ihn gefragt, ob er verrückt gewesen sei. Er hat vor lauter Zorn ein ehernes Gesetz verletzt, eins, das er selber mit aufgestellt hat: Nichts sagen, und wenn man dabeisteht, wenn das halbe Haus in die Luft fliegt. Es ist nichts passiert, nie ist etwas passiert oder wird was passieren! Das einzig Sichere in dieser unsicheren Welt ist ein gutes Hotel! Und jetzt erzählt er diesem Finsterling, daß unsere Hotelgäste klauen und, was noch schlimmer ist, daß wir es merken.

Ich war eben bei ihm unten und habe ihm einen ziemlichen Krach gemacht, einen unhörbaren natürlich, denn wir haben uns hier das Implodieren angewöhnt, wenn Pasodoble uns auch manchmal Magengeschwüre und Schlimmeres prophezeit.

Milan schämt sich, aber er gibt es nicht zu. Der sei ein Spion, meint er, ihm könne man da nichts vormachen, Spione erkenne er in allen Farben und Sprachen, West oder Ost, das sei alles das Gleiche. Kakerlaken seien sie, früher habe man sich ja noch drauf verlassen können, daß ein Spion zur Politik gehöre, wo es eh schmutzig zugehe. Aber heute habe ja jeder Kloschüsselfabrikant Spione. Auch die Japaner, und nicht einmal welche mit Schlitzaugen. Ihm sei der Gaul durchgegangen, ja, aber er habe genau gesehen, daß der Mann damals keinen Koffer wie den beschriebenen bei sich gehabt hätte, sondern nur eine Golftasche.

Das sei gleich, habe ich gesagt. Um so weniger dürfe er ihm über die Gäste erzählen!

Aber Milan sagt, Pfeiffer habe gar nicht reagiert und sei lächelnd die Treppe zu seinem Zimmer hinaufgegangen. Milan hat ihm das Gelbe gegeben, und das hätte ich voraussagen können, weil wir das alle am wenigsten mögen und in stiller Übereinkunft nur die

Gäste darin unterbringen, die uns nicht besonders sympathisch sind. Eigenartigerweise schätzen die es meistens, bestellen es sogar vor. Milans Theorie, daß unsympathische Leute auch unsympathische Räume mögen, bestätigt sich.

Alle großen Häuser haben Zimmer, die keiner mag. Es ist wie eine Art Opfer, ein Raum, der sich der Gestaltung, der Besitznahme entzieht, der dunkel ist, obwohl er genug Licht bekommt, oder feucht erscheint, obwohl er so trocken ist wie alle anderen. Irgendetwas ist falsch in einem solchen Raum. Schon meine Mutter hat mir von solchen Zimmern aus ihrer Kindheit erzählt, und auch mein Vater, der alles Übersinnliche so sehr verabscheut, daß man denken könnte, er glaubte daran, gibt zu, daß im Gelben Zimmer irgendetwas sei, das er nicht malen könne – und das will was heißen. Seit einer gewissen Zeit malt er nämlich abstrakt, grade weil das zur Zeit durchaus nicht in Mode ist, schöne, große Formate, denen Robert dann die Titel gibt.

Aber der Gelbzimmergeist ist nicht malbar. Ich glaube, daß es an der Luft in diesem Zimmer liegt. Der Reichertsche Mief läßt sich nicht daraus vertreiben, und selbst wenn man die Fenster weit aufreißt, bleibt die Luft stehen und scheint sich nicht mit dem Wind aus den Gärten zu vermischen. Die Einrichtung ist übrigens mit der gleichen Sorgfalt wie bei den anderen ausgesucht. Ich habe es sogar einmal umstreichen lassen, in ein warmes, helles Kakao. Das half auch nichts. Die Scheusalsgäste haben sogar protestiert und wollten wieder ihr Gelb. Da wohnt also jetzt der Doktor Pfeiffer aus Ludwigshafen. Und fühlt sich offenbar wohl, was durchaus nicht für seinen Charakter spricht. Wir haben uns da nämlich schon gelegentlich geirrt, und das Zimmer ist ein unfehlbarer Test.

Einer sehr lauten, zickigen Schlagersängerin, die mit einem Dutzend verdächtig leichter Koffer und einer lauten Entourage von schlechterzogenen Plattenmanagern aufgetreten war, haben wir es angedreht. Sie erklärte es nach der ersten Nacht – etwas verlegen, denn sie konnte nicht begründen, warum – zu einer Alptraumschachtel. Wir gaben ihr ein anderes, und sie entpuppte sich in den darauf folgenden Tagen als sehr lustige, angenehme Person mit einem hotelfüllenden Lachen und schönen Geschichten über ihre Kindheit neben der Zeche Nordstern in Oberhausen. Sowas haben wir mit dem Gelben ein paarmal erlebt, und wenn einer kommt, und wir ihn scheußlich, aber nicht eindeutig finden, geben wir ihm das Gelbe. Entweder er ist begeistert, dann hatten wir recht, oder er verlangt nach der ersten Nacht ein anderes Zimmer, dann verdient er, daß man ihn sich näher anschaut.

Ach, dieser Pfeiffer wäre ein Fall für Dich. Wir alle kommen mit solchen Undurchsichtigkeiten nicht gut zurecht, aber ich merke immer, wenn etwas meinem Haus schaden könnte. Vielleicht ist es einfach so, daß dieser Mann mit dem fingierten Dokumentendiebstahl jemand anderem von der Rheinkonferenz, der hier wohnt, schaden oder ihm etwas unterschieben will. Man braucht ja nur Zeitung zu lesen! Vielleicht kann ich etwas noch im Beginn verhindern. Wenn es so ist, wie ich denke, kann es sich nur um die drei Deutschen handeln, die hier wohnen. Ich muß ehrlich sagen, daß ich nicht einmal genau weiß, was die machen, und wie wichtig sie für diese Sachen sind – wenn auch die Tatsache, daß sie hier wohnen und nicht unten in der Stadt, für ihre Wichtigkeit spricht.

Da fällt mir ein, daß Orlando etwas für die erfunden hat, ich soll es heute abend probieren. Es heißt Lorelay, was ich nicht besonders originell finde, aber Orlando sagt, es erinnere an Nixenhaare.

Und immer noch droht Ilonas Aktion, denn bisher ist trotz aller Terroristengerüchte überhaupt nichts geschehen, und man konferiert allenthalben so vor sich hin. Nicht, daß solche Aktionen oder Demonstrationen, wie Ilona sie vorzuhaben scheint, einen Flußmörder zur Besinnung bringen würden. Aber sie gaukeln einem vor, daß doch etwas passiert.

Ich weiß nicht, was ich machen soll, ich werde abwarten, wie ich es gelernt habe. Ilona hat's leicht. Sie spuckt vor Wut, wenn sie mich in meiner Passivität sieht. Die guten Menschen machen es sich leicht. Immer haben sie recht, immer stehen sie auf der richtigen Seite, und am guten Leben haben sie einfach keinen Spaß, so daß sie es nicht besonders vermissen und anderen bitter vorwerfen können.

Kommst Du Dir auch manchmal klein vor, gleichzeitig klein und unverschämt, mit Deinen Reisen und Deinen Straßen? Mir geht es oft so, daß ich mit den Gedanken nicht nachkomme und diese strengen Leute auf der richtigen Seite hasse, die für alles Gründe wissen und immer etwas von einem verlangen. Wenn du dem Tierschutzverein zehn Mark gibst, sollst du es für den Kinderschutzbund tun. Und statt Eritrea Nicaragua! Alles hat eine Ordnung und hat doch überhaupt keine. Schon ein so winziger Kosmos wie die Hölle gerät dauernd ins Trudeln und steht nur scheinbar unveränderbar auf seinem verdächtigen Fundament.

Es ist endlich Abend. Das war ein verwirrter Tag. Ich will Dir aber nicht die einzelnen Tage aufschreiben und habe es auch bisher nicht getan. Was geht es Dich an, ob der Tag dunkel oder hell gewesen ist?

Manchmal kann ich's drei Stunden mit Dir aushalten und manchmal nur eine halbe. Manchmal schaue ich jeden Abend Dein großes, immer fremder werdendes Photo an und manchmal wochenlang nicht.

Ich habe Orlandos neue Creation probiert. Es ist in Butter gekochter Wirsing (weil er ihn in ganz feine Streifen geschnitten hat, sieht er wirklich ein bißchen wie Haar aus) mit kleinen Zanderfilets und Pinienkernen.

Fisch? habe ich gesagt.

Ein Rheinessen ohne Fisch? hat er gefragt.

Sicher, grade, hab ich geantwortet. (Ich sah das eher mit Entenleber vor mir, schon wegen des Einkaufs.) Er war ganz beleidigt.

Heute habe ich wirklich niemandem Freude gemacht, nicht einmal mir selber. Sonst achte ich sehr drauf, daß ich nicht ohne eine gegebene oder genommene, wenigstens eine winzige Freude ins Bett gehe. Und wenn mir gar nichts anderes übrig bleibt, nehm' ich diesen Brief dafür.

Vielleicht hätte sich, wenn Du hiergeblieben wärst, eine andere Freude als diese widergespiegelte, selbstgemachte, nicht gehalten. Vielleicht ist alles gut so, wie es gekommen ist. Ich sagte Dir schon, ein wirrer Tag.

Ich muß Dir den Mann, um den es geht, noch etwas näher beschreiben: Du hast die Bilder aus Nürnberg gesehen, und Jahre später die aus Frankfurt. In Nürnberg hatten sie noch keine Zeit gehabt, die Spuren aus ihren Gesichtern zu vertreiben. Man sah ihnen an, was sie getan hatten, wie sie da saßen mit ihren Kopfhörern, in ihren starren Leibern, nicht zusammengebrochen, nicht brüllend vor Ekel vor sich selbst, sie hatten gemeine Gesichter. Eichmann später, Boger, Kaduk in Frankfurt, bei denen habe ich mir auch noch eingebildet, ich sähe etwas, das Verkniffene, so mickrig waren sie und haben mir Angst gemacht. Wundere Dich nicht, daß ich mich an diese Täter erinnere, diese Gegenwart, die nicht Vergangenheit werden kann, haben meine Eltern mir nie vorenthalten, und ich habe die Angst vor diesen Gesichtern schon mit zehn, elf Jahren gekannt. Aber ich habe mir eingebildet, ich würde Täter ein für allemal erkennen – und das stimmte nicht. Ich hatte vor Reichert keine Angst, ich hatte mir seine Geschichte einfach weggedacht, weil ich ihn brauchte. Alle haben sich nach und nach die Geschichte weggedacht, und die, die sie gemacht haben, natürlich am ehesten. Immer, wenn man zögernd und unwillig einen angeklagt hatte, wurde dessen untadelige Lebensführung, seine Liebenswürdigkeit, seine Ehrbarkeit in allen Zeitungen gerühmt. Ich weiß von keinem, der danach ein wüstes, marodierendes Leben geführt hätte. Es kann allerdings sein, daß Du in Deinen Täter- und Opferländern solchen begegnet bist, aber ich glaube es nicht. Dabei läge das doch nahe, böser konnten sie ja nicht mehr werden, jedes Verbrechen lag frei vor ihnen. Ich werd's nie begreifen.

Der, den Pasodoble so geduldig beobachtete, hieß Joseph Maria Frank. Sehr katholischer Name! Er sprach einen nicht näher erkennbaren, ganz schwach süddeutschen Dialekt, eigentlich nicht einmal Dialekt, nur so einen Ton, und konnte zwischen D und T nicht richtig unterscheiden. Er trug Anzüge ohne irgendein auffallendes Detail, diese Anzüge, bei denen man sich nicht vorstellen kann, daß die Männer, die drinstecken, auch mal Kinder gewesen sind. So allmählich ich ihn damals überhaupt wahrgenommen habe, ist er mir aus dem Gedächtnis auch wieder verschwunden, ich sehe im Moment nur eine Brille vor mir und glattes, farbloses Haar. Auf seine Hände habe ich nicht geachtet. Er trank sehr viel, das habe ich schon gesagt, er hat auch geraucht, aus einer Spitze.

Seine Begleiter waren jünger als er, und sie schauten ihm auf den Mund, wenn er sprach. Manche von ihnen waren mir schon in der Stadt begegnet, sie »waren wer«, wie man hier sagt. Und wenn man hier wer ist, hat man ein Geschäft, in dem man nicht mehr zu arbeiten braucht, weil andere das für einen tun. Sie waren eine Sportclique, fuhren manchmal gemeinsam an irgendwelche Ski- oder Meerorte, von denen sie dann erzählten. Frank gehörte nicht zu ihnen, aber sie hielten ihn sich wie einen Götzen. Es stellte sich nach und nach heraus, daß sie alles, was sie über die Welt dachten, von ihm übernommen hatten. Er war ihr Alibi, wahrscheinlich spürten sie dumpf, daß es außerhalb ihrer Surfbretter und Côte d'Azur-Ödnis noch was anderes geben mußte.

Du hast es gut, Du kannst das lesen wie eine Geschichte, bei der eins ins andere greift. Wenn man es erlebt, ist es wirr und verzettelt. Manches weiß ich von Pasodoble, anderes habe ich selber gehört. Einen von dem Stammtisch kannte ich etwas näher, weil er der einzige Sohn des größten Delikatessenhändlers der Stadt ist. Lauter dritte Generation! sagte Pasodoble. Die vorhergehende hat geschwiegen und war stolz auf ihre Erwerbungen, hat sich stumm und dumm gearbeitet. Und die Jetzigen geben's aus und halten sich ein bißchen alte Weltanschauung.

Bei dem Delikatessensohn hatte sie recht, dem waren die ewigen Autos und Safaris und seine mürrischen Fotomodelle zu viel geworden, oder zu wenig, so saß er da, sah dem Frank auf den Mund und wollte von ihm lernen. Auch Reicherts Tabakhändler war bei der Runde, seine Trauer um Menschen von Reicherts Schlag hatte endlich in Frank einen Trost gefunden.

Ich unterhielt mich viel mit Pasodoble in dieser Zeit. Sie ging oft mit mir hinauf in die Wohnung, wenn die Bar sich geleert hatte und auch der Letzte sicher im Taxi verstaut war.

Es ist ein Glück, sagte sie, daß Du auch nie schläfst. Solche Abende brauchen lange Enden, sonst liegt man im Bett und spürt das Herz und jeden einzelnen Knochen.

Wir haben nie wieder so viel miteinander gesprochen wie damals, und wir haben in einer solchen Nacht auch meinen dreiunddreißigsten Geburtstag gefeiert. Endlich mal was Nettes im Zusammenhang mit dieser Zahl, sagte Pasodoble und hätte mir damit um ein Haar den Abend verdorben.

Ich erlaube Dir keine Empfindlichkeiten! sagte sie, es ist nicht die Zeit und schon gar nicht der Ort dafür. Du mußt mir helfen, etwas zu tun. Du mußt es für Robert tun, vielleicht auch für Deinen Vater, am wenigsten für Dich selbst.

Und für Dich? fragte ich.

Und für mich! antwortete sie.

Warum wirfst Du die nicht einfach hinaus? fragte ich, während wir mit Robert Champagner auf mein neues Jahr im Leben tranken, Robert Kinderchampagner aus Zitronensprudel und Apfelsaft. Aber ich will echten! sagte er. Ich bin schließlich fast neun und könnte für Euch sorgen.

Wo hat er das her? fragte Pasodoble und lachte. Rausschmeißen? Warum?

Weil Du sie doch nicht erträgst, sagte ich hilflos.

Aber darum geht es doch nicht, antwortete sie freundlich, es geht nicht darum, was ich ertrage. Die sollen spüren, wie es ist, wenn man etwas nicht erträgt!

So weit treibst Du keinen von denen, sagte ich.

Ich schon, antwortete sie. Ich will keine simple Rache, keinen Prozeß, der mit Freispruch ausgeht, ich glaube auch nicht daran, daß man sie ächtet. Schau Dir doch an, wie er die Jungen um sich versammelt. Wie sie ihn bewundern! Grausamkeit ist für manche immer noch ein reizvolles Parfum.

Du mußt genug von dieser Sorte auch in Deinem Land gesehen haben, sagte ich.

Nicht von dieser, antwortete sie. Die ist bei uns unbekannt.

Glaubst Du, daß Frank Deinen Vater umgebracht hat?

Es war kein sehr passendes Geburtstagsgespräch, aber seitdem Du verschwunden bist, haben Geburtstage für mich nie mehr die Magie gehabt wie früher. Halt ein Tag, an dem man ein paarmal öfter an sich selber erinnert wird als sonst. Geschenke, Roberts Kindergeschenke, die wieder eine Suche nach Ehrenplätzen nötig machten, er ist ein sehr produktives Kind. Mit seinen Bildern ist mein ganzes Schlafzimmer vollgehängt, und Du würdest staunen, wenn Du sie in den teuren Rahmen sähest. Ich lobe ihn nicht für jedes Gekrakel, ich habe ihn schon früh kritisiert, ganz ernst und mit Begründungen. Seit zwei Jahren bin ich natürlich künstlerisch abgemeldet, denn der Experte ist sein Großvater. Jetzt kritisieren sich die beiden gegenseitig, und mit dem Pinselauswaschen sind seit kurzem heftige Auseinandersetzungen über Gegenständlichkeit verbunden. Seit kurzem lernt mein Sohn sprechen! Zusammen mit seinem maulfaulen Großvater ist er dabei, die Welträtsel in Worte zu fassen.

Zumindest, antwortete Pasodoble, bin ich sicher, daß er weiß, wie es geschehen ist.

Zeig ihn an! sagte ich.

Du hast nichts begriffen! Ich kann das nicht delegieren, ich kann es mir und ihm nicht abnehmen und dem Staat geben. Ich kann das nicht. Ich will, daß er zugibt, was er getan hat.

Es sei ein Befehl gewesen, wird er sagen! Das sagen sie doch alle! Ich hatte das Gefühl, eine Krankheit sei in der Hölle ausgebrochen.

Ja, sagte Pasodoble, es ist schon so was ähnliches. Aber wir werden es rausschneiden, ein für allemal.

Das kann man nicht, sagte ich ruhig, und Du selber weißt das am besten.

Wir saßen fast im Dunkeln das Kind hatten wir längst ins Bett gebracht. Er sollte nicht hören, was wir zu reden haben, er wird noch früh genug davon hören.

Wenn man es verschweigt, fault es und wird größer, sagte Pasodoble.

Mein ganzes, schönes Haus lag im Dunkeln, es war mitten in der Nacht, und wir dachten nicht an die vielen Menschen, die unter uns schliefen. Pasodoble, die fremde Frau, weder Mutter noch Schwester. Nur eine kleine Lampe brannte zwischen uns, und längst hatte der erste Tag meines neuen Lebensjahres begonnen.

Willst Du ihn umbringen? fragte ich. Sie schwieg und ich sah nur ihre grauweißen Locken. Sie hatte den Kopf in die Hände gelegt, nicht trauernd, sondern wie eine, die aufgegeben hat, einer anderen etwas zu erklären.

Du kannst Dir nicht vorstellen, wie ich diese Nacht erlebt habe, manchmal hatte ich das Gefühl, ich sei in einem fremden Haus Zeuge einer intimen Szene zwischen völlig fremden Menschen. Ich denke oft, etwas ginge mich nichts an. Aber ich bin nur unfähig zu verstehen.

Diskretion! sagte Pasodoble nach einer langen Pause. Ihr nennt es Diskretion. Wie oft, glaubst Du, bin ich ins Schweigen hineingelaufen, wie oft habe ich mich dafür entschuldigt, daß ich mir anmaße, wissen zu wollen, was mit meinem Vater geschehen ist? Hier in Deinem schönen Haus ist ein Endpunkt, und deswegen verlasse ich es nicht, bis irgendetwas geschehen ist, bis etwas sich mir offenbart hat. Ich habe ein Recht darauf, und meine Mutter hat ein Recht darauf, obwohl sie nur weiterleben konnte, weil sie ihr Recht vergessen hat.

Aber was kann ich dafür? fragte ich. Ich bin dreiunddreißig, Du bist sechsundvierzig.

Du kannst nichts dafür! antwortete sie hart. Es ist ein Zufall, daß Du hineingeraten bist. Es war auch ein Zufall, daß ich hineingeraten bin. Du hast Dir nichts ausgesucht, ich habe mir genauso wenig was ausgesucht. Die Ereignisse haben uns gar nicht gebraucht. Einmal möchte ich auch an etwas schuld sein!

Aber was willst Du? habe ich gefragt.

Ich möchte, daß er sich umbringt, antwortete sie.

Ich lachte, zu laut und hilflos, wie man manchmal auf Beerdigungen lacht.

Hör auf! sagte Pasodoble.

Aber ich konnte nicht aufhören, und es lachte aus mir heraus, ein wahres Höllengelächter, bis sie mir eine runterhaute, nicht fest, beiläufig, weil überall steht, daß man einer hysterischen Frau eine runterhauen soll. Es hilft merkwürdigerweise.

Den Gefallen wird er Dir nicht tun! sagte ich mit einem angstvollen, traurigen Nachkichern. Das haben ganz wenige von denen getan. Warum sollte er auch? Er hat, was er braucht, ein Haus und eine Familie und das ehrbare Leben, von dem die Nachbarn nur Gutes wissen. Und er braucht seine Vergangenheit nicht einmal zu verdrängen, sie vertreibt ihm den Schlaf nicht. Er hat ja junge Bewunderer, die ihn bestätigen.

Ich weiß, sagte Pasodoble, daß er sich nicht schuldig fühlen wird. Ob er nun selbst jemanden umgebracht hat oder nur zugesehen hat, er wird sich nie schuldig fühlen. Aber ich möchte ihm Überdruß beibringen, diesen furchtbaren Überdruß. Ich möchte ihm einen Teil des Überdrusses anheften, den meine Mutter hat, mit dem ich aufgewachsen bin. Ich war ein Kind und spürte Tag und Nacht die Frage, warum wir denn da seien. Wo denn unser Recht sei, am Leben zu bleiben und sich über etwas zu freuen? Es hat viele Kinder ermordeter Väter gegeben, die als Schuldige großgeworden sind. Es ist schwer zu begreifen für ein Kind, wenn es nur mit schlechtem Gewissen lachen darf oder sich verkleiden oder tanzen. Aber Kinder versuchen immer, die Erwachsenen zu verstehen. Jedes kleine Kind versucht, ihnen zu gefallen, es ist unglücklich, wenn es ihm nicht gelingt. Weißt denn Du, wieviel Gift der Traurigkeit Dein Sohn hat einatmen müssen, als er noch klein war, und Du Deinem Liebhaber hinterherweintest? Wie sollte er Dich trösten? Und glaub mir, ein sehr kleines Kind bemitleidet die Erwachsenen immer und will sie trösten. Da war ich nicht anders und Dein Sohn bestimmt auch nicht.

Ich habe sie gehaßt für diese Worte. Er ist ein glückliches Kind! sagte ich wütend. Das Lachen war mir vergangen.

Ich mache Dir doch keine Vorwürfe, sagte sie ruhig, es ist furchtbar in diesem Land. Dauernd fühlt sich jemand beleidigt, kritisiert, klein gemacht, was weiß ich – nur weil man etwas zu bedenken gibt. Sei Du doch wenigstens erwachsen. Du weißt doch, daß etwas Wahres ist an dem, was ich sage! Du warst ja nicht aus bösem Willen traurig. Und man kann Fröhlichkeit nicht einklagen, das ist das Schreckliche. Ich kann auch meiner Mutter nicht vorwerfen, daß sie meine Kindheit so dunkel gemacht hat, ich kann ihr das Leid nicht vorwerfen!

Sie hatte recht, ich wußte es längst. Aber ich bin genau so leicht beleidigt wie die meisten Leute hierzulande. Wahrscheinlich läßt sich das auch nur schwer austreiben, obwohl ich so viel Anschauungsunterricht in der Hölle habe, daß ich von allein hätte erwachsen werden müssen. Bei Kongressen sieht man es am deutlichsten, das feine Gewebe aus Aufmerksamkeit und

Eitelkeit. Argwöhnisch umkreist jeder unablässig sein Terrain und achtet auf jede Kleinigkeit, die ihm die nächsthöhere oder eine niedrigere Stufe signalisieren könnte. Deswegen habe ich gern die ganz Großen hier. Sie sind nachlässiger und liegen nicht so auf der Lauer wie die anderen.

Aber Pasodoble hatte mich an einer empfindlichen Stelle erwischt, und ich brauchte lang in dieser Nacht, bis ich ihr ruhig und freundlich antworten konnte.

Hast Du eigentlich Kinder? Ich hatte sie nie danach gefragt, wie ich es ihr überhaupt selber überließ, mir von sich zu erzählen.

Nein, sagte sie. Das wäre nicht möglich gewesen, obwohl mein Mann gern welche gehabt hätte. Ein Brasilianer kann sich nicht vorstellen, daß er nicht jedes Jahr Vater wird. Er muß sich furchtbare Dinge anhören, wenn es nicht so ist. Ich konnte es ihm nicht verübeln, daß er nicht bei mir blieb. Aber ich wollte um keinen Preis Kinder haben.

Auch jetzt fragte ich nicht und erinnerte mich nur an den Tag, an dem ich zum erstenmal Robert wirklich wahrgenommen hatte. Damals wohnte ich noch in der Mansarde, und er lernte laufen. Ich hatte mein Zimmer mit Decken ausgelegt, denn es stieg kalt aus den leeren Räumen unter mir in Boden und Wände, Du kannst dir nicht vorstellen, wie eisig damals das Haus im Winter war. Es stand schon lange leer, Reichert war im Sommer gestorben, und noch immer liefen die Verhandlungen um den Erbschein. Papierberge bedrohten mich jeden Tag. Meine Eltern, die ich ausnahmsweise um Hilfe gebeten hatte, ließen sich nicht blicken. Ich wagte nicht, vorn ins Haus zu ziehen, wo es leichter heizbar und komfortabler gewesen wäre. Nach wie vor saß ich in meiner Mansarde wie eine Maus im Loch und bewachte mein Junges. Selbig hatte mir ein kleines Konto eingerichtet, davon konnte ich grade so leben. Ich wagte nicht, mehr zu fordern. Man wächst in eine solche Situation nur sehr langsam hinein. Es hatte nichts damit zu tun, daß ich Wohlhabenheit nicht gewöhnt gewesen wäre, als Kind hatte ich so viel Wohlstand erlebt, daß ich sogar sicher war, keinen mehr zu brauchen.

In diesem Winter lernte Robert laufen, auf den alten Decken, die den Boden des Mansardenraums bedeckten, und die ich geduldig immer wieder glattzog.

Es ist seltsam, sagte ich zu Pasodoble, wenn sie laufen lernen. Sie stürzen sich einem förmlich entgegen – oder einem Stuhl, einem Schrank, einem Hund – sie stemmen sich gegen die Luft und fallen von einem Füßchen aufs andere. Sie greifen auch in die Luft wie in ein Kissen, und Robert hat ein kleines Stöhnen gehabt, ich wußte nie, ob aus Angst oder aus Freude. Da waren wir wirklich glücklich! Ich habe stundenlang seinen Schrittchen zugeschaut. Ich konnte gar nicht begreifen, wie sehr Kinder lernen wollen! Keiner sagt ihnen, daß es schwierig wird, wenn sie erst einmal überall hingehen können. Wenn er sich zwischendurch hinsetzte – Du hast das sicher schon gesehen, sie tun es alle auf die gleiche Weise, sehr nachdrücklich, so, als hätten sie es gewollt und nicht das Gleichgewicht verloren –, dann griff er weiter nach mir in die Luft und sah manchmal aus wie ein kleiner Fürst, der seinem Volk winkt. Oder wie einer von diesen kleinen, asiatischen Göttern. In dieser Zeit habe ich meinen Sohn begriffen, zum erstenmal. Als er laufen lernte, habe ich ihn lieben gelernt. Plötzlich wollte ich mich in Fetzen reißen lassen für das Kind. Eigentlich war ich enttäuscht, daß das niemand von mir verlangte.

Versuch nicht, mich neidisch zu machen, antwortete Pasodoble freundlich, es gelingt Dir ohne Mühe!

Sie tat mir nicht leid. Ich war viel zu stark damit beschäftigt, sie zu verstehen, herauszufinden, wie groß die Kraft ihres Hasses war. Nein, ich wollte Pasodoble nicht neidisch machen auf das Kind. Nicht sie, sondern Dich! Vielleicht hätte Robert Dich verlegen gemacht, als er noch so klein war. Ich hätte Dich auch niemals mit einem vor den Bauch gebundenen Säugling sehen mögen! Aber Du konntest Dinge wie zum erstenmal anschauen, ob das ein Baum war oder ein neues Kleid. So hättest Du auch diesen fürstlichen kleinen Buben gesehen, mit seinen Beinchen, krumm in blauen oder gelben Hosen, wie er immer wieder über die Decken taperte, auf dem Weg nirgendwohin.

Es geschieht Dir recht, daß Du ihn nicht gesehen hast, und ich hoffe nicht, daß ihm meine Traurigkeit so geschadet hat, wie Pasodoble vermutet. Es war eine andere Traurigkeit als ihre. Ich wußte, daß Du nur weg warst und nicht tot. Ich möchte Dir aber nicht verschweigen, daß ich Dir gelegentlich besonders langsame Arten ekelhafter Krankheiten an den Hals gewünscht habe, immer mit der Angst, Du würdest sie wirklich bekommen!

Aber Pasodoble ist mit einem toten Vater aufgewachsen, nicht mit einem treulosen. Sie hatten ihn erschlagen wie viele andere, und sie wuchs damit auf. Es gibt einen Unterschied, sagte ich zu ihr, ich konnte auf den Kindsvater wütend sein, Deine Mutter konnte das nie.

Oh, sie war es nicht nur einmal, sagte Pasodoble, und das war schrecklich. Sie verwünschte ihn, weil er nicht mitgekommen war, weil ihm die Firma wichtig gewesen war, weil er sich den Herren in den Weg gestellt hatte. Wir haben ja erst viel später erfahren, wann er ermordet worden war. Daß keine Briefe mehr kamen, hat sich meine Mutter mit dem Chaos des Kriegs erklärt, aber sie wußte, was geschehen war. Sie hatte den Zeitpunkt übrigens genau gespürt, ich habe es viel später herausbekommen. Wir warteten dann nicht mehr auf Briefe. Ich war ein kleines Kind und vergaß zunächst, daß man einen Vater haben muß. Ich kannte damals keine lebendigen Väter. Nur einmal, kann ich mich erinnern, als wir am Strand waren – das tat weh. In der Bucht standen die schönen schwarzen Männer und hielten ihre kleinen Kinder in das warme Wasser. Ich sehe das noch vor mir. Die Kleinen schrien und hatten rote, blaue oder weiße Höschen an, und die großen schwarzen Väter lachten und ließen ihre Kinder auf beiden Händen im Wasser schweben. Ich war damals schon größer, sechs oder sieben, ich weiß es nicht mehr. Aber ich hatte niemanden, der mich so im Wasser schweben ließ. Ich habe das meiner Mutter nie erzählt, ich war erfinderisch darin, ihr das glückliche, kleine Mädchen vorzuspielen. Die schwarzen Kinder am Strand von Salvador faßten mich an, weil ich weiß war, und ich tat so, als würde ich es genießen. Niemand merkte, daß meine Schreie Angstschreie waren, keine Freudenschreie.

Meine Mutter war noch eine junge Frau, und manchmal kamen die wenigen Europäer in den Strandrestaurants zusammen, um zu feiern. Sie hatte Angst vor ihnen und saß starr und mit halbem Lächeln dabei, weil sie nicht wußte, was sie mehr fürchtete, das Alleinsein oder daß sie wieder den endlosen Gerüchten über Deutschland zuhören mußte, den Spekulationen über befürchtete Siege, die eintraten, über ausgelöschte Familien, über den Weg des Geldes aus der Heimat zur anderen Erdhälfte. Sie redeten endlos über Geld und Schmuck, kann ich mich erinnern.

Pasodoble lächelte in die Lampe. Ich hatte ja noch die Glasprismen meines Vaters, sagte sie. Die hätte ich für kein Geld der Welt hergegeben. So viel ich weiß, ging es uns besser als vielen anderen, mein Vater hatte Geschäftspartner in Südamerika gehabt, die meiner Mutter halfen, vielleicht nicht ganz selbstlos, aber das konnte man sich nicht aussuchen.

Ich habe Pasodoble immer gern zugehört, ihre Stimme störte nie, alles Klagende war ihr vollkommen fremd. Sie hatte Freude am Erzählen und war auch eine große Zuhörerin. Trotzdem habe ich sie in meiner Geburtstagsnacht unterbrochen und nach Beweisen für Franks Schuld gefragt.

Ich habe den letzten Beweis nicht, sagte sie, den wird es auch nicht geben. Ich kann mich ihm nur in den Weg stellen und ihm sagen, wer ich bin. Alles andere muß dann von selbst geschehen. Wenn er so stark ist, daß nichts geschieht . . . aber ich glaube das nicht, sagte sie. Er steckt zu tief drin.

Anfang einundvierzig hatte ihre Mutter einen Brief aus der Schweiz bekommen, von einem ehemaligen Prokuristen. Der Brief war lang unterwegs gewesen, mit einer unvollständigen Adresse, eigentlich nicht sicherer als eine Flaschenpost. Aber die Informationssysteme der Emigranten funktionierten, der Brief fand seine Adressatin.

Wir brauchten den Brief nur noch, um das Wie zu erfahren. Über die Gewißheit sagte meine Mutter mir nichts. Sie war nach dem Brief nicht anders als vorher, glaube ich. Aber aus dem Brief habe ich den Hinweis auf dieses Haus hier, auf den Keller, auf Frank, der ein junger SS-Mann war und in irgend einer Verbindung zu meinem Vater gestanden haben muß. Vergiß nicht, sie wollten etwas von meinem Vater, sie konnten ihn deshalb nicht gleich in ein Lager sperren. Es mußte irgendetwas mit Nachtsichtgeräten zu tun haben, genau weiß ich es nicht. Mein Vater soll sich mehrmals mit Frank getroffen haben. Der Prokurist wußte nur, daß es zum Streit gekommen war und daß man hier im Haus öfter »Experten befragt« habe. Der Hausherr habe anfänglich diese Selbstherrlichkeiten amüsiert unterstützt, aber dann seien ihm Bedenken gekommen.

Ich weiß den Brief des Prokuristen fast auswendig, sagte sie, aber kurz bevor ich ihn besuchen wollte, ist er in Zürich gestorben. Da war ich wieder allein mit den paar Wörtern.

Mein Vater habe sich gegen die Peiniger gewehrt, hatte der Mann geschrieben. Er habe sie angeschrien. Man kannte ihn ja, stand in dem Brief, er konnte toben wie kein zweiter. Nie habe ich mehr gespürt, was mit alttestamentarischer Wut gemeint ist.

Da war ich stolz, sagte Pasodoble. Wenigstens einer hat gebrüllt und verachtet und seiner Wut nachgegeben. Man hat seine Leiche nicht weit von hier im Park gefunden. Ein betrunkener Jude sei über die kleine Felswand an der Volière gestürzt, hieß es. Niemand hat ihn gehört. Nichts war zu hören, jahrelang. Er muß ihnen irgendetwas verweigert haben, da war ihnen die kriegswichtige Produktion erst einmal gleich, und sie stellten den Respekt wieder her.

Wie kannst Du so reden? fragte ich Pasodoble, so leise und ohne Wut? Hast Du nichts von Deinem Vater geerbt?

Ich weiß es nicht, antwortete sie. Ich habe es noch nicht ausprobiert. Vielleicht habe ich Angst davor.

Niemand kann Dir etwas tun! sagte ich wütend und fühlte mich als die Ältere und Stärkere von uns beiden.

Nein, sagte sie, ich weiß. Aber ich habe viel zu lang gewartet, und deshalb gehe ich so still auf die Sache zu.

Warum? fragte ich. Warum bist Du nicht gleich, als Du erwachsen warst, gekommen? Da wären vielleicht ein paar Spuren noch heiß gewesen.

Ich war anders, als Du denkst, sagte sie. Ich war jung und gierig und wollte endlich kein schlechtes Gewissen mehr haben. Ich wollte verrückt sein und flirten und in der Gesellschaft eine Rolle spielen. Was konnte ich für meinen armen erschlagenen Vater? Er hatte doch kein Recht auf mich. Warum war sein Schatten über meine Kindheit gefallen? Dazu kam das fremde Land, in dem ich geboren war. Es gefiel mir immer besser in der kurzen Zeit des gedankenlosen Erwachsenwerdens, in dieser Zeit gefiel es mir. Es stand mir. Die Männer sind mir nachgelaufen, und meine Amme hat mich bestärkt.

Ihr seid merkwürdige Leute, hat die Amme oft gesagt, denkt immer in Gestern oder in Morgen. Denkt nie in Heute. Wir haben die wahnsinnigsten Feste gefeiert, in diesem ewigen Sommer. Und als langsam in den späten Vierzigern die Täter den Opfern in mein Land nachfolgten und sich überall breitmachten, habe ich es nicht bemerkt.

Sie hat in dieser Nacht nicht mehr erzählt. Ich erinnere mich, daß wir uns in unserer Müdigkeit nicht trennen mochten und noch über Alltäglichkeiten redeten. Es hat uns beiden geholfen, von den Orangen für den Saft zu sprechen. (Wir brauchten jeden Tag zehn Kilo mindestens, und ein Kleinkrieg war über die Sorten im Gange, weil Orlando für den Frühstückssaft andere haben wollte als Pasodoble für die Bar. Hundertmal hatte ich gesagt, sie sollten eben fünf Kilo von denen und fünf Kilo von den anderen kaufen. Aber nein, sie wollten sich gegenseitig überzeugen.)

Manchmal überlege ich, mit wem Du dort redest, wenn Du mit Deiner Arbeit fertig bist, und worüber? Es werden genug Menschen in Deiner Nähe sein – aber antworten sie Dir auch? Oder machst Du Dich so müde, daß Du nur noch was zu trinken brauchst und ein bißchen anonyme Liebe vor dem Schlafen? Ich weiß heute besser als damals, daß Du ein Einzelgänger bist und daß Du wußtest, wie schwer Du es haben würdest. Auch deshalb, denke ich, bist Du gegangen. Solche wie Du sind ja hoffnungslos altmodische Leute! Man lacht sogar über Euch, wenn Ihr in der Werbung auftaucht mit zerrissenen Schuhen und verknittertem Gesicht und verwundete Indianer aus dem Busch rettet, Zigarette im Mund. Wenn Du jetzt zurückkommst, wird niemand Dich romantisch finden, nur von gestern, man wird Dir Beschimpfungen übers Haupt schütten, weil Du nicht sozial bist und weil Du auf Gruppen pfeifst.

Ich weiß, daß Du Dich nicht geändert hast. Es wird nicht einfach sein für Dich. Aber Du hast es ja auch nie einfach haben wollen. Vielleicht hast Du Dich damals mit mir zusammengetan, weil Du gespürt hast, daß ich auch allein laufen kann, wenn es nötig ist.

Wenn Du gewußt hättest, daß ich schwanger war – wärest Du dann genauso verschwunden? Oder wäre da das soziale Männchen in Dir zum Vorschein gekommen? Du wirst wahrscheinlich nicht einmal Freunde finden. An irgendeinem Stammtisch wie dem in der Hölle kann ich mir Dich nicht vorstellen, und Du wirst wahrscheinlich auch nicht mit einem Range-Rover über sechsspurige Schnellstraßen durch Rübenfelder fahren wollen. Aber wozu zerbreche ich mir Deinen Kopf!

Manchmal habe ich allerdings Mitleid mit Dir. Ich sehe Dein wütendes Gesicht vor mir, wenn Du das Wort »Mitleid« hörst. Ich seh' Dein Gesicht und versuche vorsichtig, es zehn Jahre älter zu machen. So vorsichtig wie ich werden die Jahre vermutlich nicht gewesen sein!

Die Erinnerung an die Zeit vor zwei Jahren hat

mich müde gemacht. Trinken und ein wenig anonyme Liebe wären mir jetzt auch recht. Aber es läßt sich nicht mehr so unbefangen wie früher machen, daß man sich noch schnell umzieht und in die Stadt fährt, an Orte, von denen man sich einbildet, daß einen da keiner kennt. Ich habe das vor ein paar Jahren oft getan. Es endete nicht immer in irgendeinem Bett, aber doch manchmal. Sooft es halt nötig war. Mit diesen schönen Betäubungen ist es wohl erst einmal vorbei. Schade.

Ich bin immer im Morgengrauen wieder verschwunden, habe zu Hause gebadet, die Kleider samt und sonders zur Reinigung gegeben und mich mit meinem verlogenen, blanken Frühstücksgesicht zu meinem Sohn gesetzt. Aber man konnte ihm nichts vormachen.

Wo warst Du, Mama? hat er unfehlbar jedesmal gefragt.

Wieso? Hier! habe ich nur die ersten Male zur Antwort gegeben. Weil er schon als Vierjähriger sagte: Mama lügt. Man konnte so geduldig sein wie man wollte, konnte ihm das scheinbar benutzte Bett, die Kleider zeigen, konnte ihn fragen, wann er denn nachgesehen hatte. Mama lügt! Er schlief wie ein Löwe, hatte nie nachgesehen und wußte es trotzdem. Also erfand ich Geschichten, geheimnisvolle Bälle und Feste mit einer Ausstattung, daß die Zarenfamilie blaß vor Neid geworden wäre. Und damit war er zufrieden. Im Kindergarten hat er allerdings für etwas Aufregung gesorgt, als er anderen gesellschaftlich ambitionierten Müttern davon erzählte und die unbedingt von mir wissen wollten, welche tollen Gelegenheiten ihnen da vorenthalten würden.

Jetzt, fürchte ich, wird er erwachsen. Er fragt mich nicht mehr nach meinen Nächten aus. Aber leider gibts auch nicht mehr viel zu lügen!

Heute wagt niemand mehr, sich ohne Bedenken in die Nächte zu stürzen. Doch auf diese Treue brauchst Du Dir nichts einzubilden. Was für ein armseliger Grund, nur einem gehören zu wollen! Nur aus Angst, daß man an eine Nacht länger denken muß, als einem lieb ist, oder daß man an ihr sogar stirbt. Man mag es gar nicht mehr recht glauben, daß es so etwas Finsteres geben kann, als hätten sich die Dämonen und Teufel auf deren Vertreibung wir so stolz waren, wieder auf den Weg gemacht.

Im Moment redet man viel darüber, aber so, als ginge es einen nicht direkt an. Die meisten von denen, die drüber so wichtigtuerisch reden, haben das Problem wohl nicht mehr. Daß es in ihnen sitzen könnte, herübergebracht aus einer Zeit, in der sie noch ein bißchen lebendiger waren, scheint ihnen nicht in den Kopf zu gehen.

Es gibt jetzt jede Menge von Expertentreffen, von denen mein Haus profitiert, obgleich der eine oder andere vielleicht zu abergläubisch sein wird, um über dieses Thema in der Hölle zu reden!

Ich denke auch darüber nach, ob Du etwas geändert hast, als Du von der Seuche hörtest. Doch das ist gleichgültig, denn in den Ländern, durch die Du gekommen bist, gibt es ja auf diesem Gebiet nichts Ungefährliches. Ich will nicht dran denken, und ich muß es auch nicht. Vielleicht hätte ich meine Ausflüge in die Nächte auch ohne diese Drohung verringert oder eingestellt.

Ich finde, diese Krankheit ist eine zu grobe Pointe! Wir hatten es doch wahrlich nicht so phantastisch frei in der Liebe, als daß ein solcher Knüttel hätte dazwischenfahren müssen! Das behaupten doch nur trockene, alte Kardinäle! In Wirklichkeit war die Mehrzahl von uns schüchtern oder faul, nicht sehr einfallsreich, und begnügte sich mit kleinen Liebesbröckchen. Und dann das!

Aber Dich und mich soll es nicht kümmern. Und ich verspreche Dir, daß ich Dich nicht nach Deinen zehn letzten Liebesjahren ausfragen werde. Du hast Dich ja mit Beiläufigem nie begnügt, und ich habe keine Lust, vor der Menge und der Heftigkeit Deiner Affären Angst zu haben. Ich möchte es bei meiner vertrauten Eifersucht belassen. Es wird ein großes Durcheinander geben, wenn wir erst einmal herausfinden, was wir alles aus Angst bleiben lassen können, ohne es zu vermissen. Das ist auch etwas, worüber ich mit Dir reden möchte! Es geht mir im Kopf herum, und ich finde keine Lösung. Deine Gewissenlosigkeit würde ich mir gern manchmal ausleihen, für kurze Zeit nur. Aber vielleicht hast Du sie ja selber unterwegs verloren.

Mit Pasodoble kann ich über sowas nur selten sprechen, sie habe ihr Teil gehabt, meint sie, und sei froh, sich jetzt dem Wesentlichen zuwenden zu können, was immer sie damit meint.

Seit Joseph Maria Franks Verfolgung und Vertreibung – Du wirst davon noch hören! – hat sie, glaube ich, nur noch wenig mit Männern zu tun gehabt. Daß man sie bewundert und ihr Ringe und Lebensgeschichten schenkt, scheint ihr zu genügen. Was vorher mit ihr war, weiß ich nicht, denn auch die Liebe, die sie mir zugewendet hat, war eher Großzügigkeit und Therapie als Leidenschaft. Sie hat ja auch dafür gesorgt, daß ich mich ohne Schmerz aus dieser Liebe wieder herausschleichen konnte und dennoch unser Verhältnis klar und nah blieb. Was soll ich mit so einer über die Liebe reden?

Und was Milan drüber denkt, weiß ich, ohne daß ich ihn frage. Der kugelrunde Milan mit seinem schlechten Gehör und seinen stillen Träumen von der verlorenen Heimat – die Liebe ist für ihn, fürchte ich, ein Nebenthema.

Orlando wiederum hat alles mit seiner Düsterkeit bedeckt und ist ein wunderbarer Gesprächspartner, wenn man Beschimpfungen loswerden und einen Unsichtbaren verfluchen will. Jederzeit ist er da bereit, einen Gegenpart oder den begleitenden Chor zu bilden. Seine Lehrlinge, die im Lauf der Zeit durch seine chaotische und geniale Schule gegangen sind, haben ausnahmslos von den Freuden der Zweisamkeit ein stockdunkles, angstvolles Bild.

Vergällen Sie denen doch nicht die Jugend, habe ich manchmal zu ihm gesagt.

Man kann es ihnen gar nicht früh genug klarmachen, gibt er dann drohend zur Antwort. Sehen Sie, Chefin, sogar das Schicksal ist dagegen!

Und so fürchte ich, daß er als einziges Objekt der Begierde seinen geliebten Basilikumtopf gelten läßt.

Unsere sechs von der Rheinkonferenz haben übrigens heute die Hölle vorzeitig verlassen. Es hängt mit Presseberichten zusammen, die besonders einen von den Deutschen angreifen. Offenbar waren vertrauliche Unterlagen in eine Zeitung gebracht worden, die der offiziellen Flußpolitik nicht grade freundlich gegenübersteht. Diese Unterlagen scheinen klar zu beweisen, daß die Belastung des Flusses höher ist als bisher angenommen, daß aber auch für Genehmigungen zur Schadstoffeinleitung ziemlich viel Geld auf Konten gelangt ist, deren Inhaber in den Papieren mit Namen genannt sind. Milan meint, daß dieser Dr. Pfeiffer und sein Koffer dabei eine Rolle spielen.

Ich durchschaue das noch nicht ganz, aber der angegriffene Deutsche scheint den Veröffentlichungen nicht so feindselig gegenüberzustehen, wie von ihm erwartet wird.

Sie haben immer zu sechst zusammengesessen nach den offiziellen Terminen und haben sich in der Abendschau bewundert. Dafür hatten sie sich einen Fernseher aufs Zimmer kommen lassen. Jeden Abend waren sie kurz nach halb acht ins Zimmer des Holländers gerannt, damit sie sich nur ja selber sehen konnten. Wir alle haben gefunden, daß die Sechs ganz sympathisch, aber nicht ganz ernst zu nehmen sind. Mir kommt es immer wieder merkwürdig vor, daß solche Leute wichtige Dinge entscheiden dürfen.

Sie scheinen jedoch eine Weisung bekommen zu haben, bei uns auszuziehen und in eins der großen Japanerhotels zu gehen. Vielleicht waren sie eine Art oppositionelle Zelle! Jedenfalls haben sie bei uns immer bis in die Nacht Bier getrunken und Orlando mußte etwas für sie erfinden, das, wie sie sagten, nicht so fade wie seine Loreley sei. Tat er auch und nennt es »Keusche Muscheln«. Es sind eine Art Teigtaschen aus feinem Nudelteig mit einer Farce aus Muscheln, Kräutern, Knoblauch und Kalbfleisch, es muß ein ganz fein gewiegter und scharf gewürzter Teig sein, die werden dann kurz gekocht, in Butter geschwenkt und mit Rapunzelsalat serviert. Sie konnten Unmengen davon essen und werden den Keuschen Muscheln nachtrauern in ihrem feinen Japanerhotel, wo es nachts nur Salznüsse und trockene Puppensalamis aus der Minibar gibt!

Es handle sich um eine gezielte Indiskretion, heißt es. Doktor Pfeiffer aus Ludwigshafen wohnt noch hier, aber man sieht ihn nie. Milan meint, daß er schon seit Tagen das Zimmer nicht benutzt, aber, was bei uns ganz unüblich ist, vorher für eine weitere Woche bezahlt hat. Ich bin heute hineingegangen, schließlich gehört mir das Haus, und es könnte ihm ja was passiert sein! Jana war dabei. Wahrscheinlich wäre sie sonst ihrem Neugieranfall allein erlegen. Ganz würdevoll und pflichtbewußt haben wir das Zimmer – nicht grade durchsucht, aber doch genau angeschaut, und ich war erstaunt, wie sachkundig Jana auch die merkwürdigsten Verstecke inspizierte. Nicht nur die Unterseite der Matratze – das weiß schließlich jeder – sondern auch Hohlräume hinter der Wannenverkleidung, die Rückseiten der Sekretärsschubladen und als Clou die Gardinenleisten. Aber nichts. Ein paar Zettel lagen ganz offiziell und unzerrissen im Papierkorb.

Wieso liegen die da drin? wollte ich wissen. Wenn er schon Tage nicht hier war und jeden Tag das Zimmer in Ordnung gebracht wird – warum liegen dann die Zettel da drin? Jana war selber verblüfft, weil der Zimmerdienst bei uns so eingespielt ist, daß ein ungeleerter Papierkorb etwa so undenkbar ist wie Haare im Waschbecken. Wir haben Janas Helferinnen von einer Firma, sie sind schon Jahre bei uns und kommen drei Stunden am Tag. Nur Jana ist den ganzen Tag da. Manchmal hilft ihr die ehemalige tschechische Kollegin, mit der zusammen sie damals in der Hölle angefangen hat, und die mittlerweile verheiratet ist.

Vielleicht sollen wir extra lesen, was auf Zettel steht, sagte sie. Aber es waren nur Rechnungen mit ein paar Abkürzungen, eine Tankquittung, eine Rechnung von der Reinigung, ein paar Zugabfahrtszeiten und eine Visitenkarte von der geschmacklosen, zu großen Sorte. »Base-Consulting«, ein Name, darunter »Director« in englisch. Affig.

Sollen wir das aufheben? fragte ich Jana. In jedem Fall! antwortete sie.

Ich habe Vertrauen zu ihr, obwohl sie mir in den letzten Jahren immer schwerer verständlich erscheint. Je besser sie deutsch spricht, um so schroffer und unzugänglicher wird ihr Wesen. Irgendwann einmal, vielleicht durch eine gescheiterte Liebe, von der wir nichts wissen, scheint sie sich entschlossen zu haben, ihre Koketterie durch Tüchtigkeit zu ersetzen, um so noch ein paar kleine, traurige Erfolge zu haben.

Als sie kam, hat sie noch neugierig und hoffnungsfroh auf alles reagiert, jeder neue Gegenstand, den ich für die Hölle kaufte, jede Vervollkommnung schien ihr wie ein Geschenk an sie selber. Aber das hat sich sehr geändert. Sie mag sich nicht mehr in andere Menschen hineinversetzen. Ihr Interesse am Leben unserer Gäste ist ganz äußerlich, so, als suche sie Beweise für Schlechtigkeiten, von deren Vorhandensein sie ohnehin ausgeht. Bei ihr scheint mir die Neugier wie ein Teil der Arbeit. Vielleicht habe ich grade deshalb Vertrauen zu ihr, weil sie nichts von diesem klebrigen Scheininteresse zeigt, die sogenannte menschliche Anteilnahme in Wirklichkeit oft ist.

Vielleicht wundert es Dich, daß ich das so hasse, aber Du kannst Dir vorstellen, daß ich aufgrund meiner kleinen Geschichte einen ganz schönen Teil von diesem sogenannten menschlichen Interesse abbekommen habe. Das schlägt mich noch heute in die Flucht!

Ich kann das Zeug mit zu mir nehmen, Chefin, sagte Jana, dann ist es aus dem Haus. Aber es ist doch gar nichts! habe ich gesagt.

Die Detektivspielerei ist mir zuwider, zumal ich immer noch keine Ahnung habe, was eigentlich gespielt wird. In der letzten Zeit hat man sich aber schon dran gewöhnt. Es ist in der Politik wie in meinem Hotel, Du stehst da mit einem Bündel Geschichten, und dann reißt der Faden mittendrin ab, und etwas Neues fängt an. Völlig beliebig, Klarheit ist eine Erfindung, sag ich Dir. Egal, ob es was bedeutet oder nicht, sagte Jana, es ist besser, das kommt aus dem Haus.

Was geschieht, wächst einem über den Kopf. Man tut dann gern so, als könnte man irgendetwas beeinflussen.

In der Bar steht der Satz eines österreichischen Philosophen an der Wand, den kaum einer kennt, und der irgendwo in Kanada ein friedliches, unberühmtes

Leben führt, was ihm tatsächlich egal zu sein scheint. Der Mensch, schreibt er, sei fähig, Zusammenhänge von etwa der Größe eines mittleren Wirtshauses zu überblicken. Mehr könne er nicht.

Wenn ich daran denke, wie schwierig mir die Zusammenhänge meines mittleren Wirtshauses erscheinen, kann ich mich eines Mißtrauens gegen den Überblick, den manche zu haben behaupten, nicht erwehren. Das bezieht sich auch auf die von der Rheinkonferenz. Nehmen den Fluß her und teilen ihn ein, zeigen im Fernsehen rote, blaue und braune Flecken, geben ihm Noten, teilen ihm Tonnen zu, die er weitertragen soll und andere, die er ablagert auf seinem Grund! Und wenn man sich aufregt, sagen sie, man sei zu gefühlvoll.

Es ist Nacht, und Pfeiffer hat von irgendwoher angerufen, ganz munter, als wäre gar nichts. Milan hat es mir gleich erzählt, doch es war weiter nichts zu erfahren. Ich weiß, warum Milan seine sonstige Diskretion und Zurückhaltung – in den meisten Fällen handelt es sich bei ihm um vollkommenes Desinteresse an der Person des Gastes, aber er hat eine nette Art, dieses Desinteresse als Respekt erscheinen zu lassen – im Fall Pfeiffer so vergessen hat. Es ärgert ihn, daß er etwas übersehen haben soll, das wurmt ihn, sowas passiert ihm nicht!

Was hat er denn nun gesagt? habe ich Milan gefragt.

Nur, daß mir ihm sich das Zimmer aufheben sollen, und daß er ist aufgehalten worden mit wichtige Sachen. Ich hab ihm gefragt, ob er sein Kofferl wiedergefunden hat, aber da hat er ganz frech gesagt, das wär Sache von Polizei. Dann hab ihn ihn gefragt, es möchte doch verwunderlich sein, daß er wieder hergeht zu uns, wo er denkt, daß geklaut worden ist. Aber er drauf, sagt, daß er Chelle angenehm findet und daß er sich nicht wie andere Vorschriften machen laßt, wo er wohnt. Da meint der unsere Sechse damit!

Warten wirs ab, habe ich zu Milan gesagt, wir halten ihm das Zimmer frei, solang er bezahlt hat. Daß er die Sechs meint, weiß ich auch. Wahrscheinlich sitzen die jetzt in der häßlichen Bar vom Japanerhotel und werden auf Kurs gebracht. Schließlich macht man dafür Kongresse, daß hinterher alle wissen, was sie zu sagen haben und was sie besser nur denken dürfen.

Du weißt, daß es hier viele Möglichkeiten gibt, wie Gäste abhanden kommen können. Nicht nur auf Kongressen. In der Spielbank sind auch schon ein paar verlorengegangen.

Es gab eine Zeit, da habe ich eine Schwäche für die Spielbank gehabt. Vielleicht hauptsächlich wegen der alten Welt, die sie einem da vormachen. Natürlich hört man das Scheppern vom Kleinen Spiel, aber man geht daran vorbei und die Treppen hinauf, man tut so, als gäbe es kein Kleines Spiel. Um jemanden kennenzulernen ist die Spielbank ganz ungeeignet, im Gegenteil, nirgendwo kann man besser allein sein als dort. Ich habe an den alten Satz mit dem Glück im Spiel geglaubt, schließlich wäre ich unglücklich genug für einen ziemlich hohen Gewinn gewesen – aber nichts. Ich war eine Zeit lang wie besessen von dem Gedanken an eigenes Geld, denn die Hölle verwalte ich ja nur für meinen Sohn, und der tote Reichert stand mir bei jeder Investition, bei jedem Kauf, der die Hölle schöner machen sollte, höhnisch im Weg. Ich bekomme ein Gehalt.

Mein Gott, Fräulein Fuhrknecht, sagt Selbig, was machen Sie nur mit Ihrem Geld? Sie brauchen doch nichts. Sie haben doch alles umsonst!

Er hat ja nicht unrecht, aber es reicht trotzdem nur gerade so, und ich mag niemandem Rechenschaft ablegen. Da habe ich manchmal ein bißchen gespielt, um selber Geld zu machen, und sei es nur einmal, für eine Stunde oder zwei. Mein größtes Vermögen betrug dreizehntausendfünfhundertfünfzig Mark und ich besaß es genau vierzig Minuten. Danach habe ich beschlossen, daß der Spielsaal doch nicht schön genug ist, um süchtig auf ihn zu werden. Jetzt gehe ich manchmal hin, aber ich spiele nicht und schau nur meinen Gästen zu, die zuweilen behaupten, ich brächte ihnen Glück.

Ich sprühe mir Parfum auf meinen Pelz, spiele mit Deinen Perlen, rauche, fange manchmal einen Blick ab, der sich ziellos vom Roulettetisch hebt.

Manchmal unterhalte ich mich mit einem Fremden, als könnte er mir Nachricht von Dir bringen. Aber die meisten erzählen von irgendwelchen anderen Abenteuern, und es gelingt ihnen, jedes Land auf der Welt öde erscheinen zu lassen. Wenn diese Geschäftsmänner erzählen, sieht Hongkong aus wie Helsinki, nur wärmer, sie wissen die Alkoholpreise rings um den Erdball, haben aber keine Ahnung, welche Blumen dort wachsen. Ich gebe es aber nicht auf, und die Spielbank ist kein schlechter Ort, einen zu finden, der nicht langweilig ist. Sie sind nicht alle langweilig, ich will nicht ungerecht sein. Vielleicht haben wir den Männern auch einfach nicht beigebracht, was wir gern hören! Jemand muß ihnen doch weisgemacht haben, wir wollten alles über Hubräume und Firmenräume oder Fitneßräume wissen. Ob es ihre Mütter waren?

Ich werde jedenfalls Robert in seinen bizarren Hobbies bestärken, denn ich hätte auch noch mit zwanzig gern was über Zackenbarsche oder Amethystdrusen gehört, denke ich.

Zur Zeit wächst Dein Sohn übrigens wie ein Spargel. Er war so ein angenehm rundlicher, kleiner Bub, apfelartig. Jetzt wird er mager und geht mir schon bis zur Schulter. Vielleicht ist es gut, daß er mich zur Zeit nicht so oft sieht, da kann ich ihm nicht auf die Nerven gehen. Es ist in dieser Liebe nicht anders als in jeder anderen – man bekommt etwas weniger, als man möchte.

Robert will öfter mit mir zusammensein, als es möglich ist. Ich finde das gut, besser, ein bißchen hungrig, als überfressen. Unsere Nachtgespräche führen wir nach wie vor. Ich warte darauf, daß er nach diesem Brief fragt, oder daß er mir erzählt, ob er selber schreibt. Aber ich frage ihn nicht. Der Kater ist mein anderer Nachtgast, Sancho der Weise, Sancho der Leise.

In irgendeinem Zimmer wird gefeiert. Ich kann ein leises Stimmengeräusch hören, in Wirklichkeit müssen sie also sehr laut sein. Normalerweise hört man hier oben nur das Telefon, sonst nichts. Ich nehme an, es sind die Kulturleute. Die haben anscheinend aus ihrer Schulzeit eine unbezähmbare Lust übrigbehalten, sich heimlich in irgendwelchen Zimmern zu treffen. Mir ist es gleich, jeder kann in der Hölle machen, was er will – mit den Einschränkungen, die das Strafgesetzbuch vorgibt. Ich bin manchmal, wenn dieses leise Stimmengewirr durch die Wand kriecht, ein bißchen neidisch. Ich würde gern klopfen und dabei sein und mir etwas über Dichtertratsch und Kritikervendetta erzählen lassen. Aber das geht natürlich nicht. Sie werden die saftigsten Sachen nur in den Zimmern erzählen, nicht in der Bar, die ihnen für die ganz feinen Intrigen wahrscheinlich zu fein ist.

Manche von den Kulturleuten mögen das mit den Sätzen an der Wand nicht, ich glaube, weil ihnen selber keine so schönen eingefallen sind.

Furchtbar, hat einer gesagt, nun fangen Sie auch schon mit der Häppchenkultur an, Frau Fuhrknecht.

Ich hab ihm geantwortet, dies sei ein Hotel und insofern für Häppchen eingerichtet.

Es ist nicht für das ganze Leben, sondern nur für ein kleines Stück! Und außerdem bin ich keine Literaturwissenschaftlerin, bloß eine abgebrochene Germanistin!

Seit sie das wissen, werde ich sogar manchmal mit einer Frage beschenkt. Nicht, daß sie sich für die Antwort interessieren, aber immerhin nehmen sie an, ich könnte ihnen gelegentlich folgen.

Sie hätten sich so angenehm mit den Experten von der Rheinkonferenz vermischt, jene vertriebenen Sechs und die Fünf von der Kultur, und ich war auf die Abende gespannt gewesen. Wieviel man da wieder hätte lernen können! Nur den Rheinleuten wäre es gelungen, die Kulturleute von ihrem Drang in die Zimmer abzuhalten. Jetzt verkriechen sie sich wieder.

Pasodoble ist es zufrieden. Mit denen hat sie nichts im Sinn, obwohl sie ihr Komplimente machen, diese eigenartige Sorte Komplimente, die zur Zeit die Frauen verblüffen. Ganz herbe Worte werden da hervorgeholt, mit düsterer Miene endlich wieder die Lust dem Tod verschwistert. Aber Pasodoble schätzt es nicht, wenn ihr jemand sagt, sie sähe aus, als sei sie tausend Jahre alt. Sie kann es auch überhaupt nicht leiden, wenn man sich über ihre Psyche hermacht und ihr Wahrheiten ins Gesicht sagt, wie das so schön heißt. Gerade die Gebildeten sind, scheint's, wieder so weit wie vor ein paar zigtausend Jahren, als sie uns mit dem Knüppel eins über den Kopf gaben und uns dann in die Höhle mitnahmen. Ich weiß nicht, was mir lieber ist, das Jetzige oder das von vor drei, vier Jahren, als man so innig war, immer für alles Verständnis hatte und sich über jeden Komplex freute, von dem man berichten konnte. Mir ist der Knüppel lieber, Pasodoble schätzt eher die sanften Schlingpflanzen.

Bei den Dichtern gibt es gottseidank von beiden Sorten genug. Allerdings sind jetzt fast alle aus beiden Lagern einigermaßen vernünftig angezogen, bis auf ein paar wenige, von denen habe ich Dir schon erzählt.

Die reine Lehre und dreckige Klamotten! sagt Pasodoble mit einer abgrundtiefen, brasilianischen Verachtung im Blick. Ist es Dir umgekehrt lieber? antworte ich darauf wütend. Ein bißchen davon, ein bißchen davon, sagt sie, aber mach das hierzulande mal einem klar.

Hier wohnen zur Zeit fünf, sie sollen einen Preisträger suchen. Es geht um dreißigtausend Mark, die ein sanfter Industrieller mit schlechtem Gewissen für das schönste Naturgedicht ausgesetzt hat. Dieser Preis ist neu, aber die Jury war schon oft hier, für andere Preise. Sie kennen sich alle gut und passen unablässig aufeinander auf, damit es nicht zu Fraktionsbildungen kommt. Dreißigtausend Mark ist ein schönes Stück Geld für ein einzelnes Gedicht, und ich habe gesagt, daß ich daraus eine Zeile an die Wand malen will, wenn sie mir gefällt. Hier in der Stadt gilt das was, das kannst Du mir glauben! Von den Meckerern, denen die Barwände nicht gefallen, bräuchte ich nur einen Satz hinzupinseln, und schon würden sie den Mund halten.

Sie haben mich dann doch noch zu sich gebeten, und es ist ziemlich spät geworden.

Manchmal genügt es mir nicht, mit diesen Blättern allein zu sein und zu warten, daß vielleicht mein Vater – was er selten tut – oder mein Sohn ein paar nächtliche Worte mit mir wechseln. Ich kann meinem Vater seine Eigenbrötelei nicht übelnehmen. Er habe sein Quantum Menschen kennengelernt, er habe das Quantum an Geschwätz ertragen, das man ertragen könne, ihm sei nicht mehr nach Gesellschaft, ich möge es nicht übelnehmen.

Hund und Katze und Enkel genügen ihm eigentlich, und wenn er spätabends hier bei mir in der Wohnung ist, schweigt er meist, oder schaut sich Zeichentrickfilme an, die wir beide lieben. Ich würde gern über meine Mutter mit ihm sprechen, aber er sagt nichts und läßt sich nur selten einen halben oder dreiviertel Satz entlocken. Er habe ihren Enthusiasmus nie teilen können, ihre Weltneugier. Sie sei immer aufgeregt, und er habe beschlossen, nie mehr aufgeregt zu sein für den hoffentlich langen Rest seines Lebens. Robert sei ein Glück, und ich sei brauchbar. Mehr könne er nicht verlangen.

Also bin ich, vater- und sohnlos, noch ein bißchen zu Milan an die Rezeption gegangen, habe dies und das mit ihm besprochen und hörte, was ich erwartete: Die Kulturmenschen bestellten telefonisch Getränke und Minuites, kleine, heiße Blätterteighörnchen mit Pilzen und Entenleber gefüllt.

Laß mich's raufbringen, sagte ich zu Milan. Ich hab Lust dazu. Der Anderl – das ist derzeit Orlandos Küchenhelfer – ist aber noch da, hat Milan vorwurfsvoll gesagt.

Schick den Anderl heim! hab ich geantwortet. Milan ist eifersüchtig (was er nie zugeben würde), wacht über meine Tugend, und nennt das: Auf den Namen vom Haus muß man achten Tag und Nacht!

Es gab jedenfalls bei den Kunstherrschern ein respektvolles Hallo, als ich mit den Flaschen und dem Korb voller Minuites aufkreuzte. Natürlich habe ich getan, als sei das eine von meiner kostbaren Zeit abgesparte Auszeichnung. Dabei war mir nur langweilig.

Sie hatten sich alle im Schwarzweißen Zimmer getroffen. Von denen, die sie gemietet haben, ist es das größte, wunderschön geschnitten mit einem großen Wintergarten und den Lackmöbeln von Reichert. Das

Bett steht auf einem Sockel gegenüber dem Ofen, einem weißen Kachelofen, der bis zur Decke reicht. Er hat zum Flur hin eine Öffnung, so daß man das Zimmer nicht zu betreten braucht, wenn man ihn heizt. Das machen wir aber nur selten.

Das Zimmer sah gestern nacht allerdings gar nicht mehr schwarzweiß aus, auf dem Teppich lagen Manuskriptkoffer mit aufgeklappten Mäulern, das Bett war mit Papier und zwei streitenden Kritikern bedeckt, denen man ansah, daß sie für gewöhnlich ordentlich auf Stühlen sitzen und nicht herumlümmeln.

Parelli ist ein weichgesichtiger, leiser Mann, der für liberale Blätter schreibt und immer, wenn man nichts Böses denkt, gnadenlos über irgendeinen unglücklichen Künstler herfällt. Soweit ich ihn kenne, regt ihn alles furchtbar auf, was ihm hemingwayisch erscheint. Frauen rezensiert er sehr einfühlsam und wittert überall Jahrhundertbegabungen. Er lag sich in den Haaren mit einem, der auch allein schon oft in die Hölle gekommen ist, Neipperg, ich weiß nicht, ob der zu den preußischen Neippergs gehört. Ihm geht es ganz anders als Parelli, er ist immer froh, wenn jemand in seinen Büchern den Schaum vor dem Mund trägt, stolz, hart, fordernd auftritt. Ich wundere mich, daß sie ihn in eine Lyrikjury aufgenommen haben, denn ich könnte mir denken, daß er Naturgedichte einfach läppisch findet.

Er gefällt mir gut, ist groß und versucht britisch auszusehen. Wenn er lacht, verdeckt er seine Tabakspfeifenzähne mit der Hand. Es war ein wunderbares Bild! Die beiden hatten sich übers Bett geworfen, der eine von links, der andere von rechts und schoben zwischen sich eine Menge Fotokopien hin und her.

Sie standen zögernd auf, als ich hereinkam, die anderen saßen am Tisch. Auf die große Yucca im Wintergarten hatten sie Gedichte gespießt. Ich habe nichts gesagt, aber Elias stand auf und klaubte sie verlegen von den spitzen Blättern.

Warum? sagte ich – es sieht doch sehr dekorativ aus. Es ist die engere Wahl! sagte Elias.

Weißt Du, die hier wie die ausgerückten Schulbuben in den Zimmern ihre nächtlichen Wichtigkeitsfeiern abhalten, sind nicht die Wichtigsten in dem Metier, das weiß ich längst. Aber sie sind amüsanter als die anderen, weil sie nicht so seriöse Gewohnheiten haben. Ganz oben – ob es um Bücher geht oder um Kugellager – sind sie ein bißchen langweiliger, weil sie so auf sich aufpassen. Dabei lege ich großen Wert darauf, daß die Oberen auch hier wohnen, wenngleich ihr Schutz und ihr Tagesablauf, der immer wieder geändert werden muß, genau wie die Wege, die sie zurücklegen, den Rhythmus meines Hauses ein wenig stört.

Meist sind das ruhige, vorsichtige Gäste, sie stehen sehr früh auf, lassen sich zum Thermalbad fahren, oder ein müder Masseur sitzt schon in den Morgenstunden in unserer Halle und wartet drauf, irgendeinen Namenlosen, an dem die Finanzen ganzer Staaten oder die Stahlproduktion einer ganzen Region hängt, durchzukneten. Meine Künstler aus der zweiten Reihe sind viel lustiger.

Wenn Sie uns ein bißchen Gesellschaft leisten wollen, Frau Fuhrknecht? hat Elias gefragt. Ich merkte, daß sie es wirklich wollten, daß sie vielleicht einen kleinen, toten Punkt in ihrem Papierlabyrinth erreicht hatten und sich wach halten konnten, wenn sie ein bißchen vor mir paradierten und mir was über Gedichte erzählten, auch über den scheuen Mäzen, der damit über die Peinlichkeit seiner Millionen wegkommen wollte.

Dieser Millionär hat schon oft hier gewohnt, er ist ein stiller, unschöner Mensch, der offenbar längst aufgegeben hat, sich unter seinem ganzen Geld hervorzuarbeiten. Alle Welt läßt sich von ihm fördern, aber keiner macht sich die Mühe, ihn kennenzulernen. Er sei vollkommen unzugänglich, heißt es. Hier in der Hölle war er das gar nicht. Man brauchte ihn nur zu fragen, dann bekam man auch Antworten von ihm. Wahrscheinlich hat bloß nie einer von denen gefragt, gewöhnt, ungefragt zu reden, wie es ihre Art ist. Dieser Preis scheint ihm aber selbst am Herzen zu liegen.

Wissen Sie, Naturlyrik! sagte Elias, der mir von den Kulturleuten am vertrautesten ist. Es ist eine heikle Sache. Denkmäler aus Wörtern für etwas, das es nicht mehr gibt, oder realistische Beschreibung des beschädigten Zustandes? Auch die Dichter neigen dazu, sich Plätze zu suchen, an denen man nicht dauernd an das nahende Ende denken muß, das heißt, man kann schon dran denken, aber man macht es sich in einer hübschen Umgebung unter blauem Himmel einigermaßen angenehm.

Ich sagte nichts und hörte zu, das mache ich meistens so, nicht, weil mir nichts einfällt, aber es ist die einfachste Methode, um für intelligent gehalten zu werden. Außerdem dachte ich, während Elias redete, an unseren Garten, daß mir in keinem Jahr die Pfingstrosen anständig gekommen sind, und ob es wohl wirklich daran liegt, daß sie zu tief gepflanzt wurden.

Sehen Sie, sagte Elias, Sie begreifen genau, worauf es ankommt. (Ich hatte kein Wort gesagt.) Wir müssen beides haben, ein Jetztzeitgedicht muß die Sehnsucht formulieren, aber auch die Wirklichkeit. Mit der bloßen Abbildung irgendwelcher mehr oder minder seltenen und schwer auffindbaren Idyllen hat das nichts zu tun.

Elias hat bis vor wenigen Jahren nur Opern kritisiert und gelegentlich auch ein Schauspiel durch seine gezielt und gemein naiven Beschreibungen niedergemacht. Jetzt kümmert er sich merkwürdigerweise um Lyrik, vielleicht hat ihm auch das schöne Arrangement für die Gedichtfindung und das großzügige Honorar die Poesie ein bißchen nähergebracht. Er sieht aus wie ein ehrgeiziger Kommunalbeamter, klein, rund und schlecht angezogen, mit einem apoplektischen Gesicht und hellen, bösartigen Augen.

Der arme Millionär zahlt alles, auch den Alkohol. Solche Arrangements sind in der Preisklasse meiner Kulturmenschen ziemlich selten. Man denkt ja immer, da oben, auf dem Himalaya der Macht, ist das Geld abgeschafft. Einer, der noch zahlen muß, hat es nicht gepackt. Wir können ein Lied davon singen, nicht nur ich mit meinem erdbeernasigen Aufpasser und meiner kleinen Hölle, sondern auch die großen Läden, wie lang es manchmal dauert, bis man ordentlich abgerechnet hat und sein Geld auch kassiert! Dabei verschwindet es immer mehr, das Geld, meine ich. Man bekommt kaum noch welches zu sehen. Ich denke manchmal sehnsüchtig an diese altmodischen Kassen mit Scheinen, und an Tresore, in denen Rollen von Geld liegen, wie man's im Kino sieht. Es wäre mir lieber, wenn ich meine Arbeit so bezahlt bekäme, aber wir sind wahrscheinlich die letzte Generation, die sowas überhaupt noch gesehen hat. Der Tag wird kommen, wo ich meine Gewürze und den Salat im türkischen Viertel mit einer Plastikkarte bezahlen muß.

Geld ist doch etwas so Angenehmes! Und jetzt ist alles in dem gleichen Computer verwahrt, die Frühstückskartei und die Reservierungen, die Nachtkarte und der Weinbestand, die Eigenheiten der Stammgäste – verschlüsselt, denn das darf niemand wissen und ich kenne Journalisten, denen ein kurzer Blick auf unseren Bildschirm ziemlich viel Geld wert wäre, richtiges Geld! Ist das nicht lustig? Wenn betrogen oder erpreßt wird, kommt plötzlich wieder richtiges Geld ins Spiel, große Bündel in dicken, braunen Couverts wie vor hundert Jahren.

Aber ich wollte eigentlich von Elias erzählen. Nein, von der Nacht wollte ich erzählen, in der Pasodoble Frank erst zum Reden und dann zum Schweigen brachte. Aber jeden Tag geschieht etwas anderes, so daß ich mir die paar Stunden in der Nacht einteilen muß – und auch nachdenke, worauf ich Lust habe, was ich Dir erzählen will und was ich lieber weglasse, weil es mich geärgert hat oder Dich von mir fernhalten könnte.

Es ist lang keine Post von Dir gekommen. Du hast in all den Jahren diese Adresse benutzt, als wüßtest Du, daß ich von hier nicht weggehen würde. Oder hast Du Dir garnichts dabei gedacht? Es ist ja ungewöhnlich, daß man sein Studentenzimmer behält. Aber an die Adresse meiner Eltern hast Du nie geschrieben, obwohl Du sie kanntest.

Elias. Im Zimmer waren außer ihm noch ein mürrischer Fernsehjournalist, der Stücke schreibt, in denen viel Geschlechtsverkehr vorkommt und der so aussieht, als könne er sich diesem Gebiet nur dadurch nähern, daß er Stücke darüber schreibt, und ein dicker Mensch, der ein merkwürdiges Rasierwasser benutzt und, glaube ich, Cheflektor eines mittelgroßen Verlags ist. Ihre Namen weiß ich nicht und bin zu faul, nachzugucken. Sollte von denen noch zu berichten sein, werde ich es tun! Der mit dem Geschlechtsverkehr hat einen Doppelnamen.

Ich kann diese Art von Literatur nicht leiden, weil ich eigentlich prüde bin. Nur nicht im Bett. Aber ich schaue und höre mir das natürlich ohne Widerrede an wie alle anderen auch.

Nein, sie sind alle nicht bedeutend gewesen, wie sie mir da die einzelnen Gedichte vorgetragen haben, sich gegenseitig nicht ausreden ließen, und wenn der eine eins endlich gelten ließ, machte der andere es nieder. Es ist ja ein Gottesglück, daß die Dichter selber weit weg von diesen Gesprächen irgendwo ruhig schlafen oder mit ihresgleichen zusammen auf die Kritiker schimpfen.

Mir waren die Gedichte auch nicht wichtig, aber sie boten eine angenehme Art, nicht allein zu sein. Sie flirteten sehr ungelenk – bis auf den Dicken, der ein wunderschönes Lächeln hervorzauberte und geradezu österreichische Komplimente losließ. Ich war wieder mal für ein paar Stunden gut aufgehoben und teilte das Schulausflugsgefühl, das einen bei Konferenzen immer beschleicht.

Ich glaube nicht, daß sich die Bildschirmkonferenzen durchsetzen werden. Sitzen in einem Saal, sehen ihre Mitredner auf einem Schirm, schalten abends aus, gehen nach Haus. Nie wird das zur Gewohnheit werden, immer eine Notlösung bleiben! Oder es kommen welche nach, denen das Ertragen von Langeweile bereits angezüchtet ist. Ich mach mir keine Sorgen. Für die Hölle wird es immer Kunden geben! In Japan haben sie ein Hotel gebaut, in dem es überhaupt keine Menschen mehr als Personal gibt. Gäste aus Fleisch und Blut scheint es noch zu geben, aber ein elektronisches System für alles andere. Wahrscheinlich käme der alte Dr. Schattenberg oder der Schussel mit den Unterhosen nicht damit zurecht. Aber im Grunde finde ich es eine wahnsinnige Idee. Ich würde mir das gern einmal anschauen, umso genauer kann ich auf Gegenkurs steuern. Sie sollen es nur weiter so treiben mit dem Gleichmachen. Je öfter das geschieht, um so mehr muß sich die Opposition einfallen lassen.

Ich überlege, ob ich ein Dampfbad bauen soll. Selbig ist schon ganz verzweifelt. Er weiß es immer, wenn ich Pläne habe, noch bevor sie in mir gekeimt sind, ahnt er schon Fürchterliches. Kein Schwimmbad! Wir haben ja die Thermen in der Nähe, und so ein chloriertes, blaues Ding kommt mir nicht in den Keller. Aber ein Dampfbad, weiß und gold, in dem die Wolken stehen und man nur das Tropfen hört, und in dem man den anderen spüren, aber nicht sehen kann!

Was würden Sie von einem Dampfbad halten? habe ich gestern nacht die Kulturversammlung gefragt. Aber sie konnten mir nicht folgen und sahen sofort wieder eine Metapher dahinter, was zu ziemlicher Verwirrung führte. Ich wünschte, ich hätte von meinem Dampfbad nicht angefangen.

Ein Dampfbad! rief der Mürrische mit dem Geschlechtsverkehr unterdrückt. Sie hat es! Merkwürdigerweise kommen Frauen ja so mühelos auf den Punkt! sagte er neidisch und ich war so erstaunt, daß ich den Mund hielt.

Genau das fehlt in allen Texten. Sie sind trocken, sie sind ausgedacht! Nichts Gelebtes! Die Durchdringung von toter Materie! Dampfbad! Parelli war schon zu lang still gewesen und schloß sich jetzt erleichtert der Dampfbadfraktion an, während Neipperg hohnlachend sagte, daß gerade genug Dampf in den Gedichten sei.

Du kannst Dir gar nicht vorstellen, in was für ein Tohuwabohu man sie mit dem kleinsten Mißverständnis locken kann! Ich liebe es, ihnen zuzuhören, genauso wie den Richtern – der Alte von denen würde auch gut zu den Kulturleuten passen. Bei denen von der Rheinkonferenz, den Stahlleuten oder den Bankern wird es schon schwieriger. Um die zu durchschauen, braucht man einen anderen Verstand. Die meisten Menschen freut es einfach nicht, sich über einen Lombardsatz oder Floating oder Südafrikakredite den Kopf zu zerbrechen, noch weniger zum Beispiel über das Funktionieren einer Aufbereitungsanlage. Es freut einen nicht, das zu lernen. Über Gedichte zu reden freut fast jeden. Das geht mir nicht anders.

Du warst damals eher auf der Gegenseite. Wenn ich Dir damals etwas aus der Uni erzählt habe, schien es mir immer, als würdest Du mein Studium für eine Art unbedenklichen Zeitvertreib halten. Du gehörtest zu denen, die nachsichtig fragen, was man denn damit anfangen könne, mit den Minnesängern und den Romantikern und mit der Frage, welche Symbole im zwanzigsten Jahrhundert auftauchten? Ich habe mich darüber geärgert, aber Du gabst mir die Möglichkeit, Dir gegenüber einen winzigen Hochmut zu behalten.

Was nützt es? Das war eine Frage für arme Leute. Heute tut es mir leid, daß ich Dir nie aufmerksam zugehört habe, wenn Du mir zu erklären versuchtest, wie es außerhalb unserer Inseln zugeht. Daß ich so zufrieden auf der Insel bleiben wollte, nur durch Dich mit der Welt verbunden, war Dir aber lieb. Du warst halbherzig, mein Freund. Ein bißchen Wirklichkeit geht nicht! Und hätte ich so viel begriffen wie heute, wäre ich wahrscheinlich nicht bei Dir geblieben. Oder doch? Dann wärest Du vielleicht nicht weggegangen. Hättest Du, wäre ich, – was für ein sinnloses, geliebtes Spiel!

Stell Dir vor, ich wäre nur fünf Minuten später bei Grün über die Straße gegangen und nicht bei Rot, direkt vor Dein Auto! Mein Leben wäre anders verlaufen. Stell Dir vor, Du wärest an jenem kalten Morgen mit dem Zug gefahren! Stell Dir vor – immer ist es eine Lächerlichkeit, und das Leben wäre anders verlaufen. Vielleicht würde ich mit Elias über Naturgedichte reden, aber nicht in meinem eigenen Haus!

Es gab die letzten Tage viel Arbeit im Hotel. Die Sonne schien, und wir hatten die Fensterputzer hier. Ich werde mir noch jede Romantik abgewöhnen, wenn ich so weitermache. Ich denke: Der Garten! Und die Terrassenmöbel müssen abgewaschen und die Kissen ergänzt und der Kies geharkt und die Stiefmütterchen bestellt und in die Amphoren gepflanzt und die Teppiche gereinigt und die Markisen eingehängt werden! Es ist Frühling, sagen die Schulmädchen und gehen mit ihren Ghettoblastern ganz langsam an der Hölle vorbei. Und die Jungen erobern sich mit ihren Mofas Viertel, in die sie sonst nie fahren.

Das Kindergezücht (Gezicht, sagt Milan) ist wieder unterwegs. Chefin, ich glaub, wir kennen jetzt endgiltig die Portiere abhängen!

Ich schau dem Kindergezücht jedes Jahr nach, wie sie den Minoritenberg hinaufschlendern und in die fremden Gärten gucken. Ihre Lieblingssänger kenne ich nicht mehr. In ein, zwei Jahren wird Robert mich aufs Laufende bringen, aber zur Zeit klingt das, was die mit sich schleppen, wie aus einem sehr fremden Land. Sie kommen nur im Frühling den Berg herauf, machen eine Menge Krach, sammeln sich wie Vögel an bestimmten Ecken und verschwinden im Lauf des Monats wieder unten in der Stadt. Man kann sich auf sie verlassen, und wie die Leute früher nach den Schwalben Ausschau gehalten haben, halten wir hier in der Hölle Ausschau nach den Halbwüchsigen, die uns hier oben besuchen.

Mein trauriger Frühling! Aber es ist natürlich nicht traurig, sondern es macht mir Spaß, das Haus im helleren Licht zu sehen, Selbig wegen Geld zu bedrängen. Die Bilanz, Frau Fuhrknecht! (Er verteidigt noch an der Dampfbadfront und weiß nicht, daß es mir längst um neue Gardinen für die Halle geht.) Alles muß jetzt sehr schnell in Ordnung gebracht werden, und keiner darf merken, daß sich der Rhythmus vollkommen verändert hat. Denn auch die Gäste sehen in diesem Licht genauer, ohne es zu registrieren. Der Winter versteckt schon mal eine Spinnwebe oder einen blinden Leuchter, aber jetzt – es ist wie mit den schönen und sorgfältig ausgesuchten Dingen: Die Gäste merken nichts und spüren sie doch. Wenn Du ein solches Haus hast, mußt Du dafür sorgen, daß es immer neue Blüten treibt, immer ausgesuchtere Bequemlichkeiten und angenehmere Ausblicke bietet. Nur das Bestehende zu erhalten ist zu wenig, und das geringste Nachgeben, die kleinste Nachlässigkeit steigt den Gästen in die Nase als Geruch nach Niedergang.

Ich habe das schon oft in anderen Häusern bemerkt und versucht, die Spuren dingfest zu machen: Die Kalkspritzer auf den Wasserhähnen, die ausgerissenen Handtuchsäume, der Staub in den Gardinenfalten. Mich stört so etwas woanders überhaupt nicht, und ich bin den wenigen alten Häusern, die es in unserer Branche noch gibt, dankbar, wenn sie mir ihre Runzeln und Verwelktheiten zeigen. Ich habe Spuren gern, aber hier in der Hölle zeigen wir sie nur an der Außenfassade, und niemand würde glauben, was es kostet, eine Fassade so zu renovieren, daß sie verwittert aussieht und dennoch der Putz nicht in Placken auf die Gäste fällt.

Wir haben das bisher erst einmal machen lassen. Ich war deswegen mit sämtlichen Malerfirmen der Stadt verkracht, als Irre haben sie mich bezeichnet und in den Kneipen unten in der Stadt über mich gelacht. Dann habe ich einen Theatermaler gefunden, der im Kampf mit Bühnenbildnern weise geworden war. Er hat mir das gemacht, was ich wollte, und eine Zeit lang sind sämtliche hochmögenden Weißbinder der Stadt in der Dämmerung mit ihren Frauen um die

Hölle geschlichen, um zu gucken. Und es kam, wie es kommen mußte: Die Snobs, die ihre Abende bei Pasodoble in der Höllenbar verbrachten, fanden das Altneue oder Neualte schön, wollten es auch haben und machten den armen Malermeistern wahrhaftig die Hölle heiß!

Ich habe dann einen Frühschoppen arrangiert – denn auch die Mitglieder der Malerinnung sind ernstzunehmende Kunden –, der Theatermaler hat seine Kollegen instruiert und alle waren wieder friedlich. Für eine Irre halten sie mich immer noch, aber wenn man hier in der Stadt mit einem Spleen Geld machen kann, legen sich die guten Bürger den gleichen zu. Auf meine Spleens zu bestehen ist ein Erbteil von meinem Vater. Früher habe ich sie verflucht, aber mit den Jahren lerne ich, dankbar für diese Eigenschaft zu sein. Du bist natürlich auch einer von diesen Spleens.

Es war bei mir immer so: Ich konnte auf etwas sehr lang warten und mich in der Wartezeit scheinbar mit dem ersehnten Menschen oder Ding überhaupt nicht beschäftigen – aber ich habe die Sehnsucht stur und lang aufbewahrt, so lang, bis etwas sie mir erfüllte. Ich hätte wahrscheinlich eher das Haus mit den nackten Backsteinen stehen lassen, als einen Verputz zu akzeptieren, der zur Hölle nicht paßt.

Bei meinem Vater ist es ebenso. Schließlich hat er jahrelang eine Werbefirma mit allem Drum und Dran aufgezogen und geleitet, weil er wußte, daß er zum armen Maler oder zum exzentrischen oder zum wilden Maler kein Talent hatte – sondern nur zum Malen. Jeder hielt seine Umtriebigkeit und seinen geschäftlichen Erfolg für echte Leidenschaft. Ich auch. Aber jetzt weiß ich, daß er einfach keine Lust hatte, sich jahrelang zu langweilen – beim Warten.

Man kann sich tief in eine Sache vergraben, so, als sei sie die eigentliche, der lange gesuchte Weg, das ersehnte Ziel. Und in Wirklichkeit geht es um etwas ganz anderes, wovon keiner etwas ahnt. Ich glaube, daß viele Leute sehr erfolgreich geworden sind, weil sie etwas anderes getan haben, als sie sich wünschten. Man wird unempfindlicher, man nimmt Rückschläge sportlich. Wenn jemand etwas an der Hölle kritisiert, höre ich interessiert zu, aber es tut mir nicht weh. Hat der andere recht, ändere ich das Gerügte. Hat er nicht recht, sag ich's ihm. Aber ich leide nicht. Wenn aber jemand mir erzählte, Dir sei zehntausend Kilometer von hier entfernt eine Straße ins Meer gerutscht, würde mir das Herz stehen bleiben.

Ich glaube, da liegt ein wichtiger Unterschied zwischen uns beiden, denn Du tust genau das, was Du immer gewollt hast. Deswegen, denke ich, bist Du auch allein geblieben. Ich weiß nicht, ob Du mich verstehst, aber es ist mir wichtig, obwohl ich eigentlich zu müde bin zum Schreiben und lieber meinen Muskelkater einem unserer Masseure anvertrauen möchte, mich kneten lassen bis ins Dösen hinein, nichts denken. Verstehst Du?

Mein Vater wußte, wann der Zeitpunkt gekommen war, sein Leben zu ändern, das heißt aus seiner falschen Richtung in die richtige umzuschwenken. Er hatte die richtige nie vergessen. Ich stelle mir oft vor, daß er noch immer, wenn er morgens aufwacht, vor Freude und Dankbarkeit ganz verrückt ist – auch wenn er das nie zeigen würde. Aber die meisten Erfolgreichen vergessen, was sie eigentlich gewollt haben. Sie werden glashart und unberührbar. Pasodoble lacht über diese Theorie und sagt, dann seien alle Politiker Verhinderte. Sonst könne sie sich die Unempfindlichkeit, die sie zur Schau stellten, nicht erklären.

Ich bin mit der Hölle erfolgreich, weil sie nicht das Eigentliche ist. Manchmal vergesse ich das zwar, aber im Grund habe ich es immer gewußt. Ich muß zugeben, daß mir das noch nie im Frühling eingefallen ist. Es hat damit zu tun, daß Du näher kommst.

Das hindert mich nicht daran, allen mit meiner Putzwut auf die Nerven zu gehen. Die Schwanenhalshähne müssen mit Essig poliert werden (Essig mit Salz vermischt macht die Hähne schön, aber die Hände kaputt, und die Mädchen maulen). Ich denke an Dich, aber gleichzeitig forsche ich mißtrauisch in Orlandos Miene, ob nicht bald wieder eine seiner Fluchten ins Haus steht. Ich bilde mir ein, daß ich es ihm ansehe und Maßnahmen ergreifen kann. Aber Milan sagt, das sei bei ihm – Orlando – wie mit jeder Leidenschaft. Ob ers dreimal im Vierteljahr macht, Chefin, oder einmal im halben – Sie kennen sich nicht verlassen drauf, aufs Gute nicht, aufs Schlechte nicht. Sie kennen mit an Leidenschaftler immer nur zittern. Ist sehr schlecht für die Nerven!

Das braucht er mir nicht zu sagen. Ich kenn meine Nerven und meine Höllenmannschaft, die im Frühjahr unberechenbar wird. Es liegt nicht an der vielen Arbeit (in drei Wochen müssen wir ein Pensum von zwei Monaten erledigen, und keiner wehrt sich, Dinge zu tun, die er sonst ablehnen würde, denn ein Hotel ist eine strenge Hierarchie, die manchmal Anarchie wird), es liegt nicht an aufkeimender Liebe oder unkontrollierbaren Schüben von Lebenslust! Es wird einem nur klar, daß man ganz genau miterleben will, was in diesen paar Tagen geschieht.

Ich habe Dir früher einmal über das Zurückdrängen der Jahreszeiten geschrieben. Das halte ich aufrecht – für das ganze übrige Jahr, nur nicht für diese paar Wochen, in denen wir die Ruhe den Gästen gegenüber spielen und unsere Blicke in die dunkelsten Ecken kriechen, der Sonne folgend.

Es ist unser erster Frühling mit den Tieren, mit

diesen Tieren, bei denen man nicht immer an ihr bevorstehendes Ende denken muß wie bei Mäusen und Hamstern. Sancho geht würdevoll in den Garten. Jetzt merke ich zum erstenmal, daß er kein junger Kater mehr ist. Er schaut sich oft um, ob man die Tür hinter ihm offen gelassen hat. Der Hund setzt lange Sprünge über den Rasen, dreht sich, als wolle er sich selber überholen, und das Kind schaut mürrisch hinterher und beschwert sich, daß es ausgerechnet jetzt Zeugnisse geben soll.

Ich habe ihn nicht mit der Zeugnisangst erzogen, die ich haben mußte und von der ich annehme, daß sie der Grund für meinen Mangel an Lernlust, für mein Mißtrauen vielen Wissensgebieten gegenüber ist. Milan hat mir einmal gesagt, daß ich genauso wie jeder andere begreifen könne, wie die Mathematik geht, wenn man es mir erklärte. Aber ich habe abgewehrt, ich will nicht lernen, ich glaube nicht an diese Freude. Vielleicht waren die schrecklichen Zeugnisse daran schuld und ich will nicht, daß mein Sohn sich so davor ängstigt, wie ich es ein Vierteljahrhundert früher getan habe.

Im Herbst soll er aufs Gymnasium. Ein bißchen spät, aber ich finde das besser als zu früh. Und so ertappe ich mich, wenn er mault, bei den Mütterfragen und dem Mütterblick. Denn die Tatsache, daß er so gern lernt und daß er bisher kaum Schulprobleme hatte, macht mich leider nicht sicher. Die Schule ist mir eine zu finstere, zu unübersichtliche Macht. Elterngruppen und das Hineinregieren vieler Eltern in die Schule ist aber nicht meine Sache, ich habe weder Lust noch Zeit dazu.

Robert mault also und hat die volle Unterstützung seines Großvaters, der keine Gelegenheit ausläßt, seinen Enkel mit revolutionären Thesen auszustatten. Sie kommen bei Robert nur falsch an. Er möchte nicht keine, sondern mehr und eine andere Schule. Er haßt es zum Beispiel, wenn nach einer Dreiviertelstunde die Stunde endet und etwas anderes unterrichtet wird. Wenn man es grade gern hat, ist es rum, sagt er.

Ich habe Schule und Zeugnisse und die zu streichenden Fensterläden jetzt einfach aus meinem Gedächtnis geschoben. Hinten an der Hecke liegen die Veilchenpolster, wie Unkraut haben sie sich den ganzen schattigen Teil vor der Hecke erobert. Ein einzigesmal im Jahr ist diese Stelle schön, jetzt nämlich. Abends kann man den Duft kaum ertragen. Das ganze übrige Jahr sieht die Ecke dunkel und ungepflegt aus.

Wir sind eben nicht in den Tropen, sagt Pasodoble liebevoll und tröstend, was glaubst Du, wie Dir dort die Dauerschönheit manchmal das Gemüt verdüstert! Immer blüht es, suppentellergroße Blüten! Du rammst einen Besen in die Erde, und einen Monat später ist er ein Baum.

Sie sitzt in den zwei Veilchenwochen oft auf der Eisenbank hinten im Garten, geht kaum in ihre Wohnung, sondern bleibt, vom Haus aus fast nicht zu sehen, in der Tiefe des Gartens. Weiße Haare, weißes Kleid auf einer weißen Bank – und doch so dunkel. Wenn man sie ruft, scheint es, als wache sie nur mühsam auf.

Ein wunderbarer Ort! sagt sie, aber er macht einen zu schnell alt. Für zwei Wochen wird man ein ganzes Jahr älter. Sie hat recht, die restlichen fünfzig Wochen kümmert sich keiner um den Platz. Es ist eine Verschwendung.

Manchmal denke ich, die Gäste hinterließen eine Art Tellerminen. Man hat sie längst vergessen, sie sind an anderen Orten, die man nicht kennt, und dann passiert irgendetwas, das einen an den längst entschwundenen Gast erinnert.

Die Rheinkonferenz? Natürlich ist nichts dabei herausgekommen. Auch die Sechs, die bei uns gewohnt haben, sind nicht in Erscheinung getreten. Vielleicht hatten sie das beabsichtigt. Ich weiß es nicht. Im Fernsehen hat irgendeiner etwas verlesen: Man könnte jetzt endlich, man müßte und würde. Mit unnachsichtiger Strenge. Aber natürlich, die Einleitungsgenehmigungen! Alles nicht so schnell! Und die Arbeitsplätze und die Arbeitsplätze. Der berühmte Schwenk über die breiten, grauen Werksgebäude und die braven Menschen, die an den Toren reingehen, rausgehen. Im Fernsehen gehen die Arbeiter immer nur rein oder raus. Es geht doch darum, was sie drin tun! Oder eben nicht tun.

Ich kann mich erinnern, daß es sogar eine Demonstration gab, weil jemand Angst vor einer Werksstillegung verbreitet hat. Alles war also wie immer. Man war beruhigt, weil es die Konferenz gegeben hat, und das Volk hörte, nun würde etwas geschehen. Ich sag Dir, wenn ich nicht hier wohnte, wenn es, sagen wir mal, um die Elbe gegangen wäre, ich hätte mich genau so beruhigen lassen. Man kann nicht dauernd daran denken, ich mag nicht dauernd daran denken, und werde aggressiv, wenn Ilona mürrisch durch die kleine Tür ins Hotel geschlichen kommt.

Denn immer hat sie eine schwere Tasche voller Broschüren bei sich und kann Dir jede Art von Gangsterei und Gemeinheit der Industrie Schwarz auf Weiß zeigen. Sie schüttet Dir, wenn Du nicht aufpaßt, einen Schwall von Untersuchungen und Flugblättern über den Kopf, bis Du nach Luft schnappst und nur noch auswandern möchtest. Wenn Robert irgendetwas in ihrer Gegenwart ißt, tut sie so – bei allem! – als wollte ich mein Kind umbringen. Wir passen hier in der Hölle doch wirklich auf! Obwohl ich fürchte, daß unser Verzicht auf Rehmedaillons und türkische Aprikosen nicht ganz reicht, um den Gefahren zu entgehen. Wir werden hier langsam zu Kindern, Lieber! Iß das nicht! Trink das nicht! Wenn Du keinen grünen Salat ißt, kommt der Böse Mann nicht! Wenn Du Deinen Spinat nicht aufißt, wirst Du groß und stark!

Wirklich, ich komme mir manchmal kindisch dabei vor, wahrscheinlich bin ich eine Rabenmutter, aber ich kann den Robert nicht von jedem Sandhaufen wegscheuchen und vor allem und jedem warnen. Er ist sowieso – bis jetzt jedenfalls – kein sehr abenteuerlustiges Kind. Wahrscheinlich wird sich das mit einem Schlag ändern – ich kenne ja den Vater!

Also zurück zur Tellermine. Seit ein paar Tagen schreiben die Zeitungen hartnäckig von Papieren, die einer Redaktion zugespielt worden seien, und die einen großen Betrug bei der Rheinkonferenz beweisen würden. Du erinnerst Dich – das Gerücht war ja schon unmittelbar nach der Konferenz aufgetaucht. Es ist noch nicht ganz sicher, worum es geht, aber anscheinend ist man auf ziemlich hohe Summen gestoßen, die den für den Gewässerschutz Verantwortlichen »zur Verfügung gestellt« worden sind. Sie hätten aber gar nicht darüber verfügt, sagen die. Plötzlich liegt das Geld irgendwo herum, taucht in Papieren auf, und keiner ist es gewesen. Ganz herrenlos ist es, denn auch die Geber – die Firmen – sagen, daß es ihnen nicht gehört und daß ihnen von den Konten nichts bekannt ist.

Du kannst Dir denken, daß mir der Herr Doktor Pfeiffer aus Ludwigshafen mit seiner Golfkleidung und seinem Verschwinden wieder vor Augen steht. Ich wäre ja stolz, wenn mein diskretes Haus eine vernünftige Geschichte, eine wünschenswerte Indiskretion beschützt hätte! Es wäre mir eine Freude, aber ich kann überhaupt nichts beweisen, und Pasodoble nennt mich romantisch. Sie kann nicht verstehen, warum wir hier ganz angenehm und erfolgreich leben und andauernd grübeln, was in der Tiefe und in der Höhe sich eventuell zusammenbrauen könnte.

Wenns passiert, hast Du noch Zeit genug! sagt sie. Mein Gott, wie kann man sich dauernd mit dem Unsichtbaren herumschlagen. Da geh' doch gleich in die Kirche, die sind dafür zuständig.

Manchmal verstehe ich nicht, wie man mit zwei so unterschiedlichen Leuten befreundet sein kann – hie Ilona, hie Pasodoble. Aber es geht, das war bei mir immer so. Vielleicht macht einen diese Eigenschaft besonders geeignet, ein Hotel zu führen. Ich bin sehr neugierig, und es dauert lang, bis ich mich dazu aufraffe, jemanden nicht zu mögen. Es gibt Antipathien, sicher, aber bei mir haben die fast immer mit dem Aussehen zu tun, und einer braucht dann bloß einen freundlichen Satz über Sancho oder den Hund zu sagen – schon hat er bei mir gute Karten.

Ich mag Konflikte nicht sehr. Ich sei eine Diplomatin, sagt Pasodoble, sagt Ilona. Ich bilde mir ein, sie sagen es beide mit einem verächtlichen Unterton. Aber die beiden haben auch nicht recht. Wie Ilona das macht, mit der Dauerwut und ständig empört, geht es auch nicht. Irgendwann hört keiner mehr zu, der Schrei als einzige Lautstärke ist langweilig. Pasodoble – das ist etwas anderes. Vielleicht ist es töricht von mir, aber ich kann bei jemandem mit ihrer Geschichte keine Fehler sehen. Mit dieser Geschichte im Hintergrund kann man keine Fehler machen. Das ist eine unsinnige Betrachtungsweise – aber ich habe sie nun einmal und werde sie nicht mehr ändern. Anfangs habe ich mich in vielen Dingen getäuscht und mich fast mit der stummen, die Stammtischgäste belauernden Pasodoble gestritten.

Eines Abends hatte der Sohn des Delikatessenhändlers (Anfang dreißig, er ist mir mal ein bißchen nachgestiegen, und ich fand ihn ganz dekorativ) zu Frank gesagt: Volk! Reden Sie doch nicht von Volk! Das Volk ist schon vor meiner Geburt abgeschafft worden, wir sind eine amerikanische Kolonie, Vielvölkerstaat unter Dauerbesatzung. Ich fand, er habe recht.

Es ist vielleicht ein bißchen ruppig ausgedrückt, aber doch nicht falsch, oder, Pasodoble? sagte ich. Sie schaute mich mit ihren abgründigen Augen an und sagte nur: Quatsch. Gefährlicher Quatsch! Sie sind immer noch da.

Wer? fragte ich.

Und sie: Du siehst sie nicht, und wenn sie Dir auf den Zehen stehen. Du kannst sie nicht sehen. Dein Alter ist wie eine Schutzhaut.

Das ist nicht wahr, sagte ich, aber ich weiß genau, worauf Du hinauswillst.

Josef Maria Frank war mir durch Pasodobles knappe Informationen unheimlich, aber ich habe lange Zeit nicht gewagt zu denken, da sitzt ein Mörder. In meiner schönen Höllenbar sitzt ein Mörder? Ich wagte mich nicht einmal in die Nähe dieses Gedankens und dachte, daß Pasodoble Frank als Informanten, vielleicht als einen Informanten mit schmutzigen Händen, belauere. Sie hat seine Täterschaft nie beim Namen genannt, schob den farblosen Mann nur sachte mehr und mehr in diese Richtung, wenn sie über ihn sprach. Was sie selten tat.

Wie konntest Du es aushalten, jede Woche mit ihm zusammen zu sein? Ich habe ihr diese Frage immer wieder gestellt, war mit ihren Antworten nie zufrieden.

Einmal sagte sie: Am liebsten wäre es mir gewesen, wenn ich ihn Tag und Nacht unter Kontrolle gehabt hätte. Wenn er nicht kam, war ich unruhig, so, als würde er mir im letzten Moment noch entkommen.

Manchmal schien Frank zu spüren, daß mit ihm zusammen etwas im Raum war, das ihn bedrohte – nicht jemand, sondern etwas. Ich glaube, Leute wie er mußten sich eine feine Witterung angewöhnen. Es waren ja nicht viele, die ihnen ans Leder wollten, als alles vorbei war, aber vor den wenigen mußten sie auf der Hut sein.

Ich habe meinen Vater später ausgefragt, so weit er sich ausfragen ließ. Nicht, daß er mir etwas verschwiegen oder diesen Teil seines Lebens vor mir verborgen hätte – im Gegenteil. Er wird nur noch schwerzüngiger, noch ungefüger als sonst, wenn er davon erzählt. Das macht der große Ekel, den er Zeit seines Lebens nicht mehr losgeworden ist. Er schleppt diesen Ekel mit sich herum, weil er dabei war, nur dabei. Der Ekel hat ihm, glaube ich, alles schal gemacht, den Erfolg, die Menschen, die Arbeit. Meine fliehende, quer über die Welt fliehende Mutter nennt das Selbstzerstörung. Sie versteht ihn nicht.

Ich quäle ihn, wenn ich ihn ausfrage, man quält ihn ja sowieso, wenn man ihn nach irgendetwas fragt. Aber er war der einzige, der mir nah war, und der Nachricht hätte geben können aus dieser Zeit. Pasodoble gegenüber hatte er sich gerechtfertigt, hatte eine kleine, machtlose Gefreitengeschichte erzählt: Ein wenig Kameraderie, viel Entsetzen, viel Unverständnis. Er habe nie Juden gesehen, sagt er, aber er sagt es mit geplagter Stimme. Ich glaube ihm. Dennoch wollte er alles über diesen stillen, harten Kampf zwischen Joseph Maria Frank und Pasodoble hören, gerade weil er mir meine Fragen: Was sind das für Leute? Wer waren sie? nie richtig beantworten konnte.

Er war sechzehn gewesen, als der Krieg begann. Dennoch ließ ihn Pasodoble nie in die Nähe ihres eigenen Alters – die paar Jahre trennten die beiden wie eine Generation.

Ich weiß nicht, was er ihr gegenüber empfindet. Ich glaube, daß er ihr mehr aus dem Weg geht, als er es ohnehin mit den Menschen tut. Sie behandelt ihn respektvoll und freundlich, als wäre er hundert Jahre alt und käme aus einer fremden, barbarischen Kultur. Sie liebt, glaube ich, seine Bilder.

Er kann gar kein guter Maler sein, sagt sie und lacht. Beweis: Seine Bilder gefallen mir! Ich habe nie Kunst gesehen, die einzige Kunst, die ich kenne, hängt im Stadtmuseum von Salvador, Melonen auf Tellern und bunte Frauen, die Wäsche am Fluß waschen. Es ist viel zu heiß dort für Kunst. Wir haben nur Kirchen voll Gold und Hitze und schwarze Engel aus Holz mit dicken Backen. Es darf nicht so heiß sein für Kunst!

Seine Sachen gefielen ihr, vielleicht wie ihr ein Blumenstrauß gefiel oder die Farben eines Schals. Meine Mutter würde über sie sagen, daß sie nicht in der Lage sei, tief zu empfinden. Du weißt, meine Mutter weiß immer alles über jeden und kennt sich in den verborgensten Winkeln des Charakters aus! Aber sie war lang nicht hier und kennt Pasodoble nur flüchtig.

Pasodoble kann nicht tief empfinden? Vielleicht ist was dran. Gott sei Dank kann sie das nicht, will sie das nicht. Immer mit den Gefühlen auf dem Gipfel oder im Tal, wie hätte sie da ihr Leben aushalten sollen und die Erinnerungen, an denen sie nicht schuld ist? Kunst, Musik, Bücher – sie hat nichts dagegen, sie braucht manchmal kleine Stücke davon und schaut oft mit ihren ruhigen, verschlossenen Augen an den Sätzen in der Bar entlang. Wenn sie auf einen trifft, der ihr besonders gefällt, krümmen sich ihre Mundwinkel nach oben, das Lächeln bleibt eine Zeit lang und verschwindet wieder, oder macht einem Lachen Platz. Sie lacht viel mehr, als daß sie lächelt. Schöne Pasodoble!

Du ahnst nicht, wie froh ich war, daß sie mich nach der Beendigung ihres – ich weiß bis heute nicht, wie ich es nennen soll, einen Auftrag, eine Mission, einen Plan – nicht verlassen hat. Ich rechnete lang damit, sie war ja auch danach eine Zeit lang verschwunden, und ich hatte die Bar übernehmen müssen, abwechselnd mit ihrer freundlichen Aushilfe, die so perfekt im Service und so langweilig war. Robert war damals grade acht.

Der letzte Abend, den der Stammtisch in der Höllenbar verbrachte, war nicht so geplant, sagte Pasodoble mir nachher. Sie plante ja überhaupt wenig, ließ Menschen und Dinge auf sich zukommen, öffnete und schloß sich langsam wie eine Venusfliegenfalle, sprach wenig. Ich wußte von ihr nur, daß sie sich der Mittäterschaft von Frank beim Tod ihres Vaters damals endlich sicher war.

Sie hatte immer wieder Splitter von Informationen erhalten. Auch unser Altwarenhändler, der Zauberkönig, hatte ihr helfen können. Bei dem war sie eine Zeit lang oft gewesen. Eine Verbindung Reicherts mit diesem Mord – diesem einen Mord unter so vielen – ließ sich nicht nachweisen. Aus der Ferne hatte er offenbar der kurzfristigen Verwendung der Villa als Verhörort zugestimmt. Der Besitzer selbst war wohl damals schon senil, heldenbegeistert, wahrscheinlich in jeder Beziehung schwerhörig. Er starb bald darauf, und Reicherts Erbschaftsverfahren zog sich dann jahrzehntelang hin. So bröckelte die schöne Villa, die sie geschändet hatten, hilflos vor sich hin.

Vielleicht kannst Du nicht verstehen, daß ich mit dem Haus Mitleid habe, vielleicht ist Mitleid auch nicht das richtige Wort. Aber ich lebe doch in ihm, will auch in ihm leben, und ihm nicht wie etwas Schuldigem begegnen.

Was willst Du? sagt Pasodoble. Ich begreife Dich

nicht. Was weißt Du von den Mauern, was weißt Du, wer über den Boden gegangen ist? Bei uns zuhaus gibts viele Methoden, die bösen Geister auszuräuchern. Man benutzt Puppen und kleine Flöten, Tänze und allen möglichen Gestank, um einem Ort seine Erinnerungen zu nehmen, oder ihm neue zu geben. Bei uns kannst du an jeder Straßenecke Vergessen kaufen. Ich habe das auch getan, jeder, der dort lebt, tut es. Aber, sagt sie, du brauchtest den ganzen Hokuspokus nicht. Du hattest ja mich.

Ich antworte darauf nicht, und seit einiger Zeit gerät Frank nicht mehr in unsere Gespräche. Mein Haus tut mir dennoch leid, weil es das hat tragen müssen, weil es mir verwundet erscheint. Es ist das Beste, niemanden lang hier zu behalten und nur Höflichkeit und Schönheit zu verkaufen, wie ich es tue. Keine Täfelchen, keine vertrockneten Kränze an irgendwelchen Gedenktagen. Dies ist meine Heimat, ich habe sie mir aufgebaut. Aber nicht aus dem Nichts, weil man das nicht kann.

Als ich ein Kind war, sind wir immer umgezogen, da waren Orte nicht wichtig, sondern nur die Positionen meines Vaters, und die Frage meiner Mutter, ob in der neuen Stadt auch kulturell genug geboten würde. Ich war, glaube ich, auf acht verschiedenen Schulen, fand schnell Freunde, trennte mich leicht.

Wir haben einander nicht viel über unsere Kindheit erzählt, erinnere ich mich. Das heißt, nicht nur ich wußte kaum etwas über Dich, sondern auch Du hast mich nicht nach mir gefragt. Vielleicht war ich aber damals noch mittendrin in meiner Kindheit, damals, als wir zusammen waren.

Am letzten Abend von Joseph Maria Frank und seinen Freunden war die Höllenbar gut besetzt, wie fast immer, und wie fast immer kamen sie kurz hintereinander und warteten bei Pasodoble am Tresen, bis ihr Tisch frei wurde. Sie brauchten nie lang darauf zu warten, sie hatten eine Art, fordernd und vertreibend die Gäste zu betrachten, die sich ahnungslos in die Ecke gesetzt hatten, daß die ziemlich bald aufzustehen pflegten – selbst wenn sie nicht genau wußten, was sie eigentlich aufstörte. Auch das hatte Pasodoble schon oft beobachtet und ihrem geduldig zusammengetragenen Bild des Mannes, der ihr Feind war, hinzugefügt.

Manchmal bemerkten sie auch, ohne die Stimme besonders zu senken: Mein Gott, was ist denn grade für eine Messe? Was habt Ihr denn für Leute hier? Oder: Verehrteste, Sie haben doch sonst einen so untrüglichen Blick – lassen Sie jetzt schon die Vertreter herein?

Du darfst dir das nicht wirklich laut, nicht aggressiv vorstellen, es hatte etwas Spielerisches, als probierten sie aus, über wieviele Meter und durch wieviel Geräusche hindurch sie Macht in einem Raum ausüben konnten.

Sie hatten gelernt, sich durchzusetzen. Das heißt, Frank hatte es gelernt und die anderen, die erfolgreichen, jungen Erben wollten es ihm abschauen. Sie spürten seine Härte wie einen anziehenden Geruch, den auszuströmen sie sich wünschten. Sie wollten, daß es still würde, wenn sie einen Raum betraten, daß die Blicke sich an ihnen vorbei nach unten ins Nichts richteten, daß die Frauen eine andere Art hätten, sich in die Haare zu greifen, als sie es sonst taten, wenn ein Mann hereinkam.

Ich nahm das am Anfang nicht so wichtig. Beobachtungen gehörten einfach zu meinem Beruf. Man kann gar nicht vermeiden, die Leute von Kopf bis Fuß anzuschauen und sich ihre Bewegungen, ihre Gesichtszüge, ihre Stimmen einzuprägen, um Schlüsse daraus zu ziehen.

Ich kenne viele Frauen, die auf ihre Menschenkenntnis stolz sind. Immer erzählen sie dir, daß sie auf den ersten Blick Bescheid wüßten, daß sie nur ihrem Instinkt vertrauen dürften, nicht dem Verstand, denn der irre sich oft. Ich habe nicht besonders viel Menschenkenntnis, ich treffe zu viele Menschen. Ein ungefähres Empfinden von Kühle beim einen oder Hitze beim anderen – mehr nicht.

Ich habe Glück gehabt und bin neugierig, meine wenigen Menschenkenntnisse habe ich von Milan und Jana abgeschaut, auch die hingeknurrten Halbbemerkungen meines Vaters sind recht aufschlußreich. Wenn ich Dir jetzt über Frank und seine Kumpane erzähle, ist es, weil ich will, daß Du alles mit mir teilst; auch die Unzulänglichkeiten und das Alleinsein; wenn man nach einer Entscheidung gefragt wird und einem keine einfällt; wenn man in sich die Wut sucht und nicht finden kann. Weil ich Dich eben zwingen will, das alles mit mir zu teilen, wird es eine Geschichte sein, die ich mir zusammengesetzt habe und die erst später ihre Form und Verständlichkeit bekommt.

Es hatte sich im Lauf der Zeit ergeben, daß ich die Bar an den Abenden besuchte, an denen der Stammtisch seine Ecke besetzt hielt. Ich wußte nicht, warum ich das Gefühl hatte, gebraucht zu werden; man bildet sich das sowieso meistens nur ein. Aber ich mochte Pasodoble mit denen nicht allein lassen, obwohl sie ihr respektvoll und distanziert begegneten. Sie sah aus wie immer an diesem Abend, und wie immer klirrten ihre Ringe an den Gläsern, eine immerwährende, spröde kleine Barmusik. Ja, Musik hatten wir auch an dem Abend. Ein Pianist, den ich in der Stadt kennengelernt hatte, spielte.

Er war mir in der Fußgängerzone aufgefallen, weil er mit dem Rücken zum Kreis seiner Zuhörer auf einem winzigen Klavier Mozart gespielt hatte und dabei gleichzeitig beschämt und wütend aussah, aber auch wie einem Lachkrampf nahe. Ich war zwischen den Leuten stehengeblieben und konnte sein Gesicht in einer Schaufensterscheibe sehen. Wie er spielte, trotz dieses lächerlich fipsigen Instruments, gefiel mir. Außerdem sah er gut aus, vielleicht vierzig, dachte ich. Da hatte ich mich ziemlich verschätzt, stellte ich später fest. Ich wartete in der Nähe, bis er fertig war und wunderte mich, daß er wegging und sein Miniklavier einfach stehenließ.

Moment mal, hatte ich ihn gefragt, lassen Sie das Ding einfach hier allein?

Er schaute mich an: Madame, antwortete er, ich bete jeden Abend, daß es einer klaut.

Du verstehst, ich konnte ihm nicht widerstehen! Jedenfalls überzeugte ich ihn schnell von meinem schönen, kleinen Flügel, unseren ausgezeichneten Weinen und vor allem davon, daß es in der Höllenbar wärmer sei als in der Fußgängerzone.

Nein, ich kenne seine Geschichte bis zum heutigen Tag nicht, ich habe ihn seit damals auch nicht wiedergesehen, denn er war wie Pasodoble danach verschwunden, aber im Gegensatz zu ihr nicht wieder aufgetaucht. Seine Geschichte? Ich habe ihn nicht danach gefragt. Es wär' ja sowieso wieder nur etwas mit Liebe und Alkohol oder beidem herausgekommen.

Er hatte schon zwei oder drei Wochen bei uns gespielt und war sehr beliebt, weil er so wunderbare Mischungen zustande brachte. Die Gebildeten (würden Sie nicht auch sagen, daß Horowitz bei den Nocturnes das Tempo ein bißchen sehr forciert?) waren glücklich mit ihm. Er half aber auch denen, die sagten: Entschuldigen Sie, da gibts was, das geht ungefähr: tati, tam, tam, tam, taaa, das hab ich mit meiner Freundin in Venedig gehört, können Sie das? – Er konnte es immer. Wir waren richtig glücklich mit ihm, Pasodoble meinte, von denen, die wir schon gehabt hätten, störe er am allerwenigsten und halte Gott sei Dank die erleuchteten Laien vom Flügel fern.

Ja, der Abend. Sie warteten also auf ihren Tisch, als ich reinkam, standen sie noch am Tresen. Es war nicht mehr früh, Leute aus dem Theater wollten kommen, außerdem war bei einem Landtagsabgeordneten, der für seinen schlechten Wein und die Langweiligkeit seiner Feste berüchtigt ist, eine Party gewesen, und Pasodoble hatte mir schon zugeflüstert, diese Feier würden wir sicher früher oder später beerben. Es war also ein ganz normaler Abend, ein paar Hotelgäste saßen natürlich auch da, ein Schauspieler, der viel im Fernsehen macht, drehte sich dauernd um, weil er nicht fassen konnte, daß ihn keiner ansprach.

Ach, die Frau Fuhrknecht, sagte er zu laut, als er mich sah, es ist immer wieder reizend bei Ihnen. Er zeigte auf die Wände. Nette Idee, sagte er. Aber fänden Sie es mit Autogrammen nicht wesentlich origineller?

Er saß grade unter dem Vers, der mir vorkommt, als habe Heine ihn für meine Hölle geschrieben: »Ja, Zuckererbsen für Jedermann,/Sobald die Schoten platzen!/Den Himmel überlassen wir/Den Engeln und den Spatzen«.

Nein, habe ich geantwortet, origineller fände ich das mit den Autogrammen eigentlich nicht, auch wenn ich mich über eins von ihm sehr freuen würde, natürlich.

Na, bei Ihrer Klientel, sagte er etwas gekränkt, da hätten Sie schon längst einen eindrucksvolleren Wandschmuck beisammen. Mit Bildern! Er zählte auf, wer alles hier wohnt und wovon mindestens die Hälfte unter der Rubrik »Wir begrüßen . . .« in unserem Blättchen auftaucht. Die wirklich Mächtigen natürlich nicht!

Ich hörte diesem Ärztedarsteller zu und dachte darüber nach, wie schwierig es gewesen war, die einzelnen Faksimiles zu bekommen, dann die Signaturen, möglichst aus der gleichen Zeit wie das Zitat. Wir haben sie photomechanisch vergrößert, und von der Photographie wurden sie dann abgemalt. Die merkwürdige Farbwirkung kommt daher, daß wir auch da beim Original zu bleiben versuchten, also alle Schattierungen zwischen hellem Sepia, bläulich, Violett und Schwarz vertreten waren. Man sah nicht, daß es verschiedene Farben waren, nur verstärkten die verschiedenen Nuancen der Dunkelheit den Eindruck eines zusammenhängenden Gemäldes.

Während ich das dachte, erklärte mir der Schauspieler, wie wunderbar sich Großphotos machen würden. Ein ganzer Olymp käme da in der Höllenbar zusammen! Meinen Einwand, es wolle doch nicht jeder mit sich selber in Nilpferdgröße trinken, ließ er nicht gelten.

Man hätte mit dem Heine ja die ganze Bar ausstatten können, aber ich habe mich doch auf zwei Zitate beschränkt, das andere steht etwa in Kopfhöhe neben der Bar: »Himmlisch war's, wenn ich bezwang/Meine sündige Begier; Aber wenn's mir nicht gelang,/Hatt' ich doch ein groß Plaisir«. Für jemanden, der Liebeskummer hat, ist er die beste Lektüre. Er bringt einen zum Lachen, macht sich aber nicht lustig.

Es war also ein ganz normaler Abend, und die fünf oder sechs, die ihren Tisch nun längst erobert hatten, waren nicht laut, tranken viel, wie immer. Man bekommt das ja alles mit, die Geschwindigkeit, mit der an einem Tisch neue Runden bestellt werden, die Art und Stärke des Alkohols, die anschwellende Lautstärke und die verwascheneren Wörter, wenn es später wird. Der Pianist – »Sie können einfach Dieter zu mir sagen, das genügt!« – unterhielt sich mit der Frau des

Schauspielers, und ich horchte ein bißchen besorgt hinüber, ob sie etwa singen wollte, denn sie sah so aus. Aber das Resultat der Verhandlungen war ein Satie, den höre ich sehr gern, und er paßt in die Höllenbar.

Am Stammtisch waren sie unmerklich lauter geworden. Der Tabakhändler Albus ereiferte sich über irgendetwas, aber er schien seine Sätze immer erst dann zu Ende zu bringen, wenn er sich vergewissert hatte, daß Frank auch einverstanden war.

Sie sprachen über einen Prozeß, der in Norddeutschland stattfand, in den ausländischen Zeitungen wurde viel darüber geschrieben. Man müßte was tun, sagte Albus aufgeregt, man müßte endlich die Sache herumdrehen, den alten Mann unterstützen. Der alte Mann, von dem sie sprachen und der im Fernsehen einen gesunden Eindruck machte, war wegen der Ermordung von Kindern in einem Keller kurz vor Kriegsende angeklagt worden, zum zweiten oder dritten Mal schon. Aber es war nie ein Urteil ergangen, obwohl seine Täterschaft erwiesen war.

Ich hörte nur Bruchteile des Gesprächs, Frank sprach nicht viel, sondern ließ die anderen reden, nur einmal hörte ich ihn sagen, es sei gut, daß die Jüngeren endlich erkannt hätten, wie man sie betrogen habe. Er sprach finster und mürrisch, so, als seien ihm seine eigenen Sätze gleichgültig. Ich mußte an das Wort vom Überdruß denken, das Pasodoble einmal gesagt hatte: Sie wolle nur, daß er den Überdruß empfände. An dem Abend machte er jedenfalls den Eindruck eines Menschen, der überdrüssig ist, der sich daran gewöhnt hat und seine Geselligkeit nur spielt.

Die Jüngeren seien nicht hart genug, sagte er. Keiner sei in der Nähe einer wirklichen Tat, sie redeten nur, satt und feige.

Ich hörte hin, war wütend, hörte wieder weg. Du

kannst kein Hotel führen, wenn Dich das Gerede der Leute wahnsinnig macht, Du mußt immer wie durch Watte hören. Ich gebe zu, daß ich mich daran gewöhnt habe. Aber die Klagen um die Würde eines Mörders gingen mir zu weit. Ich konnte nicht sehen, ob Pasodoble zuhörte, sie war an der Bar beschäftigt, aber sie schien mir konzentrierter als sonst. Oder anders konzentriert. Ich wollte diese Gruppe loswerden, aber es wäre schwierig gewesen, ihnen Lokalverbot zu geben. Weswegen auch? Weil sie einem Nazi nachweinten? Irgendetwas Verschwörerisches konnte ich ihnen nicht nachweisen. Und Pasodoble schien ihre eigene Rache nicht offenbaren zu wollen.

Ich habe Dich immer für mutig gehalten, vielleicht war das die Eigenschaft, die ich an Dir am meisten geliebt habe. Oder noch am meisten liebe, wenn man sie Dir nicht unterwegs abgekauft hat. Aber das hätte ich gespürt! Du wirst also immer noch mutig sein und nicht verstehen können, wie sehr ich mich danach sehnte, einfach aufstehen und diese Clique hinausschmeißen zu können, den Anführer zu ohrfeigen, der Höllenbar einen ehrenwerten Skandal zu schenken.

Ich habe mich einfach nicht getraut, saß elegant da, achtete auf die Stellung meiner Füße, nuckelte an meinem Drink, redete Blödsinn mit dem blödsinnigen Schauspieler und versuchte zu übersehen, daß da ein ganz selbstbewußtes Nazipack von meiner schönen Bar Besitz ergriffen hatte. Ich war zornig auf mich, aber auch auf Pasodoble, die doch jahrelang eine schweigsame Jagd auf sich genommen hatte, und nun schon monatelang ihr Opfer, ihren Täter im Visier sah, jede Woche, immer wieder. Sie tränkte und fütterte ihn und ertrug gleichmütig seine Blicke.

Aber sie hatte genau zugehört, die ganze Zeit. Sie ging zum Tisch, um die Aschenbecher auszuwechseln. Es war nicht mehr so voll, der Raum summte aber noch von Stimmen, und ich hörte sie nur sagen: Sehr vertraut, nicht wahr?

Was meinen Sie damit? fragte Frank laut zurück. Albus und die anderen schwiegen verblüfft.

Ich glaube, daß Sie diesen Raum schon sehr lang kennen! sagte Pasodoble. Ich konnte ihre trockene Stimme jetzt deutlich hören. Es schien, als habe sie lang geübt, bis sie jedes Gefühl, jede Feuchtigkeit des Tons (Du verstehst, was ich meine) aus ihrer Stimme vertrieben hatte. Sie sprach nicht wie eine Frau, auch nicht wie ein Automat. Etwas von dieser Zurückhaltung, von diesem Mangel an Werbung war immer schon in ihrer Stimme gewesen, aber an dem Abend war ihr das bis zur Vollkommenheit gelungen: Alles Klagen war aus ihrer Stimme verbannt, sie würdigte den Mann ihr gegenüber, den Mann, auf den sie jetzt herunterschaute, keines einzigen Gefühls.

Woraus schließen Sie das? fragte der Feind zurück.

Du mußt es Dir ganz richtig vorstellen. Ich will das! Ich quäle mich deshalb mit diesem Abend herum, mit all den kleinen Tonfetzen und Bilderstücken, die ich zusammensetzen muß, damit Du ein ganzes Bild sehen kannst.

Alles war vollkommen unauffällig, und ich merkte, wie ich mit feuchter Hand mein Glas umklammerte, weil ich wünschte, daß es weiter unauffällig in meiner Bar zugehen sollte. Dieter spielte noch immer Satie. Keiner hatte etwas anderes bestellt. Die Leute sprachen miteinander. Es waren vielleicht noch dreißig Gäste da.

Ich habe es herausgefunden! sagte Pasodoble, stellte den Aschenbecher ab und ging wieder zu ihrer Bar, um Drinks zurechtzumachen, Wein einzuschenken und Orlando eine Bestellung durchzutelefonieren.

Ich sah, wie Frank halb aufstand und dem Delikatessenhändlerssohn etwas sagte, etwas kurzes. Der stand seinerseits auf, während Frank sich wieder setzte, nachdrücklich und mit einem verächtlichen Ausdruck im Gesicht. Der Adlatus brachte seinem Chef den Mantel, aber Frank legte ihn neben sich, als habe er sich anders besonnen.

Mich hatten sie die ganze Zeit merkwürdig wenig beachtet. Ich wußte plötzlich, daß ich Pasodoble für eine Nacht mein Haus übergeben hatte, wortlos. Und ich schäme mich immer noch, wenn ich an das erleichterte Gefühl denke, mit dem ich die Verantwortung hatte fallen lassen. Alles ging weiter, aber ich hatte für eine Nacht nichts mehr damit zu tun.

Frank wartete, während seine Kumpane miteinander sprachen und ihn zwischendurch immer wieder richtungsuchend ansahen. Ein erbärmlicher Haufen von Männlein. Sie wußten nicht, um was es ging, sie hatten zu den Verbrechen wahrscheinlich eine Beziehung wie zu einem Fernsehfilm oder einer Abenteuerreise in den Clubs, von denen sie so gern erzählten, oder ihren angeblich überstandenen Strapazen, mit denen sie prahlten. Sie kannten nur künstliche Strapazen, für die sie auch noch bezahlten. Vor meiner Tür – vor Pasodobles Tür – standen sicher wieder ihre Range-Rovers, mit denen sie die Dschungelpiste zur Bar heraufgefahren waren!

Frank wartete und Pasodoble wartete, während sie ihre Arbeit tat und ich ihr zusah, ihren knappen, gescheiten Bewegungen. Ich kenne niemanden, der sich so klug bewegt, sie macht keine überflüssige oder sinnlose Gebärde. Du kannst Dich drauf verlassen, kein Mensch kriegt ein Glas mit so wenig Körperaufwand und in so kurzer Zeit wie sie trocken und makellos blank. Nie zerbricht sie etwas, nie rutscht ihr eine Flasche aus der Hand. Was ich mir im Lauf der Höllenjahre mühsam beigebracht habe – nicht nutzlos herumzuhampeln, für alle Arbeiten den sinnvollsten

Ablauf zu finden –, das konnte sie von Natur aus. Und weil es so vernünftig war, sah es auch anmutig aus, wirklich anmutig. Obwohl ich mich erinnern kann, daß mir an jenem Abend die Kargheit ihrer Bewegungen wie ein Ausdruck von Scheu, fast Angst erschien, merkte ich, wie Frank immer wieder zu ihr hinsah. Vielleicht hatte er auch Angst. Aber die seine gab ihm ein anderes Gesicht und tarnte sich als Hochmut.

Ich wurde von Gästen begrüßt, man freue sich, daß ich mich mal wieder in meiner eigenen Bar blicken ließe, hieß es. Ein Glas Champagner werden Sie uns doch nicht abschlagen, Frau Fuhrknecht? Das funktioniert ganz automatisch, du lächelst, du interessierst dich, du siehst dem Gast ins Gesicht, du antwortest vernünftig. Du hättest das nie gekonnt!

Nein, ich erzähle Dir jetzt nicht, wie die letzten Tage verlaufen sind. Ich zeige Dir nicht, wer angekommen, wer abgereist ist, und ich gehe auch nicht in den Garten mit Dir. Robert bleibt draußen aus diesem Brief, jedenfalls jetzt, und mein Vater malt weiter und hilft mir nicht dabei, Dich und mich abzulenken. Zur Zeit tu ich meine Arbeit auf die Abende hin, denke an meinen Schreibtisch und an den Brief an Dich, der aus mir alles noch einmal herauszieht. Aber das muß wohl sein.

Pasodoble versteht das heute nicht mehr. Es ist vorbei, sagt sie. Was schaust Du nach rückwärts? Was plapperst Du an einen Unsichtbaren hin? Allerdings ist es billiger als eine Analyse, sagt sie, und Du rennst nicht viermal in der Woche vom Geschäft weg!

Für sie ist wirklich alles zu Ende. Sie hat seit ihrer Rückkehr nicht mehr davon gesprochen.

Nur einmal hat sie gesagt: Natürlich war das nicht genug. Es wird nie genug sein! Die Katze jagt die Ratte, aber die Ratte ist stärker als die Katze. Doch mehr, als ich getan habe, ist nicht in mir.

Sie hat an diesem Abend fast nur gewartet, aber man hat ihr Warten gespürt wie eine Temperaturänderung, eine Erhitzung der Luft. Die meisten Gäste haben natürlich nur sich selber wahrgenommen. Darauf kann man sich immer verlassen.

Aber der Klavierspieler sah Pasodoble an und begann andere Melodien zu spielen. Melodien, die ich nicht erkannte. Sie hatten einen Dialog, Pasodoble und Dieter, das spürte ich erst nach einiger Zeit. Er sah es ihrem Gesicht an, ob die Musik sie schwächte oder stärkte, und wenn sie den Mund fast unmerklich zusammenpreßte, oder sich durch ihr dickes Schafshaar fuhr, änderte er sofort sein Spiel. Er, Dieter, war so dunkel wie sie weiß, aber er erschien hell und sie dunkel, er war so glatt wie sie lockig, aber er sah unordentlich aus und sie nicht. Er begann, mit seiner Musik eine Art Zaun um sie zu bauen, oder ihr etwas zum Festhalten zu geben. Er hörte nicht mehr auf andere Gäste, sondern nur noch auf ihre stummen Wünsche.

Sie wartete, ging nicht mehr an Franks Tisch, obwohl der Aschenbecher längst wieder voll war. Ich stand auf und holte ihn.

Machen Sie jetzt die Arbeit für Ihre Angestellten, Frau Fuhrknecht? sagte Albus höhnisch. Albus, der mich noch als die arme Studentin mit dem ledigen Balg gekannt hatte. Albus, der um den toten Reichert gejammert hatte.

Es gibt hier keine Angestellten in Ihrem Sinn, Herr Albus! sagte ich.

Meine Stimme war ruhig, es ging gar nicht um mich. Sie waren allesamt gereizt, aber sie wußten nicht, warum ihr Idol schwieg und sich nicht zu Erklärungen oder zu den sonst unter ihnen üblichen scharfen Beschimpfungen und Verurteilungen herabließ.

Die ganze Zeit hörte ich leise die aufmunternde,

fremd klingende Musik. Pasodoble stand hinter ihrem Marmortresen und klirrte mit ihren Ringen. Es ist in der Höllenbar üblich, daß man sich die Getränke selber holt, Pasodoble macht nur hin und wieder eine Runde, um einen Gast besonders zu begrüßen oder die Tische in Ordnung zu bringen. Sie übertreibt das nicht, sie ist keiner von diesen Barputzteufeln.

Aber an diesem Abend mußte ich einspringen, weil sie ihre Barrikade nicht mehr verließ. Auch das fiel nicht auf, außerdem wurde es langsam leerer, es war lang nach eins. Ich ahnte, was sie wollte. Schon zweimal hatte er einen von seinen Kumpanen an die Bar geschickt, damit sie Getränke holten. Sie wollte, daß er selber käme. Sie mußte gewinnen, sie konnte gar nicht anders als gewinnen. Ich machte die wenigen leeren Tische sauber und setzte mich dann an die Bar, ein bißchen abseits, müde und neugierig.

Sie sah ihn aufstehen, sah ihn auf die Bar zugehen, und zwischen ihnen war nur noch das schmale weiße Marmorband. Er hatte eine getönte Brille aufgesetzt. Die war auch noch zwischen ihnen.

Sie waren schon einmal hier, sagte er.

Nein, antwortete sie, schauen Sie mich doch an! Wie könnte ich schon einmal hiergewesen sein? Ich war grade auf die Welt gekommen. Ich weiß, das hätte Euch nicht abgehalten. Aber ich war auf der anderen Seite von der Welt.

Was reden Sie? fragte er und trank den Whisky, den sie ihm serviert hatte, ohne daß ich seine Bestellung gehört hätte.

Wissen Sie, sagte sie, immer mit dieser ausgetrockneten Stimme, wovor ich die ganze Zeit Angst hatte? All die Jahre, seit ich denken kann, hatte ich Angst!

Ich sah, wie er bei ihren Worten seine Haltung veränderte, das Höhnische kam zum Vorschein. Einen Moment lang dachte ich, er würde es wagen, die Brille abzusetzen – aber das denn doch nicht. Er fühlte sich wahrscheinlich gut aufgehoben in der Angst anderer. Das war er wohl gewöhnt.

Ich fand, Pasodoble habe einen Fehler gemacht. Sie spürte es selber und lächelte. Du kannst Dir nicht vorstellen, wie schön sie an dem Abend aussah.

Sie haben mich falsch verstanden, sagte sie ruhig zu ihm, aber das ist kein Wunder. Ich komme nicht aus Ihrer Gegend. Ich hatte nicht vor Ihnen oder Ihresgleichen Angst, sondern davor, daß Sie sich nicht erinnern. Daß Sie das Ganze noch wissen, aber nicht mehr das Einzelne.

Er verstand sie nicht, das sah man. Er versuchte sogar, die Kurve zu einem kleinen Barflirt zu bekommen. Trinken Sie gar nichts? fragte er Pasodoble. Was sollen die düsteren Andeutungen? Worüber zerbrechen Sie sich eigentlich Ihren schönen Kopf?

Natürlich, antwortete Pasodoble, als ob sie ihm gar nicht zugehört hätte: Sie erinnern sich wahrscheinlich nicht mehr an Menschen, aber doch an Orte. Oder nicht? Sie erinnern sich doch an diesen Ort, hier, an diesen Keller!

Mein Gott, es ist doch alles sehr lang her, sagte er abwehrend.

Nein, sagte Pasodoble, das ist es eben nicht. Es war so tief versteckt, daß es nicht älter werden konnte, nicht schwächer. Vor uns sind vierzig Jahre wie ein Tag.

Was wollen Sie eigentlich von mir? fragte er.

Pasodoble schwieg. Seine Kumpane waren nach und nach aufgestanden und hatten sich in einem weiten Kreis um ihren Meister gruppiert, als warteten sie auf einen Einsatzbefehl, es fehlte nur noch, daß sie knurrten. Pasodobles Truppe hingegen war klein, nur der Klavierspieler und ich und der Dauerbeschuß aus Tönen. Joseph Maria Frank nahm seine Freunde nicht zur Kenntnis. Sein: Was wollen Sie eigentlich von mir? blieb unbeantwortet stehen, es war noch Gespräch im Raum, aber wenig, weit entferntes Gemurmel.

Unterdessen schrieb Pasodoble Rechnungen, wartete, daß die Gäste zum Bezahlen an die Bar kämen. Sonst machte sie am Tisch die Rechnung und verabschiedete auch die Gäste, aber an diesem Tag nicht. Zeichnete die Belege der Hotelgäste ab, legte Scheine in die Kasse, glättete die Scheine mit ihrer dunklen Hand. Schloß die Kassette zu und wieder auf und wieder zu. Und immer noch stand dieses: Was wollen Sie eigentlich von mir? zwischen Frank und Pasodoble, auch die Musik konnte es nicht übertönen.

Ich habe Jahre Zeit gehabt, mir das zu überlegen, antwortete sie. Ich habe ein Recht auf Sie. Wir alle haben ein Recht auf einen von Euch. Viele von uns haben ein Recht auf den gleichen. Es ist mir nicht gelungen, noch andere zu finden, die ihr Recht an Ihnen einklagen können. So bin ich allein damit. Aber ich bin da und klage es ein.

Als erinnere er sich erst jetzt an seine Begleiter, drehte Frank sich um und schaute sie an, seine schäbigen, ahnungslosen Hilfstruppen.

Zeit für Euch, sagte er. Ihr könnt gehen.

Sie haben es doch nicht nötig, sich mit der da anzulegen, sagte Albus.

Und immer noch schwieg ich wie gelähmt. Zumindest jetzt hätte ich diesen widerwärtigen Schleimer hinauswerfen können, diesen Albus, Zeuge meines Aufstiegs. Aber ich saß da und sagte nichts und ließ das Stück an mir vorüberziehen, immer noch insgeheim hoffend, daß es keine Lautstärke bekäme und keine Wirkung nach außen. Ich gebe das nicht gern zu. Ich glaube sogar, daß ich versucht habe: Jetzt aber raus hier! zu krächzen. Es beachtete mich bloß keiner.

Darüber wird jetzt nicht diskutiert, sagte Frank sichtlich angestrengt zu Albus, das zu beurteilen überlassen Sie mir. Sie können wirklich jetzt gehen. Ich brauche Sie nicht mehr.

Sie machten Gesichter wie beleidigte Schulbuben, die man nicht in die Disco gelassen hat. Hier ging etwas vor, wobei sie gern zugehört hätten, das wirkliche Leben! Aber sie wurden weggeschickt und arbeiteten sich brav in ihre Mäntel.

Jetzt waren wir nur noch zu viert, Dieter spielte leise weiter und die Musik kam mir immer bekannter vor, aber ich wußte nicht einmal, in welches Land und in welche Zeit sie gehörte. Wir waren zu viert, aber davon waren zwei Pasodobles Schatten, Frank hatte seinen Schatten verloren.

Was meinen Sie mit »Recht an mir«? sagte er mühsam.

Ich weiß bis heute nicht, warum er in dieser Nacht geblieben ist. Er blieb bis in den frühen Morgen. Pasodoble muß all ihre Kraft, ihre träge Kraft, eingesetzt haben, um diesen Mann bewegungsunfähig zu machen. Er saß erschöpft auf seinem Barhocker, ich bildete mir ein, eine Erschlaffung in seinem Gesicht zu sehen, so, als bräuchte er sich mit seiner Haltung keine Mühe mehr zu geben.

Es muß in diesem Moment gewesen sein, daß ich merkte: Er hat tatsächlich keine Ahnung. Er hat die Einzelnen vergessen, vielleicht hat es Einzelne für ihn nie gegeben.

Wahrscheinlich überlegte er schon die ganze Zeit vergeblich, was sie wußte und ob ihr Wissen für ihn etwas bedeuten würde. Er dachte nur an seine Haut. Jedenfalls zu Beginn des Abends, da bin ich sicher. Aber Pasodoble hielt ihr Gesicht die ganze Zeit hoch ins Licht, als sei es das einzige, was ihn zum Erinnern zwingen könnte. Ein Ausweis, ein Menetekel! (Ich soll meinem Vater ähnlich sehen! hatte sie ein paar Wochen vorher zu mir gesagt.)

Recht an Ihnen? sagte Pasodoble. Sie haben mir etwas weggenommen! Sie haben verhindert, daß ich einen gekannt habe, einen, den ich gebraucht hätte. Sie müssen mir etwas wiedergeben. Sie müssen es mir erklären.

Wie kommen Sie auf derlei Ungeheuerlichkeiten? sagte er, immer noch mühsam, fast gequält. Es hat keinerlei Verfahren gegeben, nur ein paar böswillige Verleumdungen! Sie meinen nicht mich!

Verfahren? antwortete Pasodoble. Wer hätte Euch anklagen sollen? Ihr habt doch alle zum schweigen gebracht, nicht nur die Toten, auch die Lebenden. Und ob ich Sie meine? Ich weiß nicht, wer Sie sind. Ich weiß nur, was Sie getan haben. Ich weiß nicht, ob man jemand ist, wenn man das getan hat.

Wieviele waren es? fragte sie nach einer langen Pause. Es wurde überhaupt sehr viel geschwiegen in dieser Nacht, über dieser nicht endenwollenden, ermutigenden Musik lag oft minutenlanges Schweigen.

Wieviele Nachkommen müßten mit mir zusammen in diesem Raum stehen, in diesem Keller, den die Kleine da so hübsch hergerichtet hat, damit ihr Sohn einmal ein reicher Mann sein wird, und damit sie ihren Geliebten endlich festhalten kann? Wieviel Tote sind es gewesen?

Und immer und immer diese trockene Stimme und das Ringgeklirr.

Wer hat Sie geschickt, fragte Frank gehässig. Sie legen mich nicht rein. Ich kenne die Tricks, ich unterschätze Euch nicht!

Ich wußte damals nicht, was er meinte, aber natürlich spielte er auf die israelischen Organisationen an.

Sie irren sich, sagte Pasodoble ruhig. Ich bin nur ich. Aber das bedeutet mehr, als Sie denken. Das seid

Ihr nicht gewöhnt, daß Ihr Feinde habt, einfach Feinde, keine Organisationen.

Was können Sie mir anhaben? fragte Frank nach einem langen Schweigen, was können Sie mir schon anhaben?

Ich bin jetzt da, antwortete Pasodoble. Ab jetzt werde ich immer in Ihrer Nähe sein, Sie werden an mich denken, ohne es zu wollen, Sie werden Alpträume haben, weil etwas überlebt hat und nicht schweigt. Ich werde nicht schweigen. Am Anfang wollte ich Sie vor einem Tribunal sehen, ich wollte Sie an einem Galgen sehen wie Ihre großen Kumpane, geschwollen, die Zunge aus dem Hals. So wollte ich Sie sehen, als ich noch ein junges Mädchen war, und meine Mutter zu ertragen hatte, meine lethargische Mutter, die mich am liebsten festgebunden hätte vor lauter Angst. Das hat sich geändert.

Das waren Morde, sagte Frank, Morde von den Alliierten! Das war gegen geltendes Kriegsrecht.

Für mich waren das Fotos, sagte Pasodoble. Die haben mich nicht beruhigt. Sie müssen mir meine Unruhe abnehmen, Ihnen gehört sie, meine Unruhe. Geben Sie mir Ihre Ruhe dafür, Sie haben sie schon viel zu lang gehabt.

Und ich schwöre Dir – er wußte noch immer nicht, wer sie war, und um welchen der Schatten es ging aus der Schar derer, die er auf dem Gewissen hatte.

Ich habe nichts getan, was nicht getan werden mußte, sagte er, wieder nach einer Pause.

Pasodoble antwortete ihm nicht.

Sie hat die ganze Nacht keine direkten Antworten an ihn gerichtet, jeder ihrer Sätze hatte eine lange Zeit in ihr gewartet, und nun sprach sie sie aus, einen nach dem anderen.

Was man mit Euch tun soll, weiß ich nicht, sagte sie. Was tut man mit solchen? Gestritten hat man über

Euch und das Recht an Euch ausprobiert, als ob das ginge. Und Ihr beansprucht es auch noch, das Recht, Kriegsrecht oder Friedensrecht, welches auch immer. Für Euch hat es da zu sein und für uns war es verschwunden aus der Welt. Wir haben kein Recht gehabt, wie sollten wir Euch jetzt welches lassen? Wir wissen nicht, was Recht ist.

Sie änderte den Ton nicht, sie sprach immer so weiter, wie sie begonnen hatte, sie wurde nicht lauter und keine Träne, keine Erregung war in ihrer Stimme.

Sie sind nur ein lächerlicher Täter, wahrscheinlich, sagte sie. Nur einer. Es gilt gar nichts vor den Toten, ob Du auch tot bist, sagte sie und fuhr fort, Frank mit einem Du anzusprechen, das ihn nah an sie heranholte, das ihn in ihre Verachtung zwang, aber auch in ihre Müdigkeit.

Ich weiß nicht, was zu tun ist mit Dir. Seitdem es Euch gibt, ist alles auf der Welt falsch. Man kann nicht mehr fragen, man kann nicht mehr antworten.

Heute bin ich sicher, daß Frank irgendwann Angst vor dieser ruhigen Frau bekam, vor dieser unbeweglichen, schönen Barfrau hinter ihrer Theke, hinter einer mit Gläsern und Nußschälchen bedeckten Gerichtsschranke. Angst. Aber sie faszinierte ihn auch, und vielleicht wurde ihm klar, wie fad und ekelhaft seine sonstige Entourage war, diese gelangweilten Bürgersöhne, die seinen finsteren Sätzen zuhörten wie einem Wildwestfilm.

Einmal, es muß gegen drei gewesen sein, machte er eine Anstrengung, zu gehen. Aber Pasodoble schaute ihn an, und er ließ es bleiben. Sie hatte die Ruhe eines Leguans, die anmutigen, fast unmerklichen Bewegungen einer Echse.

Er kapitulierte und blieb sitzen, und nachdem er ihren Blick ertragen hatte, sagte er plötzlich: Andernacher.

Ja, antwortete sie ruhig.

Ich hätte es sehen müssen, sagte Frank. Dasselbe Gesicht. Dieselbe Art. Aber ich hatte damit nichts zu tun, nicht im eigentlichen Sinne.

Das ist doch gleichgültig, sagte sie. Er hat Dich durch mich wiedererkannt, das kannst Du nicht ableugnen. Und Du hast ihn durch mich wiedererkannt.

Er war selbst schuld, sagte Frank fast aufgeregt, er war widersetzlich. Das war damals ganz ausgeschlossen, man konnte es nicht durchgehen lassen.

Ja, sagte sie, das konntest Du wohl nicht. Er hat sich wie ein Mensch aufgeführt, er ist stehengeblieben, nicht wahr? Ich bin froh drum. Es hätte ihm ja auch nichts genützt, wenn er im Staub gekrochen wäre.

Das Verfahren ist längst eingestellt! sagte Frank.

Du lügst, aber Du kannst nichts anderes, antwortete sie. Es hat nie ein Verfahren gegeben. Im Gegenteil, Dein eigenes Pack hat Dir seinetwegen Schwierigkeiten gemacht. Sie hätten ihn nämlich noch eine Weile gebraucht.

Frank hatte die ganze Zeit getrunken, sie hatte ihm die ganze Zeit eingeschenkt. Das beginnende Licht, die Vogelstimmen, ich wußte, daß es sie gab, draußen. Aber es drang nichts in die Höllenbar, kein Strahl, kein Laut. Eine Dauernacht, eine Nacht, die so lang werden würde, wie Pasodoble sie haben wollte. Ich hörte der Musik zu, Frank saß sehr grade vor seinem Glas und rieb sich mehrmals die Augen hinter der Brille.

Es ist Zeit zu zahlen, sagte Pasodoble.

Wir fuhren alle zusammen, und Dieter spielte lauter, ein Lied, von dem er mir später beim Hinausgehen den Titel sagte: Maj Shtetele belz. Aber Pasodoble legte nur den Zettel vor Frank hin, und er suchte nach Scheinen.

Nichts hat mit Ihnen etwas zu tun, sagte er zu Pasodoble, Sie sind nur anmaßend, wie Ihr alle. Was wollen Sie mir schon anhaben? Uns hat keiner beikommen können, keiner.

Da hat sie gelächelt und er ging, schwerfällig, aber grade. Und sie ging auch, nicht ohne alles saubergemacht, zugedeckt und abgeschlossen zu haben. Sie ging zusammen mit dem Klavierspieler weg.

Ich habe sie dann sechs Wochen lang nicht mehr gesehen. In der ersten Woche hatte ich die Bar geschlossen gelassen und betrat sie nicht ein einzigesmal. Den Gästen erzählte ich, daß Pasodoble zur Kur gefahren sei und daß ich die Höllenbar renovieren ließe.

Kur? hat einer gesagt, die zur Kur? Die ist doch ein Roß an Gesundheit! Und: Wehe, Frau Fuhrknecht, wenn Sie irgendwas an der Bar ändern!

Das tat ich nicht, nachdem ich einen Abend allein dringesessen hatte, die Wände erzählten mir viel, aber all die schönen Sätze konnten das andere nicht zum Schweigen bringen.

Spät in der Nacht habe ich damals mein Kind aus dem Bett geholtt, das bei der Aussicht auf einen Barbesuch (die Höllenbar war sonst für ihn tabu) umgehend hellwach und sehr aufgekratzt war. Ich habe ihm nichts erklärt, sondern nur zugeschaut, wie er alle Hocker ausprobierte und mit seinen noch frischen Lesekenntnissen die Sprüche entzifferte. Er verlangte einen Drink, wir hörten ein bißchen Radio. Nur so. Danach gings wieder, und ich machte die Bar teils selber, teils kam Pasodobles Aushilfe. Wußte ich, ob sie zurückkommen würde? Ich wußte es so wenig und so genau wie bei Dir.

Der Stammtisch fand sich natürlich nie wieder ein. Ein paar Wochen, nachdem Pasodoble wieder da war, hörten wir, Joseph Maria Frank habe sich aufgehängt. In der Zeitung stand, er habe Leberkrebs gehabt und seiner Familie den Anblick eines langen Leidens ersparen wollen. Auch sei er als Mann bekannt gewesen, der aufrecht gekämpft habe. Was immer sie mit dem aufrechten meinten – zu seiner Todesart paßt der Begriff nicht besonders gut.

Ich zeigte Pasodoble die Anzeigen, den in schwarze Vierecke eingesperrten Namen und die Nachrufe. Sie sagte nichts dazu.

Ich hatte mir die ganze Zeit überlegt, ob ich nicht ein für allemal zumachen sollte. Aber sie fragte mich, ob ich verrückt sei. Zuschütten? Eine Goldgrube? Nein, sagte sie, keine Täfelchen, keine Gedenkstätte! Wir werden dran denken, und schon das ist manchmal kaum zum aushalten. Sogar der Robert wird es eines Tages wissen müssen. Und sie führte ihre Bar weiter wie vorher.

Jetzt habe ich diese Zettel hier ein paar Tage liegen lassen, vielleicht liegt es an der Schreiberei, daß ich in den letzten Monaten immer später schlafen gegangen bin. In den letzten Nächten habe ich dafür wunderbar geschlafen, bärenartig, seit Jahren habe ich nicht mehr so tief geschlafen. Es sind wahrscheinlich auch unsere Frühjahrsputzorgien, die mich so müde machen. Das Gelbe Zimmer haben wir uns besonders vorgenommen, aber Du kannst machen, was Du willst – es bleibt unsympathisch. Jetzt ist es klinisch unsympathisch. Es wird mir nie an geeigneten Gästen dafür mangeln! Aber es ärgert mich, daß einem solchen Zimmer nicht beizukommen ist.

Unsere komische Dokumentenaffäre ist immer noch nicht zu Ende. Ich halte mich raus, so gut ich kann, denn diese Art Werbung will ich für die Hölle nicht haben. Dennoch bin ich von einem netten Hern vom Landeskriminalamt sehr höflich gefragt worden, ob ich nicht in der nächsten Woche Zeit hätte für ein kleines Gespräch, man interessiere sich für meine Freundin Ilona, auch mit dem Zimmermädchen Jana wolle man sprechen. Da werden sie sich schwer tun! Ich kenne die geheimnisvollen Wandlungen, die Janas Deutschkenntnisse durchmachen, sie nehmen zu und ab wie der Mond, nur nicht so regelmäßig. Offenbar hat es also doch dieses Krokodilsköfferchen mit den Unterlagen gegeben. Wir werden sehen, welche Rolle der Herr aus Ludwigshafen dabei gespielt hat. Anscheinend ist es wirklich geklaut worden, um die Listen veröffentlichen zu können. Meinetwegen. Ich weiß nichts davon.

Ich habe heute siebenhundertfünfzig weiße Primeln gekauft. Sie werden mich alle verfluchen, Milan, Orlando, alle! Nur Pasodoble mit ihren langen Fingernägeln wird mich loben, weil ich ihren Barfrauenhänden keinerlei Pflanzarbeiten zumute, das weiß sie.

Missen es so viele sein, Frau Chefin? hat Milan gesagt. An einem jeden Fenster a paar, das wär doch schon ein scheener Eindruck. Er versucht's jedes Jahr wieder, und an Selbig darf ich gar nicht denken.

Entweder viel oder gar nichts, hab ich gesagt. Bei Blumen ist das so.

Eben ist Deine Karte gekommen. Sie hatte es nicht weit. Nur fünfhundert Kilometer, nur eine einzige, kleine Grenze. Sie sagt genau, wo sie herkommt. Mir ist ganz merkwürdig. Ich packe jetzt diese Zettel zusammen und schick sie die fünfhundert Kilometer den gleichen Weg zurück, über die Grenze.

Und dann komm wieder. Komm wieder.

Angelika Schrobsdorff im dtv

»Die Schrobsdorff hat ihr Leben lang nur wahre Sätze geschrieben.«
Johannes Mario Simmel

Die Reise nach Sofia
dtv 10539
Sofia und Paris – ein Bild zweier Welten: Beobachtungen über Konsum und Liebe, Freiheit und Glück in Ost und West.

Die Herren
Roman
dtv 10894
Ein psychologisch-erotischer Roman, dessen Erstveröffentlichung 1961 als skandalös empfunden wurde.

Jerusalem war immer eine schwere Adresse
dtv 11442
Ein Bericht über den Aufstand der Palästinenser, ein sehr persönliches, menschliches Zeugnis für Versöhnung und Toleranz.

Der Geliebte
Roman
dtv 11546

Der schöne Mann und andere Erzählungen
dtv 11637

Die kurze Stunde zwischen Tag und Nacht
Roman
dtv 11697
Jerusalem – Paris – München: Städte, mit denen die Erzählerin schicksalhaft verbunden ist.

»Du bist nicht so wie andre Mütter«
Die Geschichte einer leidenschaftlichen Frau
dtv 11916

Spuren
Roman
dtv 11951
Ein Tag aus dem Leben einer jungen Frau, die mit ihrem achtjährigen Sohn in München lebt.

Jericho
Eine Liebesgeschichte
dtv 12317

Grandhotel Bulgaria
Heimkehr in die Vergangenheit
dtv 24115
Eine Reise nach Sofia heute.

Ruth Klüger im dtv

»Jeder Tag ist wie ein Tor, das sich hinter mir schließt und mich ausstößt.«
Ruth Klüger

weiter leben
Eine Jugend
dtv 12261 und dtv großdruck 25106

»Mir ist keine vergleichbare Biographie bekannt, in der mit solcher kritischen Offenheit und mit einer dichterisch zu nennenden Subtilität auch die Nuancen extremer Gefühle vergegenwärtigt werden.« (Paul Michael Lützeler in der ›Neuen Zürcher Zeitung‹)

Frauen lesen anders
Essays · dtv 12276

Frauen lesen anders als Männer, weil sie anders leben. Daher kann der weibliche Blick, in der Literatur wie im Leben, manches entdecken, woran der männliche vorübersieht. Ruth Klüger beweist dies in elf ebenso ungewöhnlichen wie klugen Essays. Deutsche Literatur in anderer Beleuchtung.

Katastrophen
Essays · dtv 12364

»Ein sehr empfehlenswertes Buch, es sollte, muß aber nicht, im Anschluß an ›weiter leben‹ gelesen werden, und es spricht nicht nur zu den Fachwissenschaftlern, sondern zu allen, die, und vollkommen zu Recht, von der Literatur Aufschluß über die Katastrophen der Gegenwart erhoffen.« (Burkhard Spinnen in der ›Frankfurter Allgemeinen Zeitung‹)

»Ruth Klüger stellt ganz einfach andere Fragen an Texte, eine Methode, die zu ebenso plausiblen wie spannenden Antworten führt, manchmal auch zu süffisant amüsanten.«
Barbara von Becker in der ›Süddeutschen Zeitung‹

Maxim Biller im dtv

»...begrüßen wir einen möglichen Geistesenkel Tucholskys!«
Süddeutsche Zeitung

Die Tempojahre
dtv 11427

Leichtfüßig, mit entwaffnender Selbstironie und einer Portion Arroganz nimmt Maxim Biller sich in den ›Tempojahren‹ all der Unwahrheiten und Bluffs, der Schein-Phänomene und falschen Idole unseres Medien-Zeitalters an. Verschont wird dabei niemand: Von Mickey Rourke bis Marcel Reich-Ranicki – Biller ist ein mutig-respektloser Promischreck. »Er attackiert Zeitgenossen und Zeitströmungen in einer frechen, angriffsbetonten Sprache, der es nicht an stilistischer Furore, wohl aber an Respekt fehlt. Biller liebt nicht den leichten Degen, er bevorzugt den Säbel.« (Der Standard)

Wenn ich einmal reich und tot bin
dtv 11624

»Ich habe seit den Nachkriegsromanen von Wolfgang Koeppen, seit Bölls früher Prosa, seit einigen Essays von Hannah Arendt, Adorno, Mitscherlich und Hans Magnus Enzensberger kaum etwas gelesen, das dem Blendzahn der Zeit so wahr und diesmal so witzig an den Nerv gegangen wäre... Was für ein Buch!« (Peter von Becker in der ›Süddeutschen Zeitung‹)

Land der Väter und Verräter
dtv 12356

Poetisch und mitreißend, komisch und ernst erzählt Maxim Biller von der Zeit, in der wir leben. Sein Buch ist ein faszinierendes Kaleidoskop unserer Epoche: Sechzehn mitreißende, tragikomische Erzählungen über traurige Überlebende, komische Lebenskünstler, verwirrte Wissenschaftler, abgefallene Stalinisten, freche Mädchen, gemeine Schriftsteller, melancholische Mütter und lügende Väter.